THE FIRST HALF
OF
*Rong Yiren's Life*

高仲泰 著

荣毅仁的前半生

江苏凤凰文艺出版社

谨以此书献给中华人民共和国诞生七十周年和改革开放四十周年！

# 目 录

序章……………………………………………001

一　半是笑容，半是眼泪………………………008

二　紫砂茶壶和三足鼎立………………………050

三　暗伏危机的"黄金时期"…………………075

四　突如其来的大祸降临………………………084

五　黎明前风雨如晦……………………………099

六　彷徨和抉择…………………………………108

七　面粉霉烂案缠身荣毅仁……………………122

八　上海成了红色城市…………………………136

九　满园春色关不住……………………………158

十　陈毅夫妇做客荣宅…………………………171

十一　上海的早晨不平静………………………184

十二　荣毅仁另辟蹊径…………………………202

十三　华懋饭店的风吹皱"一池春水"…………218

十四　一代巨贾荣德生远行……………………230

十五　戴上"红色资本家"之冠………………242

后记……………………………………………255

# 序章

荣毅仁对1949年5月25日这个战火纷飞的晚上怀有刻骨铭心的记忆。

那一晚，荣毅仁通宵未眠，孤身一人待在上海康平路的住宅内，夫人杨鉴清和四个孩子都去了香港，家里空荡荡的，寂寥无比。他衣冠整齐地待在书房里，似乎在等待着什么重要客人的光临。他时而坐在沙发上喝着茶，静静思考着，时而起身在地毯上踱来踱去。他头脑极其清醒，丝毫没有睡意。他感到有些兴奋、也有点紧张，甚至稍稍有些惴惴不安。他清楚，这个晚上，上海的历史正在发生巨变。这个圣约翰大学历史学学士，有自己对历史和投资的双重敏锐和洞察力，并毕生受惠于此。但他并非没有精神压力，因为像他这样的大资本家，留下来的毕竟不多。也毕竟不是身边微末之事的变化，而是一场狂飙。他艰难地作出了留下来的选择，这选择对与不对，他自己都没有肯定的答复，但有点是确凿的，这是他深思熟虑和审时度势的结果。

璀璨的霓虹灯已熄灭，万家灯火已剩下寥若晨星的几盏。黄浦江的外国军舰和商船已撤退到吴淞口，江面一下显得空旷和萧瑟。苏州河里的小舢板和木船在微漾氤氲中无声无息，大上海从未像这一晚这么幽暗。那些平时灯红酒绿，裙裾飘逸，舞客穿梭的夜总会、舞厅已早早闭门，即使开门，也门可罗雀。没有人还能在这样的时刻贪图享乐。像荣毅仁一样，大多数上海人都在等待一个新时代的到来。有的是兴奋不已和热切期盼，有的是无奈和迷惘，有的是恐惧和恐慌。

紧闭的门后、窗帘后，在暗处有一双双惊疑不定的眼睛在闪亮，有一双双竖起的耳朵在听着外面的点滴动静。

在战火中苦苦挣扎的饱尝了乱世辛酸的上海市民对于战争有种本能的恐慌。他们不了解共产党，但他们了解国民党政府，这个政府早已恶名满贯，人们憎恨这个无道的、腐败的、对民间疾苦冷若冰霜的政权。而共产党会比国民党好多少呢？他们说不上来。

荣毅仁的父亲荣德生却说过这样一句话：不会有比国民党政府更坏的执政者了。

荣毅仁同意父亲的判断，爹爹断事一向稳重、透彻，举重若轻，对大格局和大方向的事拿捏得住。他和伯父荣宗敬对国民党独裁统治的危害有切肤之痛。所以，这一判断不仅仅是一句气话，一句诅骂，一句牢骚，而是荣家这些年所经历的惨痛遭遇的血泪体验和心头留下的肉红疤痕阵阵作痛的呼喊。

这些年，荣毅仁和他的家族就像身处动荡咆哮、茫茫无际的海洋，海岸是如此遥远。可今晚过去，新的一天来到时，能看到他所渴望的海岸吗？他希望能看到。

他的家乡无锡已在一个月前解放了，几乎没有打上什么像样的仗，国民党的城防军就溃不成军了。在这之前，荣家在去留问题上争执不一，父亲荣德生铁了心要留下来。他的几个儿子、侄子走了、荣氏家族的多年的合作伙伴、执掌福新面粉系统的王禹卿走了。老人说："脚生在你们身上，你们要走，我拦不住。反正我不走。"

在无锡解放前几天，有谣言说，申新的荣老板荣德生逃到香港去了，荣德生听说后，断然乘上黄包车在无锡城兜了一大圈，在车上，年过七十的荣老先生笑眯眯地和遇见的熟人打招呼，后面跟着几个无锡商界的头面人物。谣言不攻自破。荣毅仁知道后，对夫人杨鉴清说，要是我在无锡，也会跟着爹爹出去兜圈子的。这叫父唱子随。那个时候，荣毅仁就决定留下来了。他和爹爹一样，不顾许多人的劝阻作出了留下来的决断。

解放军接管无锡后，爹爹安然无恙，受到了礼遇。虽然电话不通了，但几天前父亲还请人带来了口信，嘱他不用担心。他目睹的解放军是支仁义之师，他接触到的共产党官员简朴淳和、礼贤下士。他们保护和支持民族工商业，无锡工厂和商铺从解放之日起从未停工停业，市面繁荣，人心稳定，原来笼罩在工商业人士心头愁云惨雾一扫而光。

外面激战正酣。清晰地传来隆隆的炮声、有的炮声像低沉的雷鸣。枪声密集、急促、猛烈，夹杂着巨大的爆炸声和铿锵有力的号子声，震天动地，惊心动魄。他时不时拉开窗帘，看一下窗外，五月的花园黑漆漆的，花木森森，宿鸟静寂。花园外的马路人烟稀少，但有时会有急促的脚步声、车轮辘辘声掠过他的耳鼓。目力能及的深远的夜空是通红的、红得有点诡谲。可以看到一大坨一大坨乌黑的雨云般的硝烟在艳红中升腾。

到后半夜，枪炮声稀少了，骤然间戛然而止。大上海安静了下来。安静中有种尘埃落定的气息。有种激荡以后的静气。

有件事让荣毅仁感到焦虑和犹豫，一个多月前，因为一起所谓的霉粉案使他受到了起诉。国民党军方因为东北战场惨败，将原因之一归结荣家面粉厂加工的面粉发霉变质，致使部队拉肚子而影响了战斗力。这当然是无稽之谈！荣家历来视信誉为生命，"戒欺"是他们的信条。每天早晨，荣德生、荣宗敬兄弟都要以一碗用自己工厂产的面粉做的面疙瘩汤作为早餐，用自己的舌尖来检验粉质，口感稍有欠缺，马上通知厂家找出原因，加以改进。荣氏兄弟将这个抱朴守拙的习惯坚持了好多年，并在第二代得到了传承。

销售霉烂的面粉，欺诈客户，投机取巧对于荣家来说是绝对不可能的事，是无端的指控。这显然是有人蓄意加害于荣家和经办这笔订单的荣毅仁，是彻头彻尾的诬赖。上海高等法院送来了传票，荣德生的四少爷荣毅仁作为被告站上了被告席，出庭了几次。这消息传遍了上海的街头巷尾，登上了上海多家报纸的头版新闻。非常凑巧，明天一早他又要到庭继续受审，并接受法院判决。这虽是场闹剧，但内幕复杂，牵涉到宋子文等大人物，事出国民党上层的内讧。虽然有口难辩，但荣毅仁不想逃避，他要据理力争，他要用事实洗刷这无中生有的捏造和污蔑。

他犹豫着，打不定主意，不知道明天要不要去法院？也猜不透战事是否会影响法院开庭？最后他考虑下来，决定准时去法院，共产党不一定马上会接管法院，他不能不去。后来，他反省这件事坦率地说：那时候我政治上其实很幼稚，法院是国家机器，共产党岂会保留旧政权的司法机关？不马上捣毁它，反而还会让它继续开庭呢？这是个简单的道理，我那时却还不怎么懂。

子夜过去了，上海破晓了，曙光初露，迷雾蒙蒙。上海外滩的石砌建筑在晨曦和雾色中显得朦朦胧胧，错落有致。一面红旗破天荒地在海关钟楼屋顶飘扬。海关大楼的钟声在浦江两岸震荡。有轨电厂叮叮当当地行驶着，但车厢里只有稀稀落落几个人。这座东方大都市一片沉寂，偶尔在某个地方迸发出冷枪，划破雾气笼罩的天空。

荣毅仁没有开汽车，拎着公文包，西服外面着米色卡其布风雨衣，茫然而狐疑地在硝烟雾霭中踽踽独行，脚上的皮鞋纤尘不染。三三两两的行人盯住他看，风度翩翩，身高一米八四个子的他在人群中总是那么令人瞩目。此时此刻，他格外引人注目。

他一生不管处在什么情况，总是衣冠楚楚、精神饱满。他注重仪表，每天晚上，他都会将鞋楦撑在皮鞋里，保持鞋头的饱满；再将西装挂起，保持肩线和裤线的笔挺，一直到晚年耄耋之年他都会这样做，从未马虎过。

荣毅仁在破晓的上海大步走着，这个繁华离乱幽曲浮沉的上海，一切是那么熟悉，可一切又是那么陌生。突然，荣毅仁愣怔怔地站住了，他看到一个他从未看到的景象。成片成片的解放军露宿街头，他们抱着枪，枕着背包，沉沉入睡。这惊鸿一瞥，使他留下了深刻印象。他见过不少军队、日本兵、美国兵、国民党军队，租界的万国商团，可睡在马路上的军队他还是第一次见到，爹爹说得对，这是一支秋毫无犯、纪律严明的军队。一支仁义之师。

有几个战士在一旁站岗，和善地看着荣毅仁。战士一脸的淳朴，诚恳地提醒他：先生，还有国民党的散兵在打冷枪，请注意安全……

荣毅仁点点头，他脚步有些踌躇地来到浙江路上海地方法院门口，有两个解放军战士持着枪站在门口。法院的大门紧闭着。

哨兵问他：先生，你有什么事吗？

荣毅仁有些拘谨地问：法院里的人呢？他们还来上班吗？

哨兵回答说：他们全部逃掉了，解放军接管了法院……

荣毅仁呵呵地笑起来。他从公文包里取出出庭的传票，撕得粉碎，往空中一扔，纸片纷纷扬扬地飘着。

破晓了。天空蔚蓝，金灿灿的光线自天而落，照耀着楼宇、树木、街道。一个晴朗的一天。空气里还充满着火药味和枯焦味。到处是国民党军队留下的沙包堆叠的工事和铁丝网，被击坏的坦克、军车和火炮。一片狼藉、触目惊心。但那些布满欧式建筑的林荫街道和石库门弄堂房子完好无损。后来，上海解放后首任市长陈毅告诉他，上海这一仗，我们是瓷器店里抓老鼠，打得小心翼翼，轻手轻脚，我们可不想抓老鼠而把瓷器砸烂，我们要交给人民一个完整的上海。

一扇扇门打开了，一扇扇窗打开了。街上欢腾的人群越来越多。荣毅仁小跑起来。荣毅仁在心里欣喜地喊道："上海解放了！我荣毅仁解放了，解放了……"

在集结令的号声中，解放军已列队集合，整装出发。秧歌队、腰鼓队载歌载舞。成群结队的上海民众挥舞起纸旗和红旗，欢呼声、鞭炮声、锣鼓声震撼人心。

荣毅仁夹在人流中，几个学生在发放小红旗，荣毅仁接过一面，欢快地挥动起来……

四十年以后的八十年代末的一个冬天，在建国门那幢大厦荣毅仁那间宽大办公室里，荣毅仁隔着办公桌接受我这个小老乡的访谈，他身材高大，器宇轩昂，花白的头发微微卷曲，梳得整整齐齐，剪裁合身的双排扣枪驳领深色西装，皮鞋锃亮。作为中信公司的掌门人，他实在太忙了，每天一上班都是一头沉入浩瀚的各种事务和会议中。只是在繁忙的间隙，打开唱机，听上一曲他所喜爱的外国古典音乐，喝上一杯咖啡。这就是他的休息。

他秘书陪我进来时，房间里正回荡着钢琴与长笛透亮的旋律，那欢快的声音和节奏，充满着郊外空气新鲜、阳光灿烂的春天的感觉。

荣毅仁破例抽出一个半小时接待了我。他用浓重的无锡口音徐徐地对我谈着荣氏家族和他自己的一些事，他主动提到了1949年5月25日晚上的经过，精准的时间、生动的细节，起伏的情感，不假思索地从他的记忆深处浮上来，脱口而出，仿佛不是在谈那个久远的晚上，而是在说一件刚刚发生在昨天的事。

他站起来，走到窗口，窗外是北京冰冷的冬天，色彩单调，但充满生气。他俯瞰着建国门的高楼林立，车水马龙，说：你看，改革开放仅仅十年时间，中国就脱胎换骨了。那天，我傻乎乎地拿了传票去法院出庭，解放军战士对我说，军管会接管了法院，我知道上海真正变了。历史的任何改变，都有它的合理性。国民党退败台湾，共产党成为执政党，1949年5月那个晚上发生的一切，我至今历历在目，我明白，这一切都是理所当然的。历史不断在选择和抛弃，这是不可阻挡的。周公吐哺，天下所归啊！

我豁然开朗，在和荣毅仁对话时，我一直有个梗在喉间的疑问，到底是什么原因促使荣毅仁留了下来？像荣毅仁这样的人物，是共产党"剥夺剥夺者"理论中的典型"剥夺者"，而且还有官司缠身，他有足够的理由逃之夭夭。可是他却没有去抢拾起一张在许多人眼里不可放弃的船票和机票，在纷繁的取向中，选择留了下来。这到底为什么？

此刻我明白了，1949年5月25日晚上那个独自坐在书房里通宵不眠的荣毅仁就已经具有一定的历史洞察力了。他作出了自己的选择。这种选择是充满痛苦和矛盾的过程，它像一个渐渐收窄的闸门，将湍急的水流汇聚成最后的能量，越过了大坝，进入了一段宽阔从容、气象万千的河面，生命的重中之重，就像风正高悬的帆篷，简洁而挺拔地站立起来了。

他从来没有为他的选择后悔过。十年浩劫中，他挨斗被整，一只眼睛差点打瞎。父亲荣德生的墓园被掘开、墓碑被砸碎，遗骸被扬弃。夫人杨鉴清被打得浑身是伤，她委屈地说，早知今日，我们那年何苦要留下来？荣毅仁厉声说，我不后悔，永远不后悔，我不同意你这看法，这是我和你的原则分歧。

琴瑟相和的夫妻生活中，荣毅仁从未这样对妻子怒叱过。

这个荣氏家族的第二代的一个普通继承者，在五十年代初那个民族资本家的黄金时期脱颖而出，成为举世闻名的红色资本家。在民族资本不复存在的年代，由毛泽东提议，已调任外交部长的陈毅赶回上海为他拉票，他被选为上海市副市长，分管纺织工业。这一年他四十一岁，风华正茂。两年后，他进京任纺工部副部长。改革开放后，由邓小平点将，他一腔热血地组建中信公司，他担任董事长，他似乎回到了原点，重新当上了大老板，生意之大远超于当年的父亲和大伯。不过，这家公司不是他个人的，而是国家的。中央政府赋予他可以突破国家设定的原有经济体制的框架、自己去决定航向和目的地的探索权。荣毅仁帆起桨落地大展宏图，他成了中国走向新时代的一个标志。晚年，他当上了国家副主席。去世时，他享受国葬，他的遗体上覆盖了共产党的镰刀锤子的党旗，这是曾经和他对立的一个阶级的图腾。

讣告中褒扬他为"民族工商业的杰出代表，卓越的国家领导人，伟大的爱国主义者、共产主义战士"。

对一个大资本家如此高的评价，世所罕见。这时，关于荣毅仁秘密入党的事也披露了出来。原来，在二十年前，即1985年7月1日，荣毅仁经邓小平特批，加入了中共，但要求严格保密，对外不公开宣布。入党介绍人是时任中央政治局委员、书记处书记，分管统战工作的习仲勋。荣毅仁当时自嘲说，我荣毅仁这个党员是地下党了。邓小平笑着说，不错，我也当过地下党。共产党很长时间里是地下党嘛。你荣老板吃香啊，暂时不宣布为好，委屈你啰。从此，荣毅仁守口如瓶，对任何人都不提入党的事，对夫人杨鉴清、儿子荣智健都未吐露过。

如果当时公开宣布荣毅仁入党，肯定会引起许多人的惊愕和振奋。但邓小平出于他的政治智慧，继续让荣毅仁以非党人士的身份活跃在国际经济舞台上，这是很有策略的。荣毅仁有他特有的形象符号和身份特征，保留他的特征和符号，会让合作伙伴更自然，更自在。荣毅仁本人也会一如既往地潇洒自如。

荣毅仁无疑是青史留名的伟人，他的一生，尤其是"留下来"后的大半辈子有过风浪，摔过跟斗，但总的来说曾迸发出华丽的非凡的爆发力。他一生大多数时间都是资本家，解放前是民族资本家，解放初转化为红色资本家，后来是国家的资本家，他的富有传奇色彩的人生之路与共和国变幻莫测的时代风云紧密相连，他的功绩散发灼灼光芒。但所有这一切，都来自于一个源头：即1949年5月那个春天的夜晚。

头顶的苍穹日升月落，只有那个五月之夜，那个奔腾急流下的闸口天荒地老，历久弥新。

## 一　半是笑容，半是眼泪

故事还得从这个五月之夜的五年前讲起。

荣毅仁说，看清一个事物有个过程，我和父亲选择留下来，不是一时的心血来潮，而是逐步积累起来的。抗战胜利时我们如沐春风，后来一连串的灾难和打击，逐渐让我们失望了。最后是彻底绝望了，就像进入隧道，入口很亮，后来一片漆黑，越往前越黑，暗无天日，我们都希望尽早走出去，看到有一丝亮光，那是很兴奋的，会拼命去抓住这束光的。

那是1945年8月14号早晨，人们从收音机里收听到了日本天皇那颤抖的尖细的声音宣读投降诏书，上海顿时一片欢腾。这是人们盼望已久的一天。荣毅仁和三哥荣伊仁开了敞篷汽车，扯着国旗，在上海人头攒动的大街小巷兜风，大声欢呼。他们的汽车后面居然跟上了几十辆小汽车，形成了一支长长的车队，蔚为壮观。汽车后面是脚踏车、摩托车、黄包车队。再后面是奔跑的人流，大多是青少年，有西装革履的富家子弟，也有光着脚的穷小子，其中还有几个漂亮的、学生打扮的女孩子，个个汗涔涔的，气喘吁吁的。他们特地穿过外白渡桥，在日本人聚居区，有日租界之称的虹口各条街兜了一圈。

往日充满日本风情的街区一片萧索，商铺都闭门了，行人中日本侨民几乎绝迹，偶尔有几个，也是一脸的晦气，目光呆滞，行色沉重。虹口有不少日本机关，日本膏药旗在灼热的阳光下垂挂着。日本军人持枪在门口站岗，灰溜溜的神情。成群的中国百姓围在门口，大声叱骂、掷鞭炮、掷菜皮、掷烂水果、掷泥块石子、吐唾沫，做讥笑和诅咒的动作，日本兵呆若木鸡地站着，不动声色，以前的嚣张气焰消失殆尽。

晚年的荣毅仁清楚的记着这次兜风，他对我说，他从未感到那么爽快过！他从圣约翰大学毕业，父亲荣德生安排他到无锡茂新二厂当副经理，刚上班一个星期，上海淞沪战争就爆发了。从此，他一直被硝烟和阴云所笼罩，浑身被无形的绳索捆绑着，这一天，他感到松绑了，自由了，感到自由是何等可贵。他站着双手伸展着扯着国旗，旗帜在他手里猎猎作响，他有一种飞翔的感觉。他说，可惜当时没有拍照拍下来，要是拍了，是张很经典的照片。就像二战结束，纽约街头那张一对青年男女被喻为世纪之吻的照片一样。

说到这里，他有些自嘲地笑了。他毕生酷爱拍照，是个业余摄影家。在圣约翰大学读书时，他是学校摄影社的发起人。

荣德生在高安路寓所对着在1938年在香港去世的兄长荣宗敬的遗像，感慨万千，老泪纵横，焚香祭拜，喃喃说："哥哥，你可以瞑目了，小日本投降了，我们荣家可以了卷土重来了，打湿的柴火将重新点火。"他还将收音机搬到祭台上，电台重复播放着日本天皇的宣告，以告慰哥哥在天之灵。这个瘦小的、被日本人奉为神的日本天皇的声音凄凄惨惨的，仿佛来自阴暗墓穴的哀哭，暑热熏蒸的大热天，让人感到一股阴气。窗外却是经久不息的鞭炮声和锣鼓声。

上海狂欢了三天，终于沉静了下来，社会生活复归于常态，但街头多了不少青天白日旗和蒋介石的大幅画像。而在敌伪时期冷寂一时的十六铺码头、江湾机场、虹桥机场忙碌起来了，江轮、越洋邮船多了起来，停机坪上停满了飞机。到乡下和外地避难的人，其中有不少是工厂主、地主、富商、社会名流，在日本人进入租界前，丢下产业逃离上海的洋商和上海秘密战中败退的特工在第一时间回到上海来了，上海是他们梦牵魂绕的城市，他们迫不及待地回来了。

荣家自然很热闹，免不了要欢聚一堂，坐下来就是挤挤挨挨几大桌。荣氏兄弟后代枝繁叶茂，人丁兴旺。大房荣宗敬有三个夫人，育有三个儿子，四个女儿。二房荣德生有两位夫人，育有七个儿子，九个女儿。荣宗敬除三子荣鸿庆尚年少，长子荣鸿元和次子荣鸿三均已成家，女儿也均披嫁衣。荣德生七个儿子中，除长子荣伟仁前几年患鼻咽癌英年早逝，六子荣纪仁、七子荣鸿仁尚未婚娶外，其余都成了家，女儿也大多出嫁，孙辈外孙辈一大堆了。仅荣伟仁就遗下三子四女。荣德生大女儿荣慕蕴嫁给了铁路工程师李国伟，养育了十个子女，李国伟以出色的经营才能，成了荣氏企业中一员独当一面的干将。可以说，荣家在几十年中间的商场博弈中，固然有"翻手为苍凉，覆手为繁华"之起伏沉浮，但一个改变不了的事实是：荣宗敬荣德生的父亲荣熙泰这个荣巷默默无闻的小户人家，在两个儿子手里，财富奇迹般地得到极大的积聚，人口也奇迹般地迅速地膨胀，一跃而成江南望族。

从荣熙泰算起，至荣宗敬、荣德生兄弟，这两代人创造了神话。在第三代，这个神话得到进一步的深化，至荣毅仁达到极致。

这个大家族的老少男女在那几天高兴得眼睛一次次潮湿，哭苦尽甜来、哭否极泰来，感叹过去，展望未来，争着呼风唤雨的请客买醉。他们的体内都涌动着活力，对未来有着美好的憧憬。每个人的话说不完，滔滔不绝的。电话里聊，咖啡馆里聊，饭桌上聊，汽车里聊，各个家庭的客厅和书房里聊。聊得最多的，想得最多的，无非是如何收拾残局，重振山河，利用战后和平、百废待兴的机会，重建由荣宗敬、荣德生兄弟千辛万苦创立的实业王国。这个王国早已支离破碎，一片荒芜，盛景不再。

荣德生也是兴奋的，他的话倒不多，脸上挂着笑，有名的荣德生式憨厚的微笑。这种微笑在哥哥去世后，就从他宽阔的脸膛上消失了。他很多时间，在书房里像老僧般入定。现在，这招牌式的微笑又回到他脸上。

但他不像洋场里浸润过的子侄那样狂放孟浪，喜形于色。他半是欢笑，半是眼泪，历经世态炎凉和命运多舛的他，还没有从重重的挫折的阴影中走出来。他还有着一腔的愁苦。他的神情还有些恍惚。

虽然在哥哥遗像前承诺要卷土重来，重新点火，这也是他和整个家族的心里话。但荣德生的心情其实很错综复杂。遗像上的哥哥一如在世时那样，脸颊分明的轮廓显示他坚韧的性格和过人的胆气，犀利而练达的目光，闪烁着他至死都未泯灭的创业情怀，蓄积穿透一切翳障的力量。他多么希望，在这样的时刻，哥哥能从照片上走下来，像以前那样很有气魄地发号施令。与哥哥相比，他慈眉善目，平时总是笑眯眯的，极平易近人，熟悉他的人，都说他像弥勒佛。他稳重、笃厚、平和，小时候还显得懵懂木讷，很晚才会说话，以至于父亲荣熙泰以为他天生是个哑巴，还得了个二木头的绰号。谁也没想到，这个二木头会成为大老板。他的老好人的性格、缜密的思维方式和稳健的办事风格，与荣宗敬的泼辣、果敢和雷厉风行形成鲜明的对比，但大智若愚中，自有其威严。

这种差异似乎有点不近情理，即便走路，一个流星大步，一个慢吞吞的，即便个头，一个高个，一个矮个，他们是亲兄弟吗？当然是，这是毋庸置疑的，一母所生的同胞兄弟。殊不知，正是兄弟俩的这种性格的互补性，使得他们一旦合二为一，便变得卓而不群。

荣毅仁介于爹爹和大伯之间，取这两个长者之长，高个，五官酷像爹爹，性格稳扎、淳厚也像爹爹。处事睿智而又果断像大伯。

荣德生知道哥哥不会甘于放弃秉守了大半辈的理想和追求的，他的在天之灵一定希望国运昌盛，家运鼎盛，可是真的劫后春光胜似昔年吗？荣家真的能摆脱苦难，柳暗花明又一村吗？他一遍遍问自己，痛定思痛，回望走过的路，更多的是伤心。当年他和哥哥是愣头青，凭着一股初生牛犊不怕虎的勇气，靠了手头积攒的微不足道的一点资金，居然办起了钱庄，开起了工厂，走上了实业救国的道路，深一脚浅一脚，跌打滚爬，杜鹃喋血，欲罢不能。

他们成功了，成了响当当的一代巨贾。可是这条路太难走了，弯弯曲曲、坎坷不平，这是条蜀道啊，蜀道难，难于上青天。这条路落满了他们苦斗的泪痕和血迹，打上了太多的苦难的印记。不错，成功带来了财富和荣耀，可失败和挫折又是始终相伴着他们。他们固然享受到了创业的幸福，然而有许多日日夜夜是何其痛苦难熬。如果不走这条路，他们也许依然是个过着清苦生活的普通人，在风檐雨巷的旮旯里过着懒散无为的生活，没有华枝春满，没有赫赫声威，然而平常年岁一身轻，自由自在，云在青天，鱼在水中。哥哥也不会那么早就去世，自己的长子荣伟仁也不会英年早逝，而自己呢，也不会一身的疲惫，一身的伤痕，一颗近于死灰的心。

荣德生在抗战胜利后几天来，就这样反复微笑着含着泪水回忆着他和哥哥的人生际遭，检视了残酷岁月里他们达到的高度和跌落的低度。往事如烟，不无可圈可点之处，也有许多事不堪回首。很奇怪，在子孙的雀跃中，沧海桑田的过去止不住在他脑子里放电影般闪现，让人感到内心紧缩和压抑。当然，也有一些片断，阳光照射着他们，哥哥和他的脸充满明朗。

荣氏兄弟是草根出身的大实业家。他们是从太湖之畔的一条朴实的略带曲折的巷子里（即荣巷）一个植桑饲蚕的农户家走出来的，兄弟俩都是钱庄学徒出身。这段钱庄经历，对于他们而言，有着奠基石般的意义，日后他们办企业时，一个铜板生出十个铜板，一块钱生十块钱的资本运营手段，令人感到眼花缭乱、出神入化，好似在琴弦上滑动的灵动的手指，拨弄出无限美妙的音律。这与他们少年时期在钱庄的熏染不无关系。

1896年他们在上海、无锡开办自己的钱庄，1900年创建第一家面粉厂，1905年投资第一家棉纱厂。此后的数十年间，资本呈几何级数增长，工厂越来越多。形成了包括茂新、福新、申新等二十几家工厂的荣氏企业集团。1900年，荣家的原始资本仅为6000元，到二十世纪三十年代初，荣氏企业仅申新纺织系统的资产就达六千八百多万元。茂新、福新面粉系统的资产也达六七千万元。荣氏企业经营的机制面粉产量占全国总产量的三分之一，棉纱布总机数占全国总数的百分之二十九。可以说，荣家在衣食两个方面，几乎占了中国的半壁江山，毛泽东称荣家是中国民族工商业的首户，这个评价是恰如其分的。

荣氏企业在取得骄人成绩的背后，所付出的艰辛和血汗是一言难尽的，在第一次大战期间，欧洲打成一团，无暇顾及东方的中国，这些产品包括面粉、布料原来的输出国，由于战争摧残了经济，成为了产品的进口国。这个历史变化为中国原来深受压抑的民族工商业得到了伸展的机会。就是在这个时候，荣氏企业获得了超高速发展，一派大水激荡、波澜壮阔的气象。

以至于荣宗敬在一次商界聚会上笑谈说，有人说我是面粉大王，纺织大王，这个大王我当定了！有人说我是商场拿破仑，这个拿破仑我也当定了！

中气十足，一副舍我其谁的姿态。

但是，荣宗敬的豪言还在人们耳边萦绕，形势就急转直下。

在荣德生记忆中，一个噩梦般的经历，想起来心里就撕肝裂肺作痛的就是申新搁浅。上海申新曾经那么强大，那么不可一世，可是突然从高处坠下，差点摔得粉碎。幸而活了下来。但从荣氏兄弟到子侄的心上，无不被深深地被剜了一刀，留下了无法磨灭的伤痕。所以，当八年抗战的胜利来到时，荣德生在发自内心高兴地同时，这段记忆不可阻挡地浮现出来，让荣德生感伤不止。荣毅仁在他此后漫长的岁月中，也常会神色严肃地提起这件事，语气凝重，他一定戳到了自己的伤心处了。

一战结束，列强内斗告一段落，马上掉转枪头，气势汹汹地扑向中国，争夺中国的资源和市场。荣氏企业从此交上了厄运，连连遭到重创，荣德坐记得很清楚，1932年，庞大的荣氏上海申新公司搁浅了，就像搁浅在海滩上鲸鱼，动弹不得，呼吸从粗重到薄弱，眼睁睁地看着近处的大海和掠过天空的海鸥。

那是他们办厂以来所遭遇到的最严重的经济危机。申新纺织公司的债务竟高达六千万元，荣宗敬想尽办法，都无济于事，最后走投无路，寻死的念头都有了。一天夜半在申新七厂的俱乐部号啕，顿足捶胸说，我弄勿落了，我弄勿落了！这日子没法过了，还不如找根绳子上吊算了……

睡在俱乐部楼上荣德生长子荣伟仁被哭声所惊醒。荣伟仁深受荣宗敬的喜爱和赏识，说他做人做事最牢靠，聪明绝顶，又内敛低调，是个标准的正人君子，便调他到上海总公司帮他处理日常事务。他平时亦步亦趋地跟大伯。

看到大伯哭得这么伤心，荣伟仁心里很难过，陪着流泪，他是厚道人，不知怎么劝大伯，他觉得任何安慰都是苍白无力的。他很震惊，那么强悍的从不言败的大伯会沮丧到如此程度，可见上海申新真正是到了最危险的境地了。

他第二天打电话到无锡，将上海的情况和大伯的情绪告诉父亲，兄弟情深，荣德生听了，心里很辛酸，垂泪不止，久久不语。他要荣伟仁和在圣约翰读书的荣毅仁请假一起回无锡面商。

在火车上，兄弟俩谈起大伯，都很感叹，这段时间的大伯分明是一个被击倒的绝望的人，这个人称商场拿破仑的大伯，真的遭遇到了"滑铁卢"，溃不成军了？荣家真的在绚烂一阵以后，要复归于平静和黑暗了？大伯六十岁在无锡做寿时慷慨自誓：六十岁时六十万纱锭，七十岁时七十万纱锭，八十岁时八十万纱锭……可话音还在耳边响着，天大的事就发生了，大伯这样的经营大师都无法力挽狂澜，夜半痛哭不已。曾几何时，荣家各厂都是一片好年景，要风有风，要雨有雨，日本丰田棉纱厂产品滞销，不得不偷偷冒牌申新的"人钟牌"棉纱，演起狸猫换太子的卑劣把戏，这些怎么就一下成了过眼烟云？

荣毅仁陷入了沉思，申新有十九家大棉纱厂，可说是国内一等一的纺织集团，但为何会在不长的时间内落到这个地步？荣毅仁和同窗，时任行政院副院长的孔祥熙的儿子孔令侃经常探讨这个问题，同为圣约翰大学的历史系学生，由于各自的家庭背景，对经济都很关心。他们本来报考的都是经济系，但那个英国经济学教授太傲慢，因为他们的父辈一个是身居高位的权贵，一个是商业巨子，为压压他们气焰，当众开涮他们。他们一赌气，便转到历史系。他们是学生，相对超脱，旁观者清，对荣家的沉浮作出了比较客观的分析，他们共同的看法是国运多舛，外商侵害，外货倾销，造成国纱销售阻滞，造成了棉贵纱贱的反常现象，棉所以贵，是国内产棉区涝旱多发，连年歉收，国产棉花不足供应，华商不得依仗海外进口棉花，但外棉价格高，增加了生产成本。纱之所以贱，是日本厂商和其他洋商恶性倾销所致，除了日商、英商等外商的挤压，还有日本对中国的侵略蚕食，凭借刺刀的所谓竞争力的凌逼排挤，"九一八"以后，华商在东三省的纱布市场全部丧失，被穷凶极恶的日本人所抢占，这使申新受伤不轻。

但荣毅仁认为，荣家自身经营有上也有问题。荣氏企业这些年急剧扩张，速度惊人，这是靠大举借债建立起来的一种滚雪球般的增长，是大伯荣宗敬惯用的引以为傲的手段。但火车开得太快，碰到弯道，就容易出轨颠覆。申新纺织公司的大规模扩张犹同特快火车，偏偏碰上了市场不景气的急转弯，产品销不出去，产能过剩，利薄甚至亏空，资本回收不及，一半以上的申新纱厂现金流中断，加上如此高的债务，申新这座坚如磐石的大厦完全有呼啦啦倾倒的危险。

荣毅仁说："令侃，政府对申新不能见死不救啊，纱厂面粉厂事关民生，更事关国本，宋子文应当体恤下情，拨一点头寸给申新，据我了解，大伯真的山穷水尽了。当然，荣氏企业也要自救。要把不良资金切割掉，要想办法出口产品，申新公司的'人钟牌''四平莲牌'棉纱在东南亚很有名的啊！还有就是加强总公司的调控能力，改变各自为政，粉纱分割的局面，内部进行调剂。"

孔令侃说："舅舅这个财政部长也有难言的苦衷，国库不富，各方面都要向他伸手要钱，可粥少僧多，他实在应付不过来。"

荣毅仁说："宋子文不是在美国签订了五千万美元的棉麦借款协议了吗？借款五千万美元，购买美棉美麦，对荣家的纱厂、面粉厂无异于是及时雨。"

孔令侃说："棉麦大借款也不过抵五千万美金，摊到全国，受益的企业很有限的了，我爹说，棉麦到华后，会卖给厂商兑现，不可能无偿拨给企业的。所以，你们荣家不要抱多大的希望。"

荣毅仁说："我明白了，期盼政府扶持只会一场空，还是要立足自救。"

荣毅仁把他和孔令侃谈的想法讲给大哥荣伟仁听了，伟仁对这个四弟刮目相看，毅仁还是个学生，对企业已这么关心了，并有了自己的见解，原因说到根子了，办法也是可行的。可毕竟有些书生气，出口创汇，是远水救不得近火，改变粉纱分割，以粉补纱，大伯也想到了，可谈何容易啊！"

他叹了口气，对四弟说："是啊！各自为政，大伯的权威大不如从前了，总公司早晚要被架空的。特别是粉纱分割，这是最让人担心的，王禹卿这些年羽毛已丰，爹爹和大伯虽然实行的是无限公司，但在福新，是王禹卿说了算，他是大股东，是功臣，是元老，大多数董事都跟着他走，是他的应声虫……"

荣伟仁平时是不说这样的话的，对父亲、兄弟也不说，怕传出去，惹出是非来。他能对荣毅仁畅开肺腑，也实在是心里憋得慌了。

荣毅仁说："这好比春秋后期，周室式微，诸侯坐大，周天子倒过来要看诸侯的脸色。"

荣伟仁说："四弟到底是学历史的，譬喻得好。还有，荣家头寸这么紧，和鸿元、鸿三在交易所买空卖空失利有关，你知道吗？他们亏了一千多万。"

"这么多？"荣毅仁大吃一惊。

荣伟仁说："总公司银账房的陈述昆亲口跟我说的，鸿元、鸿三的账都是他经手的，所以不会错。股东们对大伯纵子投机，亏损巨额，直接损害股东利益怨言颇多，这些事那里说那里散，你不要出去乱说。"

荣毅仁说："大哥放心，我不会多说的。其实，我早就听说鸿元、鸿三投机连连失手，但不知道亏这么多，如不亏这么多，申新也许不会搁浅？我知道爹爹是坚决不赞成做投机生意的，他们老兄弟在这一点是有分歧的，据说为了这件事还大吵过。"

荣伟仁微微一笑，说："那次大吵，是大伯六十岁做寿，在梅园宗敬别墅说着说着就争了起来，我在他们隔壁房间，听到爹对大伯说，你这是拼死吃河豚，是饮鸩止渴……"

荣德生几乎什么事都顺从雄迈的大哥，兄弟俩极少有龃龉，一辈子珠联璧合，灵犀相通。但荣德生对荣宗敬在交易所投机，历来持反对态度。在交易所瞬息万变和残酷博弈中，荣宗敬曾游刃有余，赚了不少钱，后来荣宗敬工厂越办越多，没有精力投入其间了。但儿子荣鸿元和荣鸿三却沉湎于投机，荣宗敬睁一眼闭一眼。不过，他们不像他们父亲那么幸运了，盈少亏多，窟窿越来越大。股东们对荣宗敬纵子投机早就看不下去了。荣德生也深感担忧，投机生意和赌博一样，也是一种铤而走险。一种危险的游戏，它会给人以梦寐和憧憬，然而结果也许是很惨烈的。因投机失利，几乎每天都有人跳楼，跳黄浦江。"金满箱、银满箱，转眼乞丐人皆谤"的例子层出不穷。不过，荣德生对这件事揣着明白装糊涂，他不想过问了，偶尔对哥哥提醒一下，他相信哥哥不会对两个儿子过于放纵的。

他听说，半年多前，荣宗敬知道鸿远鸿三亏了五十多万美元折合四百多万法币把他们找来训斥了一顿：我一直以为这交易所的买卖，是撑死胆大的，吓死胆小的，没想到你们俩，胆子是大的，谋略这么差……

荣鸿元解释说:"怪得很,交易所这段辰光太邪了,明明势头很好,眼看大把银子要进来了,可风向一转,像吃了泻药似的,泻得挡都挡不住。"

荣宗敬厉声骂道:"十足的败家子,不老老实实做事,一心想捡上个金山、银山……你们不照照镜子,自己有那个本事,那个福气吗?"

"是爹要我们顶住的……"荣鸿三咕哝了一句。

荣宗敬怒气冲冲地拍着桌子:"我叫你们去吃屎你们就吃……混账东西!"

荣德生对上海的情况大致是清楚的,险象早已有了,凛冬将至。哥哥也和他多次通过电话,说了上海的困境,和他商量过对策。他知道,为了渡过这个难关,哥哥曾通过中国经济信托公司,以申新公司九个厂的全部机器、纱锭、厂房和土地作抵押,拟向美国商团借款三千万元。美国商团拒绝了,因为他们调查到申新九家厂的所有资产都用来抵押贷款了,等于是别人的东西了,已失去抵押的价值。也知道行庄见荣宗敬处境艰虞,差不多要资不抵债了,一个个要收回贷款,不能转期,马上有几笔数百万元的贷款就要到期,银行毫无商量余地,一天都不肯拖延。可哥哥无从筹措这笔头寸。

宋子文的美国的棉麦大借款签订后,一度给荣宗敬、荣德生带来了一丝希望,能分到几杯羹,也算得上是一根救命稻草。

荣宗敬曾给宋子文写了封信。信是这样写的:

> 宋子文副院长兼财政部长先生台鉴:部长起美,报章赞美,获特殊荣誉。闻美款借贷有望,极佩卓识。华北协定后,日方加重经济侵略,尤于吾国纺织厂。若不力图挽救,华厂恐无立足之地,而国家社会之隐忧,诚不忍言。此款成功,当完全为振兴实业,改进农业之用,于国于商,两有裨益。窃思纺织在实业中最为重要,应力予维持,院长有世界眼光。素熟思而明辨,必会尽力扶助也……

但他们的希望很快就破灭了,美国棉麦到中国后,蒋介石插手了,来了个明修栈道,暗度陈仓,这笔借贷并未用来接济处境艰窘的纺织面粉企业,而是将东西卖给厂商,价格上并未作出过多的让步,而且不能赊欠,要有抵押品。荣家企业已没有什么抵押品了,千盼万盼的棉麦大借款成了水中月、镜上花。按荣宗敬和荣德生的说法,宋子文给他们吃了个空心汤团。更让他们气愤的是,这笔款子被蒋介石用来弥补围剿苏区的军事费用的不足,气得荣宗敬在上海华商纱厂联合会上直言不讳地说，借用美国棉麦一节，用之于经济，则可使国内之实业昭苏，用之军事，将陷国家于万劫不覆之域也……

一言既出，满座惊愕。这可是在公开发表赤色言论啊！但荣宗敬满腹的苦闷和牢骚，实在是沉不住气了。

迫不得已，荣宗敬曾经屈尊央求主持福新面粉公司大股东王禹卿以粉济纱，但王禹卿以托词婉拒了，水都泼不进。据伟仁说，王禹卿当时躲避着不见哥哥，宗敬长子荣鸿元、次子荣鸿三打他电话也不接。荣宗敬亲自打电话到王禹卿家里几次，才找到他，说，禹卿，上哪儿逍遥去了，能劳你步到西摩路来一趟吗？什么？伤风了？那辛苦你了，你忍一忍吧，无论如何请你跑一趟，有些要紧的事和你商量，好，我恭候你……

荣宗敬嘱荣鸿元、荣鸿三去门口的廊檐下等候，王禹卿的小汽车到了西摩路的荣公馆，王禹卿从车上下来，看到在暮春的夜风中瑟缩着的鸿元兄弟一怔，荣鸿元连忙说：王叔叔，奉爹之命，在这里接你的驾，请进，爹在书房等候你了。王禹卿干咳几声说：接驾？我不敢当，自己人用不着这么客气的。

哥哥对人特别是部属如此谦卑，他还是第一次见到，这说明哥哥对王禹卿寄予了极大的希望。但即使荣宗敬把身段放到如此之低，王禹卿并没有为之心动，怎么也不愿伸出援手拉一把岌岌可危的申新公司。

王禹卿早年是油麻商店跑街，他精明干练，头脑灵活，能说会道，擅于交际，但油麻店是小本经营，他的才干发挥不了，不太得志。荣氏兄弟的茂新面粉厂建立后，所产兵船牌面粉销不出去，王禹卿听说后，主动找到荣氏兄弟，要求和他们合作，负责推销，每销掉一包，提成一定比例的固定的回报。虽回报率偏高，荣氏兄弟还是欣然应诺。双方一拍即合，协议书签就，王禹卿就拎了一藤箱的袖珍型的小袋样粉，来到天津，在粮商中进行逐家推销。北方人偏好食面粉，南方人习惯食米，天津作为北方最大的商埠，是重要的粮食集散地，面粉进出量很大。凭着王禹卿的三寸不烂之舌，茂兴面粉厂的"兵船牌"面粉，像一匹黑马进入天津、营口等地粮食市场，人们偏爱名牌老牌，也有尝新鲜的冲动。这个从未见过的新牌子在王禹卿的鼓动下，居然引起了粮商们的兴趣。王禹卿拿了一大把订单喜冲冲回来了，几万袋的订额，让荣氏兄弟喜出望外。王禹卿首战告捷，接着，他又杀向东三省，连战连胜。就这样，"兵船牌"面粉在北方打开了局面，王禹卿功不可没。当然，他也获得了丰厚的利益，小跑街成了大富翁。后来，王禹卿和哥哥王尧臣，本地商人浦文渭、浦文汀兄弟都成了福新面粉厂的大股东,和荣氏兄弟成为一个灶台上煮饭,一个锅里吃饭,不分彼此的出棄兄弟,人称三姓六兄弟。

在申新纺织公司各厂搁浅时,福新面粉公司各厂相对稳定,能维持生产,销路尚可,利润虽不像鼎盛时期那么可观,但还是有利可图,收支平衡,因此,荣宗敬希望以粉补纱,起码调拨给申新三四百万元头寸,以解燃眉之急,但执掌福新大权的王禹卿委婉而坚决地拒绝了。

当时,在西摩路巴罗克风格的荣公馆,荣宗敬和恭恭敬敬请来的王禹卿有段对话,让荣宗敬很沮丧,传到荣德生的耳朵里,他也很感慨,雄狮般的哥哥会对王禹卿谦和得像一头羊,这可不是哥哥的作派。平时,即使见英国汇丰银行大班和那个华懋饭店绿色金字塔下那个"法老"维克多·沙逊,荣宗敬也是大大咧咧的,大而化之的,现在居然对王禹卿弯下了腰,这让荣德生感到有些不安,也觉得王禹卿虽是尾大不掉的"诸侯王"了,他不愿出手相助有一定道理。

那天晚上,在书房,荣宗敬的骄傲已荡然无存,他照例用他那只时大彬的紫砂茶壶泡了大红袍红茶,在一只紫砂茶盅里斟上,双手递给王禹卿,说:禹卿,我无路可走了,福新能不能调一点头寸给申新,福新和申新是一条板凳上的兄弟,救人如救己啊!

王禹卿沉吟着说:"这件事我想了很久,你说的这些道理我都懂,都是自家人,手足不可分啊,况且福新也是总经理的地盘。以粉补纱不是不可以,可福新的日子也不好过,拿少了,无济于事,拿多了,对福新伤筋动骨,救了田鸡饿了蛇,搞不好玉石俱焚,我不得不替福新的兄弟想想……保护福新不是我一己之私,也是为总经理留一条后路。"

荣宗敬说:"行庄见我荣宗敬落水了,怕我淹死,一个个要收回押款,不肯转移,五月底到期要还五百万元,可这笔头寸,我无从筹措,只能靠你了,能付掉五百万元,我可以松开气了……禹卿,你无论如何要替我想想办法……"

王禹卿说:"宗敬,粉厂确实还过得去,可五百万元是绝对拿不出来的。账上加起来不过二百万不到,这笔头寸要用来进麦料、付工钱,应付其他开销,如果调拨给申新,那等于杀鸡取蛋了,福新几爿厂马上会塌下来。"

荣宗敬说:"公司银账房算了笔账,福新几爿厂加起来可有三百多万余款,客户的赊账有三五十万,库存的麦料足以维持个把月,栈房的面粉也是满的,调出三百万元头寸天塌不下来。"

王禹卿久久地沉默。

王禹卿半晌说："我不知道总公司这账是怎么算的，他们是算进不算出……反正福新账上没有这么多，总经理可以派人去查账！"

荣宗敬手一挥说："这没有必要，你禹卿岂会骗人？我只要你补纱三百万元，其余的我另想办法……"

王禹卿不高兴地打断荣宗敬的话头，说："杀鸡取蛋的事我不能做，福新的董事也不会同意，申新到这一地步，当然是市面不好，可恕我直言，总经理纵子投机，亏损巨额，雪上加霜，这已不是秘密，硬要补起申新三百万元，股东会闹翻天的。"

荣宗敬生气地说："除了福二，我和宗铨（荣德生字）可是福新其他各厂最大的股董，福新能有今天都是我和宗铨打拼出来的。鸿元妈那时带两个女小囡，磨夜踏缝纫机做面粉袋，这些年股董红利都没少拿，他们也该饮水思源啊，鸿元鸿三是投机失利，我骂也骂了，桌子都差点掀了，但也不能揪住这点不放啊，人非神仙，孰能无过？"

王禹卿板起了脸："宗敬，你这么说就没意思了，你无非是说我王禹卿忘恩负义，是吗？没错，我王禹卿是靠荣家发的财，可我王禹卿也不是无功受禄，你们打拼，我和尧臣也是上过刀山，下过火海的。"

王禹卿说完，就站了起来。

荣宗敬精疲力尽地瘫坐在沙发上。"啪"的一声，把紫砂茶壶重重地放在沙发茶几的大理石台面上。房间外，荣鸿元、荣鸿三在门外偷听，听到那不祥的声响后，他们赶紧离开。远远看着王禹卿登上停在丁香和紫藤下的雪佛来汽车，尾灯闪烁着离去。第二天他们在总公司把这过程告诉了伟仁，笑容中隐藏着悻然，伟仁说了声，大伯明知王禹卿不会掏钱的，还要去碰钉子。伟仁又把荣宗敬和王禹卿的谈话悄悄打电话告诉了父亲荣德生。荣伟仁不太在大伯与父亲间传什么话，上海的情况，父亲一直密切关注着，时常和大伯通电话，看得出来，父亲的态度既担心又谨慎。

接了大儿子的电话荣德生感慨万千，他愣住了，简直不相信这是真的。哥哥是不轻易求人的，他的刚强、执拗和要强是出了名的。也许他早就猜测到这样的结果，但他还忍不住要试试。试什么呢？王禹卿的忠诚，王禹卿的情义，抑或自己的权威？但正如伟仁所说的，明知王禹卿不会松口，还要去碰钉子，自寻气恼。要是自己，也不会这么求王禹卿的。他知道王禹卿很有点威风的了，同时他也理解王禹卿，趋利避害是人的本性，要福新拿三百万接济申新，确实有点杀鸡取蛋的味道，对福新来说是要命的。就像无锡申新三厂和茂新一厂二厂，和福新差不多，虽不太景气，还能撑下去，账上也有些钱，他也曾考虑挤出一点救大哥的急，但还是如王禹卿说的，少了，无济于事，多了，会伤筋动骨，他犹豫再三，硬着心肠捂紧口袋，没有将钱拿出来给哥哥。

荣德生确信哥哥不会垮下的，他为数不多的拳拳服膺者中，哥哥是第一个。在他眼里，哥哥是个有着超常的识见和有超群的勇气与毅力的斗士，即使浑身上下有伤，都是奋勇不屈的，在任何情况下都是坚强自信的，从来没有愁苦的样子。哥哥从小就志存高远，吐属不凡。他是个行者，不是言者。在荣德生眼里，什么事都难不到哥哥的。荣家好几次危机，比这次申新搁浅严重得多，都在哥哥手里化解和转圜了。哥哥是荣家的"定海神针"，有他在，荣家没有过不了的坎。所以，这次上海申新搁浅，虽凶险莫测，荣德生始终心存侥幸，哥哥最终是有办法扭转乾坤的。

可是，哥哥居然哭了，而且是半夜号啕大哭，这让荣德生惊愕了。他从未见过哥哥哭过，男儿有泪不轻弹，哥哥是不轻易哭的，可是，他这次却哭了，而且是大哭。

哥哥不仅大哭，而且灰心丧意得想自杀了。自杀这两个字居然能和哥哥联在一起，这让荣德生更惊愕了。这怎么可能呢？年轻时，他和哥哥拿出父亲荣熙泰和他们兄弟省吃俭用攒下的五千银元，和父亲生前的一个好友，在无锡运河中的太保墩合办一家小型面粉厂，这个好友是苏州人，曾担任过晚清地方税务官员，他投资一万五千元，是大股东。他们从法国进口了一副练石磨盘。开端很不顺利，所产的面粉粉质不太好，滞销了。大股东不顾荣氏兄弟的死活，把资金撤走了。这爿初生的叫保兴面粉厂的小厂子立马陷入绝境。

荣德生受不住了，他想到了死，眼泪汪汪地折了一大把红头火柴头，这种红头火柴是有毒的，毒性很强。许多欲寻短见的人都采用吞这种火柴头自杀，荣德生也想吞下这一把红粒子一了百了。

哥哥找到了他，一巴掌把那堆红粒子打散，大声对他说：二木头，你糊涂了，世界上最大的本钱就是命，你连命都不要了，最大的本钱没有了，这才是蚀本蚀到家了。只要我们命在人在，本钱就在，他抽掉一万五千元钱算什么？旧的不去，新的不来，我们可以重新开始嘛！

荣宗敬乐呵呵地笑着。

"你还笑得出来？"

"笑比哭好，我们是男子汉，不能哭！"

"可厂完了。怎么办呢？"

"二木头，放心！天无绝人之路。"

荣德生破涕为笑。后来，他们重新招股，将石磨盘改为钢磨，将保兴改为茂新，再后来，王禹卿加盟了。工厂站住了脚。那四副石磨成了他们事业最初的奠基石。

还有一件事，早年，蒋介石取得政权不久，硬性要上海工商业者捐款，荣氏兄弟不买账，蒋介石一怒之下，下令把荣家的工厂、宅邸都封了。荣德生十分紧张，打电话给上海的荣宗敬，哥哥镇定自若，要荣德生找吴稚晖去蒋那里说情，电话中谈笑风生，劝弟弟，别慌，蒋介石要封就让他封，天塌不来的。赶快去找吴稚晖，蒋光头让他三分的。

荣德生去南京找了吴稚晖，经吴稚晖周旋，事情得到妥善解决。后来，荣德生问哥哥，你真的一点都不怕吗？荣宗敬说，心里还是有点虚忽忽的，可虚有什么用？怕有什么用？要想办法啊，棋断了，棋从断处生嘛……

可是，现在，从伟仁的电话里得知，哥哥竟然又是哭又是想自杀，这只能说明上海申新和哥哥已是穷途末路了，面临崩溃了。自己这段时间对上海申新的严重性竟如此麻木，他知道哥哥头寸调不动了，行庄又在逼债，王禹卿拒绝接济，但没想到巨轮般的上海申新公司在惊涛骇浪中急剧地摇晃着，它可能马上会有灭顶之灾。如果说，以前的工厂是滚雪球般发展，那么，申新的垮台也会引起雪崩般的连锁反应，荣德生的心愈发揪紧了，他简直不敢相信这是真的。在这之前，他绝对没有想到上海申新在波涛中竟然快翻船了。

放下伟仁的电话后，他突然感觉有些凄凉，内心潮湿起来。他当时在离护城河不远的无锡申新三厂写字间里，放下电话，他从厂里走出来，走到河边，对面是深灰色的城墙，沿河是茂新面粉一厂，茂新一厂和申新三厂几乎连成一片，机声隆隆，好几个高高的大烟囱在冒着浓黑的烟云，拖着长长的尾巴。这个墩就是太保墩，荣家的发祥地。

他站在河沿，望着连成了一大片的厂房，河面上吹来了一阵阵凛冽的带着污水气味的风，沿河的码头吊车的钢丝绳吊着货物，吱吱嘎嘎地响着。又是一阵风。荣德生打了个寒战，心里生出深深的焦灼，皱着眉头寻思着，如何在不殃及这申三和茂一的情况下，给上海申新筹划一点头寸呢，三百万，不，至少五百万，可这五百万在哪里呢？他知道工人储蓄所有几百万元存款，但这笔钱是工人的血汗钱，在任何情况下不能动一个铜板的。那怎么办呢？忽然，他心里一亮，忧郁的脸色略有舒展，他毅然转身，以平时很罕见的急促步伐向申三走去。他回到厂里后，乘小汽车直奔荣巷家里。这幢房子上下两层，楼上有走廊四周贯通，所以称之为转盘楼。

荣德生决定用自己的私蓄来接济哥哥，他打开保险箱，取出所有的债券、存单、有价证券、股票，取出算盘，一一清点起来。并要丁夫人和程夫人将多年收藏的玉器、瓷器、字画和古玩集中起来，这些东西都是荣德生的心爱之物，其中一块春秋玉璧，是稀世珍品，有人出五千大洋求荣德生割爱，荣德生说什么也不肯。

荣德生平时省吃俭用，买文物古董却出手大方，不惜花大价钱收藏，除了个人爱好，他有一个想法，就是防止它们流失海外，主张藏宝于民间。抗战期间，他曾在工商业界倡导，尽各自所能，收购文物，以免为倭寇所掠。他深知外国人特别是日本人对中国文物虎视眈眈，垂涎三尺。可现在，为了救上海申新，他不得不忍痛割爱了，他亲自打电话给几个有来往的品性好的古董商，让他们上门来看货、收货，条件是，不准卖给外国人，日本人尤为不可。

荣伟仁、荣毅仁下了火车，汽车已在车站候接。他们乘上汽车，回到荣巷家里，见满屋子地堆满了玉器、瓷器、字画、古玩。丁夫人和程夫人一脸的痛心和惆怅。父亲也是依依不舍的，一件件抚摩着，观赏着。最后决然地将它们放回檀木或香樟木盒内。

荣伟仁惊异地问："爹，怎么，你要把它们卖掉了，这可是爹一生的心血啊。"

荣毅仁说："爹，这些东西是大价钱买来的，现在经济萧条，卖不出好价钱，而且，对于上海申新来说，是杯水车薪……"

荣德生叹息说："虽然补不了这个大窟窿，但也不无小补，涸辙之鲋，一杯水就可以活过来，至于这些东西，确是我的心爱之物，可你们想过没有，到这种时候了，是这些东西重要，还是大伯和上海申新重要……随它去吧，留得青山在，不怕没柴烧……"

荣毅仁和荣伟仁都不响了。

荣德生和两个儿子来到戒欺室。这是荣德生的书房，也是会见重要客人的地方。这是个与转盘楼相连的一个带院子的南北两排厢房，除荣德生书房，还有荣宗敬的书房，家人聚会的厅堂和卧室，自成一体，精致幽静。在书房里，荣德生让荣伟仁将上海的处境原原本本、毫无保留地讲述了一遍，荣毅仁偶尔插话补充。荣德生吸着水烟，默默倾听着，不时问上几句。荣伟仁谈到，股东们有意让大伯退位养病，由王禹卿接任总经理，政府棉统会副主任李升伯任纺织部经理时，可大伯听不进，认为这是逼宫，荣德生站了起来，沉吟说："你们大伯激流勇退，我看未尝不可，退下来歇歇，对他对申新都有利，王禹卿绝顶聪明，很有手腕，福新发展到今天，他是有功劳的。更重要的，他在上海滩还有信用，可大哥，已没有了，让王禹卿顶上去吧，能否挽狂澜于既倒？看他的能耐和造化了……"

荣伟仁说："大伯说，他先前和爹商量换帅的事，爹劝过他，不到万不得已，别退位，退下来固然不失为一策，但引起的震荡也不会小，人心乱不得啊！"

荣德生点点头说："我是这么说过，此一时彼一时，那时，上海申新的情况没有这么严重，现在是转不动了，不得不借重王禹卿的信用、李升伯的关系，否则，真的山穷水尽疑无路了……"

荣毅仁说："我听人说，蜀中无大将，三划头（无锡话对王姓的俗称）当先锋了……李升伯是李济深的公子，他几斤几两，大家都知道，荣家是急病乱投医了……"

荣德生说："急病乱投医总比不投医好，死马当活马医吧，好了，我们不说这些了，毅仁，古玩行的人到了，你去和他们交割吧，货他们看过了，价钱也谈好了，清单也写了，四儿，你去吧……"

荣伟仁说："爹，你是不是亲自去监督，都是珍品啊。"

荣德生痛苦地闭上眼睛，一挥手："我不去了，敝帚自珍，总也难以割舍，我心里不好受，好像在卖儿卖女，这是救命钱，务必一手交货一手付钱，去吧，我要和你大哥再拍拍账……"

荣毅仁点点头，到转盘楼大厅等待古玩行的老板。几乎是同时，三家古玩行的老板到了，他们默默地轻手轻脚地清点瓷器、玉器和古玩，不敢有半点马虎，大厅里鸦雀无声，清点完后，装箱贴上封条，由职员搬上汽车。末了，一个古玩行老板从皮包里取出一张四十三万元的支票，递给荣毅仁说："四少爷，请收好，请转告令尊，这批东西，我们决不会让日本人染指的，请他放心。"说完，作了下揖，向眼泪汪汪的丁夫人、程夫人点了下头，转身走了。

荣毅仁心里空落落的，看了下支票，自言自语："父亲一辈子的心血啊……"

这天晚上，荣毅仁在转盘楼的一个房间的床上辗转反侧，无锡虽有小上海之称，但其实还是个非常宁静、有些凋敝的小城。荣巷处在郊区，夜晚更是寂静无比，下起了小雨。他开一点窗，雨声滴滴答答地响着。他想起了堂堂荣家卖起了家藏，心里有种悲哀。他知道，父亲为大伯凑出这么一笔钱，只能让大伯缓一口气，并不能挽救上海申新，下一步这些厂子会没落到什么地步，这不堪设想，他也不敢想下去。荣家的子弟，个个西装笔挺，头发上抹凡士林，留飞机头，玉树临风，派头十足。可这个时候，谁能出来分担大伯和父亲的担子？一个都没有。其实，即便鸿元鸿三，也都能继承家传，在经营上都有一手，决不是银样蜡枪头的纨绔子弟。他们也想尽力，只是这副担子太重了，他们挑不起。他感到惶惑，难道这么多兄弟就这么无能吗？他搜肠刮肚地想着各种办法，他忽然想起，听大哥说，大伯以他和父亲的名义，上书国民政府实业部，请实业部能体恤申新的处境，予以扶持。大伯还让父亲托吴稚晖替荣家敲敲边鼓，传达上听，那么，是否可以再托孔令侃向宋子文、孔祥熙说说情呢？他马上摇头，这条路走不通，有人对他说过，孔令侃的父亲孔祥熙是老狐狸，宋子文和荣家关系不错，但好像说话不算数。

吴稚晖是荣家的座上客，帮过荣家不少忙。不过，这次，他婉言拒绝了。有一天他来梅园拜访父亲，父亲说起了这件事。一向口无遮拦的吴稚晖直截了当地说："老蒋才不会考虑商人的死活。无钱不聚兵，国库仅有的几个钱，都给他用来对付共产党了，用兵一日，所耗千金，连年征战，国家财政早已捉襟见肘了……老蒋不定倒过来要向你们富甲江南的荣家化缘呢。"

这席话引起了父亲的共鸣："不错，宋子文的棉麦借款，让我们一场空欢喜，言之凿凿，是资助工商界的，可后来还是挪作军费……"

荣毅仁记得，他问过孔令侃，孔令侃也说过同样的话。都说条条大路通罗马，可荣毅仁想来想去，没有一条走得通的路。他灰心丧气了，他在心里说，在中国做商人怎么这么倒霉？纵观世界，美国和欧洲各工业国，无不以商立国，以商富国，以商强国，可偏偏中国，对商人不当回事，这样下去，中国何以会强大、富裕？大伯和父亲"实业救国"的理想，到头来落得一场空，真让人心寒啊！

一大早，天刚蒙蒙亮，荣伟仁敲房门，喊他起床，门开了，看见弟弟一张冷脸，问："你一张隔夜面孔，昨夜没睡好？"

荣毅仁不好气地回答:"落了一夜的雨,烦死了!"

荣伟仁叹了口气:"我困到半夜也醒了,做了个怪梦,好端端在霞飞路上走着,一群鸽子飞到我头顶上一起下鸟粪,头上、脸上、身上都落满了。正懊恼,就醒过来了。"

荣毅仁笑了起来:"梦都是反的,从天下掉下的不是鸟粪,是花花绿绿的钞票,上海申新有救了。"

荣伟仁也笑了:"真是这样就好了,爹那些宝贝可以赎回来了。"

雨停了,荣德生父子三人擦了把脸,就上了停在门口的小汽车,荣德生紧紧抱着一只皮包,里面装着价值近千万元的股票、债券和定期银行存单,以及卖掉古玩的四十余元现金支票,这几乎是荣德生的全部家当了。他和大儿子荣伟仁和四子荣毅仁乘早班火车到上海,明亮的阳光,鸽子在飞,鸽哨悠扬,荣鸿元已开车在火车站候接。

到了西摩路荣宗敬公馆,荣宗敬已急不可耐地在家里等着弟弟荣德生。荣德生见哥哥脸色憔悴,衣服领子敞开着,露出已经非常松弛的脖子,人瘦了不少,稀落的白发,枯萎如芦花,精神萎靡不振,荣德生所熟悉的哥哥平时那种自信、傲岸、干练的神态不见了。坐在客厅沙发里的身影竟显露出从未有过的萧索。肩膀都缩了起来,满脸堆着强装出来的苦笑。

荣德生一阵针刺般的痛心。哥哥的捉襟见肘已把自己折磨得不像样了,要知道,哥哥争强好胜的性格,使他心气多么高啊,可现在,他变成了满脸晦气的糟老头。

他眼睛忍不住湿了,连忙告诉对哥哥,他带来了千万抵押品和一百多万元定期存单,已和中国银行行长宋汉章说好,马上去找他,押款五百万元,加四十万元现金,可解燃眉之急,荣宗敬一听,又惊又喜,一个劲地说:"太好了,太好了,你给阿哥送来的是及时雨啊,老二,阿哥关云长走麦城,败得一塌糊涂,这日子不是人过的,你来了就好,我有指望了。"荣宗敬的声音沙哑而疲劳。

荣德生安慰哥哥说:"阿哥,你瘦了,这段时期,你太伤神了。别急别急,我们一起想办法,兄弟同心,其利断金。你不是常说的吗?船到桥头自会直,你记得不记得?"

荣宗敬说:"当然记得,这是我荣宗敬的口头禅,可是,我怎么能不急呢?船都要快沉了,到不了桥头了。"

荣德生说:"我马上去银行找汉章,先救救急,烂泥萝卜拔一段揩一段。"

荣宗敬说:"吃点早饭,你再去吧,总公司会客厅有十六家行庄跑街聚在那里催款呢。"

草草吃过早饭,荣德生和荣伟仁、荣鸿元坐车来到上海中国银行,荣德生去行长室,伟仁和鸿元在车里等着。行长宋汉章是荣德生的儿女亲家,荣德生的三女儿荣敏仁嫁给了宋汉章的儿子宋美扬。有了这层关系,中国银行和荣氏企业在金融合作上来往颇多,在荣氏企业最好的时光,许多银行都竞相上门锦上添花。荣宗敬、荣德生在中国银行、陈光甫的上海储蓄银行和张公权的上海银行押款最多,在荣氏企业几次头寸吃紧时,也是这几家银行毫不犹豫地雪中送炭。然而,在上海申新搁浅后,荣宗敬找过宋汉章多次,宋汉章一改常态,表示爱莫能助。荣宗敬很不高兴,连自己的亲戚、老朋友都这么势利,难怪那些行庄的老板见了自己,一个个像缩头乌龟,早已忘了以前是怎么巴结自己的。可静心一想,他就理解了,银行钱庄都是撑顺风船不救落水鬼的,上海申新大半个身子浸在水里了,只露出两只手臂拼命摇晃,换了自己,也唯恐避之不及。

宋汉章在行长室很愧疚地对荣德生说:"宗敬兄来找过我,美扬和敏仁也跟我说了几次。我没有帮上忙,上海申新出了这么大的事,我和陈光甫也很着急,我们也不愿申新这么跨下去,但银行有银行的规矩,请德公和宗敬先生见谅。"

荣德生诚恳地说:"汉章,你别这么说,我和宗敬都是钱庄出身,还不知道行庄的规矩?开银行的都是硬心肠,不会慈悲为怀的。"说着,从公文包里取出一大叠票证券单,继读说:"一家一当都在这里了,价值一千余万,当此一发千钧,空言无效,请汉章兄务必设法挽救,目前总公司押款到期数达五百万,非现数五六百万不能解除。"

宋汉章翻了下单据票证,按铃让贷款部主任进来,关照把证券清点立据,再准备一份押款五百五十万元的契约,尽量办得快一点。

贷款部主任当着荣德生的面清点了一遍,然后放入一个文件夹走出宋汉章办公室。宋汉章看着荣德生说:"我听说王禹卿要替代宗敬先生,如果王禹卿真的就任了总公司的总经理,日后使用这笔借款需要由王禹卿签字,一切应付款项方能按票面兑现,这是银行的意思,德公会理解的。"

荣德生暗暗吃惊,宋汉章不仅消息灵通,言下之意,也是看好王禹卿主政了,看来哥哥下野,是势在必行的了。他马上说:这自然,这事我还不太清楚,王禹卿真的临危受命，要让他放开手脚做事，用人不疑，疑人不用。

宋汉章说："令兄是了不起的企业家，但我看他为申新事，已心力憔悴，你要劝劝他，以退为进，并非坏事，既然下来，就是真下来，倦鸟归林，到无锡养养身体，学学老庄，管自禅修，坐忘无我，别插手公司的事务了。一山容不得二虎的道理我不多说了，否则会乱了套的。"

荣德生说："我也不知道哥哥是否下定了退的决心，不瞒你汉章兄，原来我是不赞成哥哥退下来的，也不太赞成王禹卿替而代之，可我现在我想通了，哥哥活得太累太苦了，放下这个烂摊子，休整些时日，做回矮人，对他对公司都有好处。坦而言之，王禹卿、李升伯算不上理想之人，但除了他们，也真的找不出比他们更合适的人了，不是谁都能撑得住这艘漏了水的破船的，除非你宋汉章和陈光甫出山，或者宋子文、孔祥熙兼之，哈哈哈……"

荣德生大笑起来。

宋汉章连连摇手："德公，你饶了我吧，别说我不懂办厂，就是懂，我也不敢站到这个悬崖上去，我有恐高症。至于宋孔，倒是胜任的，庙堂之人，位极人臣，王室宗亲，有权有势，不愁没有办法。嗯，你们兄弟已上书蒋介石、汪精卫、孔祥熙、宋子文、陈公博等政府大员，请求接济，听说政府也派员调查过了，下文如何？"

荣德生叹息说："他们不过是文来文去，互相推诿，给你空敷衍，亦不过是剃头担挑进挑出，宋子文和我们那么好，可有事找他，就成了瘫肩胛……"

荣德生和宋汉章虽是亲家，其实平时接触得并不多，许多来往也是公事公办居多，像这样推心置腹的说笑少之又少。信贷部主任敲门进来了，手里拿着备好的贷款契约书和抵押物的清单。宋汉章接过契约书仔仔细细看了一遍，连同清单收据递给荣德生，荣德生也认真地逐字逐句看完，点点头说："就这样吧，汉章、公权两兄慨然相助，济我燃眉，感激之至，图报有期。"

宋汉章说："德公说这样的话，见外了，申新苦处，我感同身受，但愿云霓在望，能沛甘霖，请签字吧。"

荣德生拿了文件走到宋汉章办公桌上，用毛笔签上名，再从裤带上取出一个小玉印盖上。宋汉章站在荣德生身边，从西装内口袋掏出派克金笔，在契约书和收据上签上自己的名字。并吩咐信贷部主任去秘书室加盖中国银行的印信，完了后即去上海银行请张公权签字盖章。又等了半个多小时，所有手续才完毕，荣德生和坐在汽车里的荣伟仁荣鸿元立即回茂、福、申总公司，荣宗敬已等得很不耐烦了，抓耳挠腮，坐立不安的，一脸的焦虑。

这五百五十万贷款，使上海申新稍稍缓了口气，到期的押款还掉了一部分，停工的工厂重新开工，但要攻艰克难，彻底转危为安，渡过危机，还有很长一段坎坷不平的路要走。在荣德生的劝说和周旋下，荣宗敬答应下野，王禹卿和李升伯同意接任总公司总经理和纺织部经理职位，全面执掌茂、福、申总公司十九爿厂的大权，李升伯则主管申新纺织公司，上海申新属下有近十家纺织厂，是荣氏基业中的命门，也是重灾区，这一块救活了，三新公司全盘皆活，李升伯担子很重，李升伯在美国学的纺织，是公认的纺织专家，但他从未管理过纺织企业，熟悉他的都为他捏一把汗，担心他管不过来。他也懂得深浅，自嘲为"杂牌军"，明白自己挑这副担子有些吃力，但不仅荣宗敬赏识他，王禹卿更是要拉上他，原因是李升伯是政府棉统会副主任，有官方背景，他的路道粗、人脉广，荣宗敬和王禹卿先后找过李升伯，请他出来维持局面。王禹卿对他说，宗敬先生最早是请你出来当总经理的，但你拒绝了，现在又把我推出来了，我希望你任总公司纺织部经理，统管申新各厂，有了你升伯撑腰，我才敢上马，请升伯先生万勿推辞，李升伯被王禹师说动了，勉强答应和他搭档，但他心里忽上忽下的没有底。虽然那近十家上海最大的最先进的纱厂对他很有诱惑力，他从未管个一爿纺织厂，一下管这么多企业，确确实实是个挑战，他很想应战，但无法真正地鼓起勇气去大干一番。

正在这时，荣宗敬打电话请他去总公司出席重要会议，也没说会议内容。到了总公司大会议室，三新公司下属各厂正副厂长、股东代表、高级职员等百余人列席，黑压压地坐满了会议室，但都不说话，一片寂静，有种异样的气氛。荣宗敬、荣德生、王禹卿坐在主席桌上。王禹卿见李升伯进来，招呼他坐到主席桌自己身边。荣宗敬朝李升伯点点头，没有说话，等李升伯落座，便站起来说："各位，鄙人和弟宗铨创办茂新、福新、申新纱粉厂已有三十年，时至今日，申新面临前所未有困境，我年迈多病，精力不济，决定退职退养，于即日起由总公司面粉部经理王禹卿先生代为总经理，李升伯先生主持纺织部事宜。下面由董事荣鸿元宣读聘书……"

荣鸿元站起来拿着一张纸宣读："聘请王禹卿先生为申新、福新、茂新三新总公司总经理，俟开股东会时追认，务希即日就职为荷。聘请李升伯先生为申新、福新、茂新三新总公司纺织部经理、总公司副总，俟开股东会追认，务希即日就职为荷。"

全场鼓掌，有人惊愕，有人无奈，有人露出苦涩的笑容。荣宗敬、荣德生起身，向王禹卿拱手作揖。荣宗敬笑着说："拜托二位了。"

王禹卿和李升伯站了起来。王禹卿抱拳说："本人一定尽力而为，不负宗先生、德先生厚望，报答公司重托。"

李升伯懵了，没想到，他本来是来辞请的，却碰上了这么一个正式宣布王禹卿和他任命的会议，他心里感到突兀，也有种隐忍的不快，荣宗敬和王禹卿是在搞突然袭击，迫使他就范。他绷紧了脸，想说几句自己不能接受的话。但转念一想，这样的场合这么做，太丢荣宗敬和王禹卿的面子，会让他们下不了台的。毕竟以后还要常和他们打交道，不了解内情的人还会戳他脊梁骨，骂他做人不地道，出尔反尔。另外，不妨再想想，也许自己可以尝试一下，想到这里，他的脸豁然松弛下来，甚至出现了一丝笑意，含糊其词地说："兄弟不才，滥竽充数，我说过，我是杂牌军，杂牌军……"

回到家他去征询父亲李济深的意见，李济深瞥了他一眼，冷冷地说了一句："你真以为自己比荣宗敬都厉害了，他干不好的事你能干好？掂掂自己的分量吧！"

父亲这句话，使他的仅有的一点勇气和信心彻底碎裂倒塌了。李济深也有些产业，荣丰钱庄是其中之一，也是上海申新的债权人之一，无论是出于朋友之谊还是个人私利，李济深都不愿看到申新倒下去。但知子莫若父，他了解自己的儿子，眼高手底，是个花架子，当当参谋，出出主意尚可，要去管这么多纺织厂，既无经验，又无胆略，充其量人头熟一点。

他也明白荣宗敬、王禹卿看中儿子，就是着眼于他的人脉和背景，但这不足于使儿子具有回天之力，结果是可想而知的。荣宗敬这样的老克勒都败下阵来，徒有纺织专家虚名的儿子肯定输得很惨。儿子落下个坏名声在其次，李济深更担心儿子的瞎来会使已一团糟的上海申新变得更糟糕。

李济深没有把这些想法透露给李升伯，他明白，一句冷冷的话已足够让儿子退缩了。果然，父亲的这一句话对李升伯是当头泼了盆冷水，他心里有一点淡淡地失落，他决意打退堂鼓了。

荣氏企业换帅，荣宗敬下野，王禹卿、李升伯接任，这是大新闻，上海的报刊连篇累牍地进行报道。在一片喧嚣声中，王禹卿雄心勃勃地高调走马上任了，可李升伯却人影子都不见，打他电话也不接。荣德生劝荣宗敬到无锡闭门谢客，静心休养，过一段清闲日子。荣德生说，钓钓鱼，泛泛舟，太湖的新鲜空气对身体大有好处，上海的事，暂时放一放吧，天塌下来，有高个子去顶。荣宗敬坐在高背沙发上，仰着头，将双手撑在一根乌木手杖上，像一只站往树枝上的猫头鹰，呆呆的，缄口不语，什么表情都没有。他离开了总公司的大班台，就像老船长离开了舵盘和望远镜，有种沉重的失落感。隔了好一会，他才说，老二，你说我能完全撒手不管吗？五百万元虽能缓解局面，但要彻底扭转乾坤，还得继续输血，我不能离开上海，高个子？王禹卿算什么高个子？许多事情王禹卿是挡不住的，我心里有数。

荣德生突然发现，哥哥今天居然换上了多年来已很少穿的西服，衬衫衣袖上还戴袖卡，是金质的镶钻的袖卡。这是英国大名牌，衣袖上还绣着他的名字。荣德生认出这是哥哥六十岁时，鸿元和鸿三送给父亲的礼物，昂贵的英国名牌西服，袖卡，衣袖绣着名字的一打衬衫，三条丝绸领带，还有皮鞋和礼帽，一只小牛皮的能上锁的黄色公文包，一根象牙把手的乌木手杖，全套英国绅士的行头。除了乌木手仗，荣宗敬这些服饰从未碰过。

这让荣德生感到哥哥有些怪异，下野了，却把这套行头郑重其事地穿戴上了，今天哥哥这么装束，是何意思呢？他猜不透，只是觉得哥哥考究的服饰透出的气息让他不由得感到凄凉和不安。哥哥年轻时穿西服挺有派头的，可现在让人想起"沐猴而冠"这四个字。

"老二，无官一身轻啊！"荣宗敬突然开口说话了，让荣德生心里一凛，"以前忙得连穿好衣服都没工夫，现在有辰光了，今天让鸿庆娘把这套行头找出来穿上，老二，今天我们一起去华懋饭店'猎人与狗'酒吧吃西餐去，你这个乡下佬也要开开洋晕，喝杯鸡尾酒，尝尝维也纳猪排、焦糖布丁什么的，就我们老兄弟俩。"

荣德生回答说："我知道那地方，小辈们经常去的，我在那里喝过咖啡，可我不会用刀叉啊。我看，还是到国际饭店吃中菜，那里的扬州狮子头做得不错，是你喜欢吃的。我请客。"

"好啊好啊，国际饭店就国际饭店，老二今天变得大方了，以前请我吃饭，总是挑小饭店。两条红烧鲫鱼，一盘炒鳝丝。"荣宗敬笑了起来，手杖在地板上敲了两下。兄弟俩在国际饭店吃了顿饭，出门时，他还是把西服换成了哔叽长衫，下面是烫得笔挺的西裤，戴上礼帽。两人在吃饭时都刻意回避那些让人不愉快的话题，沉浸早年在上海南市钱庄学生意的回忆中，后来就不说什么了，听着对面传来的跑马场传来的雷鸣海啸般的欢呼声。

第二天，荣德生就乘火车回无锡。

王禹卿的策略是稳住福新、茂新，对申新进行清理，查清家底。然后减产，对无法维持的纱厂果断停产。对总公司人事适度进行调整。该下的下，该上的上。他雷厉风行地实施他的新政，有一股勇猛进取之气。但他总觉得始终脱不了一种强烈的驱散不了的气味，那是荣宗敬的气场，它无所不在。

王禹卿见李升伯迟迟不履任，人也不见，似乎在躲避自己。他不得其解，心里既疑惑又着急。他在一个晚上，直接闯到李升伯家里。一见到李升伯就问："上次宣布时，你也到场了，可好多天过去了，你还不到总公司上班，这是怎么回事？"

李升伯端起茶杯，吹着浮在上面的茶叶，慢慢地喝起来，不作声。

王禹卿茶杯端起又放下，站起来，在客厅里踱来踱去。

"升伯，你倒说句话呀！我告诉你，你可不能抛下我，让我唱独脚戏，当时可是你答应我的。你说，我不会让你捅水木梢的。"王禹卿在李升伯面前站定说。

"我知道，这是宗敬先生和你器重我，可不瞒王总经理，我有难处，家父不同意。我想来想去，也自感无法胜任，我干不了，请看这个。"李升伯说着，从西装口袋掏出一页纸递给王禹卿。

王禹卿接过纸，见上面写着：李升伯启事：报载荣宗敬先生启事，以申新纺织总公司纺织部事务见委，升伯因肩任职务繁剧，不克兼顾，再加能力不济，业于近日致函恳请荣先生收回成命。此启。

王禹卿脸色很难看，说："你已经向荣宗敬提出了，我怎么一点都不知道？你岂能这样对待朋友？"

"得罪之处，请禹卿前辈包涵。弟思量再三，深感申新这个烂摊子要起死回生不太容易了，家父一句话，让我猛醒。他说，荣宗敬干不了的事，你能干得了吗？你也不掂掂自己几斤几两，我掂了下，我这个杂牌军的确担不起这个重任。所以只能向荣先生和你老兄收回成命。荣宗敬那里，我还未正式提出，未经老兄谅解，我岂敢公布辞职启事……"李升伯振振有辞地解释。

"你说的这些，我怎么会不知道，申新到今天，和国际经济萧条有关，加上日寇步步进逼，红丸药旗插遍东三省，东北纱布市场全部丧失，当然，荣宗敬好大喜功、纵子投机也是个重要原因。我们出来维持，完全是顾全申新大局，申新之局乃国家纺织之局，申新垮了，中国的纺织业塌了一大块。你是棉统会的人，岂能隔河观火？"王禹卿大声说。

"你别生气，说实话，我没有这个胆力。申新救不了，我反入陷坑，于申新，于国家，都有害无利，智者不为也！不过，你王禹卿不一样，你经验老到，久经沙场，又是和荣宗敬、荣德生一起打拼的出巢兄弟，三分天下占其一，至少福新在你手里。你有资格，也有资本，我可什么都没有。"李升伯说到这里，两手一摊。

王禹卿知道李升伯请不动了，不会买他面子了。他看透了李升伯，认定他是个喝过点洋墨水，但虚有其表的蜡烛洋枪头，即便真的就职，也是起不了多大的作用，甚至会起反作用。显然，荣宗敬和自己高估了他。王禹卿在心里骂他，什么东西，患得患失，既想吃得，又怕噎得，纨绔一个，成不了大器。他冷冷地对李升伯说，好吧，不为难你了。说完，便站起来悻悻地离开了李公馆。

荣宗敬收到了李升伯的请辞信。荣宗敬转给了王禹卿，并附了封给李升伯的回信，信中写道：台函敬悉。所关申新纺织部事务，先生既以职务繁剧，特行声明不克兼顾，鄙人自不万难相求，只有遵命作罢。吾已退职，请王禹卿总经理定夺为荷。王禹卿收到了李升伯的信和荣宗敬的复函件，看都不看一眼，就交给了秘书室存档。

王禹卿决定自己兼纺织部经理。他继续留荣伟仁襄助他，荣伟仁答应了。王禹卿按照他的想法行使他的职权。他认为无威不立，所以一上来就来硬的，撤换了银账房主事汪克勤、栈房主任李兴东，考工部主任徐晓乾的职务，总公司秘书室主任也换上了他的亲信朱仲康。被撤掉的人都是追随荣宗敬的老人马，多年来为荣宗敬所信用。向这些高级职员开刀，起到了杀鸡警猴的作用，会使其他老人员服从他、敬畏他。他的威信也就树立起来了。并不能简单地说，王禹卿是在排斥异己，培植个人势力，他的用心是好的，临危受命，不能软塌塌的，非常时期要用非常手段。另外，这些被解职的人在清查中也暴露了不少问题。如查得原料进货票面有五百五十三万余元之多，而库存盘下来是五百四十五万元，短少八万余元，银账房主事汪克勤解释不清，被免职了，回家反省。又如栈房，荣鸿元在交易所交易时购进的棉花，价格已超纱价，申新各厂都不要，可荣鸿元不管厂里是否需要，是否接受，硬是塞进来，栈房照收不误。王禹卿对栈房主任说，这是纵子投机造成的恶果。以后进棉花一律要我批准，任何人塞进来，一概拒收。栈房主任申辩几句，也被免了职。王禹卿有理由把他们撤职，但他有点急于求成了，有魄力而缺乏一份世俗的明哲。他没有明白，荣氏兄弟的班底盘根错节，是历史形成的，牵一发而动全身。对于这个班底，王禹卿傲固不足资傲，谦亦何以为谦，他是左右为难的。匆匆地在人事上动刀，是王禹卿的失策。这些人都不服气，都去荣宗敬那里诉苦告状。更让王禹卿棘手的是荣鸿元荣鸿三兄弟，他们一个是纺织部副经理，一个是庶务部副经理。荣宗敬退位了，他们还留在总公司，那些失意的老人马把对荣宗敬的情结转移到他们身上，他们成了荣宗敬的替身、影子、主心骨，整天围着他们转，加上两兄弟桀骜不驯，根本不把王禹卿放在眼里。王禹卿心里很不舒畅，狠下心在董事会上不点名地说："有些人不听我的调遣，眼睛生在额角头上，不管他们是什么人，不想好好做事，拆我的台，我在这里说个明白，今后不允许他们干预不该管的公司事务，听清楚了吗？"

荣鸿元反唇为讥："王总经理，你别指着和尚骂贼秃，直接点我们的名就可以了，请你明示，哪些公司事务是我们不该管的？我们又干预了哪些不该过问的事？"

"我不想在这里与你们吵架，看在你们爹面上，我出来收拾申新残局，我没有私利，也希望你们能帮帮忙，以大局为重，这种时候，不是闹意气的时候。各位都应守职而不废，处义而不回。"王禹卿毕竟是老克勒，他笑盈盈地回答荣鸿元。他明白，压压这兄弟俩的气焰是可以的，荣宗敬几次在他面前抱怨过两个儿子的不是，还说，史量才对他说过，不要把鸿元鸿三留在总公司生是非了，让他们出国深造去吧。所以，他这么点到为止，荣宗敬是不介意的，甚至会符合他的心意。但过头了，撕破了脸，就不妥当了，不仅有失自己的身份，而且有可能使荣宗敬不悦，伤了和气。

荣鸿元张嘴要说什么，但荣鸿三在下面用脚踢了一下哥哥，荣鸿元把话咽回去了。荣鸿元和荣鸿三同年，荣鸿元比荣鸿三大几个月，荣鸿元是荣宗敬大夫人所生，荣鸿三是二夫人所生。公司里的职员、股东及工厂的职工在背后都称他们阿大阿二。荣鸿庆是三夫人生的，还很小，当然称阿三了。

一个月过去了，王禹卿忙得焦头烂额，然而，申新的局面并没有明显的起色。除了不声不响从从行庄调来一点头寸，补充申新的流动资金，扶持几家坚持不了的工厂，就是忙于各种杂务。押款五百余万已用去近三百万，主要用在偿付到期的贷款上，抵押的两爿厂解了套。可以继续押一点款了。资金上虽有些松动，但近十爿纱厂大多数继续亏损，没有利润进账。他是主张减产、停产的，市场不景气，棉花价格居高不下，机器一转，就是亏蚀。停工减产在所难免。可中国银行和上海银行发来了函件，要求申新各厂一律不得擅自停工，并要出具保证信，要王禹卿、荣宗敬、李升伯签字画押。

王禹卿很生气，他感到全身的血都变得冰冷，这函件简直是要申新的命，而且，使他难以理解的是，已退职的荣宗敬居然在保证书上签下了名，他不管事了，还签名，明知不可为而为，是老糊涂了，还是别有用心？李升伯根本没有到职，也要他签名，银行不是在胡来吗？王禹卿觉得受了侮辱，他找到了宋汉章。

宋汉章解释说："这是中国银行和上海银行董事会商议的补充决定，原因很简单，申新各工开工不仅不足，而且经常停工，可说三天打鱼，两天晒网，工厂没有出产，何来赢利？押款五百余万，用什么东西来还？董事会一致通过强制要求申新不得停工，我只能附议，况且，我是征得荣宗敬同意的。"

王禹卿问："宗先生如何同意的？"

宋汉章说："我事先和他通过电话，对这个决定表示理解，我再让人将函件送到宗先生府上。"

"宋行长应该知道，宗先生已退位了！"王禹卿几乎要喊起来。

"当然知道，但荣家是申新的大股东啊！宗敬先生和宗铨先生兄弟及子婿在申新所占股份达百分之八十以上。"

"那么，你们行庄为何非要把我抬出来呢？我为了申新大局，为了社稷民生，不得已勉任总经理一职，暂作过渡，而你们不听我的，一味顾及大股东的想法，我岂不成了傀儡一个，这个吃力不讨好的差使干下去有什么意思呢？"

"你不是傀儡，我们银行把五百余万押款的签字权交给了你，在申新陷入危机之际，给你这样的权力，这是对你最大的信任。在这个问题上，你不能不承认，宗先生和德先生姿态是高的，德先生为了凑足抵押品，把多年的债券、存单一家一当都捧出来了。"宋汉章有些激动地说。

"我不稀奇这签字权，要挽救申新，五百余万是远远不够的……"

"银行救急不救穷，五百余万元是解燃眉之急，下面就是看王总经理如何运筹帷幄，扭亏为盈了。宗先生所以签字，是为你分担责任，他本来可以拒签的。"

"这么说，我还要谢谢荣宗敬？"

"是的，他说，一旦有人骂，先骂他吧，他愿意做你的挡箭牌。我们的意思是，停产减产并非良策，厂还是要转的，我相信禹卿先生有办法的，纺织界和申新各厂都对先生寄予厚望。"宋汉章的态度缓和了下来。

"我已没有什么办法了,你知道吗?我儿子对我说,爹,苏格兰有句格言:你并不知道你得多少,直到一切都失去……宋行长,我可以告诉你,我得不了什么,也不想得什么,不过,申新会继续失去,它已积重难返。"王禹卿冷冷地笑着说,狭长的分布着点点老年斑的脸像风干了的老青菜那样难看。他是太湖边青祁村人。祖上曾煊赫过,远祖是周文王的一个儿子,被封为晋王。到了北宋末年,宋王朝南渡,王禹卿这一支脉始祖王皋是南宋朝廷命官,官呈殿帅府太尉,被封为柱国太傅,与岳飞是挚友。此后,王家后人中人才辈出。但到近代,王家败落了,王禹卿父亲是一名贫寒的私塾先生。王禹卿兄弟少小离家,出去闯荡。发迹后生活讲究,举止斯文,在青祁村修了个蠡园,出典是范蠡和西施二千多年前在这片湖面上泛舟过。一条几百米的长廊,儿子留洋回来,说太土了,在蠡园长廊尽头加建了一幢西班牙式样的别墅,露天舞场,西式游泳池。王禹卿很欣赏,又造了几幢欧式别墅,城内的住宅也是高墙深院的多幢花园洋房,周围都是矮小的江南民居,间杂几幢庭院深深的老式院落建筑,王公馆显得非常醒目。在时代风云中,当年的王公馆变成了现在的梁溪饭店,多年来,它一直是政府的招待所。当年神秘的林彪行宫也建在里面,色调枯燥的水泥墙小平房和王公馆精致而贵族气质的青砖红砖的老洋房并列在一起,显得极不协调,甚至有点不伦不类。

"我已想过了,申新垮掉,福新、茂新也会被拖下水去,我就回无锡去,蠡园和城里的小房子还容得了我。"王禹卿朝宋汉章弯了下腰,心里居然有种结束了的释然。他夹上公文包,跨出宋汉章的办公室。

隔了几天,他去荣宗敬家,递交了辞职书,荣宗敬躺在床上,病怏怏的,心情不太好,王禹卿的辞职让他深感意外,大为震怒,两人争执了起来,话讲得很难听,很重,到后来哇啦哇啦吵起来,荣宗敬坐了起来,拿起他那根手仗,在空中挥舞着:"走!给我走!"

王禹卿走了,荣宗敬的心情变得很恶劣,到了半夜,发起了高烧,头痛欲裂,他为王禹卿的半途而废而感到愤怒,为自己的失控而感到后悔。荣鸿元喊来了医生,医生检查后,暂无大碍,只是由于心力交瘁,引起血压升高,心律不齐,有轻度中风的迹象,如不静养,日后难免酿成大患。

荣德生闻讯后第二天即赶来上海,荣伟仁、荣鸿远、荣鸿三、荣毅仁、从外地考察市场刚回来的的荣德生次子、申新二厂厂长荣尔仁等都围在荣宗敬床榻旁。荣宗敬平静地躺着,垫着两个鸭绒枕头,稀疏的白发,脸色苍白,没有表情,只是眼睛睁得大大的，忧郁地望着大家。三个夫人在旁边掉眼泪，眼睛红红的，三儿子鸿庆畏畏葸葸地依偎在他母亲、三夫人身旁，很害怕地望着床上的父亲。荣宗敬对这个老来子溺爱无比，平时总带着他。晚年生活在台湾的荣鸿庆常著文回忆少时随父亲巡视工厂的情况，《无锡日报》几年前曾刊登过一幅照片，少年荣鸿庆穿着背带裤，戴着鸭舌帽，皮鞋衬衫，一副小公子哥儿的模样。荣宗敬则拄着那根乌木手杖，站得笔直，周围是他的团队。

荣德生坐在床沿上，对哥哥说："王禹卿攒纱帽是在我意料之中的事，无锡的钱鸿义，杨怀远都说过，他做不长的。他不想坐这个位子就算，你何必发那么大的火呢？气坏了身子算不来的。"

荣宗敬不响，突然问荣尔仁："尔仁，听说你签了好几笔订单，是吗？"

"是的，大伯，我这次跑了四五个省，有所收获，总算没有空手而归，我们的'人钟牌'棉纱，在内地还是挺吃香的。"荣尔仁凑上去回答。

"嗯，好，好，看来还是要走出去，不能守株待兔，我们还是要当跑街先生。"荣宗敬说，"换帅如换刀，王禹卿这把刀自动放下来了，李升伯那把刀拔都没有拔出来。宗铨，我这把老刀只能再上了，我明天上班去，乘你在上海，召开股东会，我荣宗敬归位了。"

"哥哥，你别这么急，养好身体再说。以哥的年纪和目前的状况，已不堪如此之重任了。"荣德生说。

"国不能一日无君，公司也这样。"荣宗敬有点累了，闭上了眼睛，隔了片刻，他突然睁开了眼睛，对荣伟仁说，"伟仁，扶我起来，我要起床。"

荣德生连忙按下挣扎坐起来的荣宗敬："躺下、躺下，你现在就要去公司？太急吼吼了。"

"我估计宋汉章、张公权这几个财神菩萨要来，他们怕我倒下，会来轧苗头的。他们惦记的不是我荣宗敬，而是五百万元押款啊！"荣宗敬在荣伟仁和荣鸿元的搀扶下，坐了起来，"我偏不给他们看我病了的样子，我要让他们看看，我荣宗敬好着呢，阎罗王暂时还不要我去，我荣宗敬又要去总公司执政了。"

荣宗敬下了床，穿戴整齐，坐到客厅去。他料事如神，宋汉章、张公权果然上门来了，看到荣宗敬端坐在沙发上，正在和荣德生和子侄谈话，脸色虽然差一点，但精神尚可，根本不是他们所想象的颓然和病态的模样，更没有出现卧床昏昏沉沉、不省人事、表情痛苦那样一种结果。他请宋汉章、张公权坐下，吩咐茶房端上热咖啡，子侄们退下了，只剩下他和荣德生兄弟俩，在咖啡的浓香和热气中，荣宗敬和两位行长谈笑风生，妙语如珠。无锡口音夹杂着上海腔和洋泾浜英语，口齿和思维都很清楚。

荣宗敬说："李升伯言而无信，王禹卿半途而废，我命苦啊，本来想去无锡太湖边做安乐王了，可现在又要去赴汤蹈火了。总经理这把交椅不好坐啊，我要召开股东会，谁愿意出来坐这个位子，我一定禅让，两位财神看中了什么人，尽管说，没关系的。"

宋汉章说："宗先生言重了，我们支持王禹卿也是权宜之计，李济深对儿子说，你以为自己比荣宗敬厉害了，荣宗敬干不好，你能干好？一句话，把李升伯吓退了。商场拿破仑并非浪得虚名啊！"荣宗敬快活地大笑起来，说，"惭愧惭愧，李济深小看自己儿子，王禹卿赏识他，你们也赏识他，后生可畏，后生可畏啊！"

宋汉章和张公权有些尴尬，坐了不长的时间，告辞走了。

待宋汉章、张公权离开，荣宗敬战抖不已，力气用尽，满脸虚汗，让人扶入卧室，瘫倒在床上，双目紧闭，和刚才判若两人。

荣德生难过地说："哥哥，真为难你了，你何苦呢？"

荣宗敬睁开眼睛说："是啊，我是打肿脸充胖子，硬撑着应付他们，这是不得已而为之啊！"

第二天，王禹卿和王尧臣兄弟买了人参、白木耳等补品上门来探望荣宗敬，王禹卿向荣宗敬道歉，他说，宗敬先生，弟昨天冒渎你了，说了不该说的话，回去给内人骂了一通，我自己就差没打自己的耳光，今天我和尧臣特向宗先生谢罪，请多多包涵。荣宗敬挥挥手说，禹卿，你言重了，我脾气也不好，事情过去了，我忘了，你也别记在心里。你扇自己耳光，我是记得的，多年前，你好抽几筒福寿膏（鸦片），给我骂得狗血喷头，你抽起自己耳光，立下字据痛改前非，如发现你再犯，我可一枪毙了你，后来你果然改掉了这个毛病……还记得这些吗？王禹卿说，记得，这样的事是终身难忘的。荣德生见王禹卿尴尬而负疚地样子，和前一阵盛气凌人的态度完全不同了，有点不忍心了，对王禹卿说，禹卿，别放在心里，老兄弟争几句，算不了什么。另外，你当总经理是经股东会通过的，你辞职也应该通过股东会，这不是小孩子做家家，这个股东会最近就开掉，省得道路纷传，生出是非来，今后还望禹卿、尧臣兄多多扶助。王禹卿说，这是理所当然的，无论于公于私，我都有责任支持大先生二先生，前几天回无锡，无锡商会的同仁对我说，维护申新即是保存三新，帮助荣氏即是自全自保。

荣宗敬又戏剧性地回到总公司任总经理，一切好像又回到原点。但王禹卿短暂的主持，还是留下了值得肯定的成效。一直在王禹卿身边的荣伟仁和还在上学的荣毅仁提到，王禹卿对申新进行清理摸底是对的，人事整顿也有道理。申新、茂新、福新各厂在管理上确有不少弊端和漏洞，实业部和银行也列数出工厂的种种不足。在像尔仁那样开拓外援的同时，内部要痛加改进。荣毅仁说，求生固然不易，求死恐怕更难。现在的局面确实严峻，不悲观不行，但不能做盲目的悲观主义者，要做认真的悲观主义者。这不是我说的，是学校里流行的一句话，我觉得对我们也是适合的。

荣氏企业本质上是家族企业，实行的是"无限公司"的组织形式，董事会没有否决权，荣家拥有绝对的，压倒性的股权，企业的重大决策、重大事宜事实上是由荣宗敬、荣德生兄弟及逐渐成熟起来的下一代及几个大股东，如王禹卿兄弟、陆辅仁兄弟，即所谓的三姓六兄弟说了算。这样的一个格局，是他们在挫折中迫出来的，好处是管理权和决策权能高度集中在他们手中，能排除干扰，能施展拳脚，能维护他们的商业精神和财富道统。缺陷是，企业内部容易近亲繁殖，形成很深的家族观念，体制和管事上也会出现许多弊病。

荣氏企业在二十年代曾实现过一次较大的改革，即革除工头管理制，实行技术人员管理制，因为作坊式的师傅式的模式和现代化的生产方式和设备已严重不适应，于是从无锡申新三厂开始，由荣尔仁、荣伊仁带领一批海外学成归来的年轻技术人员进行革新，由此触动了工头的利益，工头们都是和工厂的发展一起摔打过来的，自恃有功，闹起了事，动手打了那些革新者。讲究中庸之道的荣氏兄弟进行了改良主义的革新，起用技术人员的同时又照顾了工头们的利益。他们对这些帮着打天下，功不可没而又胡作非为的工头们是又爱又恨的。

虽然这次改革不算彻底，但还是使工厂面目一新，此后，荣氏企业急速膨胀，洋设备加上洋人包括日本技师参与管理，使管理上和制度上逐步改进和提升，特别是荣德生及三子荣尹仁主持的申新三厂推行了工人自治区，建立了工人俱乐部，工人法庭，工人夜校，贤德祠，工人宿舍，职工内部银行，缓冲了劳资矛盾，改善了工人福利，这在当时民族资本企业中是可说首创。这是荣德生达则济世思想的体现，这也是申新三厂在申新危机中能相对稳定的原因。

荣宗敬回到总公司重新执政后，采取了对外拓展市场，内部进行改进的一系列措施，任命荣伟仁为改进委员会主任，荣尔仁、荣伊仁、荣鸿元、荣鸿三为副主任，还是学生的荣毅仁参与一部分事务。第二代在危难中走上了舞台。他们在补漏洞、减成本的同时，推行无锡申三工人自治制度，这些措施取得了一定的效果，减少了库存，回笼了一部分头寸，一定程度上缓解了危机。总公司和各厂认为，申新最坏最困难的时候已过去，黑暗中看到了一缕曙色。

可是，荣家万万没有想到，这个时候，一个巨大的阴谋正在密谋当中，并悄然逼近荣氏企业。那就是荣氏兄弟多次呈请行政院及财政、实业两部，要求救济，以维持营业。实业部长陈公博在行政院会议上提出一个方案，由实业部会同财政、实业两部墅棉统会，对申新九个厂进行调查整理，改组经营组织。具体办法，由政府召集债权人，派员组成临时管理委员会，接收九个厂，由财政部拨款三百万元作为营运资本，至于目前的管理机构，包括荣宗敬统统靠边。实业部的理由是，申新以二十年时间，逐渐扩充，执国内纱业之牛耳，但该公司组织不良，经营毫无统筹，管理混乱，投机失败，因而债台高筑。一旦倒下，会连累一大批银行、钱庄、商号、工厂，引起很大的社会震荡。在会议上，宋子文、孔祥熙提出了不同看法，但陈公博执意要这样做。行政院长汪精卫见有争议，提出下次再议。会后，陈公博单独找宋子文，要宋子文支持他。这个方案，首先由孔令侃透露给荣毅仁。

孔令侃说："父亲平时回家不怎么谈公事，他这次和我说，无非要我捅给你。陈公博用心险恶，乘人之危，以'整理'为名，将申新九个厂收归国有，以后再安排人收购，神不知鬼不觉地把申新吞吃掉。"

荣毅仁大吃一惊，他喊了起来："这和抢劫有什么两样？想一口吃掉申新九爿厂，于理于情于法，都是缺乏依据的，他简直是胡作非为！"

"实业法中有一条，对民营不良产业，资不抵债的，政府可以收归国有，进行整理。你们不要大意，你们自己上书实业部的，活不下去了，喊救命，这给陈公博找到了由头。"

"这么说，我们是引狼入室。"

"不错，引来了吃死人不吐骨头的大灰狼。"

荣毅仁当时和孔令侃在学校球场打棒球，他气愤地抡起木棒，对准一块石块猛然一击，石块从空中划过去，飞得很远很远。荣毅仁把木棒塞给孔令侃，衣服都没有换，骑上蓝领牌脚踏车就直奔总公司。

荣宗敬一听，简直不相信自己的耳朵，实业部竟会下此毒手，这可能吗？他问:"孔令侃会不会听错?"

"大伯,孔令侃不是马大哈,他说得清清楚楚,是他父亲孔祥熙亲口跟他说的。"荣毅仁说。

"实业部想拿三百万元来夺取我八九千万元的基业,我拼死也要问他们一个明白,这是凭什么?这个可恶的陈公博,存心想挤垮申新,好拾个便宜货去享用,这是什么实业部长?简直就是拆白党!"荣宗敬拍着大班台,气愤地说。

荣伟仁、荣鸿元等从隔壁房间听到荣宗敬近似吼叫的声响,都赶了过来,待知道事委后,个个愤愤然的。这是巧取豪夺,是乘火打劫,是敲诈勒索,真想不到实业部如此荼毒啊!闻所未闻啊!欺人太甚啊!荣宗敬虎着脸,脸色苍白,一双手颤抖着。荣伟仁赶紧安慰大伯,让他服药。荣宗敬镇静了下来,嗒然若失地沉默了一会,便让荣伟仁通知王禹卿兄弟、陆辅仁兄弟、子侄和各厂厂长、总公司各部门负责人前来开会,商量对策。王禹卿等人一听,无不露出惊骇的表情,许多人的眼睛恐慌地急促地闪烁着,紧张地对视着。很长时间,荣宗敬一直不说话,目光不时阴沉地在大家脸上扫过,在座的人都是见过世面,经历过风浪的人,懂得这种时候要保持克制,不能随便发表意见。经过一段时间的沉寂后,荣宗敬终于开口了,他说,实业部成了条大鲨鱼,它张开了大嘴巴,露出比刺刀还要锋利的牙齿,向我们申新扑过来了,企图一口把申新鲸吞,我们不能束手待毙,各位发表高见,如何和这头吃人的鲨鱼斗个鱼死网破?

讨论下来,作出了三个决定,首先以总公司名义上书行政院和实业部,对实业部的违法决定提出抗诉和批驳,其次是联手业界,获得同仁声援,对实业部决定进行抗议,再次是将这件事披露给报界,唤起民众的同情和支持。荣毅仁这样的场合还是第一次经历,他知道,这是生死博斗,是一个民族资本的企业和政府实业部之间的博弈。他愤怒中有种悲哀,有种不甘欺凌的抗争,就像面对打家劫舍的强盗,他产生了拿起棍棒和石块,冲过去决一死战的冲动。他听到了磨刀霍霍的声音,看到了强盗手里举着的火把,唯有反抗,才能保住家园不受侵犯。想到这里,一股勇气使他全身的血液沸腾起来。作为一个后辈,一个学生,他能干些什么呢?他苦苦想着。

忽然,大伯说,无锡是我们老家,也要把申三、茂一、茂二和无锡商界动员起来,谁去无锡,帮帮他们?荣毅仁弹簧般地从椅子上跳出来,像教室里要求发言那样举起一只手,大声说,大伯,我去。荣宗敬说,你在上学,不能耽误你的功课。

荣毅仁说，明天是礼拜天，后天上午宗教课可以不去。我今天乘晚班火车，后天上午回上海，时间上可以了，不会耽误上课。荣宗敬点点头说，好吧，毅仁，你回去吧！今晚让伟仁打个电话给你爹，让他心里有数，具体由老四回家和他详谈。

荣毅仁回到无锡后，荣德生已知道这事，父子俩点了下火，商界、学界感到很震惊，纷纷集会谴责、抗议，申三、茂一、茂二的员工上街游行。这件事让上海和无锡两地的民族资本家深为寒心和愤慨，舆情一片哗然。中外报纸反应强烈，《申报》发行人史量才代表报界，指责实业部处理不当，反对申新由民商强行转为官商。反对摧残民商实业的呼声一浪高过一浪。

陈公博不顾群情激愤，依然派出实业部司长刘荫佛、科长李家礼、棉统会副主任李升伯为首的调查小组进驻上海申新进行调查。陈公博对李升伯说，我给你交个底，一旦整理完毕，即组成申新管理委员会，由你来牵这个头。李升伯受宠若惊，有陈公博这把尚方宝剑，可成为申新的掌门人和原来荣宗敬聘请他出任三新公司总经理和王禹卿请他出任纺织部经理，主管申新纺织公司截然不同了。他不是杂牌军了，而是正儿八经的中央军了，可以不避私情，铁面执法，荣宗敬做不到的事，他可以做到了。他欣喜地对陈公博说，升伯不会有负陈部长的重托。陈公博说，作为政府特派员去申新，你们不要为假象所惑，为所谓的舆论所误，别看荣家是个大家族、大财团，实际上早已是个空壳公司了，整理申新，就是整理民族企业，市场的法则是优胜劣汰，该淘汰的就淘汰，荣家打着实业救国，造福社会的旗号，为富不仁，垄断竞争，按照马克思的说法，他们身上每一个毛孔都浸透了罪恶。别误解，我不是主张共产，但纺织面粉事关国计民生，得由政府来指导……

调查小组进驻了申新，经过七八天的调查，写了个调查报告给实业部，但由于国民党政府的派系矛盾，以及荣氏兄弟的竭力抵制和迫于社会舆论的压力，陈公博企图吞噬申新的阴谋未能得逞，实业部的整理计划暂缓，改为荣氏企业自行整理。但风暴并没有过去，宋子文欲插一手，汇丰银行勾结日本人，想以拍卖形式，拒绝押款两百多万的申七延期偿还的申请，将工厂转让给日本人，这些图谋都遭到荣家和工商界及各界的坚决反对而流产。但申新系统的金融危机仍没有得到根本缓解，反而进一步加深，申新二厂、五厂不得不宣告停产，四千余工人失业，生活无着。最后，不得已，由银团委员会控制企业，申新勉力维持。1936年，我国棉花丰收，供应充沛，价格下跌，花贵纱贱的局面得到扭转，纺织业得到起色，申新诸厂起生回生。

就在这一年，还未从圣约翰大学毕业的荣毅仁和杨鉴清经过几年的恋爱，正式在荣巷转盘楼举行婚礼。孔令侃带了近三十个大学同学分乘十多辆小轿车来到荣巷，一辆敞篷车载了个大花篮，花篮由三百朵红玫瑰做成"心"形状，一路开来，万人争睹，小小的无锡城轰动了。

荣毅仁收获了爱情，他的内心充满着幸福感。他对杨鉴清是一见钟情，在学前街的无锡中学读高三时，他偶然见到了从黄包车上走下来的杨鉴清，她的清纯、美丽和端庄使荣毅仁无法忘怀。后来，他母亲频繁地取来提亲的女孩子的照片，荣毅仁扫一眼就回绝了。他的眼前总是有那个从黄包车上下来的女孩的倩丽的影子。可说是天意，在又一批照片里面，她奇迹般地出现了，他马上欢快地喊起来，就是她，就是她！这浪漫而奇特的巧合使荣毅仁和杨鉴清的婚姻超越了媒妁之言、父母之命及自由恋爱，而是一种天作之合。

杨鉴清是个世家女儿，在浓郁的书香和锦衣玉食中长大，父亲杨干卿饱读史书，为社会贤达。他的家族血统不像荣家那样，由实业而改变了家族，做出了惊天动地的大事业。杨家是书礼传家久远的江南望族，在时间绵延的浸蚀下，这个家族沉淀出它特有的深厚底蕴和家传。大音希声、抱朴守拙的杨家和崛起不久的一代巨贾荣家联姻，可说风光无限。

刚刚经历过一场险境重重的危机，荣毅仁在沉浸幸福的同时，申新这场危机仍使他心有余悸。回想起来不免有种后怕感。发生的那么多令人惊骇的那些事，与还是学生的荣毅仁似乎有段距离。但他其实一定程度参与了这个过程。他看到了一个必须正视的现实：在一个坏的时代，实业救国是何等的不易，而官僚资本和外国资本在挤压民族资本时，是何等的狰狞和残酷无情。他明白，他大学毕业后，进入家族的企业做事时，他的前途会是蹉跎的。而一个好的时代又是何等重要。十余年以后的1949年，在那个决定上海乃至中国命运的夜晚，他想到了申新搁浅这件事，以及以后发生的各种事，和他的家族和他本人的坎坷和蹉跎，这使他产生了一点希冀，一个坏的时代要结束了，他可能盼来了一个好的时代。他决定不出走，留下来拭目以待。

对荣家致命的毁灭性打击的莫大于日本对中国的侵略战争。如果说，申新搁浅，让荣宗敬无日不在愁城惨雾之中，而战争却把荣宗敬兄弟逼到了毁家纾难的地步。

1937年"八·一三"淞沪战争爆发，上海剑拔弩张，狼烟滚滚，全面抗战开始了。遮天蔽日的涂有太阳标记的日本军机出现在大上海的上空。中国军机升空迎战，互相格斗，双方都有军机被击落，拖着一股黑烟，栽向地面。虹口、闸北、沪东、沪西的华豁区则成了中日交战的区域。荣家在上海有近二十家纺织厂和面粉厂，除了租界内的申新二厂、申新九厂、福新二厂、福新七厂、八厂等厂外，其余位于战区的十多家厂在日本军队的狂轰滥炸下无一幸免，受到严重损毁，甚至成为一堆废墟，被炸死炸伤的员工不在少数，巨响迸裂，火光冲天之时，血肉横飞，惨不忍睹。申一、申八死伤职员工人四百三十人，当场炸死的就有七十多人，重伤者三百多人。与此同时，日军和日商肆无忌惮地抢掠工厂的棉纱、棉花、面粉、布匹以及马达、机床、发电机、锅炉和纺织机，其凶残、野蛮的程度，令人发指，完全丧失了人性、人道和国际法的底线。淞沪战争历经三个月，这场战争的酷烈是空前的，中国军队殊死抵抗，给日军以重创。上海沦陷后，日军沿沪宁线向南京进攻，苏南重镇一一陷入敌手。无锡的申新三厂、茂新一厂、二厂均被日军占领、进行破坏抢劫。申三烧毁了近四万枚纱锭，一千四百多纱布机和大批棉花、棉纱和棉布。茂新一厂抢走四万多袋面粉，一万多包小麦被烧光，全厂烧成焦土。茂新二厂的数万包小麦、面粉、麸皮被抢一空，厂区成了日军的军马场。

国难家难当头，荣家多年的心血在顷刻间化为灰烬。在风雨飘摇中生存下来的申新大多厂在日军的战火和铁蹄下彻底崩塌了。由于租界英法当局宣布中立，日本在太平洋战争前，尚没有和西方翻脸，租界成了一道防火墙，将战火堵在界外。租界成了火海中相对安全的孤岛，成了飓风中的风眼。申二、申九、福二、福七、福八仍能开工，还有远在汉口的福五、申四在后方由荣德生大女婿李国伟主持下坚持生产外，大部分工厂已毁于一旦了，兵火过后，满目疮痍，成了冒着硝烟的断壁残垣，或成了日军刀光剑影的营垒。

荣宗敬、荣德生兄弟像置身于砭骨寒风中那样战栗，他们担忧着国运，也担忧着家运，寒心、焦虑、愤懑使得体弱多病的荣宗敬像疾风中的纤草，办厂和治厂的勇气哪里去了？一点都没有了，有的只是无可奈何和胆战心惊。他和荣德生相对无言，一筹莫展的默默坐着，沮丧之极。荣毅仁亲眼看到他们弯腰曲背地坐着，泪水簌簌地流下来，湿了他们的胸襟和裤腿，那是无声的饮泣，可以想象他们内心有多么痛苦。荣宗敬昏厥过几次，他不愿住进医院，撑着病体和弟弟荣德生苦苦应付着危机。他们安排家眷避居浙江莫干山，再向内地转移。他们也尽最大努力将工厂迁移内地。1937年9月，无锡申新三厂部分纱机布机装船内迁；11月，无锡公益铁工厂又迁出部分设备和原材料，不料在途中被镇江海关拦阻，部分散落在苏北各地，为新四军军工厂所利用。部分迁移重庆，在菜园坝租地建厂，后又迁至江北黑石子，发展成颇具规模的公益纺织面粉机器厂，生产各种工作母机。他们阅报、收听中外电台的广播，洞察着日军的动静和欧美的态度，筹划着如何保全租界内的还在转动的企业。

　　1937年年底，荣氏兄弟俩分了工，荣宗敬留在上海维持，荣德生去汉口处理福五和申四的事务。这两家厂可是他们荣家的后路，不能再有什么差池了。荣毅仁等人打前站，乘车从无锡出发，绕道宜兴，到芜湖，再坐船到汉口。几天后，荣德生带领家人走同样的路线，来汉口会合。在汉口主管申四福五的大姐夫李国伟和大姐荣慕蕴忙不迭地找居所、买家什安置父亲和逃难来的亲人。住下不久，就传来无锡陷落敌手，工厂遭殃的坏消息。荣德生在《乐农纪事》写道："每日闻苏锡一带避难来汉者谈及，沿途水急风狂，人多船挤，吃尽苦楚，为之恻然。"他来汉口第二天就下厂视察，和女婿李国伟、四儿子荣毅仁运筹增产之计。

　　当日军威胁到武汉时，荣德生又支持大女婿李国伟冒着敌机的轰炸，异常艰巨地长途跋涉，翻山涉水，将申四、福五迁移到宝鸡、天水的人烟稀少、野兽出没的空旷、辽远的黄土高坡，建起钢筋水泥工厂和独特的窑洞工厂。到1945年，这些工厂拥有纱锭三万四千余枚，布机五百八十台，规模不是很大，但开工很足，在当时一片凋败的民族工业园地里是一支盛开的奇葩。

　　这年12月最后一天，荣宗敬受邀参加一次会议，是由杂粮业同业公会会长顾馨一，南市电器公司总经理陆伯鸿发起一个叫上海市民协会的筹备会，说什么这是公共租界和法租界提议的，以图救济战后商工界之苦境。未经讨论和本人同意，他们提出了一个二十一人的委员名单，荣宗敬和王禹卿都在其中，荣宗敬还是常委和主席团委员。荣宗敬在会上表示过质疑，这个组织是否报中国政府审批过？顾馨咬定已设法送武汉行政院汪精卫院长。荣宗敬不介意了。这一机构的宗旨符合荣宗敬保护租界产业，修理重启战区内工厂的意愿。荣宗敬事先确实对这个组织的内情一无所知，只以为是工商界的自救组织，在他看来这并不是坏事。但会后他不是很积极，对这样的机构不抱多大希望，在大兵压境的情况下，战区那些烂厂破厂是难以收拾的。但他没想到，这一次列会给他带来了巨大的麻烦。开始有友人告诉他，这个组织实际上是日本人在背后操纵的。接着，有报纸揭露，市民协会是直属大道政府的汉奸组织。

荣宗敬和王禹卿吓一跳，立即在报上刊登声明，撇清与这个组织的关系，表示不与此类组织合作。国民党助奸小组暗杀了陆伯鸿、顾馨一、杨福源，刺伤了尤菊荪，他的保镖做了他的替死鬼。日本商会会长在公开场合为顾馨一、陆伯鸿张目，用心险恶地抬出荣宗敬大加赞誉，说他是德高望重的商界领袖，市民协会主席非荣先生莫属。日本人还利用一些被市民讽刺为"东洋草纸"的小报，影射他过去"著有劳绩，在此时期，似不致甘愿傀儡登场，容系奸徒假名活动"。通过一吹一打，硬是揪住他不放，逼他就范，要么投靠日本人当汉奸，要么上军统锄奸团的黑名单，让他血淋淋地倒在冷枪下面。

荣宗敬不免有些紧张，并感到受尽羞辱。他连忙举行记者招待会，说明真相，洗刷谣传，声明不会参与市民协会的任何活动，慷慨陈词决不会屈服于日本人的威胁利诱，宁为玉碎、不为瓦全。

荣宗敬的表白虽消除了一部分人的猜忌，但日本人和汉奸一再从中挑拨生非，荣宗敬的行动受到了日本特务和军统方面的双重监视，这使他决定暂时避离上海。一天晚上，荣公馆东墙一扇黑漆小铁门悄然无声地打开了。墙角下，停着英国通和洋行薛克大班的专车，荣宗敬穿着西式大衣，头戴呢帽，足登皮鞋，握着手仗，和他平时长衫西裤，马褂长袍的打扮完全不同。车门打开了，薛克下车，和荣伟仁一起搀扶荣宗敬上车。

荣宗敬坐下后说："我这是怎么啦？俯仰无愧，却要像贼一样溜走……"

"大伯，世道险恶，不能不提防啊。"荣伟仁说。

"我荣宗敬在上海滩落到如此下场，连自己的车都不敢坐了，让人不免尴尬。"

"这没有什么尴尬的，荣先生会创造新的历史的，重返上海的时候，我到码头来接你。"薛克说。

通和洋行的汽车在黑暗中启动了，离开了荣公馆。荣尔仁开着一辆汽车也停在东墙墙边，荣鸿元、荣鸿三拎着皮箱在等车，两人将箱子放在后备箱后上车。两辆车穿过宁静的小街和风情万种的大街，孤岛依然繁荣，荣宗敬呆呆地看着车窗外他熟悉的街景。

他很眷恋这个他从少年时就打拼、奋斗而发家的城市，在这个城市里，留下他太多的痕迹，不说别的，光苏州河两岸，荣家的厂房绵延达十几公里，他经常乘小火轮，噗噗地响着，鸣着汽笛，在苏州河里观看岸上他的纺织厂和面粉厂，一支支烟囱吐着浓烟，像一团团墨黑的乌云尖锐地弄脏了蓝天。他踌躇满志，就像一个将军检阅他的部队。可是，他竟会以这样一种方式离开这座城市，离开他的"部队"了，他很败兴，真的很败兴。他又很不甘心，希望很快就能回来。可是，他没得想到，今晚他离开上海，是和这座城市永诀，他这一去再也没有活着回来。

五年后，他回来时，是他漆黑的灵柩。他像去香港时一样，也是搭载外国邮船回来的。

荣宗敬乘了薛克的轿车来到十六铺，登上停靠在那儿的一艘加拿大的邮船，悄悄驶向香港，荣伟仁、荣鸿元、荣鸿三陪同。荣宗敬走后不久，王禹卿也到了香港。荣德生在他的《乐农1937年纪要》中记叙了哥哥荣宗敬出入香港这件事："上海亦有人发动组织市民协会，拟挽余兄加入。外间谣言日甚，各友暗暗通知，劝其不便在内，兄亦以沪上未宜再留，决定离沪去港，借息浮言。"

荣宗敬在香港不甘寂寞，频频会见一些要人，其中有袁世凯时代当过总长和代理总理，驻日首任大使，时任香港赈济委员会主任委员的许世英，上海滩闻人、国民政府赈济委员会常务委员、中国红十字会副会长杜月笙，时任中央信托局驻港常务理事孔令侃等，孔令侃和他母亲宋霭龄利用中央信托局这块牌子，在香港开设母子店，大发其财。荣毅仁曾写信给他，让他对大伯多加照应。孔令侃去荣公馆探望了荣宗敬几次。

尽管门庭并不冷落，但荣宗敬依然心情沉重，人在香港，心在上海，借酒浇愁，寝食不安，时时顾念家事国事，以致于旧病未愈，又突患脑溢血，住进香港养和医院。抢救无效，于1938年2月10日逝世。临终前，遗言荣鸿元和荣伟仁：欠下的债务要尽一切努力偿还，要让荣德生回上海主持总公司，任何时候不能和日本人搞在一起，并以"实业救国"告诫子侄。国民政府派实业部刘荫佛司长为主祭员，赴港唁祭，香港总督杨敏尔及在港的国民政府要员、友人、名流纷纷前往祭奠。

2月15日，行政院通过决议，提请国民政府明令褒扬荣宗敬"提倡实业，苦心经营数十年功绩和不畏日伪威胁，遁迹香港的志节"。2月17日，国民政府颁布褒扬令："荣宗敬兴办实业，历数十年，功效昭彰，民生利赖。此次日军侵入淞沪，复能不受威胁，避地远引，志节凛然，尤堪嘉赏。兹闻溘逝，悼惜殊深。应予以命令褒扬，用昭激励。"

这是符合实际的盖棺论定，香港、上海的报纸以显著的位置刊登了褒扬令，上海、无锡、汉口一片哀悼声。对荣宗敬的种种传闻、谣言、猜忌顿时烟消云散，荣宗敬身后一洗其屈辱，但他为此付出了沉重的代价。

一颗实业巨星陨落了，它曾经发出过绚丽的光芒，而此刻，在这块英国殖民地上，它的坠落，它的黯然失色，并没有引起普通民众的多大关注。哀荣之后，只有他的子侄，他远在汉口的弟弟荣德生才痛感这是一个多么巨大的损失。荣德生在长江边的一个渔棚里整整坐了半天，他神情悲戚，泪流如泉，枯萎的芦苇在江滩上白花花的一片，在寒风中摇曳着。一个老渔民看到了不放心，问他为何事这样伤心？他号啕起来，对老渔民说，昨天，昨天，家兄在香港去世了，他一辈子办厂，实业救国，没过上一天安顿日子……他太冤了……老渔民说，这年头不好，年头不好啊，穷人活得累，有钱人也活得不轻松，这都是小鬼子害的，老先生，你别难过，记着这份仇就是了。

3月8日，荣鸿元、荣伟仁将其灵柩搭乘加拿大皇后号轮运回上海，停厝在陕西北路荣公馆厢房内。直到1943年9月1日，在举行了家祭后，由荣鸿元兄弟扶柩回乡，13日在无锡梅园公祭，14日安葬于太湖边上的杨湾。这块墓地是荣德生踏勘了太湖周围好几处地方才为兄长选定的。面对浩如烟海的太湖，背靠一脉青山，天籁之音中犹显幽静安宁，是块居高临下，风光绝佳的长眠之地。荣德生在笔记中说，墓地"乾山巽向，后枕全山，面向太湖，气概雄浑，为不可多遇之地，与吾兄身份、事业亦相称"。

有一个插曲，当荣宗敬的灵柩和送葬队伍进入狭窄的杨湾湖边公路时，被日本占领军的哨卡拦了下来，要求开棺检查。荣德生愤怒地责问那个日本军曹："你们连一个死去的人都要为难，还讲不讲道理？你可以告诉你，他是荣宗敬，实业家，你到上海无锡问问，有哪个人不知道他。"

正僵持着，一个日军中佐跑过来，当他得知逝者是荣宗敬时，肃然起敬地说，他读小学时，就从课文中知道了荣宗敬兄弟的创业故事，他是一位了不起的支那商界巨子。并吩咐立即放行！还向棺木恭恭敬敬地行了个军礼，同时命令全体士兵整队肃立，持枪致敬。

荣宗敬去世后，荣德生的情绪非常低落，王禹卿已从香港回上海，与哥哥王尧臣以及荣氏企业的元老吴昆生、陆辅仁等联名致电滞留在汉口的荣德生，请他来沪主持公司一切。电报说，"令兄去世，纠纷日多，穷于应付。总经理一席，内外一致"，荣鸿元也按照父亲遗嘱，发电报给叔叔，请他赴沪接任总经理之职。荣德生还没有从悲哀中回过神来，又忽患臂疾，右手难起举起，加上上海局面复杂，债台高筑，权衡下来，他暂不想回沪。

在给荣鸿元的信中说："俟大局安定，即到申料理。"并要两个侄子荣鸿元、荣鸿三与他的两个儿子荣伟仁、荣尔仁共同担起责任，其中两个人当协理，两个人当襄理，总经理之位空缺。关于福新面粉公司，信中明确关照由王禹卿、王尧臣主持。

后来上海因偿还债务等问题再次面临窘状，四面楚歌，债权方面咄咄逼人。受荣德生委托，处事老到的王禹卿出面周旋，王禹卿和银账房的会计通宵磋商，噼里啪啦打算盘轧账，火急火燎和荣鸿元到处搬救兵，如找杜月笙帮忙。王禹卿和荣鸿元不断催促荣德生回上海料理，荣德生忙于汉口事务，心情又灰暗，除了遥空指挥，和王禹卿及子侄书信往来，依然不愿返沪。他在《乐农纪事》中写道："余身虽居汉，而心怀家乡。念及半生事业，全付劫灰，深为怅然。"

1938年6月，荣德生在电疗臂疾后回到上海。荣毅仁等陪父亲一起返沪，这时的上海虽繁华不减当日，外滩的岸线依然错落有致，优美而巍峨。然而这个城市已是豺狼当道，暗无天日。荣家二十余爿厂已支离破碎。除了几爿在租界的厂在开工，并由荣家管理，其余均被日商所窃据。

哥哥荣宗敬的棺木无声无息地停放在这幢欧式大房子的光线幽暗的厢房里，散发着一种沉重而颓然的气息。荣德生抚棺长哭，泪水狼藉地流得满脸。荣毅仁焚香祭灵后，又跪拜在棺木前，向这位可敬的长辈叩头致意。荣毅仁知道，今后再也见不到大伯匆遽的身影，听不到他的声音了，但不管幸与不幸，他永远是这个大家族紧密相连的一部分，即便他躺在灵柩里，也能强烈地感受到他的存在。

不幸又接踵而来。1939年，荣德生的长子荣伟仁病倒了，确诊为鼻咽癌晚期，经过多方医治无效而过世，年仅33岁，他安葬在苏州七子山，遗下三子四女。2005年，晚年当了国家副主席的荣毅仁因病去世葬在太湖马山，荣智健在这个安宁的半岛的一个山湾购置了一块家族墓地，这里安逸、沉静，郁郁葱葱，鸟语花香。荣伟仁的灵柩也从七子山迁移到马山。荣家对太湖有种特殊的感情。荣宗敬、荣德生的墓都是坐落在一览无遗的波光粼粼的太湖边。

哥哥去世不到一年，现在大儿子又英年早逝，这是荣德生难以接受的。在哥哥和自己眼里，伟仁是个大好人，无论做儿子、做侄子、做父亲、做丈夫、做事业，都认真、豁达、憨直，众人一致公认他道德文章高尚，家国民族在心。可上苍不公平，甚至蛮不讲理，那些恶人、奸人活得好好的，自己的爱子，哥哥的爱侄偏偏撒手而去，这让荣德生的心情更变凄楚悲切，万念俱灰，感觉到世事无常，命运残酷，一点希望和乐趣都没有了。回到家后，二子荣尔仁、三子荣伊仁对父亲说，荣鸿元已成了实际上总经理。荣德生淡然地说，就让荣鸿元去做吧。

从此，荣德生住在高安路的寓所，深居简出，以字画、古玩、诗文自娱，不太过问总公司的事了，进入半退休状态。任凭子侄们在乱世中闯荡。当然，他对时局和公司的运行还是关切的，重要的决断，子侄们还是要让他拿主意。

1939年，荣毅仁的大女儿智和出生，他开始做父亲了，至抗战胜利，他膝下又添了一女一子。二女儿叫智平，儿子即荣智健，改革开放后，去香港创业，事业有成，后加盟中信香港公司，担任中信泰富公司董事局主席，经营有方，大施拳脚，连创奇迹，对稳定香港"九七"回归大局，对中信香港公司的传奇性发展立下了不可磨灭的功劳。不可否认，荣智健的成功，有多种因素所促成。但其中有一点很关键，那就是他的身上所具有的家族工商基因的传承在新的环境得到了极大的激活。从形象气质，做事风格，目光胆略和思维方式，荣智健和他的父辈，祖业何其相似乃尔！

## 二　紫砂茶壶和三足鼎立

上海是个怪异的城市。淞沪战争后，它变成了一座孤岛。当时全国无论是国统区还是沦陷区，都是兵荒马乱的森凉景象。唯独上海，还是出奇的繁荣。大多数洋商对上海的局势持悲观态度。外滩堤岸边的华懋饭店的大班维克多·沙逊断言：日本人的最终目的，是攫取包括上海租界在内的整个中国。洋商们纷纷撤走资金和家眷，一个人留下来守着搬不走的房产和厂房机器，静观其变。维克多·沙逊组织了一个九点一刻俱乐部，定期把这些孤独的忐忑不安的在上海发家的暴发户召集起来聚会，在他的马和猎犬酒吧喝茶品酒，交换消息。

他们中有的身上散发着鸦片的味道，有的举止中显示出掠地建房的骄矜。可他们的神情都是沮丧的，腰也弓了下来，他们明白，他们的好日子不长了。后来，随着日本人越来越猖狂，包括维克多·沙逊这个犹太阔佬在内的洋商们不情愿地、依依不舍地乘船走了。

但上海依然声色犬马，灯红酒绿，富裕的逃难者裹挟在那些流离失所的难民中，潮水般涌进租界，他们带来了金钱，追求末日般的享乐。也带来了房地产的疯涨，上海滩一房难求。奢华之气席卷而来。百乐门、仙乐斯等舞厅不用说了，就连华懋饭店这样奢华的地方，也是人头济济。在一片鼓乐声中，这些逃避战争的有钱人在光滑的弹簧地板上翩翩起舞，吧台边坐满了衣冠楚楚的宾客，一杯杯喝着威士忌、白兰地或鸡尾酒。1941年太平洋战争爆发，英美人已绝迹，日本人实行了宵禁，对娱乐业的夜晚开放时间予以限制，上海萧条了，到了午夜，街上空寂无人,但这段时间并不长。在汪伪政府上演接收租界的闹剧以后,为粉饰所谓和平,上海又复归畸形繁荣。娱乐场所、红灯区、商店商铺无不兴旺,大有"商女不知忘国恨,隔江犹唱后庭花"的味道。租界的工厂也出现了某种转机。上海的人口猛增,衣食需求旺盛,荣家在租界的企业订单充足,开足马力生产,赚了一些钱。

这个时期,荣毅仁兄弟合伙凭借租界的特殊环境,开办合丰企业公司,开小纱厂、小布厂、小丝厂、小机器厂,为了防范日本人,他们到美国注册公司。荣鸿元任合丰公司的董事长,荣伊仁当总经理,荣毅仁当总稽查。荣毅仁还担任他们兄弟办的三新银行的经理。他后来回忆这段特殊时期的经历时,自称是"百脚头戏子"(无锡方言称蜈蚣为"百脚"),啥戏都唱,什么事都可搭搭手。在这样一个诡异的环境里办企业,既需要机灵劲又要敏锐的政治嗅觉,这段时间的磨炼,铸就了荣毅仁坚韧的性格和冷静的头脑。他对世事、政治、社会的洞察力逐渐臻于深刻。

荣家在租界内的纱厂、面粉厂获利可观。战前让荣宗敬兄弟操碎了心的债务,逐年分摊偿还。以后,天赐良机,汪精卫汉奸政府进行币制改革,汪伪的中储券与国民政府时期的法币一对二的比价回收法币。当时申新公司的债务尚欠银行两千万元法币,而币值改革,将债务缩至中储券一千万元,又逢物价暴涨,被日军封闭军管的花纱价值大升。按战前金价,每两以一百十五元计算,荣家债务约值十七万四千多两黄金,币值改革,金价跃为两千五百余元,债务变得仅值7936两黄金,比原来相差二十余倍,加上花纱涨价,进账颇多,荣家一举全部还清欠款,至此,长达八年的银团管理告一段落。荣德生兴奋不已地在《乐农1942年纪事》写道:"积年陈欠,至此全扫,可谓无债一身轻矣。"

长期困扰羁绊荣氏企业的庞大的债务,差点把荣家压垮,荣宗敬为此差点崩溃,荣宗敬一了百了后,七八年里继续压得荣家老少连气都透不过来,丝毫没有放松的迹象,连同王禹卿都费尽心计,苦心奔波。现在这笔账一笔勾销了,荣家以及王禹卿兄弟理所当然如释重负,荣德生忍不住仰天大笑:一身轻矣!这是发自荣德生内心的欢快心情。

但荣家高兴得太早了。太平洋战争爆发,维克多·沙逊不幸而言中,日军占领了租界,并将原来作为英美洋行、工厂及驻册为英美企业的华商企业一概作为敌产处理,实行"军管"。荣家的申新二厂、九厂和合丰公司等均列为敌产。申二、申九整理车间的大部分进口精密机床给日商占为己有。汪伪政府成立后,日方表示要将以英美为名驻册的华商财产和其他在中日战争中被日军掳掠的华商企业移交给汪伪政府，由汪伪政府还予华商。但又声称有军事之需等特殊情况者例外，以这个理由，使得荣家的企业一次次被推迟发还。最后只有申三、申五、申六这三个破厂发还给荣家。在这过程中，日本军方和汪伪政府多次以"中日合作""租借""收买"之名，对荣家威胁利诱。

汪伪政府外交部长褚民谊亲自出面做说客，在国际饭店云楼请荣德生、荣尔仁、荣毅仁吃饭，以"中日合作"为条件，发还其余企业，被荣德生父子坚决拒绝了。荣尔仁说，工厂是我们的，物归原主是天经地义的事，我们不能受制于日本人。荣毅仁说，哪有东西给强盗抢去了，还要和强盗握手言欢的道理？这种卑躬屈膝的事我们不屑做。褚民谊说，我们是忍辱负重地出来收拾局面，中国不能再打仗了，国家和民众渴望和平，你们为了和平生产事关民生的物资，做些妥协是值得的。荣德生说，人各有志，你愿意参与和平事业，那是你褚先生的选择，但我们坚决不会和日本人合作，在这个问题上，我们无妥协的余地。

荣氏家族，不管大房还是二房，在抗战八年中，无一人向日伪妥协，无一家荣氏企业同日本人"合作"。他们宁可厂要不回来，宁可设备被日本人抢去，也不愿向敌人弯一下腰。

1945年8月以后的上海，比这个城市的任何时期都沸反盈天。中国各地，从城市到村庄，到处是战争留下的累累伤痕，只有上海竟然没有多大变化。租界虽然不存在了，但它的殖民地底蕴像苏州河和黄浦江的飘浮的水汽，顽固地洋溢在十里洋场的每个角落，甚至空气里都散发它的气息。

那些灰溜溜逃离的欧美大班们又成批成批携家带口回来了，或者从日本人的监狱里出来了。黄浦江里日军军舰消失了，代之而来的，是挂着米字旗、星条旗的军舰和货船，蒸汽烟囱冒着黑烟，在江面上驶过，发出深长的汽笛声，和当年的日本军舰一样，这是历史的回声。其实，身边微末之事的变化的背后，一如不变的繁华的背后，是宏大的天下之变。社会生活和文化生活不是已经颠覆，就是正在颠覆。

美国海军陆战队乘着吉普车在人群中横冲直撞，商店里，美国货代替了东洋货，骆驼牌香烟，玻璃丝袜，美国牛肉罐头和美国酒充斥货架。剩余军用品，从钢盔、皮靴到餐具，成了地摊货的主要物品，因为价廉物美，上海市民争相购买。

饭店、夜总会、舞厅、咖啡馆、酒吧天天顾客盈门，通宵喧嚣，炫耀财富和欲望。被上海人形容为"饥鹰满天飞，饿虎就地滚"的国民党接收大员纷至沓来，这座东方大都市像发了虚火般升腾起更高的火焰。维克多·沙逊也回来了，在他的绿色金字塔下的私寓，这个腿有点瘸的"法老"拄着手杖俯瞰着外滩和黄浦江，这幢大厦完好如初，包括塔顶的边缘，那对猎犬还是保持着它的雄姿，它是沙逊家族的族徽。

华懋饭店的阔气和豪华仍是亚洲之最。大厦的马和猎犬酒吧仍是上海上流社会首选的社交和休闲场所，美式的爵士乐、水兵舞开始在这里流行，美国好莱坞的电影在上海热播，美国远东电台音乐节目，伴随着美国军人在这个城市的大批出现，不可阻挡地火红起来。金碧辉煌的舞厅的舞客个个像狂放不羁的少年，舞姿热烈、随意。英式的盛装宫廷舞的假面舞已冷落了。爵士乐队充满激情地演奏着。鼓点响亮而带有黑人部落音乐的节奏，小号悠扬亮亢，滑音撼人心魄，萨克斯管的音色华丽，如满地泻金。

荣家第二代在这段时间，常去华懋饭店酒吧喝咖啡、喝鸡尾酒、吃西餐。抗战胜利、苦尽甘来，让他们感到扬眉吐气，前途一片光明。然而，上海又是那样乱花迷眼，他们面对父辈创下的千疮百孔的产业，兴奋中有点茫然，是啊！笑过了，哭过了，该做事了，可不知道从何下手。旋转的万花筒般的设想中，有一个坚定稳固的内核：百废待举，国家需要重建，荣家也需要重建。

荣德生的想法和子侄们的想法在内核上是相同的，但在举措上、方法上不尽相同，大房和二房第二代之间也各有各的想法，不能否认，差异中有观念冲突，也有利益冲突。其实，这种冲突，荣宗敬在世时，就存在了，只不过是隐性的方式存在。申新搁浅过程中，八年抗战的岁月中，对立和融合，冲突和矛盾时隐时现，这在荣氏家族和企业中不再是秘密。只是由于荣宗敬、荣德生兄弟顾及一家亲和他们的有力掌控，才遏制了这种苗头。

荣德生没有急于表态，他认为一动不如一静，先看看大势再说。再说，他也不便表态，他有着对某种奇迹的期待。这个期待基于一个重要的一个原则，那就是希望子侄不要在这个节骨眼上闹分家，荣家不能四分五裂，荣家要坚持一统。他坚信，大哥荣宗敬在，也会这么做的，会坚定地维护荣家一统的。但他清楚，荣家已和哥哥在世时的情况发生了巨大的变化，有着在痛苦中成长和改变造成的复杂性。荣鸿元已成了实际上的总经理，牢牢地把持着上海总公司，这是他禅让的结果。次子荣尔仁在重庆有一摊子，也挂着总公司的牌子，虽无多大的实体，但总公司是重庆政府所批，合法正统。大女婿李国伟在荒芜的西北搞得有声有色，自成一体，无疑已经坐大。这还不算王禹卿福新那一块。这让荣德生隐隐有种担心，甚至有点害怕，要是不审慎，这个局面处理不好，就意味着荣家就此分裂，各立门户，分道扬镳。此系祸兮？抑为福耶？对于荣德生来说，是福是祸未加深究，但分裂本身是他断然不能接受的。如果各方能互联互补，能合而为一，应该会重新形成一个完整的强大的所向无敌的荣家。

荣德生的血缘立场来自于父亲荣熙泰的临终嘱咐，荣熙泰临终前，气喘吁吁指着桌上的一把紫砂茶壶，对荣宗敬、荣德生兄弟说，你们兄弟永远不要分家，包括第二代，也是这样，决不能出现兄弟阋墙的事。就像这把紫砂茶壶，盖子和壶身不可分割，你们要做一把完整的壶，并要他们发誓，他和哥哥荣宗敬含泪信誓旦旦地答应了。这把茶壶荣德生一直珍藏着，它是一把普通的紫砂茶壶，不是名家之作。一生风雨不绝的荣德生忧心不已，搞不好荣家这把茶壶就会壶盖和壶身分离，甚至会一分为几。

另外，荣德生和荣宗敬一向主张无限公司组织，不设董事会，避免股东间相互掣肘，致使内部争斗不息，内耗严重。这种对无限公司组织的迷恋和崇拜主要来自于不可侵犯的家族观念。对于荣宗敬和荣德生来说，家族是至高无上的，而无限公司能确保家族的产业操纵在自己人手里，而不至于旁落于外人。这种组织形式在荣宗敬兄弟创业阶段，力排干扰，勇猛精进，是非常有效的。但子侄们都是在国外或国内一流大学学的经济，接受了西方企业体制和管理理念的灌输，对父辈的主张不能苟同了，认为这是墨守成规，因循守旧，希望在企业重建中有所调整，不再拘泥于父辈所恪守的家族传统。这触动了荣德生的底线，即使是以足够谨慎委婉的方式提出来，荣德生也是不能接受的。

荣德生度过了数个不眠之夜后，悄悄地拟定了一个荣氏企业的权数分配方案：

茂新一、二、四，荣德生、荣鸿元

福新一、三权，荣德生、荣鸿元、王禹卿

福新二、四、八，三权，荣德生、荣鸿元、王禹卿

福新三、六，三权，荣德生、荣鸿元、王尧臣

福新五，三权，荣德生、荣鸿元、众推一

福新七，三权，荣德生、荣鸿元、王禹卿

申新一、八，三权，荣德生、荣鸿元、众推一
申新二，三权，荣德生、荣鸿元、荣鸿三
申新三，三权，荣德生、荣鸿元、众推一
申新四，三权，荣德生、荣鸿元、李国伟
申新五，三权，荣德生、荣鸿元、荣鸿三
申新六，三权，荣德生、荣鸿元、荣鸿三
申新七，三权，荣德生、荣鸿元、荣鸿三
申新九，三权，荣德生、荣鸿元、荣鸿三

  荣德生在考虑权数的分配上，是侧重于大房荣鸿元、荣鸿三兄弟的，而他自己这一房的后代，除女婿李国伟在申四享有一权外，其余的六个儿子，包括在内地奔走，为荣家战后复兴尽心尽力的荣尔仁都摒除在外。显而易见，由他本人作为总代表就可以了。也许，这一"众推一"中给尔仁等留下了伏笔，但他不愿自行决定，而是由家族众人来推荐。如此考虑，可见他维护这把"紫砂茶壶"的良苦用心和处事的大度，在荣家的大一统中，他坚持了他哥哥一贯的原则，那就是家族制，且长兄在前，弟应克让，合乎人伦纲常。他记着"田氏紫荆"的典故。古时有田氏兄弟，同居一屋，园子里的紫荆花开得轰轰烈烈。后来，兄弟议论着分家，很奇怪，盛开的紫荆花一下凋敝了，兄弟以为这是天示，要他们兄弟不要分家，于是，不再议分，紫荆又茂盛繁密起来。其次是不能菲薄哥哥在创业中所立下的汗马功劳，如今哥哥已不在了，但他的权益当由后代继承，是绝对不能让他们吃亏的。不久以后，荣德生还出人意外地宣布，将荣鸿元的代总经理的"代"字拿掉，将他扶正，荣鸿元推辞了一番，泰然地接受了叔叔的这一决定。无人表示异议和狐疑，都平静地看待这件事，觉得荣鸿元正式担任总经理是顺理成章的事。只有王禹卿等老前辈才理解到荣德生这样做别有深意。他们也意识到只有荣德生才具有这样的胸怀和气度。

  即便是充分考虑了大房的利益，即便将荣鸿元扶正，以避免这个家族有什么人割席而去，以保持其完整，这份经过深思熟虑而产生的分配单还是胎死腹中，没有拿出来，更没有得到实施，这让荣德生抱憾长久。

  日本宣布投降后，荣德生在国际饭店举行的一次家宴，以庆祝熬过黑夜，迎来光明。荣伊仁全家、荣毅仁全家、荣鸿元兄弟全家，还有荣伟仁的遗孀及部

分子女、李国伟在上海的子女、荣毅仁已出嫁的在上海的姐姐全家，以及尚未成人成家的弟妹都到了，总之，凡是在上海的，能通知到的，都来了，济济一堂坐了整整一大片。荣德生居中，今天，他理所当然成了中心，大家不约而同地看着他，听他发话。

是的，这些年，荣家人各奔东西，几乎不可能有机会团聚到一起，也没有这个兴致。可这段时期，因为高兴，荣家频频聚会。荣德生这段时间心情亦大好，也时常露面了，而且一定要请小辈们吃饭，和小辈来个大团圆。这些年他把自己关在家里，不太出门，春风不度的样子。但他在后辈心目中享有的尊荣并没有失去。他和哥哥荣宗敬一生叱咤风云，大刀阔斧地创下了一份巨大的家业。荣宗敬在世时，父权思想和家族意志是非常强烈的，在公司荣氏兄弟有着一言九鼎的分量，领导层、管理层几乎清一色是家族成员。当然也有例外，如王禹卿、吴昆山这样深度参与荣家企业管理、并拥有一方天地的人，但他们是最早和荣宗敬、荣德生开天辟地打江山，为荣家的成功立下汗马功劳的人，这才获得了应得的地位，也受到了荣家人分外的尊崇。

荣宗敬在世时凭着多年的冲杀累积了深厚的能量，在荣家是一呼百应的。荣德生做事的手段要温和些、稳妥些，不像哥哥那么果敢大胆，但他在荣家的威望依然是至高无上的。遗憾的是，由于荣宗敬的突然去世和连年的战争，荣家的产业分成几块，发生了微妙的变化。

荣宗敬在香港去世后，险象环生，荣德生从前台退到幕后，让子侄们去冲锋，但在他淡定、消沉的外表下，他心里无日不在为荣家的前程思虑、焦急。荣家的一家一当，都来之不易。他当然希望荣家不能衰败下去，但苦于受到许多不可抗力的掣肘，他已感到力不从心了。可现在，经过几天的冷静思考，梳理了自己的想法。他明白自己不能再无为而治了，他要出面主持大局了，不过，此一时彼一时，现在的荣家不是战前大哥在的时候的局面了。如何操纵这个局面，每个人都有自己的算盘，即便不明说，他也洞若观火，可透视他们的内心。所以，他还得走一步看一步，再好好想想。荣家家大业大，子侄个个练达明事，经过八年磨折和历练，羽翅已硬，都具有独当一面的能力了。

那时，那个权数分配方案还在他的脑子里酝酿，当然已有了清晰的轮廓，他的胖胖的宽厚的脸上，表情经常阴阳交织，他的沉静和沉默，引起后辈们不同的理解和猜度。

荣德生眯起眼睛扫过酒席上的每一个人，他很欣慰，这是个人丁兴旺的大家庭啊，智字辈的第三代已经一大群了，第四代也已有了。一个个该精神的都精神，该健康的都健康，该漂亮的都漂亮，小家庭几乎都温馨、洋派、和谐，这些都是荣巷那一条老根上绵延出来的。今天，这么多人欢愉地聚在一起，除了欢愉，应该还有经历了不寻常的遭遇后，对新生活充满期待的神情。荣德生看得懂这种神情，这神情的背后说明事态远没有尘埃落定。

缺憾的是，其中少了两位最不能缺的人，那就是大哥和大儿子，要是他们在，一切都好办了，荣家就圆满了啊！他端起酒杯，笑着慢腾腾地说："日本人投降了，我们中国劫后余生，枯木逢春，天下太平了，这是可喜可贺的事。我七十岁的人了，能活着看到这一天，也是老天对我的照顾。可惜的是，鸿元他爹，我的儿伟仁，他们、他们没有等到这天……"荣德生哽咽了，说不下去了。

"二叔，今天开心，不要提伤心的事，他们在天之灵目睹今日胜利，也会感到安慰的。"荣鸿元大声说。

"对，对，鸿元说得对，我想，他们最大的愿望，莫过于两条：第一条是国家和平，再无战事；第二条是我们荣家能重开新局，获得复兴。光复了，如果荣家的产业不能兴旺，我们何以自慰于你们爷爷和鸿元他爹的遗命？我想，我见到他们的时间不会太远了，假使我们不争气，我真没有面孔见他们了！"荣德生说，"'云山万里别，天地一身孤。'鸿元他爹走后，我少了主心骨了，好像无依无靠了，这些年，我不太管事，我、我对不起他……"

荣毅仁听父亲说这样自责的话，感触良多。他明白这话是讲给鸿元他们听的，他曾不止一次刮到风声，有人说大伯死后，总公司最迫切地需要父亲出来主持大局，这也是众望所归，荣德生却躲躲闪闪地不肯赴任，这让人大失所望。荣毅仁当时在父亲身边，他深知父亲何尝不想像战前的伯父那样一统荣氏企业，但父亲有他的难处和苦衷，加上有中风的迹象，他没有顶替伯父的总经理一职，那并非不愿负起责任，只是想暂缓些时日，看情势再定进退。后来，世事多变，父亲心余力拙，无力回天，加上荣鸿元已坐稳了位子，嘴上也说了几句"叔叔可以登位了，我这个临时的替工也可以到头了"，但听得出来，他只是说说而已，并没有让位的诚意，荣德生顺其自然，也许这就是他希望看到的结果。可是，有谁能懂得父亲的苦心呢？

"父亲，你别这样说。荣家遭此劫难，是没有办法的，但我们总算盼来了胜利的一天，国家安定了，实业才能得到发展。至今荣家拓展复兴的方案，我意不必急于求成。二战结束，全世界都进入了和平发展的新时期，天时、地利、人和都有了新的开始，我们荣家只要齐心协力、同心同德，必会东山再起，劫后春光胜似昔年，我们的事业前景肯定会好得超出我们预料。"荣毅仁侃侃而谈，"当下具体谈方案还为时过早，我想与其坐而论道，不如起而行动，为今之计，首先把家业摸清楚，特别是在战争中被毁损的厂，我们要实地做番调查，毁损程度怎样？还有否能利用的厂房栈房和设备机器；其次是被日伪掠夺去的厂，要设法要回来，其他的，再从长计议。"

荣德生赞许地看着毅仁，他的话中肯而实在，也很见机智，有着含而不露的力量，完全符合自己的心意。一向稳重而不乏机灵的四子，看来渐渐变得更成熟，也更有见识了。

"毅仁说得好，先把被日本军队破坏的厂的状况弄清楚，列出清单。厂房机器没有了，地皮还在嘛，给日本人和汉奸刮去的，由鸿元出面和政府交涉，荣家的东西应该完璧归赵。"荣德生说。

"我听说尔仁在重庆已取得这些企业的接收批准书。还用得着我和政府交涉吗？其实接收也好，交涉也好，是荣家的厂，不必多费口舌，迟早要还回来的。没有人想吞吃，谁都吞不下。二叔，你想，谁有这样的胆，这样的胃口？"荣鸿元说，"这件事等尔仁回来了再说，还是毅仁说得对，先把停产、损毁的厂调查清楚，上海给废掉的厂我和鸿三负责，明天我们就去办。"

"无锡的申新、茂新，我会找些老人马谈谈复建的事。"荣德生看了下四子说，"我和毅仁一起去。"

事情就这样定下来了，筵席开始，厅内一片欢声笑语。

荣毅仁的提议避开了敏感的问题，务实、及时，受到大房二房的兄弟的一致赞同，多家厂毁于战火，无数设备被日本人劫掠，流失到日商企业，有些厂为日商所吞吃，设备、厂房糟蹋情况不知其详。把这笔账弄个明白，是当务之急，也很有意义。另外，重庆政府已派出一批又一批接收大员，来上海接收敌产，日商和汪伪汉奸产业在上海规模庞大，这些产业有可能视民族工业、官府资产受损的不同状况，用来补偿。如果有此计划，可算得上是件幸事，荣家理应得到些赔偿，不管多少，这不无小补。荣德生要子侄分头摸底，登记造册，流失的可溯源追索，一只马达，一台纱机，一支纱锭，哪怕一砖一瓦都要把它追回来，毁损的自己有数，也可报政府酌情赔偿。这么一说,大家松了口气,觉得找到了一个切入口。

荣毅仁从这天起,步入了荣氏企业复兴和重建的前沿。这次家宴不久,他就奉父命来到无锡,巡视了申新三厂、茂新一厂和二厂,这几爿在战前机声隆隆的工厂,已残破不堪,厂舍尽墟,杂草丛生,一片荒芜,令人触目惊心。荣毅仁戴着草帽,冒着烈日,跑遍了厂区。在茂新一厂,他遇到了闻讯赶来的老员工,战争爆发,他们丢了饭碗,为生计而四处另找活路,过得很辛苦。住在工棚里护厂的有位杨炳奎师傅,当年荣毅仁读书时,寒假暑期都要被父亲安排到厂里实习。杨炳奎曾陪荣毅仁一起钻过机器,他最早是外国洋行轮船局的机工,人称外国铜匠,有一手好技艺。是父亲从上海把他挖过来的,也算得上是茂新的老人马了。日本人撤离后,他带着家人自愿来茂一守护残存的机器和厂房,等待荣家来接收。荣毅仁和杨炳奎及其他老员工畅谈重建茂一的设想,他说,新厂的厂房要造成一流的,设备机器也是一流的,要将茂新一厂建成中国最新式的面粉厂。工友们听了,个个喜滋滋的,他们又可以在茂一做工了。

茂新的前身是保兴面粉厂,办在太保墩上,是荣家办的第一家厂。保兴因大股东退股,开工不久就歇业了。荣氏兄弟安下神来,招股重办,更新机器,这就是茂新一厂,荣家从这里起始而成为实业资本家。茂新一厂虽比不上后来荣家在上海滩办的厂规模大,但在荣家人眼里,太保墩是他们的发祥之地,茂一也有着其尊贵的位置。日本兵占领无锡后,茂一全厂付之一炬,库房里的面粉被抢,麦料被烧成灰烬。茂二烧掉一部分厂房,毁坏部分机器,后由日商东洋拓植株式会社所属华友制粉公司窃据,修复了设备,开始生产军粉,更名为大新工场。

荣毅仁调查申三、茂一的同时,也调查了茂二,这里曾被日军征用为军马场,厂房改成了马厩,带有沧桑感的车间地面上灰尘积了几寸厚,荣毅仁似乎还闻到了那股刺鼻的从一群军马身上发出的异味。

荣家第二代也分头巡视了荣家各厂,除坐落在租界的几爿厂较为完整外,其余都面目全非了,虽然有足够的思想准备,但到现场一看,仍忍不住心寒不已,这已经给日商稍加修缮了,毁于战火后的最初惨状是可想而知的了。这些厂拿回来后,要恢复到战前的规模和产量,不是一件简单的事,不仅要投入巨额的花费,更要投入巨大的精力和心血。

当他们把侵略造成的损失和盗走物品摸得一清二楚,着手向国民政府申请赔偿和追索流失的机器设备,并期望政府把没收的敌产赔付给华商,或交给华商"代营"，这对帮助民族资本恢复元气会起到很大的促进作用，就像大病初愈的病人，体质还很虚弱，服用一点滋养品大补一下。这是包括荣家在内的民族资本家翘首以待的事。

可他们彻底泄气了、失望了。

那些国民政府的接收大员忙着接收日本人和汉奸的房子、车子、票子、条子（金条），乃至女子，被老百姓戏谑为"五子登科"时，对于日本军方及日商、汉奸的工厂却压着不放。

一次，圣约翰大学同窗袁葆康从部队复员回上海，抗战爆发，他投笔从戎，参加了空军，并且成为战斗英雄，在淞沪战争之初的一次中日空战中，他击落过三架日机，一时名声大噪，爱慕他的女孩给他写求爱信多达一麻袋。荣毅仁要不是父亲反对，当时也会热血从军，和袁葆康一同去报考笕桥航校的。荣毅仁、袁葆康和孔令侃在圣约翰大学是好朋友，被人称为"三脚撑"。荣毅仁在襄阳路宅第，由杨鉴清亲自下厨，督导厨子烧了一桌无锡菜，为袁葆康接风。

闲聊中，荣毅仁谈到敌产的事，说："这么简单的事，却迟迟杳无音信。弄不懂了？"

袁葆康在旁边很随意地说："不会是政府想把这部分敌产由国家来经营吧？"

孔令侃笑了起来，指着袁葆康的鼻子说："不愧是和鬼子空战过的战斗英雄，给你一滴水滴到油瓶里了，你说准了，政府有这样的考虑，将这部分敌产收归国有，是宋子文提出来的。他说，战后重建，国家要拥有一部分企业，发展国家资本主义。"

荣毅仁愤愤不平地说："日本丰田纱厂和其他几爿日商工厂，有我们荣家厂子抢去的许多马达纱机，还有几万支纱锭，戚墅堰发电厂的发电机也是以申三拆去的，这些难道也要和日产一起收归国有吗？"

孔令侃说："毅仁，你别生气，是你们荣家的东西，是可以据理力争的。我想是逃不掉的。"

事后，荣德生听后，很失望，转而又十分激昂，拍着桌子说："宋子文也算是我们荣家的朋友，他不该这样无情无义，史载，战争以后，有道的统治者，都会轻税薄徭，让利于民，宋子文倒好，和民争起了利。"

但后来的事实证实孔令侃说的是对的。敌产补偿已无可能，国民政府根本没有对民族工商业扶持和体恤之心，死活不管，所谓收为国有，发展国家资本主义，只是一个借口，实际是千方百计想把肥水引到官僚资本的田地里。从接收大员到政府要员，包括四大家族，都凭借势力争抢抗战胜利果实。敌产是块肥肉，觊觎者不在少数，民族工商业想分杯羹汤，是一厢情愿。

其中最天真的是在重庆的荣尔仁，在日本正式签署无条件投降书后一个月，他就向行政院长宋子文递送了一份《接收日本纱厂及人造纤维厂的建议书》，内容主要有："在中国的日本纺织厂应予接收，同时，那些与敌人合作的中国人所经营的厂也应同样对待，""接收后分配给在战时受到损失并在后方作出贡献的厂，按损失的程度，给以赔偿。在后方经营纺织工业具有丰富经验和充裕资金的，给予最优先的权利。"等等。

有意思的是，荣尔仁还附录了一批荣家打算接办的日商纱厂的名单，将日商主要的厂子都包揽其中，例如裕丰纱厂、公大一厂、大康纱厂、纺织株式会社四、五两厂，内外棉装株式会社六、七厂等，纱锭总数有三十万左右。但很快，宋子文宣布日商和汉奸的产业一律由国家接收、经营，具体归中纺公司管辖，荣尔仁的虚幻的美梦成了泡影。这对打着同样如意算盘的民族工厂主都是当头一棒，受到沉重的打击。

荣毅仁开始也在这方面抱有幻想，是孔令侃先提醒了他，接下来一连串的事实让他更清醒了。回想哥哥给行政院的条陈，觉得尔仁当时未免太乐观了，像一个世事懵懂的孩子。

分配敌产未成，荣尔仁便着眼于他的家族内部的计划的实施，总公司已得到执照，但另成立股份有限公司需要重新登记，虽然心里十分焦虑，上海的知己也纷纷催他返沪，但两照在手，才是大申新的合法外衣，是万万不能忽略的。

然而，在他回归前，荣家两房兄弟及翁婿都没有以不变应万变，几乎都在作出行动，以抢回被战争延误的时间，弥补毁于日军之手的企业所造成的惨重损失。除荣毅仁在为筹备茂一的复建忙碌之外，其他兄弟等亦都紧张繁忙着。李国伟捷足先登，他于8月17日，即日本昭和天皇宣布投降后两天，即乘飞机至重庆，召集内迁的申四、福五等厂的厂长与经理们举行紧急会议，商议战后复兴计划。然后，飞赴南京，转至上海，四处活动，企图先接收日商大康纱厂，一时间，上海的纱厂老板明里暗里对敌产展开争夺，宋子文用"一骨未投犬共争"的不太雅的一句诗来形容。

行政院的一纸决定，也使得李国伟立即醒悟，对于日伪工厂，政府可能另有盘算，这块原以为唾手可得的好处看来是不可能得到了，妻子慕蕴多次说过，妈常说天上不会下白米，更不会下金子。不错，这话是千古真理。既然这个从天而降的"骨头"没有了，那就不去想它了。他立即马不停蹄地飞回宝鸡，去部署实实在在的东西。

失望之余，荣家把重点放在索讨被日伪抢掠会的原属荣家资产上，不求完璧归赵，也希望大部分能要回来。但事情的难度却远超过他们的想象。索讨之路成为漫漫长路。

申一、申八遭敌机轰炸后幸存的一部分物资和机体，被日商丰田纱厂攫夺，其中数百只马达拆装至丰田纱厂，还有一些分散到其他敌伪工厂安装。后来，国民政府接收敌产，也将这些荣家的设备一并囊括了去，划归官办的中纺公司。荣家多次要求将这些马达等物如数归还，并要求准许派人去认领。这本来是非常简单的事，也是理所当然的事。

可中纺公司借口"各厂纺织机械不乏雷同"，要申新总公司"提出确切证件"后"再凭核办"，还将申新派去认领的人员拒之门外。

荣毅仁很生气地说，狼嘴里吐出来的东西，又落到虎口里了。

荣家的耐心到了极限。荣鸿元不愿为这些琐事找宋子文，他先后向"处理敌伪产业审议委员会"、"中央信托局苏浙皖敌伪产业清理处"提出上诉，但如石投海，连浪花都看不到一点。荣德生对儿子荣毅仁感叹说："唉！我的肚肠都要烂掉了！"

福新三、六厂抗战时被日本人占据，三厂改为三兴二厂，六厂改为三兴一厂，后国民政府接收后，宣布发还。但克扣了很大一块，仅发还了两厂厂房，其余粉麦各栈房却被粮食部粮征特派员占着，做他们的办公室。荣鸿元再三致函给粮食部，要求从速发还。粮食部储备司一位科长推诿说："这几处堆栈是从日本人手里接收过来的，我们只有接收之责，而无发还之权。你们找我们，是找错了门。"

"那我们该找谁？宋子文还是蒋介否？"荣鸿元抢白他。

"这倒不用，你们应该找敌伪产业处理局才行。"荣鸿元只得再次上书"苏浙皖区敌伪产业处理局"，不厌其烦地把经过详请重述了一遍，并附上银行证函二件，呈请转饬南京"敌伪产业管理处"查明事实，准予发还。但过了半年，还是无影无踪，没有下文。荣鸿元不甘心，再次致函"中央信托局敌伪产业清理处"审核。如此循环往复，没完没了，荣鸿元差点要发疯。

汉口荣家的申四、福五设备机器虽搬迁重庆和宝鸡，但厂房战时也落在日军手里，改作汽车修理厂。国民党第六战区司令部在抗战胜利后把它作敌产接收后，移交后勤总部，改名为"联合勤务总司令部第二修理厂"，拒不还给荣家。李国伟派人在重庆写信给"新生活运动总会"的总干事，通过宋美龄的关系，由行政院批示后勤总部限令汽车修理厂迁址，后勤总部置之不理。李国伟是急性子人，做事从不拖沓，也痛恨蛮不讲理的无赖之徒，他立即调派厉无咎由重庆到汉口任申四厂长，全力收回申四厂房。厉无咎办事也很得力，到汉口后，设法疏通关节，用宴请送钱的办法，才收回办公楼上的九间房屋。这自然离李国伟的要求还甚远，厉无咎乘江轮到南京，与后勤总部部长郭忏交涉，郭忏听说是为收回申四厂房事找他，托辞不见，给了厉无咎个闭门羹。厉无咎火了，连续几次跑到总参谋部求见参谋总长陈诚，好不容易见上了这位党国要人。陈诚听了厉无咎的诉说，留下了申请书，痛快地表示，"我来下个命令，让汽车厂让出来，军队绝无侵占民产之理。"陈诚在申请书上按这个意思作了批复，几个月以后，李国伟收回了申四全部厂房，福五的厂房问题也迎刃解决。

李国伟受到鼓舞，转而投入寻找申四、福五内迁时来不及运走的两万纱锭、四百台布机、部分染机和大量存贮在汉口英租界内的沙逊栈和法租界的美商汽车公司内的粉麦袋。汉口失守时，这些东西没有保住，都给日军掠去。李国伟派多人寻找其下落，几经周折，在原日商把持的太古堆栈，找回了属于福新五厂的大批面粉机械设备。又从原日商的金龙面粉厂找回了五台钢磨和残缺不全的配件，但基本上没有用了。纱厂机器一直没有着落，后来了解到，是给日军作为废钢送进炼钢炉回炉化掉了。

李国伟将这些损失，详细列出清单，填好表册，提请政府有关部门通过"盟军总部"向日本索偿，辗转行文，彼此推诿，拖了两年，最后不了了之。

荣毅仁知道大姐夫提出索偿后，曾打电话给李国伟，劝他别白费劲，国家赔偿都放弃了，谁还会顾得上民营工厂主的损失，你省点心吧，什么都拿不到的。荣毅仁在抗战胜利之初也寄希望日本会作出赔偿，但后来他很快就失望了，知道这是不可能的，接收大员只知乘机大捞，对索偿之类的事，根本不会着力去办，对民族资本家的苦处，只知勒索，极尽刁难作怪之能事。这一点，荣毅仁在无锡茂二、茂三和申三收回日本人鲸吞的物产时，可说深切地体会到了内中的艰难、官僚的昏聩和强横。

荣毅仁在无锡主要的事情是复建茂一，但在茂二和申三发电机作为敌产收回过程中，种种杂事繁多，他也帮着父亲奔走。荣德生不顾年迈，亲自出马，办理茂二的物归原主的手续。可是与荣鸿元在上海的遭遇一样，皮球被踢来踢去，各种表格填了又填，从这个部门转到那个部门，请吃无数，礼金送了不少，还是只听见楼梯响，不见人下来，荣德生急得直跳脚，即便请钱鸿义等当地士绅出面也无用。荣德生除了叹气以外，已束手无策，只得让荣毅仁直接跑到南京，将一纸状子交到宋子文手里，起诉敌伪产清理处故意拖延，办事不力，层层推诿，一件简单的事，变得无限复杂，照此下去，不知要拖到猴年马月？

荣毅仁对宋子文说："逼得我们实在无路可走，我要在上海举行新闻报告会，暴露政府是如何处置这些事情的。我父亲已七十多岁了，东奔西走，硬钉子软钉子碰了不计其数，用他的话来说，手续之繁多过于创建；曲折重重，非言语能形容。到处磕头求拜，都是一副朝南面孔，官说官话，不顾民苦，比之日人，不相伯仲。数年之间，变质至此，大可慨叹！"

"劝老太爷切勿动怒，此事好说。敌产很复杂，有些手续繁一点，也是必要的。他们也有他们的难处啊！"宋子文笑着说，"这件事交给我吧，美国小麦和棉花要大量进口，作为对我国战后重建的援助，你们荣家的厂早日上马，于国于民，都是好事。"

宋子文自然清楚这些敌产清理处的官员的表现，类似这样的反映，他也听了不少。但他也拿他们没有办法，他们也有种种理由辩解。撤职换人，积习依旧，根本不解决问题。但真的惹恼了荣家，往报纸上一捅，他这个行政院长面子上也不好看，而且荣家和他素有交情，这个小忙还是要帮的，说到底是个顺水人情。

听宋子文一口答应，荣毅仁知道事情总算有眉目了，高兴之余，他却感到有些悲哀。这些有关部门应办的分内事，竟要惊动堂堂行政院长，这好比杀鸡用牛刀了。

"我也是走投无路才冒昧来找宋院长的，对有些人来说，这是区区小事，但对我们办厂人来说，是件大事，他们真是饱汉不知饿汉饥啊！"荣毅仁说。

"言重、言重，你们荣家成了饿汉，国家早就饿殍遍野了，这还得了！"宋子文开玩笑说。

荣家战后在索还被日伪抢掠去的资产上虽然费劲，但心还是齐的，是一致对外的，当东西几经曲折，最后回来时，心里有宽慰也有悲凉。

可是，在如何复兴重建问题上，却出现了荣德生最不愿看到的局面。

荣尔仁是1943年到达重庆的，种种迹象表明，战局已度过了中日对峙的时期，出现了某些转机。荣家要为战后作些准备，重庆是战时首都，这座拥挤的山城汇聚了最重要的政府机构和政界、经济界、商界、文化界要人。他是和荣鸿元商量后，得到同意才去重庆的。荣尔仁拜访了宋子文、孔祥熙和吴稚晖，很顺利地拿到了茂新、申新、福新三新重庆总公司的批准执照，并在民族路五号挂牌营业，剪彩那天，许多要人名流受邀参加，还有筵席招待，场面很是热闹。

荣尔仁出任重庆三新总公司总经理。当然，他这个职务不是自封的，而是上海总公司授权的。如此一来，就让人感到有些奇怪，荣家竟有了两家总公司，一家在上海，一家在重庆。但这个现象见怪不怪，它是战争的产物，也是荣家深谋远虑的刻意布置。上海总公司总经理的位置还悬空着，荣德生出于种种考虑，一直未接任，荣鸿元成了实际上的总经理，荣家上上下下早就视他为"总"，这已经成为一个既定事实。但不管是什么样的一个局面，对于借战后社会从动荡走向稳定的机会，使荣家庞大的产业能得到重振和复兴，是荣家人共同的期望和意愿。荣尔仁在重庆树帜，是别有深意的。也可说是荣家为战后伸一只脚。

但是，此总公司和彼总公司不能同日而语。上海的总公司曾拥有二十多家规模很大的工厂，而重庆的总公司基本上是个空架子，有其名尚无其实。为了使空壳公司有一点实际的东西，荣尔仁成立了公益工商研究所，开办麻纺实验工厂，筹组麻纺织公司，麻纺实验是父亲荣德生交办他的事。然而，工商研究所是非生产机构，除了有人写文章大发议论，如论述埃及棉纱之所以平整光滑，没有令人讨厌的棉结，手感柔软，主要是原料取自于尼罗河沿岸的海岛棉纺织而成，而这种棉花的特点是纤维长度极长。还有人提到产于美国加州西南部的飘马棉的性能更优于埃及棉等等。不能说这些研究一无用处，但主要问题是没有任何收益。麻纺实验工厂也仅仅是实验而已，没有形成生产规模，无盈利可言。总公司不仅没有进账，反而还要出账养活一班随行人员。这样下去，荣尔仁迟早会成为一无凭借、无所作为的"寓公"。重庆这样的人可说俯拾皆是，他们什么事都不干，什么事都干不成，一开始颇慷慨激昂，后来困于实力，知道办事并不像想的那么简单，多数人慢慢便有了倦怠之意。

荣尔仁有些焦虑，也有些急躁，还有些亢奋，很想改变这种窘境。于是，他计划利用重庆战时所积聚起来的特有的天时、地利、人和，搞一些实业。他制定了一个"大申新计划"，其中战时后方部分，就是以申四和福五在重庆和宝鸡的内迁厂为主体，纳入到重庆总公司的体制之内，将财务、人员、供销、管理统一集中起来，同功一体，形成一个统制的局面。荣尔仁的理论是：不谋全局者，不足谋一域；不谋万世者，不足谋一时。

"大申新主义"的核心就是全局至上，着眼长远，凝分散为合力，将割据变一统。只有这样，才能更好地调度资源，建立起有序的管理，最大限度地提高生产力，美国的托拉斯就是这样的企业组织形式，"大申新计划"是将荣家企业托拉斯的第一步，至少形成托拉斯的雏形。如果这个"大申新计划"能够得到实现，重庆总公司就不会是空的了，而且还能调动宝鸡内迁厂历年来所盈利的资金，用于在重庆发展实业。

据他所知，这几年，李国伟手里确有了些钱，仅美金储蓄券就购买了一百五十万元，荣尔仁要李国伟将这笔钱拿出来。但李国伟的钱已有其安排。原来，他也雄心勃勃地制定了一项以申四为发展重心的战后复兴计划。按照他的计划，战后申四的纱锭和布机将大幅增加，此外，还将独家拥有麻纺、毛纺、人造丝的设备。申四在未来不再是悬挂在塞外的离群索居的一家小企业，而是相对独立完善的规模宏大的大企业，在整个申新系统中的地位将是举足轻重的。另外，李国伟还计划以宏文造纸厂为基础，发展成宏文有限公司，而这家公司是李国伟自筹资金所建，李国伟个人和另外几个合伙人是大股东，荣家所占的份额很少。因而这个公司赚的钱荣家是不能随意支配的，附以荣尔仁的全局自然是不太可能的。

李国伟表示，宝鸡、重庆的内迁厂在非常严峻艰险的条件下站稳了脚跟，获此少量资金，复兴申四、福五尚嫌不够，根本无余力资助荣尔仁在重庆办实业。同时也觉得荣尔仁的"大申新计划"好则好，但未免有些一厢情愿，山河尚处破碎，国家都未统一，要将荣家的产业统起来，实在是为时过早。当然，这样的想法，他没有跟荣尔仁说，伟仁殁后，尔仁为长了，他不想得罪二舅子，只是婉辞说明理由。心里的想法只能私底下对妻子慕蕴说，慕蕴夹在丈夫和弟弟中间，她不便多说什么，但她很体谅丈夫，丈夫在宝鸡一路走来，其间所经受的苦难和艰辛，只有她做妻子的最清楚。这么一点积益，是血汗换来的，说实话，要一下捧给尔仁，她也有点舍不得，她知道，丈夫是个事业狂，他所做的一切想做的一切，都是为了荣家。

荣尔仁调不到足够的资金，他的计划难以实施。理想，虽不能至，然心向往之，脚下路还得走。

由于战局对日本人愈来愈不利，沦陷区包括上海的商家纷纷把目光投注内地，因而有巨额游资内归。荣尔仁借此机会吸收了一部分内汇的游资，但办实业还不足，他便将这部分资金以高于重庆公开市场汇率的价格购进美金，汇到美国，通过在美国考察的五弟荣研仁买卖美国的股票和债券。荣研仁获得授权后，立即将二哥汇来的十七万美金购买芝加哥西北铁道公司优先股四千股，每年可分红利两万美金，这虽是小本生意，但稳当合算，没有风险。两兄弟小弄弄也赚到了七八万美金，对于荣氏家族来说，这是蝇头小利，但兄弟俩的个人花费有了。

荣尔仁始终没有放弃他的"大申新计划"，而且计划不断扩充，从后方到沪锡等地，都囊括了进去，确定为以申新发展为重点，不仅要把战前的九家申新棉纺厂发展到二十家，而且还要新建麻、毛、废丝纺厂七家；面粉厂也计划在十年内发展到十六家，日产面粉达二十二万袋。在企业管理方式和组织形式方面，他汲取美英大型集团公司的模式，建立现代科学的管理制度，形成大一统的新的总公司的管理层，以改变目前荣家企业四分五裂，各自为政，总公司受到架空，对下难以统制的局面。但荣家企业的分散，是战争造成的，抗战虽看到了光明，但毕竟没有结束。荣尔仁的计划只能停留在纸面上。正如李国伟所言，未免有些一厢情愿，带点乌托邦的色彩。

1945年初夏，苏联红军攻克柏林，法西斯魔头希特勒在地下室自尽而死，荣尔仁和所有关心时局的一样，预感到日本人失败即将来临。国民党政府已筹划派员到沦陷区，尤其是中国的经济中心上海接收敌伪产业。荣尔仁为了避免这些企业被当作"敌产"处置，费了很大一番周折，向国民党政府经济部申请"自行接收"得到批准，并办妥了相关手续。这对荣尔仁来说，是实现其"大申新计划"的最佳契机。这些产业是从敌伪手中所取得，纳入总公司的管辖在法理和情理上都说得过去。

与此同时，由于经营有方和战局变化之需，李国伟的宝鸡、重庆两地的工厂订单满满的，效益更为显著。至战争结束前，其所属各企业积存的外汇多达三百万元，另有硬通货黄金六千余两。申四、福五向国外订购了纱机七万五千锭，日产面粉六千袋的粉机一套。荣尔仁的内部接收，本来是取得上海荣家成员和股东"授权"的，并得到了国民政府经济部的"自行接收"的批准。荣尔仁在重庆召开了总公司董监会，拟定了接收人员的名单。总公司接收全权负责人为荣尔仁、李国伟，其他接收沦陷区各厂人员也都由重庆总公司和内迁的申四、福五系统派出。留沪人员因怕政府怀疑和日伪有某种牵连，为表示清白，故未列一人。

这引起了上海荣氏企业大部分股东的误解和反对。荣鸿元倒不是担心上海那些被日伪占领的厂被重庆总公司合理合法地接收后，会被荣尔仁、李国伟等人"统吃"，占为己有。荣鸿元兄弟坚决不信荣尔仁会出于这样的私心。退一万步说，尔仁、国伟即使有这样的野心，叔叔德生也不会让他们得逞。不是吗？叔叔毫不含糊地将他扶正，甚至可以说，他一开始没有接任父亲的总经理之职，也许是有心在扶助自己上马。叔叔的淳厚和大度，父亲在世时，多次和自己提到过。

荣鸿元想到这里，更坚定了自己的想法，尔仁以接收的名义，要乘机兼并上海的企业是不太可能的，叔叔也不会同意他这样做，股东们的顾虑大可不必。但尔仁派来的人过于咄咄逼人，加上未经商量就把上海人员一概排斥的做法让他心理上难以接受。另外，他了解到即使尔仁派人接收了，依然要到敌产处理部门那里办手续，且要由尔仁作为荣家的代表统一去办。然而，荣尔仁和李国伟还滞留在重庆和宝鸡，何时回沪，还不得而知，虽派出了接收的代表，但这些代表根本就不够资格当"接收大员"，他们不是跟着荣尔仁赴重庆的随员，就是荣尔仁原主管的申二、申九的人马，都有着浓厚的荣尔仁色彩，这一来，猜忌就难免出来了。上海的大小股东对此众议纷纭，觉得"自己人接收自己人"有点不可思议，产生了强烈的抵触情绪，甚至把荣尔仁的"接收"说成是"劫收"。在这种情况下，荣鸿元、荣鸿三经过考虑，决定不理会荣尔仁，自己奔走接收，虽大费周折，至1945年11月份，荣尔仁回到上海时，所有落入日伪的工厂都已收了回来。铩羽而归的荣尔仁，对此并不介意，反倒夸赞上海、无锡的兄弟行动迅捷。

荣鸿元把他任总公司总经理，荣尔仁、荣鸿三为副总经理的经过向荣尔仁说了一遍，强调初衷是请二叔出山主持大局，但二叔坚辞不就，并力促他"扶正"，于是就有了这样一个结果。其实，在荣鸿元宣布正式担任总经理一职时，在重庆的荣尔仁当天就知道了，他并不感到意外，这是早晚的事。父亲的想法和心态，他也明白得很，父亲在日本投降后不久，和四弟毅仁回无锡勘查茂新、申新旧厂，在梅园和王禹卿、薛明剑商议重建时，曾谈到该他出任总经理一职，才能使得荣家的产业维护一统，避免分裂，当时，父亲是有些动心的，但事后冷静思考，还是觉得不宜任此职，实际上鸿元早就是事实上的总经理了，如由他替而代之，鸿元有宗敬伯父的遗言在，不会反对，但是不是心服口服，那就很难说了。父亲最顾忌的就是怕伤了哥哥的两个儿子，也最怕别人议论大房二房闹内讧。所以，他最后还是决定不担任总经理，但他赞成荣尔仁的"大申新计划"，认为将其他各自的小计划都包容和归于这个大计划中，使得荣家的产业能由战争造成的分散走向统一。

"我内归两年，无日不以公司为念。我个人向无自利思想，况且有手有足，到处可以糊口。只是伯父和父亲所开创的家业，不仅要在激烈的商战中立足，还要得以进一步地壮大发展，我辈责无旁贷。俗话说，不进则退，为此，我有一个旨在前进的计划，想先与诸位兄弟切磋切磋。"荣尔仁诚恳地说，"中国古礼，行客拜坐客，什么时候方便，我去你公馆拜访，把我的想法向你说得透一点，我的本意，不图个人得失，但求有益于家业。"

"尔仁，你的宏大计划，我略有所闻。这样吧，你先和伊仁、毅仁谈谈，听听他们是怎么想的。再把你的抱负征求二叔的同意，二叔同意的话，我没有不从的道理。"荣鸿元微笑着，很干脆地说，"正如你所说，只要有益于家业的图存图强，你的计划我一定接受，并递交董事会商议通过。"

"好，鸿元，我就是要你这句话。这个计划，国伟还未作确切的表态，但我看问题不大，至于伊仁、毅仁，我会和他们谈的，父亲嘛，虽在某些枝节上有异，但他深知我是为家业谋发展，当然不会反对。"荣尔仁高兴地说。他没有想到鸿元的态度会这么明朗。他知道要实现他的"大申新计划"，关键人物是在总公司握有实权的荣鸿元，他也清楚，前一阵子他派出的接收人员都一一碰了钉子，其主要原因是鸿元弟兄不配合，因而十分担心在他的计划上，鸿元亦会有成见，和他唱反调。听鸿元这么一说，他的顾虑顿消，一颗心完全放了下来，有鸿元的支持，他的计划可说成功了一半。

看着尔仁欣欣然的神色，荣鸿元有点感动了，看来他竭力推行"大申新计划"确实是真心为了荣家家业的前景着想，而不是出于某种自私的目的。但许多人包括自己并不真正了解他的这份心意，反而误解了他，认为他这样卖力地吆喝，必定有其居心。尔仁显然有点过于自信和自负。他自以为二叔会支持他，姐夫李国伟、几个弟弟都会支持他。

据鸿元了解，对"大申新计划"的扩张和发展方向，二叔是赞同的。但尔仁为实现这个计划对公司有一个改组和革新的处理，其核心是：破除传统的家族制，放弃家族色彩，实行社会化，变无限公司为有限公司，重用欧美留学回来的具有西方技术知识和管理经验的专家，要授予他们实权，与之相配套的，要引进一整套西方企业的管理制度。而鸿元知道，父亲和二叔基于办厂过程中的惨痛教训，都主张实行无限公司的体制，且都具有浓厚的家族观念，当然也主张实行家族统制。在二叔推荐他正式担任三新公司总经理，曾郑重关照过他不能变更行之有效的无限公司形式，无限公司和家族制是不可分割的双胞胎，坚持无限公司就是坚持家族制，可见这两点是二叔设定的一个禁区，是断然不能动的。如果父亲还在世，也会在这一条上来不得半点含糊，是不容商量的。而尔仁的改组思想，从根子上动摇了这两条，难道他不知道这一点吗？如果知道，他为何还要明知故犯？难道他要把二叔的主张撇开，特立独行，明知不可为而为之？这样做，勇气固然可嘉，但他会成功吗？这些困惑，荣鸿元没有向尔仁说明。

但事实上，荣尔仁并未就无限公司改为有限公司征求父亲的意见，更没有得到父亲的同意和认可。他在重庆写信给父亲谈他的"大申新计划"时，主要谈荣家产业的统一和发展，而对体制的改组，忽略不提。这使得荣德生产生一种错觉：尔仁的计划不涉及到体制，作为一种既定的企业管理模式，儿侄辈们是不会随便去变更它的。了解尔仁计划中关于改组内容的人，也在荣德生面前避而不谈。因为，大家都知道，这是一个敏感的话题，在荣德生那里是水都泼不进的。

那么，荣尔仁为何会觉得父亲最终会对他的改组思路不加反对、阻挠，甚至会得到其欣赏呢？首先，父亲不是那种食古不化的守旧的人，而是向来达观开明、顺乎潮流、善于接受新事物的。他记得父亲曾说过这样的话："我一次听薛明剑先生的演讲，他提到了《史记·项羽本纪》中，有关学书学剑的理论。从春秋战国时期起，人们都崇拜剑，认为获得一把利剑能克敌制胜，所以当时涌现了一批有名的铸剑师，像欧冶子、莫邪、干将，他们铸出了一把把削铁如泥的天下名剑，剑术也相当流行。殊不知，剑是一人敌，兵略思想才是万人之敌。办厂也是这样，设备只是像一把剑那样，它是生产力的一个有限的方面，而管理和制度才能'联合大群，团集大力'，因为设备是人驾驭的，通过章法和管理的调度，才能使人的潜力得到充分的发挥。而人的潜力，只要引导得好，犹如《孙子兵法》武装起来的军队那样，所向无敌。"

这番话，荣尔仁一直记得非常清楚。当下的局面，远不如申三革新时那么复杂，父亲能冒那么大的风险来除旧布新，追随新的思想，说明他是一个有识之士，只要明白了利害得失，他是绝不会抱残守缺的。

荣尔仁在摸到荣鸿元的基本态度以后，又和荣伊仁、荣毅仁作了一次深谈。荣伊仁几乎是毫无保留地站在尔仁一边，他觉得这是一个难得的契机，如果"大申新计划"真的能够得到实现，必重开荣家产业一统的盛运。

"要重开盛运，就得变无限公司为有限公司，这是我改组公司的目标之一，综观欧美各国，从托拉斯到一般的公司，无论是否是家族制，几乎都是有限公司，因为无限公司不是一个法人，管理权和决策权在内部完全集中在个别人手里，也就是说，个别人的权力无限大。这是不民主的，权力失去约束，扼杀了集体的智慧不用说，还有可能出现滥用权力的结果。"荣尔仁详细地阐述他的理论，很激动地说，"在经济走向高度社会化和集约化的今天，我们的体制也要实现社会化、民主化，没有一个人可以具有无视集体意志的绝对权力。"

荣毅仁为二哥的热情所感动了，但是，作为一个很前瞻式的规划，他是赞成大申新计划的，他也主张荣家的产业能实行统一，这体现了父辈的意愿，但他清醒地意识到，从目前荣家的产业已事实上分成几大摊的现实出发，要实现高度的统一，将各厂各公司的管理权、人事权、财权一概集中到总公司来执掌调度是不客观的。所以，他主张在一统的前提下，有分有合，各厂各公司应有相对独立的自主权。对于家族制和无限公司，荣毅仁认为，这是历史的产物，它存在于中国这个市场往往受制于洋人财团和官僚财团的动荡的社会环境中，优胜劣汰，弱肉强食，一个家族只有紧紧抱成一团，方能强固。荣家几十年里的成长壮大，证明了家族制和无限公司这种形式的长处，因而不能简单地加以全盘否定。

荣毅仁是学历史的，历史告诉他，中国和欧美等国相比，工业化的发展之路是不同的，欧美经过工业革命，进入资本主义的全盛时期，国家制度也形成了林肯所说的民有、民治、民享的共和国，并产生了以民本主义为内涵的宪法。这为民族工商业的平稳发展提供了有力的保证。而中国没有这样的外部环境，甚至恰恰相反，中国几千年处在暴虐而无能的政权统治下，国父孙中山领导的辛亥革命终结了封建帝王制，但接下来的几十年里，国家并未出现长久的和平，而是内乱不息，政治腐化，战火弥漫，饱受列强宰割欺凌。民族资本处境极为艰难，处处受到打压。所以，要想和欧美资本家那样大施拳脚，大有作为，是不太可能的。这是与中国资本主义先天不足、后天发育不良的国情有关的。

所以，荣毅仁非常佩服二哥提出"大申新计划"的思路，以及所表现出的事业心和热情，但也觉得他在某些方面过于理想化，有点操之过急。

"二哥，你的计划总的来说，是为荣家的最佳利益打算，我想，爹和鸿元他们是推崇的，但我觉得，无限公司改为有限公司，推翻家族制可以暂缓，待以后条件成熟了再议。你应该知道，父亲对此是断然不会接受的。他这样坚持，并非是顽固，而是从几十年从商经历得出的经验。人生中充满了教训，是教训教会了他们应该坚持什么，反对什么。"荣毅仁直言耿耿。

"四弟说得对，家族制和无限公司的事放一放再说，我想，爹是不会同意的。这两条可是他的命根子啊！"荣伊仁说。

荣鸿元虽然曾表示支持荣尔仁的计划，一旦要实施，他和多人认真地进行了商议，觉得荣尔仁计划好是好，但过于庞大，规制组织，千头万绪，即使策划周全，还有待细细地筹备，从目前的条件，是难以实现的，还不如现实些，分步实施，将计划分成几部分，步步推行。

于是，他另行草拟了一份"申新纺织股份有限公司章程草案"，还拟了一份组织规程草案。这个草案按荣尔仁的改制思路，将总公司改为股份有限公司，但管辖的范围仅限于申新纱厂一个系统，而且组织机构的组成以总公司现有组织为基础，这样，可以不伤元气，不会引起动荡，保持必要的平稳。

荣尔仁的计划是茂、福、申新总公司一体化改革，像荣鸿元这样的方案，在荣尔仁看来是"半吊子的改组"，有害无益，不仅解决不了无限公司的弊端，相反会助长拥兵自重、割据一方的思想。荣尔仁和荣鸿元争辩，认为他这样做大为不宜，未免迂缓，而且，各系统自行其是，名为"有限"实质更加"无限"，造成各霸一块的局面，而他的出发点，是通过整体的改组，促使荣家真正地形成大一统。荣鸿元则认为，按尔仁的做法，全面展开，规模过大，根本实现不了，不如由点到面，逐步推开，反正总公司还在嘛！两人意见相左，谁也说服不了谁。最后，还是鸿元提议：让二叔来定夺吧，他怎么拍板，我都服从。

荣尔仁无可奈何，别无选择了，说，好吧，由父亲来定吧！他知道，钱圣清已带了他的一封信，到无锡找父亲了，伊仁和毅仁也会帮着详细地说明自己的想法和良好愿望。他依然相信父亲对福新的体制更迭，乃至全公司体制的更迭会欣然接纳的。

但荣德生在无锡梅园，看了次子在重庆的得力助手钱圣清带来的信以后，对荣尔仁不听他的话，要去触动无限公司组织形式，十分生气，在尔仁和鸿元发生争执一事上，他别无选择地站到了鸿元一边。

"你跟尔仁说,只要我活着还有一口气,无限公司不改。还有,鸿元和尔仁计划之争,按鸿元的办,不要争论不休了。要尔仁深自克制,都是为了荣家的家业,有什么可争的?当然,鸿元和王禹卿改有限公司,我也是不赞成的。"荣德生几乎是一字一顿地对钱圣清说,说完后又想了想,转身走向乐农别墅,"钱先生,你稍候片刻,我去写封信给尔仁、禹卿他们带去,你不必赘述了。"说完,就离开了诵幽堂。

钱圣清听完,倒抽了一口冷气,荣德生的态度让他感到意外,据尔仁告诉他,父亲是会支持他的,好像很有把握的样子,但此刻看来,荣德生斩钉截铁地拒绝了。

不一会,荣德生就手持一封信走进来,交给了钱圣清说:"改组谈何容易?绝不是把鸭子赶到水里,就能轻松地游起来,告诉尔仁,把他的分内事先做好,与其硬来,不如不动,他有理想,也有冲劲,却不长于思考,一门心思是无济于事的,这点要向毅仁学学。古话说,三军之灾,起于猜忌。两权相害,我不得不取其轻啊!"

荣尔仁收到父亲的信后,大为丧气,但恍然大悟地说:"父亲有他的道理,两权相害,取其轻,看来只能像四弟所说,四个字,顺意承志!"

荣尔仁将信交给王禹卿,王禹卿悻悻地在股东会上将信读了一遍。读完后说:"有限公司到此结束,暂时不提它了。"

荣鸿元倒没有什么不高兴的反应,他坦然地说:"我表过态了,叔父大人怎么说,我就怎么做,家父在,也是这么个态度,说不定会把我骂得狗血喷头。他们老兄弟俩在这两件事上,从来没有含糊过。我们做小辈的,暂时就不要拂逆他们的意思了。顺者为孝,就依了他们吧!"

由于荣家内部意见不一,尔仁的"大申新计划"遭到搁浅,家业一统、组织改组一时实现不了,企业从此分为三摊。一摊以荣鸿元为代表,管辖申新的一、六、七、九厂(申九的实际控制权由吴昆生父子掌握)及福新的一、二、三、四、六、七、八厂(福新系统的实际控制权由王尧臣、王禹卿兄弟掌握),仍沿用"茂、福、申新总公司"的旧称,总部还是放在江西路原三新总公司所在地。第二摊以荣德生为代表,管辖申新的二、三、五厂,茂新的一、二、三、四厂和天元、合丰等厂。第三摊以李国伟为代表,管辖汉口的申四、福五和战时内迁和新建的各厂,以及抗战胜利后新建的各厂。尽管如此,荣家始终遵循"田氏紫荆"的典故,从未议论过分家，虽实际上"紫砂茶壶"已不完整了，分则三摊，形成三足鼎立的局面，不过表面上还是一体的。荣德生率领着这个家，艰难地开始了战后的复兴。然而，等待这个庞大家族的，注定是一条坎坷的道路。

## 三 暗伏危机的"黄金时期"

冬天很快就来临了，黄浦江上朔风劲吹，大轮船上的一串串三角形小彩旗被刮得哗哗直响，原法租界道路上的梧桐树上的金色叶子都落得精光，顿时使一条条窄狭而雅静、布满密密小洋楼的绵延马路显得有几分萧瑟。

因日本投降而带来的兴奋和对新生活的热情，也随着气温的急剧下降而骤然冷却了下来，升斗小民的日子没有得到什么改变，一如从前那样感到无力、困难、无奈。而上海的夜晚依然是个不夜城，战争所带来的紧张的气氛消失了，灯红酒绿处，人们在更放松地纵情狂欢，没有了日本占领军的威胁，上海的繁华多少给人有种歌舞升平的感觉。

上海、南京等地的肃奸运动已在1945年9月下旬全面展开。汪政府的"要员"，先后被关押在上海的提篮桥监狱、南京的老虎桥监狱、苏州的狮子口监狱，分别按"惩治汉奸条例"，对他们以汉奸的罪名起诉。岁暮天寒的茶馆里，茶壶的热气里，茶客们谈论的都是这些人物的轶事，报上刊登的新闻有关此类人物的命运也占了很大篇幅。另外，人们感兴趣的新闻，就是在美国调停下，国共进行谈判，共商国是，毛泽东和蒋介石曾在重庆相见一笑泯恩仇，经过多年的战乱，人们对战争已产生了恐惧症，闻"战"丧胆，犹如惊弓之鸟。因而，国共谈和，再度携手，避免内战，这实在是国家之大幸。

吃足苦头的民族工商业者更是期盼和平能持久下去，以重整旗鼓，挽回在八年抗战中遭受的惨重损失。可以说，和平与社会稳定是工商业发展最重要的不可或缺的条件，劫后春光胜似昔年，噩梦醒来，生意人特别感到时机的宝贵，一度消沉的精神，又得到了空前的振奋。

荣尔仁的"大申新计划"最终没有被荣家各方接受，说没有一点遗憾是不可能的，尔仁有好几天心里都有种无言的难受，有些黯然，但他很快就想通了。事后，他特地赴锡和父亲谈了一次，责怪父亲给他迎头泼了一盆冷水，并一再表白，他这样做是为了荣家的前途，绝无个人私利。

荣德生对他说："我当然明白你用心是好的，而且雄心万丈，可办起来不一定讨好，爹不能采纳，当断不断，反受其乱。"

随后，荣德生在他管辖的范围内对几个儿子作了妥帖的安排：次子荣尔仁经管申新二厂、五厂；三子荣伊仁和五婿唐熊源主管申新三厂、合丰企业公司及公益工商研究所；四子荣毅仁、六子荣纪仁、七子荣鸿仁主管茂新各厂；五子荣研仁，主管天元公司上海的贸易分公司，并在上海成立了总管理处。

李国伟和荣鸿元兄弟也在自己的管辖范围内，进行着各自的计划和行动。这三足鼎立的局面，不是人为造成的，更不是财产的分割。从利益上和隶属关系来说，都还是荣家共有的产业，各人都拥有一定的股权，你中有我，我中有你。当然，用自己的钱办什么企业，从事什么生意，那就另当别论了。共有部分这一块，在分治中都遵循着一个默契，那就是不去涉及无限公司和家族制的改组。至于自有部分，除荣德生这一房，荣宗敬的子辈和李国伟所创的企业和公司则基本上是有限公司，荣德生睁一眼闭一眼，也就不去管他了。

荣毅仁的茂一工地可说如火如荼，根据设计，废墟上要重建钢筋水泥的五层大楼。父亲的意图很明确，面粉生产设备务必要世界最先进的。荣毅仁起初向美国一家大公司订购日产五千包的机器两套。

可惜美国这家公司，口惠而不实，屡屡说话不算数，迟迟交不了货。一怒之下，荣毅仁停止了和美国公司的购机合同，转而购置英国全套最新面粉设备。同时，茂二亦添机两套，其中一套准备复建茂三用，以补足茂新四个厂之数，总计划每日出粉三万包，这个日产量是非常可观的，在国内能达到这个量的面粉生产集团还是少数。眼下，只有茂二经修理后开工，出粉良好，上市后受人称赞。茂一的主体建筑即五层红砖厂房至年底已高高屹立在河边，虽脚手架未拆除，但其雄姿已初现，另外，大烟囱已造好，高高耸立，十分惹人注目。烟囱竣工那天，荣毅仁久久仰望着这座直冲云霄的圆柱形建筑，心里涌起一种神圣的感觉，在他看来，它就像是教堂的尖塔，和天空离得很近，而他就像是一个教徒，他端详它的目光和内心都是无比虔诚的、崇敬的。是的，它是这座厂的地标，它站立在那里，昭示着一座崭新的茂新一厂不久就要诞生。

但也有不如意的事发生，那就是荣纪仁病倒了。他性格内向，急躁固执，和总工程师李时雨一言不合，便发生争吵。在他病倒之前，总工程师李时雨向荣毅仁提交了辞呈，荣毅仁一再挽留，将他引入工事房的一间空屋，指着那气势不凡的烟囱说："李总工程师，宝塔就要结顶了，请消消气，留下一起共事吧！"

"四老板，我也舍不得走，可令弟，我实在无法和他一起办事。我想通了，我还是离开为好，否则，我与纪仁要伤和气了！"李时雨用歉疚的口气说，"四老板，实在对不住了，荣家对我不薄，来日相报吧。"

荣毅仁见李时雨去意已决，不无惋惜地说："那我不勉强你了，不过，荣家的门对你永远是敞开的，你随时可回来。"

李时雨见荣毅仁这么至诚待人，倒有些不好意思了，又是连连致歉。

"没关系，做事就是图个开心，六弟多有得罪，请多多包涵。"荣毅仁宽仁地说。

其中一件事最让李时雨伤心的，就是追加营造费的事，由于这家公司一开始报价偏低，后来在建造过程中水泥、钢材、木料的价格飞涨，这是众目共睹的事实。营造公司很难招架了，因为一算账，成本大幅增加，在整个工程结束后，不仅无钱可赚，而且要严重亏本。这家公司的老板着急了，找李时雨商量，要求追加工程款额。李时雨是个比较讲实际的人，就去找纪仁商量，荣纪仁正被一些杂事忙得焦头烂额，听李时雨说到这件事，有点不耐烦了，就说："报价是他报的，正是看他们报得低，我才选中他们，现在怎么能出尔反尔呢？不行，不行！"

李时雨解释说："建筑材料确实涨得太厉害了，老话说，千做万做，蚀本生意不做，如果按现在的报价，他们没法做了，实情如此，我看给他们加一点吧。"

纪仁想了想说："既然这样，那你去定吧。"

李时雨就嘱营造公司造了个表，他批后报荣毅仁审批，荣毅仁觉得对方的要求是合理的，便批准了追加款额的申请。这件事在李时雨看来已结束了。未料纪仁却为此事大发雷霆说，"你为何要给营造公司说情呢？这些人的贪欲就像是无底洞，永远填不满的，你倒好，偏偏要向这个无底洞里扔钱。"

李时雨说："我是秉公办事，绝不是偏袒他们，而且，这家营造公司是六少爷你拿下来的，我当初并没有说一句话，也无话可说。再说，他们提出追加款额也是合情合理的，并不过分。怎么能说我是往无底洞里扔钱呢？"

"你能担保他们的要求到此为止吗？"

"物价暴涨，币值暴跌，一日数变，谁都无法担保。"

"我说是无底洞并没有说错啊！这个洞盖可是你揭开的，有此开端，下面就收不住了。"纪仁说，"还有工程技术上的事，你解决不了，他们就来找我，我是外行，只能找技工动脑筋，杨炳奎总能想出办法，我看你枉为总工程师，在外国镀过金，怎么会及不上只会写自己名字的杨炳奎？扪心自问，你不觉得羞愧吗？"

安装组除工程技术人员外，还有一批工人，其中不少是原茂新、申新的老技工，领班就是杨炳奎，他起早摸黑，在困厄的境遇中，想方设法攻下不少难关。荣纪仁作为监造主任，都看在眼里，他在不同的场合，对杨炳奎赞不绝口，碰到有人向他请示什么事，他常会脱口而出，你找杨师傅去！批评人的时候，他也会不自觉地说，你这是怎么搞的，怎么这样无用？看看人家杨师傅，碰到什么事，都是自己琢磨着去解决。用杨炳奎来比较李时雨，是以前没有过的，李时雨气得发抖，拿营造公司加款的事来责难他，他已接受不了了，而说他不如一个工人，那简直是对他的人格侮辱，说明在六少爷心中对他是极端鄙视，一钱不值。顿时，气氛僵住了，李时雨站在纪仁面前，面红耳赤，无言以对，半晌，才猛地转身走出去。

李时雨突然辞职而去，是荣纪仁没有想到的。他自言自语说："李先生为什么要走呢？到底为什么？我说错了什么？"

他找到荣毅仁，自责说："我对时雨说那些话，虽无恶意，但到底还是伤了他，你请他回来，我向他道歉。"

荣毅仁觉得弟弟的情绪因焦虑而有些失控，他安慰弟弟说："算了，大家一起做事，发生分歧是难免的，人各有志，现在不必勉强他了。让他冷静冷静，我再设法请他回来，我看陆晓波很能干，我来跟三哥商量一下，把他从申三调过来，给他一个职衔，营造处副主任，帮你处理工程技术上的事，你说好吗？"申三已修好纱机三万锭，但因电力不足，只能隔日开半班，这还是靠自己的发电机供的电。虽然，戚墅堰电厂还未完全恢复正常，但陆晓波可以抽调到茂一协助纪仁建厂了。荣毅仁让陆晓波过来，除了他在工程技术上能补李时雨的缺外，还在于他是纪仁在海军当兵时的好友，是军舰的轮机长，陆晓波来荣家企业，也是荣纪仁推荐的，两人合得来，陆晓波处处谦让纪仁，还会设法调节他的情绪。

荣纪仁听说调晓波到茂一来，自然没有意见。第二天，陆晓波就笑嘻嘻地出现在他的面前，只字不提李时雨的事，他敬了个军礼，声音洪亮地说："长官，卑职陆晓波前来报到，请指示。"

"有个高地，叫茂一，你带兵把它攻下来，只能成功，不能失败！前进者功，退缩者罚！"荣纪仁也煞有其事地回答。

"是！不成功便成仁！"陆晓波后跟一碰，身体笔直，右手举起，又是一个军礼。

两人哈哈大笑起来，纪仁站起来，走到陆晓波面前，拍拍他肩膀说："你这个家伙！我四哥提了你的官职，你可要请客。不过，我得告诉你，李时雨总工程师，是我出言不逊，把他气走的，我一时着急，情绪就冲动了，不该说的话也说出来了。"

"好了，好了！过去的事不必提了！"陆晓波说，"告诉你一件事，紫竹的姐姐紫菊已成了申三的管车，她马上要嫁人了，丈夫是申三考工处的吴一帆，湖州人，高中毕业生，厂里给了他们一套宿舍，过几天他们的婚礼，紫竹要我们都去参加。"

杨紫竹和杨紫菊是杨炳奎的女儿。荣毅仁视察茂一旧厂时，看到废墟的一墙角一片灿烂的金黄色，蓬蓬勃勃种满了向日葵，显示着柔曼而热烈的劲道。一个清秀小女孩充满童稚气地静静地站在金黄色里，她就是杨紫竹，这些向日葵都是她种的，当时她还是荣家办的纺织学校的学生。茂一重建，她进了营造组画图纸。杨紫菊是她姐姐，原在一家丝厂做工，申三复建后，她进厂当了挡车工。杨炳奎还有个儿子叫杨大龙，在厂里的船队当船队长，已经娶亲了。这样，杨炳奎全家差不多都替荣家打工。

"好，好，她们的父亲在这里卖力得很，功不可没，凭这一点，我也要去道贺！"

"一言为定，我替紫竹谢谢你！"

听陆晓波左一句"紫竹"右一句"紫竹"，纪仁已轧出苗头来了，马上就问："陆晓波，这一阵你一直喊忙，是不是在'拐骗'良家女子，和紫竹好上了？"

"是，纪仁，我把紫竹这个阵地攻下来了，可没少花力气。"陆晓波干脆地说，"其实，紫竹和你绝配，只是门第相差太悬殊，你也不动声色。我不是有言在先的吗？你再无动于衷，我就要发起冲锋。不过，只要你一句话，说这个阵地你想要插一面旗上去，我马上撤退。"

"去你的，君子不能夺人之爱，我岂能夺朋友之妻？你把我荣纪仁看成什么人了？"荣纪仁心中有种莫名的失落，但他不露声色，含着笑说，"紫竹这个女孩不错，她的气质很娴静，像戴望舒笔下诗中所写的，打着伞从小巷里悄悄从雨中走出来的江南女子。陆晓波，你福气不错啊！"

陆晓波听荣纪仁这么说，知道纪仁的态度是真诚的，对他和紫竹相好并不介意，他就放下了心，前一时期，他有种直觉，那就是纪仁对紫竹有点意思。但纪仁一直以事业为重，表示沉醉在儿女私情中是非常不合时宜的。陆晓波知道纪仁为人简单、纯朴，向来表里一致、言行一致的，于是，他就大胆追求起紫竹来。起初，紫竹不理会他，但经不住他的穷追猛攻，很快被他俘虏了。

陆晓波的感觉是对的，纪仁对他和紫竹好是真心感到高兴的，一点酸溜溜的表示都没有。其实不然，在纪仁内心最柔软的地方，还是掀起了一股轻微的波纹。一个二十出头的热血男儿，见到心仪的女子，欣赏之余，必然会动情愫的，但纪仁硬是把他的感情克制住了。特别在这个形同打仗的非常时期，他绝不能分一点心。这么一想，他心里就一下松弛下来。

大约一周后，他和陆晓波、紫竹参加了紫菊和吴一帆的婚礼。地点借了申三的一个小礼堂，战前，厂里的工人法庭就设在这里。婚礼是文明婚礼，仪式很简单，没有锣鼓唢呐，没有放铳抬轿，没有三拜九叩。紫菊烫了头发，穿着绣花的红旗袍，双眼充满生气，率真里有一股她特有的泼辣劲儿。紫竹是伴娘，陆晓波自然就成了伴郎。紫竹脸上的笑容还是那么拘谨、斯文，她的目光在纪仁面前躲闪着，可是波光流转、生动欲滴。陆晓波穿着一身西装，眉宇间闪着幸福的光彩。仿佛今天当新郎的是他，与他相反，新郎吴一帆显得过分的平静、严肃，脸上很少有笑容，瘦小的身子成了紫菊手里的一具木偶，她不客气地指挥着他，伶牙俐齿地要他这样做那样做，甚至不客气地数落他，使小性子，但看他的眼神始终是深情款款的。

在紫菊的婚礼上，纪仁由于体力不支，忽然晕了过去，被送进了医院。后来转到上海同济医院检查，检查的结果是严重神经衰弱和强迫症，用中医的话来说，是心病。西药治疗这种病的药是有的，但荣德生不主张服西药，而是服安神的中药，服药的同时是静养。于是，荣德生让纪仁出院。请他的老友、名医陈存仁上门替纪仁把脉。

陈存仁给纪仁开了方子，对他说："我当年编大辞典，耗费心力太过，也得了严重的神经衰弱症，失眠、头晕、没有精神，甚至急躁焦虑，后来我就是服的这些药，休养了不到半年时间，逐步康复了。"

"纪仁，你一定要听陈医师的，他不仅精通中医，还通西医，经验极其丰富，诊断力很强。于右任先生的伤寒病就是他看好的，你大伯的手臂受伤，也是陈医师调理的。"荣德生告诉纪仁。

纪仁不住地点头，其实他听不进去，他自信没有病。只是心里有些烦闷而已，还有就是睡眠不爽，除此之外，并无不舒服的地方。

陈存仁还关照纪仁少喝咖啡，少去吵闹的所在，少想烦心的事，心胸要放得开，早睡早起，每日坚持散步一小时，夏天多游泳，冬天多晒太阳，睡前听一会音乐，喝一小杯葡萄酒，绍兴黄酒亦可。在高恩路荣宅住了一段时期，荣德生又安排儿子到梅园宗敬别墅养病，梅园那么多房子，之所以让纪仁住那里，是因开元寺就在旁边，香火的气息、和尚诵经声，以及晨钟暮鼓的梵音有助他静下心来。当然也有菩萨保佑的寄托。老父对这个性格不太开朗的儿子真是大费苦心。开始一段时间，纪仁的生活几乎是与世隔绝的，看书阅报、赏花散步，每天有一个英文老师替他补习两小时英语，伊仁、毅仁有空一起来看他。但荣德生要陆晓波等人暂时不要和他来往，以便动了他的"凡心"。很快地，纪仁的精神好了不少，睡眠大有改善，人胖了些，脸色也好看多了。

荣德生每次来无锡，必专程到梅园看儿子，有时住在梅园，和纪仁聊聊天，在园里转转。见儿子的健康大有起色，英语大有长进，还迷上了摄影，觉得没有事了，便放下了心。

在此期间，荣家的其他事业也获得了很大的进展。过了冬天，进入1946年，荣家的工厂逐步复工，荣鸿元、荣鸿三、荣毅仁因和宋子文关系较熟，从中国银行等国家银行借得巨额贷款，如申九借了两亿元，申一、申二、申三、申五、申六、申七厂共借了六亿元头寸。调动了这么多头寸，对荣家战后的复兴是大有帮助的。另外，市场的形势也发生了有利于推动民族实业的转变，国民党政府为了替美国向中国倾销剩余物资，大开绿灯，实施低进口税政策，外货入关的壁垒大大降低，大量廉价美棉源源不断涌入。纱厂资本家可以用较低的价格购买进口纺织原料，改变了过去时而出现的"棉贵纱贱"的反常现象。另外，战后棉纺业尚未从战争的蹂躏中完全恢复元气，生产规模不大，而和平的来到，使得人们从颠沛流离中得到了相对的安定，衣食居住方面的渴求便变得强烈起来。太平时势过太平日子，这是人的本能，也是社会的规律，宁静的田园必然会有清新的牧歌。市场需索的增强为包括荣家在内的实业家创造了机会。

这让荣德生看到了希望。虽然，他也明知依赖廉价美棉抑制国棉市价的做法不是长久之计，这无异于饮鸩止渴伤了国内棉农的心，若是有一天，中国无人种棉花了，中国的纺织业势必受制于外人，这是很可怕的事。然而，在荣德生看来，先解决了近忧，远虑到时再说，眼下至少可喘上口气，即使是昙花一现，也比总是风雨连天，落红狼藉的好。

时不我待，必须抓紧，于是，荣家的相互分割的几块以最大的热情不约而同地行动起来，以期能有更大规模的发展。事实上，荣家企业纱厂在1946年的产量远低于战前，因为申新中有多家厂由于各种原因，只是部分开工，但获得的利润却是丰厚的。仅申新二、五厂，一年就分红五次，股东所得股息、红利，总数高达折合黄金一千四百多两，上海申新各厂的账面盈利共计一百六十一亿元，约合黄金八万余两，这还不包括用暗账隐蔽起来的收益在内。

这一年，表面上看，是荣家的黄金时期，但正如荣德生所说的，这个时期并不长久，即便不是昙花一现，也暗伏危机，发生了许多桩不如意的事，已显示出某种凶兆。这一年，国民党政府改革币制，法币发行额，由十五亿元增至一千亿元，一年中增加了六百六十七倍，引起币值大泻。年初美金一元，相等于新改的币制名目一千五百四十九元，到年底，美金一两，已升至六千六百五十元。币值如此狂跌，必引起物价飞涨，人心已跟着浮动起来。为了稳定上海市场，宋子文通过荣鸿三，和主管荣家企业面粉生产的荣毅仁见了一面，让荣家的茂新、福新面粉厂和其他面粉厂如阜丰、华丰、裕通面粉厂以平价抛售面粉，一定程度上抑制了粮价。

不知内情的同业厂商见状感到费解，引起一片哗然，当然是质疑和责难的多，荣家的反应只能是沉默。保持沉默是最适当的态度。但结果是荣毅仁所预料到的，这种做法难挽狂澜，只起到一时的作用，一个星期以后，茂新、福新等面粉厂停止了抛售，压下去的面粉价格迅速反弹，局面完全失控了。

年末，国民党政府为了控制棉纺业，先后成立了"纺织事业管理委员会"、"纺织事业调节委员会"、"花纱布管理委员会"，逐步对花纱实行管制政策。这其实是敌伪时期，汪政府成立的"全国商业统制委员会"下设的"纱统会"和"米统会"的翻版，这几个机构替日军对中国的纺织业和食米面粉的生产、销售进行全面控制、搜刮；对中国人则实行配给，每人依照收购价，配给可做一件长衫的布料，即营造尺一丈三尺，并按期给每户配合民食，称为"户口米"。这是在日本人操纵下的独占性的征购公司，在为日本军部压榨中国百姓的同时，那些汉奸懂得，越是统制严格的物资，越有赚钱的机会，越有空子可钻，于是，黑市棉纱、黑市米麦充斥市场，那些有背景的人大肆倒腾，大发国难财。

至此，民族资本家们才意识到所谓的战后"黄金时期"已经结束，政府借着整肃市场、平定投机之名，又像战前那样，将民族资本犬牙交错地压合在一起，塞进由他们设置的轮子里，吱吱呀呀地运转。而官僚资本却置身于轮子之外，或者根本就是控制着轮子的按钮。

荣家首当其冲。值得玩味的是，宋子文要他们抛平价粉，又供应官麦加工磨制成统粉，还批准国家银行借钱给他们，然而又残酷地将他们逼仄到绝地。宋子文是荣家朋友，不是他寡情薄义，也不是他翻脸不认人，而是统治集团和官僚资本的利益所驱使。

1946年，他们还手下有所留情，到1947、1948年，随着内战的爆发，经济的崩溃，政府不需要什么粉饰了，而是赤裸裸地加紧对民族工商业敲骨吸髓、百般盘剥，民族资本家被推着一步步走向粉身碎骨的断崖。

## 四 突如其来的大祸降临

1946年，一场巨大的灾难袭向荣家，使这个庞大的家族猝不及防。4月25日，荣德生和三子荣尹仁、五婿唐熊源乘自备车去江西路总公司，车子刚开到弄口转角处。被一辆有"淞沪警备司令部"字样的警车拦住，几个冒充军警的人手持逮捕证，不由分说，以荣德生是"经济汉奸，要到局里走一趟说清楚"为由，对荣德生实施绑架。见押上车后绝尘而去，荣尹仁和唐熊源才觉得蹊跷，赶紧通知荣尔仁。荣尔仁急急赶来，设法通过高层人物到淞沪警备司令部打听，答复绝无此事，也根本没有人签发荣德生的所谓逮捕令。荣尔仁等马上断定父亲是遭绑票了。

大祸降临，荣家忧心如焚。虽然分析绑匪是要钱不要命，但荣德生这么大年纪了，还要在匪巢里过着胆战心惊的日子，冷暖饥饱无常，平时服用的药都未带，少不了要受胁迫、恐吓、虐待。荣家乱成一团，不知怎么办才好。

报界已获得荣德生被绑票的消息，下午出的报纸都在显著位置刊发了这条新闻，军警匪一家，合犯这惊天大案一说像旋风般刮遍上海的大街小巷。这让上海的豪富无不感到心惊肉跳，对于平头百姓来说，光天化日之下，有警车、警军参与，可见社会的黑暗和混乱，一时间，舆论哗然，群情激愤，上海警备司令部成为众矢之的，压力非常之大。

蒋介石震怒了，认为此案不破，会导致民众对政府治安能力的怀疑，在国际上也会大失脸面。因此严令上海市政府限期侦破。淞沪警备司令李及兰引咎辞职，由上海市警察局局长宣铁吾接任。蒋介石还不放心，要京沪警备总司令汤恩伯派有经验的得力干将到上海坐镇侦缉破案。汤恩伯便委派第二处处长、军统特务头子毛森赴上海办案，但要他绕开警备司令部和警察局，单兵作战，秘密行动。毛森此人城府极深，行动诡异，外表却谦和厚道，人称"笑面虎"。

毛森召集了旧部几十人，在高安路荣公馆附近设一个据点，暗中监视在荣公馆出没的人，并在酒楼、茶馆、浴场及风月场所，注意那些游手好闲之流，上海人称之为"白相人"的动态。尤其要注意黑道本地帮、江北帮、嵊县帮里的可疑人物，因为上海绑案多系此三帮人所为，主要观察他们的金钱出手情况，如突然出手阔绰，生活奢侈，必查清其钱财的来历从中挖掘出线索。而上海警备司令则派出六百多军警、探员对上海的贫民窟、公寓、弄堂石库的房子、破旧的堆栈厂房、小旅馆、城郊结合部的民房严加搜查，在车站、码头、重要交通道口布置便衣进行日夜监视，并有数艘汽艇在黄浦江、苏州河及其他河道对船户进行搜寻。另外，和荣家关系密切的人，有六十多部电话被二十四小时进行监听。

整整一周的时间，荣德生没有任何消息，好像从人间蒸发了似的。荣尔仁、荣伊仁、荣毅仁三兄弟日夜在外奔波，通过各种关系查找，白道黑道里的人都找了，私家侦探都用上了。黄金荣、杜月笙等上海滩大亨都拜访过，他们耳目甚多，期许能从他们的手下给到些蛛丝马迹。可几天下来，筋疲力尽，然而一无所获。荣家笼罩在焦虑的惊恐的气氛中。

荣德生此时被软禁在一幢普通民房里一间小房间里，屋外是个菜园子。这个小房间没有一扇窗户，黑暗得伸手不见五指。黑屋子摆着一张床一张桌子几张椅子，有一个绑匪与他同睡，是个看守他的小角色，防止荣德生自杀和逃跑。荣德生在这间黑屋里软禁了一个多月，饱受惊吓和伤害，但并不畏缩，他天天背孟子、老子的文章，尽量让自己镇定下来，使懊丧和恐慌转变为坚忍。只有在吃饭和写东西的时候，绑匪才点上油灯，暗淡的灯光下，荣德生极力做到沉静、镇定，透出一种将生死置之度外的神色。他还写下遗嘱，回顾创业的经过和艰辛，希望子侄团结协力，一秉实业报国，兼济天下的家传，把企业办好。绑匪见他不怕死，感到拖下去，结果难测，可能会导致大捞一票的贪欲落空。于是加紧了对荣德生的胁迫。

这是警匪勾结、精心设计的震动上海滩的绑票案，主谋者是上海帮盗匪头目骆文庆和华大公司代理总经理吴志刚，吴志刚的另一个身份是警备司令部稽查处上校副处长，他们网罗了上海帮、嵊县帮的一批绑匪，盯上了荣德生，谋划了这起绑案。

他们对荣德生施压，一开口就索要赎金一百万美金，否则就别想活着出去。一百万美金在当时是天文数字，荣德生回答，荣家无此实力。绑匪降之八十万，并要荣德生写亲笔信至家里筹钱。为了报平安，并与家中接上线，与绑匪周旋，荣德生给申新九厂经理吴昆生写了封亲笔信，信上说："余离家17日，心急万分，万一不妥，吃苦不起，即公司全局亦不能了。"在这此前，绑匪先后十几次给吴昆生打电话，也是开口索要一百万美金，口气很凶，没有商量的余地。

吴昆生将电话内容及时转告荣尔仁等，收到信后，又按荣德生信中所交代的，立即交给荣尔仁。荣尔仁见信确是父亲亲笔，说明父亲暂时是平安的，心里稍稍平静了些，但又发起愁来，这么一笔巨额美金，一时间很难筹集，于是，召集几个弟弟商议。荣家提出用黄金抵，遭到绑匪拒绝。经讨价还价，绑匪又将赎买降至五十万美金。荣德生又致信给荣尔仁，提出各厂分摊，大女婿李国伟得消息后，设法筹集二十万美金，装了两个皮箱，雇佣两个保镖押送，亲自乘飞机送至上海。

荣尔仁见李国伟这么快千里迢迢送钱来，动作比眼前的几个厂都来得快，感动地说："大姐夫，雪中送炭，雪中送炭啊！"

"这是应尽之责，别说客气话了，岳丈怎么样了？"李国伟问。

"绑匪索价奇高，我们正在和他们周旋，这好比走钢丝，如不及时赎救，绑匪狗急跳墙，爹恐有性命之虞，恐吓电话、恐吓信我都收到了，绑匪的凶残，你不会不知道，我可是亲身经历过的。"荣尔仁说，他在抗战期间有过被绑架的遭遇。

"这些个绑匪，刀刃上舔血，不得好死！"李国伟狠狠地骂道。

各厂所摊的赎款逐次送到，都是提了关金券到黑市上购买的，由于荣家大肆收购，美金收购价几天内涨了几成，终于凑足了五十万美金。又几经周折，将赎金送到绑匪手中。匪徒分赃以后，各奔东西。

到了晚上，荣德生被允许下楼，他在渊静的菜园子里连连呼吸新鲜空气，初夏温暖的风徐徐吹来，三十多天封闭箱子般的小屋使他时常胸闷头晕。他一边深呼吸，一边抬头望去，月亮突围淡云间，月色如水，夜空净澄，精神顿时一振。他上了一辆三轮车，又转乘汽车，到姚主教路下车，另雇一辆黄包车，至麦尼尼路女婿唐熊源家，一敲门，唐熊源见是岳父，喜极而泣，立即向荣尔仁报喜讯，子侄纷纷赶来。

大家见他脸色虽憔悴苍白，瘦削了许多，但精神尚可。只是一身工装打扮，看着有点滑稽，头发斑白杂乱，胡须也长长的，好久没剃了，像个不修边幅的满身晦气的糟老头子。子侄们不觉悲从中来，笑脸上淌着泪滴。

毛森的侦破组有了进展，他们发现了一个叫黄绍寅的嵊县人形迹可疑，他三十出头，为某部中校警卫队长。这段时期突然阔了起来，穿起时髦的人造丝衬衫，上口袋可隐约见到绿颜色的美钞，抽的是美国香烟，家里更换了新家具，并且和一个叫刘瑞标的小同乡经常在一起吃喝玩乐，这个人是乡下土木匠，怎么会来上海大把花钱？黄绍寅是军官，又是读书人，为何会和地位和他悬殊的木匠厮混在一起？毛森起疑了。他们设计逮住刘瑞标，从他内衣袋里搜出美钞三百五十元，刘瑞标为荣案疑犯已确凿无疑了。经过审讯，刘瑞标和盘托出，将绑架荣德生的过程及参与人一一招供，黄绍寅、骆文庆等人浮出水面。黄绍寅、骆文庆落网。顺藤摸瓜，又牵出警备司令部的副处长吴志刚。毛森迅速出击，抓捕了吴志刚，吴志刚的司机朱连生、袁仲书等十六人。荣德生绑票案告破。经审判，骆文庆、袁仲书、黄绍寅、刘瑞标、吴志刚等八人被判死刑枪决，枪决令是蒋介石亲自画的圈。但最早提出绑票荣德生的主犯黄阿宝闻风而逃，一直没有抓获到。

让荣家哭笑不得的是，绑案侦破后，五十万元美的赎款，据毛森说，是大部分缴获回来的，但警备司令部只发还给荣家十二三万。警卫司令部截留大部分赎款后，犹为不足，一次又一次向荣家索取"破案酬金"，发还的十几万元给了他们还嫌不够。荣家无奈，不得不再度向各厂摊派，并在市上收购十几万元美金，用来酬劳"报答"军警部门。荣家再一次受到了洗劫。

这次绑票让荣家无端损失五六十万美金，这个黑色暮春的遭遇，让荣德生看清了这个社会的腐朽和无道，一颗雄心渐渐衰败，内心深处变得非常晦暗。他很长时间以身体欠佳为由，摒拒交游酬酢，躲到无锡梅园，闭门谢客。

所幸荣德生的子侄在精神上很快振奋起来。李国伟更为努力，他除向英、美、瑞士等国订购大批纱机、麻纺机、发电机外，趁政府拍卖敌伪产业，拼足全力参与标购。原本民族实业家期待政府能将敌伪产业赔偿给他们，作为在战乱中蒙受损失的补偿，后来发现，政府连被日伪抢掠去的东西都不愿归还。李国伟主持的申四和福五，据查遭敌伪劫掠或毁坏造成的损失计一千瓦透平发电机和相配合的锅炉大部分、纺棉机两万锭全套、布机五百余台、漂染整理机全套、制粉机九千包的全套、电动机共八百多马力等。按照国民党政府的诺言，战时凡遭敌伪劫掠或毁坏所导致的投失，可以通过"盟军总部"向日本索赔。然后，后来的事实证明，这是空话一句。李国伟、荣鸿元、荣尔仁等为索赔没少花力气，最后都成了泡影，失望的同时，都感到愤怒，但却无可奈何。

政府的算盘打得太精。敌伪产业收为国有，但不想经营，也经营不好，于是，拿出来竞拍，让有实力的民族实业家相互争夺，争得越凶越好，谁出的价高就卖给谁，这是变相的发国难财。敌伪产中有很大一部分来源于民族工业，现在又要民族实业家出钱购回，而且要大家争购，鹬蚌相争，渔翁得利，这种做法实在太恶劣。

李国伟索赔不成，抢去的东西也不指望回来了，不得已而求其次，参与竞拍。虽然不便宜，但毕竟是现成的企业，至少省去了办厂的时间和精力，相对来说，还是合算的。李国伟不遗余力，连连得手，先后标购上海原日商三兴粉厂，改为"建成面粉公司上海分厂"；标购原日商泰安纱厂，建立重庆渝新纺织股份有限公司；标购上海原日商纸品厂，与他的上海宏文纸板厂合作；标购原日商制冰厂，设"汉莹冰厂"；又标购上海原日商华美肥皂厂，改为"大光化学公司"等等。

其中提得一提的是日商泰安纱厂，这家厂是日商在华中地区的桥头堡，由日本棉花会社投资，拥有纱锭两万四千多枚、布机三百台。在武汉的纱厂中，仅次于荣家办在汉口的申四。偏偏泰安和申四又几乎是隔壁邻居，明里暗里都较着劲。卧榻旁边，岂容他人酣睡？日本人对身旁的这家中国的纱厂是很不舒服的，也是虎视眈眈的。1927年申四搁浅时，泰安纱厂的日本人见机会到了，便串通银行、债主，对申四厂方威胁利诱，企图鲸吞申四。当时荣宗敬出于民族大义，力排众议，调来头寸帮助李国伟渡过难关，从而保住了申四。抗战开始，泰安纱厂被国民党政府接管，更名为"军政部纺织厂"，并迁之重庆。由于由军人主管，外行管理，很是不善，加上机器维护不当，一味糟蹋，所以长期亏损无盈，成了一个包袱，当局也例外标价出售。李国伟记着旧账，恨透了日本人当年的得意和凶相毕露的嘴脸，不惜代价参与竞拍，志在必得。荣鸿元也想买下来，但最后还是李国伟成功了。荣鸿元心里有点失落。

不料，李国伟接下来做的事很漂亮，他将这家纱厂改组成"渝新纺织股份有限公司"后，便请荣鸿元当董事长。荣鸿元大感意外，他没想到李国伟花了大价钱标购的泰安纱厂会奉送给自己。李国伟说，申四以前两次死而复生，全赖宗公大力扶持。否则，申四早成了日本人的网中之鱼。宗敬伯伯的恩德，国伟没齿难忘。原来李国伟对荣宗敬当年的这个情，一直铭记在心，非报不可。

李国伟感恩图报的做法让荣鸿元十分感动，也博得了岳丈荣德生的赞许。他对荣尔仁兄弟说："国伟用心良苦，饮水思源，实在可贵。我和你们大伯最大的愿望，就是你们兄弟能同舟共济，合作无间，这么个大家族，误会是在所难免的。船上的夫妻吵架无宿夜之仇，船头吵，船尾和，我们荣家也是艘大船，大家都乘在一条船上，应该有风雨同舟的精神，有了芥蒂，也要像船上夫妻那样，涣然冰释，彼此不得耿耿于怀。"

荣鸿元感激之余，也不甘落后，也大规模地扩充产业。1946年年底收购安徽芜湖裕中纱厂，1947年3月又圈收与申六相邻的国光印染厂，并入申六，接收后即行开工，申六改称为"申新纺织印染第六厂"。和宋子文合伙买下上海最大的堆栈——原属英商所有的隆茂栈后，又利用一部分栈地作为厂址，移拆申六、申七部分机器，成立了鸿丰纱厂。与此同时，又标购了大中华鸿丰面粉厂。此后又创办鸿丰铁工厂、鸿茂仓库、建新航业公司等，其魄力不亚于其父荣宗敬。荣宗敬当年曾一口气兼并东方、三新、厚生等纱厂，震惊大上海，"商场拿破仑"之大名从此而起。

至1948年1月，荣德生卸去一切职务，对总管理处进行改组：任命荣尔仁为总经理，荣伊仁为副总经理，荣毅仁为生产部经理，唐熊源为财务部经理，荣研仁为国外部经理，荣尔仁兼总务部经理。荣德生不挂名了，不是由于廉颇老去，对于他来说，老去的是廉颇，老不去的是少年狂。要是没有绑票的遭遇，他还是想狂一下的。

在被绑票之前，他还像当年读《美国十大豪富传》时那样在事业上具有少年般的梦想和狂放，荣家人的血液中都有着这样的特质，荣宗敬比他更狂放更豪迈。在荣德生年轻时，曾做过一个美丽的梦。梦境中梅园变成了一个巨大的聚宝盆，在盆中盛开着一对莲花，忽儿长到天空，顿时云蒸霞蔚、龙骧鹤峙。这是个吉梦，醒来后，荣德生心中激起不复静止的涟漪，梦使他激情陡增，对创业的前程信心更足。

申新三厂的"四平莲"商标设计就是来自于这个奇异的梦。他有着他的雄心，要将梦变为现实，不仅仅一个申新三厂，整个荣家的产业就是一朵芬芳的祥云环绕的四平莲！被绑票时，虽已到古稀之年，但他还在继续追逐他的梦。这个梦就是他的"天元计划"，另创一个规模宏大的企业集团，取名"天元实业公司"，由自己任总经理，七个儿子副之。

荣德生提出了公司的基本方针：专营实业，兴办包括采矿、冶炼、水泥、机器制造等重工业工厂及麻纺、棉纺、丝织、毛麻丝交织和面粉、苞米粉及其制品等轻工业，并将虚业投机列为禁止之列；厂址选择接近原料产地，以保证交通运输便利；工厂管理采取工人自治制；注重培养人才，推行技术培训；扩充发展，注重量力而行，万勿猛进。

荣德生在战前就开始酝酿这个计划了，后来抗战爆发，急景凋年，他的梦就破碎了。胜利到来前，他又想起了这个梦，作着振兴家业的远谋。他之所以赞同荣尔仁的"大申新计划"，就是因为和他的天元计划不谋而合，但由于触及了他的家族制和无限公司的底线，他不得不站到次子的对立面。他向尔仁头上泼冷水，是别有深意的。在荣家三足鼎立的局面不可改变的事实面前，他决定由自己一房自立系统，并借抗战胜利，和平的到来，开始分步实现他的计划。

1945年11月12日，天元实业公司股东成立会在荣尔仁的主持下，在重庆民族路蓝家巷特五号热热闹闹地举行；同年底，荣尔仁从重庆返沪，"天元实业公司"便获得了国民党政府经济部颁发的营业执照，完成了备案手续。在荣德生被绑票的前几天，天元实业公司在上海汇丰大楼挂牌营业，总公司分生产、业务、财务三部，荣德生为总经理，荣研仁为副经理，负责对外国的生意。以后荣研仁又在香港、曼谷、纽约等地设立了分公司，以贸易为主，这是他的擅长之处，是他在美国纽约曼哈顿的华尔街练就的本事。

事实上，荣德生梦寐以求的事，儿子们做得都不含糊。茂新一厂和申新三厂是荣德生的至宝，在上面倾注的心血最多。茂一是荣家产业发达的始基，在荣德生心中的地位十分重要。所以特将处事持重、做人笃实、不骛于空谈的四子毅仁安放在那里，又让他主管面粉，食为民天，这是他对四子的器重，也是对这爿厂的器重。

因此，茂一的复建是不惜工本的，也没有因为荣德生意外遭绑票而停顿。从英国订购的整套机器设备，是由英国鲁滨逊公司出品，每日产量三千包，麦仓容量两千吨，分六艘轮船运至上海，再驳运到无锡。荣毅仁为使设备的安装能加快进度，想出一个办法，在厂房未竣工前，陆续将机件吊至各楼面，放到大约的位置，并在四五楼主厂房留出一定的空地，以便今后增添设备，进一步提高产量。茂一的复建到了最后的冲刺，荣毅仁每天坚守在工地上，杂事极多，自然煞费周章。

厂房的施工已到尾声，装饰已开展。在荣毅仁的手把手指点下，工程队完成了建筑内部的装饰设计，完成后，整个工厂大气、朴素、现代，大块面的红色清水砖壁和排立有序的长方形窗户，显得厂房建筑大气简洁。厂房内部则是钢铁的扶梯，黑色水泥地坪，雪白的粉墙，闪着金属之光的机器，庄重中不失灵动。这可以说是整个无锡当时最漂亮、最现代化的一座工厂了。

这天，荣德生由荣毅仁、荣伊仁、荣纪仁三兄弟陪着，站在一河之隔的城墙脚下，打量着重生的茂一，心情非常激动，久久地凝视着气派不凡的厂房和高高的烟囱。这已经是1947年的暮春了，没有风，河水清澈而平静，春日高爽明亮，阳光出奇的好。荣德生舒心极了，从绑票以后，他从来没有感到这样舒心，就像在干涸的沙漠中行走了数天，突然饮用到甘甜的清泉一样畅快。四十年前，很久远的一天，他和哥哥也站在这个地方，望着对面一个荒草萋萋的墩，作出一个里程碑式的决定，在对面的墩上建一座机磨面粉厂。人家劝他们说，那是块浮地，经常遭水淹。哥哥说，浮地好，就像船一样趸着，沉不下去，被水包围，这水就是财势。这是块风水宝地。一眨眼，四十年过去了，茂一跌倒又站起来，从废墟上重新站起来了，而且比原来更壮观，更神气。他想起了这四十年坎坷的历程，想起了哥哥，想起了英年早逝的大儿子伟仁，他不禁又难过起来。

"毅仁、纪仁，这家厂就交给你们了，茂一可是我们荣家的第一片厂，发家之处。厂造得很漂亮，不错，但光漂亮是不够的，要多产面粉，一个好厂，就是要中看又中用。你们可知道，我们和朱仲甫合办的保兴厂，用的是石头磨子，清麦的设备是木风车，一直用到茂新早期，那时办厂，是硬撑啊！"大概是心情不平静之故，荣德生的声音变得有些嘶哑，"茂一能死而重生，就像老夫劫后余生一样，它办好了，我也对得起祖宗，对得起你们大伯了。我被关在黑屋里，最丢不下的就是茂一。"

"我们都知道，爹这几年一直以复建茂一为念，我们兄弟一定秉承家道，不辱父亲期冀。"荣毅仁说。

"赚钱是要的，但还是要有精神意志。说到钱，我们自己素行简食就可以了，钱要用到实处。不要让人指着脊梁骨骂唯利是图，为富不仁。所以，有了钱绝不能挥霍，要派正经用场，除了办厂，实业救国外，还要为社会做些善事。天行健，君子以自强不息。"荣德生唠唠叨叨地说，"伊仁，你抓紧时间，把后湾山江南大学的校舍赶快建好，无锡是大藩之地，居然没有一所大学，由我们来填补这个空缺吧。环境要好，要请最好的教书先生，吴稚老答应当江南大学的董事长。争取筹备处早日成立，再到教育部立案，立案的事拜托吴稚晖了，老童子这种事最愿意办，哇啦哇啦地一叫，就办成了。"

"好的。先借北塘申茂新办事处作为筹备委员会的办公场所，只是挤了一点。"

爹要是觉得不妥，我在申三另选一个地方。"荣伊仁回答说。

"用不着，挤就挤一点，反正是临时的，筹备人员有个地方办公就可以了。先把牌子挂起来，我让薛明剑先坐到那里去。明剑是教书先生出身，他的屁股坐得住。"说到这里，荣德生笑了起来，"还有，申三一旁夹城里那块地，已买了下来，天元麻毛棉纺织厂就建在那里。每次建厂购地，都不太顺利，好像荣家是笋烤肉，都要把刀磨磨快，来斩上一刀。天元这块地，价格翻了几个跟斗。伊仁、毅仁、纪仁、你们商量一下，在上海请一家建筑事务所和营造公司。物价像黄梅天的河水，天天在涨，所以行动要快，拖一天就是拖掉的钱。"

荣德生叮嘱说。兄弟三人连连答应，见父亲绑票以来，第一次这么精神豁然练达，壮志昂扬。他们熟悉的父亲终于回来了，三兄弟按捺不住心里的兴奋，笑容满面地交换了一下心领神会的眼神。

荣毅仁将父亲和伊仁、纪仁送走，又回到公务房办公室。下午，陆晓波等人，以及前来协助装车的英国鲁滨逊厂方派来的技师亨特要和他研究设备安装的事，纪仁有时也来工地，但还未正式上班。亨特对荣毅仁印象不错，他听陆晓波不止一次说过，荣毅仁是上海有名的教会学校圣约翰大学的毕业生，他有良好的素养，处事稳重、理性。而且，他出身的这个大家族有一个传统，除了几乎是与生俱来的经商才能外，还格外看重勤勉和忠心，因为这个家族就是靠这两点起家的。一见之下，这个荣德生的四少爷果然是个标准的绅士，远比一般中国人高大的身材，英俊挺拔，和蔼沉稳，但有种胸有成竹的威严。

接下来的谈话很顺利很愉快，亨特已看过现场，答应一个月内可将设备安装完毕，开始试车。等调试好后，他再返回。荣毅仁将亨脱安置在梅园，由陆晓波、荣纪仁陪同。亨脱还带了一个英国技工，叫罗宁，是个工人出身的实干家，不善言谈。但他在上海待过几年，会说流利的上海话，和杨炳奎一见如故，一到工地两人就在现场转个不停。

晚上，荣毅仁在梅园设宴招待亨脱和罗宁，此外还有荣伊仁、陆晓波、荣纪仁、吴一帆、紫竹紫菊姐妹和她们的父亲杨炳奎。在茂二当协理的荣鸿仁和申三厂长郑翔德也来了，总共摆了三四桌。吃饭之前，荣毅仁提议先到梅园山顶上去看看。梅园的山不高，仅几十公尺，一个高地而已。山顶是一个很大的地势平缓的广场，荣德生在这里辟有网球场和高尔夫球场。在广场南侧，浇注了八个水泥座子，上面置放八爿石磨。石磨直径一米半不到，中间有一个下方上圆的孔，材质为硅质灰岩并夹以燧石岩，十分坚硬，被称作炼石。这是荣家兴建的第一家厂保兴面粉厂所使用的石磨，共有四部，是从法国进口的，1910年被拆下，换成钢磨，开始放在厂里，后来梅园建成，被移至园中。1922年，荣德生将石盘移到坡顶广场，它们象征着荣家创业之轮的起点。荣德生晚年常到此，盘桓在这八片磨盘之间，总会情不自禁用手轻轻抚摸着磨盘充满沧桑的沟槽，此时他在想什么，不言而明。

除了荣毅仁兄弟，其余的人都是第一次见到这些粗糙的石磨，它们灰色中带有黄色，但坚硬一如当初，有种圆融之美。广场长满青草，平时寂无一人，水木清华，只有这些日晒雨淋的石磨静静地见证着荣家前辈创业之艰难以及流年碎影。历史在这里定格。

到1947年年底，茂一设备机器全部安装结束，所有建筑均已建好并装饰一新。共新建三层新式麦仓一座，六层楼制粉厂房一幢，四层粉栈一所，公务楼设在另一座三层楼房里，并在厂附近修建了多幢职工家属宿舍。这个地方被命名为茂新里。茂一的经理是荣毅仁，助理是荣纪仁，总技师是陆晓波，厂长秦芹生，厂务主任萧宗汉，相当于副厂长。到1948年4月份，茂一就开始正式生产了。荣毅仁因为是总管理处的生产部经理，主管面粉和一部分纺织业务，茂一就交给了荣纪仁，秦芹生和萧宗汉是面粉老手，加上陆晓波，荣毅仁觉得不成问题。

荣家的事业已重新走上了新的发展轨道，天元麻毛棉纺织厂正式动工兴建。荣伊仁选定了上海兴亚建筑事务所，并派出设计小组到无锡夹城里地块测绘厂基，设计厂房。一家叫许顺昌的营造厂承建办公室和机物料库。主厂房包括麻纺工场和棉纺工场两部分，由一家叫韩永记的营造厂包建。各种设备也陆续经上海转运无锡。其中麻纺织机式样不算新，但苎麻脱胶设备和精干麻烘燥设备是比较先进的。棉纺设备是从美国萨克罗威尔厂进口的最新产品，比申三的设备还要好，它的自动化、电气化程度之高，令人惊叹。棉纺工场于1948年4月开工，至7月一万余锭全部开足，1948年7月开始纺麻。这项工程是荣尔仁、荣鸿仁、荣研仁受父命经办的，荣尔仁出的力最多。

荣研仁对办厂兴趣不大，跟着尔仁、伊仁到过几次现场，走马观花的，不愿过夜，便赶回上海了。他还是热衷做外钞买卖，觉得钱来得容易。但炒汇风险大，荣研仁豁出血本买进卖出，运气不像在美国好，亏多盈少，不得已便抽调天元公司做外贸生意的头寸想赚回来，结果又是亏光，颗粒无收。他狠狠心，带了一点钱，到泰国做生意去了。做了几笔橡胶生意，上了泰国橡胶商的当，出价高了，又亏了，觉得没面子，于是滞留曼谷，不回来了。荣德生很生气，写信要他回来，和鸿仁一起在天元厂历练一阵。研仁还是以各种理由拖延不归，羁留在那个热带城市。后来，泰国政局动荡，他又去了美国，一去不复返。

天元的建成，是晚年荣德生引以为傲的一大手笔，使他的心境为之一宽。他聘请了纺织专家杨同德统管全厂生产，兼管麻纺工场；另一名纺织专家李石安主管棉纺工场，主要产出本色毛线、皮鞋缝制线、麻袋、帆布、麻布、嫘萦纱、高支苎麻麻纱等。不少产品是中国从未有厂生产过的，是天元首创，一上市就因其是新品而抢手。

另外，创办一家制造纺织机械的机器厂，自造自用，不依赖外人，是荣德生的一个心愿。后来，他办了家公益铁工厂，并往这方面起步。1933年，三子荣伊仁从美国留学归来，任申三副经理，兼管公益铁工厂。荣伊仁接手后，对铁工厂进行了扩建，添置了一些新的母机，能仿造制粉机和纺织机的部分配件。抗战爆发前，公益铁工厂已能制造出自动布机和纺织机，配备到申三，排在车间里，噼里啪啦的声响特别清脆，纱锭来回穿梭，织出的布紧密而平整。经试用，公益铁工厂制造的布机的性能可与日本丰田、英国狄更生的同类产品相媲美。荣德生自造自用的愿望迈开了很大的一步。可惜战争打响，在那场中国实业史上惊心动魄的大内迁中，公益铁工厂跟着远走高飞，迁至重庆，后来因产品不敷成本，连年亏蚀，难以为继，李国伟和荣尔仁商量后，迫不得已忍痛将公益铁工厂卖给了另一家机器厂。荣德生知道李国伟此举是舍车保帅，没有办法的办法，他没有说什么，但心痛了好一阵。

战后，荣德生蓄藏已久、时时不忘的愿望又复萌了，在修复申三、茂一的同时，他把建天元和复兴公益铁工厂作为并头齐驱的一双马车，竭力要驱动它们。他在"天元计划"中阐述说："我国工业发展应首先注重重工业。因必先有重工业，才可利用机械，从事种种生产，故筹办开源机器工程公司。由铸锻、冶炼，而至修理零件，先将基础巩固，日后发展自易。"他对机械制造的重视，在这里说得最清楚不过了，起名开源，其意是将机械的生产譬喻为一切行业的源头，正如曾国藩、李鸿章在办洋务时所常说的，师夷长技以制夷，而母机为夷长技之要，有了母机，夷之其余器具，皆能仿制。于是有了安庆军械所、金陵制造局、江南制造总局。保守派把西洋的科技和制造业贬之为"奇技淫巧"，但作为一种工业文明，它不可阻挡地冲破这个东方大国所笼罩的沉沉暮气，并孕育了一批像荣宗敬、荣德生兄弟这样的具有匹夫兴国之痴情的实业家。他把机器制造视为工业源头，犹如水源木本，并力图开发这个源泉，促进实业和国运的隆盛。

荣德生为办好开源机器厂，深知人才难得，所以以最大的诚意招揽人才，荣德生和荣伊仁父子通过各种途径，聘请到一批国内著名的专家。留学生六人，工程师十多人，获得博士学位的三人，大学教授三人，可说人才济济，有时为求得一个学有专长的人到厂里担一方面之责，荣伊仁多次登门恳邀，学当年父亲七次拜请薛明剑那样，直到说动对方才罢休。

1948年春，荣德生委托申三厂长郑翔德，购得农田约四十亩，动工兴建开源机器厂，由上海一家国华建筑公司承包建厂工程。金工间、翻砂间、冷作间、发电间、第二金工间等在一年内相继落成。荣伊仁为了建开源，开着汽车，经常在沪锡之间高低不平、弯弯曲曲的土浆公路上长途疾驰，早至晚返，在政府各部门间周旋，通权达变，还要处理购置设施、监督营造各项杂务。涉及要紧的事，来不得半点疏忽的，对工地负责人切切叮嘱，许多事情还要借助毅仁相帮。开源诞生，对荣德生又是一个极大的安慰。他看上去已从精神的低迷中走出来，显得有点踌躇满志了。

而荣尔仁主管的上海申新二、五两厂也是气象焕然，但荣尔仁不以为足，他看着李国伟、荣鸿元、荣伊仁、荣毅仁都在进取，也想把他操持的这两家厂进行改进扩建，把工厂改建得无与伦比。他亲自赴美订购了价值二百余万美元的设备，继而在上海外国工厂就地购置一百余万美金的纺织器材。两厂共修复纱机八万多锭，改装大马达纱机五万六千锭，添购纱机两万多锭，线机一万多锭，并扩大了织部。申二安装了全新自动布机五十台及半新自动布机八十五台，申五安装了国际上最新式的针织机十台。上海纺织业的老板、专家前来参观，都对这些设备的先进程度啧啧称羡。当然，也有人嗤之以鼻，其中有一个日本纺织专家认为，对于中国的纺织厂来说，先进的机器是一种浪费，或者是厂主急于想向世界看齐，想一蹴而就，这是要不得的，因为中国厂普遍存在的症结是管理差，工人素质不高，在这两方面亟待提高；而且中国的经济形势正在变坏，反而不及战败国的日本，日本人穷得一天只吃一顿饭，但国民上下有种卧薪尝胆的精神，干活拼足了劲，不计较待遇，一团废纱都收拾起来，工厂的管理却始终秩序井然。同行都不理他，认为他是对中国纺织业进步的贬低和讥笑。

荣德生见次子宵旰忧劳，精明干练，在很短的时间内把两厂家整治一新，一跃而成为上海棉纺厂之冠。他在厂里的新机旁停留了很长时间，眉开眼笑的，心里说不出有多舒坦。

但荣德生万万没有想到，厄运正在慢慢逼近这个家族，灾难从此接连而来。1948年荣德生又连丧两子，首先是纪仁，康复后正式回到茂一上班，开始很兴奋，锐气复生，但慢慢地，他又变得烦躁起来。工厂事情繁多，种种棘手的矛盾相逼而来，他尽力应付，一段时间下来，不胜其烦，心情又变坏了，终日黯然不欢的。有几天接连停电，电力公司又不许他们从申三拉线借电。陆晓波告诉他，原来想来承接土建的惠祥营造公司被拒后一直心怀嫉恨，公司老板的儿子现在是电力公司经理，绥靖区司令又是惠祥老板的连襟，所以故意拉电刁难，名曰加强电业管理，实际是借机报复。陆晓波和前来关电闸的电厂警卫顶撞起来，被带到警局关了一夜，还挨了一顿揍，早上回厂，脸上、身上多处是青肿的淤伤。

纪仁长叹："电厂分明是挟嫌报复，他们不给电，又卡住申三荣家自己的电，还说什么按照电力管理条例规定。凡是办电单位的多余电力，须经电厂统一调度，不得擅自输送他厂。这是何等荒唐的逻辑？"

陆晓波劝他："纪仁，心胸放开些，中国就是这么个国家，内战又打起来了，百姓没过上几天太平日子，又要受兵燹之灾，国民党变成刮民党了。算了，民族生机，毁灭无余，茂一的这些遭遇，算不了什么。你别操心了，这些事让厂长处理吧。"

纪仁弯腰，把头埋在双膝，久久不抬起来。后来就一声不响地到办公室里的行军床上和衣躺下入睡了。可谁都没想到，第二天早晨，他把房门从里面反锁上了，独自在沙发上坐了人生最后的一小时，自言自语："爹，别怪我，我对这个世界厌倦了。"

年仅二十六岁的荣纪仁用决绝的方式走了。从此，他再也无梦，再也无怨，再也无光无热，再也无言无语。他僵滞铁青的英俊的脸上，露着无尽的苦涩和凄楚。

陆晓波第一个砸开房门冲了进去，眼前的情景使他惊呆了。"纪仁，纪仁！你为什么要走绝路，你为什么啊！"他扑到荣纪仁身上哭喊起来。他不理解为何纪仁要自戕，几乎所有的人都不相信。

荣德生得到噩耗，整个人一下坠入万丈深渊，脑子里已是一片空白。他手里的那把时大彬的紫砂茶壶失手掉落在地上，满地是茶水和茶壶的碎片。荣尔仁、荣伊仁、荣毅仁也都不相信这是事实。但它就是事实。荣毅仁后来懂得，弟弟的精神被世事所缠绕，他感到太压抑了，太焦虑了，太困顿了，他挣脱不出来，生命的一切不安与晦气，逼他做了这样一种残酷的选择。下葬那天，紫竹流着眼泪，把一大捆黄色的向日葵花放在纪仁的坟前。阳光下，那捆向日葵的颜色特别鲜艳，但它饱满的花盘已不可能转动了。

事情还没有结束，此年年底，不知疲倦的荣伊仁从上海乘飞机去香港办事。临走前，他回了趟四郎君庙的李国伟家，纪仁离世后，荣德生一直住在这里，他对父亲说："我去趟香港，战事已明朗，国民党无回天之力了，我去香港看几块地皮，局势已非常严重，可能又要迁厂了。"荣德生听说后，头都要炸开了，说："厂搬出去，设备、资金能搬，这厂房、这工友能搬吗？就说申三，这么个局面不是一年两年形成的，来一次大搬家，骨架子就散掉了。"在一旁的荣毅仁说："爹说的有道理。香港弹丸之地，有什么发展前途！"荣伊仁说："话是这么说，可共产党一来，说不定全部接收去。我最近专门看了几本苏俄的书，他们就是把私人的工厂、土地全部收归国有，甚至把地主资本家驱逐出境，杀头枪毙。上海滩的罗宋瘪三，有不少就是我们这样的老板、工厂主，我不希望我们荣家有这个下场！"

"我们荣家真的是山穷水尽了吗？"荣德生沉思了一会问。

"国民党守住了，我们是人家砧板上的肉，东一刀西一刀地割你；共产党打来了，我们正好是共产革命的对象。如今中国已无我们荣家的容身之地了。"荣伊仁说。

"俗话说，狡兔三窟，多一窟就多一条路。我看，台湾、香港都可以考虑，尔仁主张去台湾，鸿元主张去香港。"在座的唐熊源插话说。

"我以为看看再说，有些人怕得连夜想滑脚，对共产党我们太不了解，但我认识的几个人说，共产党是有理想的政党。得道多助，失道寡助，抗战时，多少热血青年都去了延安，我圣约翰的同学也去了几个。"荣毅仁说。

"毅仁，你真是书生意气，共产党确实是抗战的，但他们的理想是共产主义，国民党说他们共产共妻，共妻是无稽之谈，共产是肯定的。他们的党的名称就叫共产党嘛！"荣伊仁有些激动地说。

"你们别争了。毅仁说得对，再看看吧，不要轻举妄动，一心要去香港未尝不可，快去快回。"荣德生说。荣伊仁匆匆驱车走了，荣德生没想到，这是和三儿子的永别。

荣伊仁乘坐的霸王号飞机在香港遇到狂风暴雨，飞机坠落，触礁而毁，机上无人幸存。这天天色阴沉，大雪纷飞，荣德生拄着手杖，站立在园内大雪中。西风卷着雪花掠过他毫无表情的脸,雪花积落在他的头发上、衣服上。他在心里呼喊着:"为什么黄叶不落绿叶落?为什么白发人送黑发人,苍天啊!你断我左右臂,绝我爱子,太残忍了!"

## 五　黎明前风雨如晦

战后所出现的短暂的和平岁月倏忽即逝，很快陷入无可挽留的动乱时代。风雨如晦，鸡鸣不已。

1948年，是荣家灾难深重的一年。荣德生连丧两子，留下了巨大的创伤，使他久久沉郁悲凉，但这并不是全部的不幸。也是在这一年，荣宗敬长子荣鸿元又遭遇牢狱之灾。刚失去六子纪仁的荣德生为大侄的命运惶惶不可终日，在他心目中，侄子如子，尤其是哥哥已不在了，他不愿看到侄子中的任何一人发生不测，使哥哥泉下不得安息。

对于国民党政府来说，这一年深深地陷入危机。蒋介石撕毁和平协议，悍然发动内战，结果节节败退，一次次地以几十万兵力损兵折将，装备美式武器的八百万精锐，被共产党领导的解放军，用小米加步枪打得落花流水。蒋介石"三个月内消灭共产党"的夸口成了笑柄，解放军越战越勇，如获神助，不到一年的短短时间，便由战略防御进入战略反攻。反饥饿、反独裁、反内战的民主运动在国统区一浪高过一浪。蒋介石成为不得人心的独裁者。

随着军事上的失利，国民党统治区的经济严重恶化，经济濒临崩溃，物价如决堤的洪水、脱缰的野马，溃势已不可阻挡。自1947年开始失控的物价在一年中竟又飞涨了十余万倍，政府想尽办法平抑物价，但越抑越涨，不可收拾。1948年入春，随着天气转暖，柴每担二十万元，米每石四百万元，肉每斤十二万元，面粉每包一百四十万元，棉纱每件一亿五千万元。5月以后，每天涨，每时涨，钞票用绳子捆，用麻袋装，油条每一根由两千元涨到五千元，再后来攀升到一万元。火柴每盒涨到一万元，一盒大致七十根，以每根计，要一百三十多元。一碗汤面要十五万元。钞票不值钱，有人鉴于购买花纸糊墙太贵，爽性用钞票替代花纸，一元五元的老钞票贴在墙上，倒也很好看。大包大捆的钞票放在麻袋中到银行存入付出，连点数都不愿点，没有这个人手，也没有时间。于是各行流行一种"拨款单"，一百万一千万一亿都写在单子上，彼此支付就省事多了。这种所谓"拨款单"，是变相的本票，开始只是商界人士使用，后来家庭妇女到菜场买菜都用上了这种单子，有人把它称之为"八卦丹"，彼此往来就说八卦丹多少多少。

除了货币贬值、物价奇高，就是物资匮乏，燃料已绝迹，汽油涨了一千倍一万倍之多，被称作"一滴汽油一滴血"。有车阶级毕竟少数，但平头百姓每天不可少的煤球也成了稀罕的东西。当局下令，煤球不许囤积，也不可成担购进，每天限买十只。于是，产生了从中捞钱的警察，他可以替你代买煤球，当然要付好处费，他们会押着送上门来，人称"煤球警察"。

币值下跌、币制混乱，有两样东西却成了天之骄子，那就是黄金和美钞，它们和中国钞票的比值，天天暴涨。从豪富阶层到民间都设法购进美钞黄金，以前金条都是十两一条，普通人买不起，金行便发行一两重小块黄金，俗称"小黄鱼"。废银元改钞票以后，银元已不再通用。但此时又在市上流通，上海一下冒出兑换银元的摊档，银元贩子满街都是，叮叮当当地敲着。银元的身价变得越来越高，储备票、法币、关金券等货币都一一大泻，币值跌到谷底，民众的生活苦不堪言，人心浮动，社会纷乱无序。上海是全国金融的晴雨表，上海稳定则全国稳定，上海动摇则全国动摇。上海乱得一团糟，纸比币贵，民不聊生，全国其他城市也好不了多少。

要是说1946年荣家还赚了不少钱，到1947年就只有薄利了。而到1948年，在恶化的政治经济形势下，物价奇高，成本剧增，利率居高不下，加上政府对原料实行统制，荣德生已预感到工厂可能要处于绝地。他这一年年初在《纪事》中写道："本年营业，未可乐观，六个月后，自知分晓。"但他又抱有一丝希望，"只有苦守坚撑，或可立足。"

当时，他只是担心企业撑不住，未料到这一年会一而再再而三地出现要取他命的大祸。他尚未从纪仁的惨境中缓过神来，鸿元又被逮了进去。

在出事之前，仪表堂堂的荣鸿元境况还是很不错的，他和两个弟弟在上海先后买下十余处房地产，其中南京西路同福里石库门房就有九十一幢，复兴路良友公寓有二三十间套房，南京西路三层大厦一幢，这些都用作出租，租金很丰厚。荣鸿元独自在虹桥路买下一百三十多亩地，造了一座极其阔绰的花园洋房，他以前和太太胡明德常双双到虹桥俱乐部去聚会。

这个俱乐部是一个真正的上层人物玩乐的所在，在打蜡的拼木地板上翩翩起舞，在铺着白桌布的圆桌前喝法国或英国进口的各式名酒，在草坪上散步、打网球、打高尔夫，在一间间铺着地毯的房间里打台球、玩扑克、麻将牌。当然，还可在咖啡的醇香中讨论时事和生意。这里所用的主要的语言是英语，还有就是上海话。外面世界的苦难在这里一丝一毫都见不到，人人衣饰光鲜，女的珠光宝气，男的西装笔挺，抽着一支十美元的古巴雪茄。

荣鸿元的新宅邸落成后，他和太太就不再到虹桥俱乐部去了。

他的家有一幢非常气派的大洋房，一个巨大得让人不敢想象的大花园。大花园里种植着雪松、玫瑰、竹林以及长廊般的葡萄架，喷泉前面是一个大草坪，有半个足球场那么大。每个周末荣鸿元在这里举行舞会和宴会，宋子文等高官也常在这里出没。洋房前的停车坪上停满了各式最新款的美国出的汽车，而荣鸿元的车库可停十几辆汽车。

不仅如此，他还当上了国大代表，还担任了多个组织的重要成员，衔头一大串，声威远播。作为民族巨商的代表人物，在经济上发迹以后，希望政治上获得一定地位和发言权以保护自己的权益是很自然的。荣德生长期担任省参议会参议员，一开始他还递交提案，提出建议，后来发现毫无效果，纯属游戏，便对此兴趣大减，懒得发表什么意见了。荣尔仁一度参与某些社会政治活动，参与竞选国大代表，但没有成功。

荣德生自绑票以后，已看清社会的黑暗，对荣尔仁参选不以为然，尔仁落选后，他不仅不以为憾，反而认为"塞翁失马，焉知非福"。

荣毅仁对政治也是很淡漠的，他已看出政治太腐败，荣尔仁参选国大代表，钱鸿义为他奔走，拉选票。有一次，荣尔仁和荣毅仁商量此事，荣毅仁坦率地说："政府搞的这套东西，就像是在唱小热昏，卖梨膏糖，二哥不要太在意。"

"不管怎么说，国大是个讲话的地方，对我们荣家有好处的。"荣尔仁说。

"我听说葡萄牙人在澳门大教堂有个故事。澳门的女人都长得比较矮，墙上的圣水盒放得却很高，她们当然看不清里面有异物。有人把魔鬼放进了圣水，这个魔鬼只是几只螃蟹。女人们来朝拜的时候，螃蟹把她们的手指咬了。二哥，国大代表就是那盆圣水，你看不清里面是什么名堂，别让手指被咬住了。"荣毅仁笑着说。

"毅仁，你讲话也太刻毒了。政治固然太玩心机，也太复杂，说不定有夹人的螃蟹，但国大代表的身份毕竟能唬唬人！"

"能唬得住谁啊？国大代表、立法委员只是虚名，政府手中的玩偶而已，哥哥，你别把这几只纸糊的帽子看得过重。连吴稚老都说，它不过是几根野鸡毛。"

荣鸿元如愿地当上了国大代表，但正如荣毅仁所说的，它根本唬不住人，也保护不了自己。相反，它招人注目，蒋经国盯上他了，他被"螃蟹"的毛茸茸的螯子紧紧咬住了。

1948年8月，国民党政府公布了"财政经济紧急处分令"，在上海及其他地方改变币制，强行发行金圆券代替已成为废纸的法币，规定三百万元法币换一元金圆券，同时收兑民间持有的金、银、外币，谁私持、隐匿、转移，将受到严惩。

当局名义上是稳定乱局，但实际上是赤裸裸地搜刮民脂民膏。其恶劣的程度，是披着法律的外衣，公开地对民间财富巧取豪夺。蒋介石本人亲自出马，在南京国民党中央党部扩大纪念周会上责成上海当局严令各大商业银行限期将所有外汇自动向中央银行存放。

上海成立了"经济督导员管理处"，由俞鸿钧任督导，蒋经国任副督导。实际上俞鸿钧并未到职，蒋经国是带着"尚方宝剑"的"特命全权的钦差大臣"，握有生杀大权。

蒋经国到了上海后，多次扬言，他的口号是只打老虎，不打苍蝇，一路哭不如一家哭。为打击祸国败类，救受苦同胞，凡投机倒把、捣乱金融、套购外汇、私存金银、囤积居奇、哄抬物价者将施以重典，非常时期将采取非常手段。还警告上海军政各级官员，如胆敢徇私包庇，贻误党国大政，也将严惩不贷。

开始大家以为小蒋只是发发威的，或者是吓吓老百姓，不敢来真的。像以前一样，抓几个无足轻重的商人当替死鬼，就一阵风过关去了。但宋子文带信给鸿元、鸿三及尔仁、毅仁，暗示他们小心些，有点机心，太子这次发急了，别让他抓住什么把柄。荣鸿元对荣尔仁说，我是国大代表，我们荣家多少年来为国家的经济尽了大力，我看还不至于会动我们的手。荣尔仁说，太子在苏俄学会了残酷斗争，大搞清洗运动那套，还是要多多留意，不可大意。投机的生意暂时歇歇吧。

但荣鸿元始终认为小蒋不敢这样毫无顾忌，而且，他以为蒋经国只是口出狂言而已。在苏俄待了那么长时间，大言不惭是惯了的。

这一天，圣约翰的同窗、抗日空军战斗英雄袁葆康辞去军职去美国定居，荣毅仁在国际饭店设宴为他饯行，已成为巨富的孔令侃作陪。席间，袁葆康提到蒋经国打老虎的事说："令侃，小蒋是你亲戚，到时，他对毅仁家里有什么图谋，你要帮着说说话。荣家摊子那么大，难免有些不周到的地方，小蒋要硬装斧头柄，是防不胜防的。"

"我知道了，不过，舅舅和我爸素来与经国面和心不和，报上说他是中国经济沙皇，将民间的金银上交国库，外汇由国家统制，不许自由贸易，这还不是苏俄的一套。他对我爹是敌视的，欲去之而后快，但我们当然不会怕他。不错，他是大阿哥，但这有什么了不起，我至少也是个贝勒爷，和我比起来，他的道行还浅得很！"孔令侃把一杯酒一口而尽，满脸涨红了，说，"他要是打你们家的主意，跟我说，我倒要看看他有什么法道？"说完，将酒杯用力往桌上一摔。

"我们荣家以办实业为家传，几十年来不变棉铁救国的宗旨，既不损人利己、为富不仁，更不危害国家，违法乱纪。我们问心无愧，他小蒋抓不住我们什么把柄。"荣毅仁有些感动地说，"到底是老朋友，这时候还替我们荣家着想。"

"欲加之罪何患无词，这次小蒋说是打老虎，其实是杀肥猪，杀富济贫。自然，这个贫，不是贫民，而是国家之贫。国家气数已尽，他们也想来个'和珅跌倒，嘉庆吃饱'，小蒋可是来者不善，善者不来。"袁葆康说，"他看准了谁，随便都可编出一个借口揪住他，这还不容易。老蒋是令侃的姨父，嫡嫡亲，我倒不替他担心。但你们荣家，恕我直说，可是头嗷嗷叫的肥猪啊！又没有像令侃这样的过硬背景。小蒋虽对你们孔家耿耿于怀，但他不敢太岁头上动土，毕竟是皇亲国戚嘛！"

"国家搞成这样，不追究领导者的责任，却要对商人下杀手，还要大刮民脂民膏。这样做，是杀鸡取蛋，竭泽而渔，到头来，只会激起更大的民愤。唐太宗说，民可载舟，亦可覆舟，他们连这点道理都不懂吗？"荣毅仁气呼呼地说。

"能懂得这点道理，就不会有今天这么糟糕透顶的局面了。你们以为我愿意去美国吗？我是军人，在国家朝不保夕的形势下，按理我应该战死疆场，马革裹尸，但我觉得不值得。我不愿为某公当炮灰了。令侃，我这样议论朝政，对某公不太尊重吧，给保密局那批人听到，说不定要把我当成共产党。"袁葆康说。

"什么不尊重？这是大实话。我何尝没有抱负，也不是见钱眼开，小蒋说我们父子不择手段敛财，他不要钱，但他要的是江山，可以口衔圣旨，操纵一切。我不赚钱干什么？难道参加小蒋的大上海青年服务队去打老虎？我看他们掌握国柄的父子党才是最大的老虎，窃国者侯，窃钩者诛，这就是他们的经济紧急处分令！我不窃不盗，腰包鼓些，国家败掉了，我亡命海外不至于饿死。"孔令侃拍起了桌子，荣毅仁看着他，他的话虽说得不错，但也直言不讳地坦陈自己和其父孔祥熙大捞油水。当年一心要为国效力的孔令侃已没有了，这么多年在钱眼里摔打，已掩盖不住满身的铜臭了，也隐隐透出中国几个有姻亲关系的最大家族之间的矛盾。

"财神菩萨的公子会饿死？那真是天大的笑话了！"荣毅仁笑着说。

"毅仁，你一向低调，估计算计不了你。可这段时间，鸿元太招摇了，他那幢占地一百多亩地的花园大洋房，比王宫还要豪华，惹红了多少人的眼睛，外面的议论不少，说他掘到了金矿。你说说他，女人长得太漂亮，再稍涉不庄，容易招蜂引蝶，一个男人太得意太招摇，就容易引来祸水。"孔令侃说，"他太太明德也不像你鉴清贤惠安静，我一次在虹桥俱乐部碰到他们夫妇，胡夫人的一枚南非火钻戒，足有六克拉，脖子上的钻石项链，每颗钻石不小于三克拉，有十颗之多。我小姨宋美龄都不戴这么贵重的首饰。体面过头了，就不体面了。"

毅仁事后将孔令侃的话转达给鸿元听，鸿元淡淡一笑说："体面没有过头的，只有体面和不体面之别。而在虹桥俱乐部，凡能踏进那里的门的，都是体面人，衣衫不整，门房都要拦住你。蒋经国难道会因为我太太戴了六克拉戒指就断定我是老虎，宋美龄不戴，难道胡明德也不能戴，犯了僭越之罪？"

但太子爷这次打老虎似乎真的是铁了心。他大开杀戒，把打击目标直指民族工商业巨贾，正如袁葆康分析的，蒋经国是杀肥猪，也要来个"和珅跌倒，嘉庆吃饱"。华侨商人王春哲把存款汇至纽约而被判处了死刑，大通纱厂经理胡国梁、永安纱厂副总经理郭棣活、杜月笙的三公子杜维屏等纷纷被抓；和所谓"不法商人"勾结的财政部秘书陶启明、上海警备司令部经济科长戚再玉被伏法。

上海大街一片混乱。一队穿中山装，戴黑学生帽，戴"上海青年服务总队"臂章的人，一副横行的样子，有的举着嗽叭在喊话：整顿经济，改革币制，狠打老虎……

一时间，上海笼罩上一股恐怖的气氛，因为连蒋介石都敬他三分的杜月笙小蒋都敢碰，上海滩还有什么人在他眼里不敢碰的呢？看来这个被称作"经济沙皇"的蒋太子确实是强势出击了，产业较为厚实和较为有名的民族资本家人人自危，唯恐厄运从天而降，有的赶紧将家中藏有的金银外汇到银行换成金圆券。人到了生死关头，钱财当然轻于无价的生命，即使倾家荡产，一文不名，只要活着就是大幸。

荣鸿元还没有引起足够的警惕。申六因为政府实行棉花统购，致使工厂等米下锅，荣鸿元通过上海盛亨洋行，购买印度棉花一千五百包，先付定洋二成，折合港币十八万五千多元，由香港克来振洋行代收，其余货款待申六生产的棉布运至香港销售后再从货款中扣付。由于定洋付款期限急迫，一时在香港筹集不到这笔款子，荣鸿元便要驻港代表陈元直向香港道亨银行购买港币，指定上海七家进出口行收法币汇至香港。陈元直收到款项后，将单据用一封航空平信寄给荣鸿元，被上海警备司令部稽查处长张亚民邮检中查获。张亚民拿着单据以"私套外汇"的名义，跑到荣鸿元办公室进行无耻的敲诈。荣鸿元无奈之下将价值二十金条即二百两黄金的金圆券交给张亚民。

不久，张亚民在另一件贪污案中被捕，在枪决前，他交代了荣鸿元套汇及他受贿的经过。他拿出了证据，这个贪得无厌的上校处长果然将单据拍成照片，留作今后再度敲诈荣鸿元，荣家反正有的是钱。但是，他也承认，荣鸿元和王春哲不同，王春哲是将美金汇出去，荣鸿元则是因购买原料，购进港币以支付货款，严格地说，不应算是犯法行为。他之所以没有把荣案上报，就是这个原因。

但蒋经国认为荣鸿元涉嫌套汇，需要彻查，不能这样放过去；再说，荣鸿元富得流油，他存有的黄金美钞不在少数，但他拿出来兑换成金圆券的黄金外汇却少得可怜，分明是在搪塞。不要说荣鸿元，整个上海的多数民族资本家都在耍滑头，变着法软磨硬泡，不肯将金银美金交出来。现在荣鸿元被逮了个正着。蒋经国正好来个杀鸡儆猴，荣鸿元是荣家的代表人物，是最合适的人选，于是下令逮捕荣鸿元。在香港办事的荣鸿元不知上海这般风云，无意间回到上海，正好落入蒋经国设下的大网，被捕入狱。打老虎运动中一同被捕的还有孔令侃和杜月笙的儿子杜维屏。为救荣鸿元，妻子胡明德用价值五幢花园洋房的五十件棉纱贿赂有关办案要员，百般周折，才让鸿元从此案脱身。

这段时期里，发生了一件意外的事，对荣鸿元案子的解决起到了一定作用。这件事就是孔令侃案子的进展。孔令侃被蒋经国收押后，嘴角露着冷笑，昂着头，眼睛盯着天花板，除了说了一句"你们叫蒋经国来找我"。就始终一言不发。收容所的人当然不敢怠慢他，当佛一样供着他。

这天，宋美龄飞到了上海，找到蒋经国，板着脸责问："令侃触犯了哪一条法令，你要把他关起来？他不过是做点贸易，你父亲是让你来整顿上海市面的，可不是来乱咬人的！"

"有人揭发扬子公司囤积居奇，光汽油就有几万加仑。为了国家前途计，我也是事非得已。"蒋经国解释说，"全上海都在盯着这个案子，我不处理他，上海就完了，打老虎别想打了。"

"照你这么说，令侃就是非打不可的老虎？是不是？他开的是贸易公司，堆栈里存点东西是正常的，怎么在你眼里就成了奸商了？你考虑过没有，令侃可是你父亲的嫡亲外甥，为国家形象和国家元首的形象，你也不该向令侃开刀！"宋美龄声色俱厉地说，"再说，上海是中国的经济首都，你把民族工商业人士一个个逼到绝路上去，那才会真正导致上海的局面不可收拾。"

"我这样做，绝无私心，上海这么乱，爹要我对那些破坏经济的害群之马处之重典，不杀几个不足以刹住歪风邪气。"蒋经国说，"我知道会得罪人，但我不问生死荣辱，自觉光明正大。"

"别拾着鸡毛当令箭，快把令侃放了。"宋美龄怒喝，"你不听我的可以，我让你爹对你说。"说着，走到桌上那台直通南京的红色电话机前，讲了几句话，把话筒递给蒋经国。

蒋经国接过电话，听了一会，明显气馁了，说了声"是，我知道了，我马上办"。

放下电话后，他又拿起另一台电话说："是我，把孔令侃放了，别多问为什么，你执行就是。"他缓慢地放下话筒，看着宋美龄很吃力地说，"这上海的事，我是干不下去了。"说完，他重重地坐下来，轻轻叹了口气。宋美龄不再理会他，径自走出办公室。

孔令侃放出来了。他公开对记者说，抓捕他是某些人蓄意陷害他。所有对他的指控都是歪曲事实，无中生有。影射蒋经国是大唱为国高调，以清正自诩，实则刚愎乖戾，一脑门的功名利禄思想，而行事则践踏法制，一派小人得志行径，大有苏俄清洗遗风。没几天，杜月笙的儿子杜维屏和荣鸿元也被释放了。杜月笙在家中大摆宴席，爆竹放了一个多小时。杜月笙说，晦气太多，放些爆竹驱除而尽。荣鸿元是悄悄回家的，因为他还留了条尾巴，从荣家那里捞足了的庭长对他宣读了一份判决书，以违反汇兑区域限制之命令，处有期徒刑六个月，缓期二年。

缓期执行就是不执行，但荣鸿元回到家后，心里仍有余悸，仅待了几天，觉得上海仍然充满危险，又觉得脸面丢尽，就乘飞机去了香港。这是吴浩和王震南对荣鸿元的提醒，他们在荣家攫取了太多东西，怕荣鸿元出来后口风不紧，把不可告人的内幕暴露了出来，所以要设法逼他离开上海。于是威胁他说，缓刑期间随时有可能收监，可称有病向法庭申请到美国或香港治病，暂时就不要回来了。荣鸿元马上提出申请，法庭立即批准，荣鸿元就这样急急忙忙地去了香港。

荣德生一直在无锡养病，对鸿元的情况，他无时无刻不牵挂在心。大家都对他报喜不报忧，他想去监狱探视，被伊仁、毅仁阻挡住了。听到鸿元终于被判释放，荣德生欣喜万分，连忙和毅仁一起赶往上海，到了上海后，才知道荣鸿元不辞而别，已去香港。荣德生未与大侄谋上一面，有点怏怏的，但不管怎样，鸿元总算逃过了这一劫，但乱局却没有因为蒋经国的"打老虎"而有所改观，反而更混乱不堪。

当胡明德告诉荣德生，上海已待不住了，她也预备带了孩子移居香港时。荣德生说："侄之不慎，法之不法，可叹亦复可恨！天下之乱，犹如黑云压城，已快被压垮了。走吧，你们去陪鸿元安静一阵吧。"

## 六　彷徨和抉择

　　1948年底至1949年初，中国处在急剧变化的动乱时代。国统区已陷入了绝境，成了头只需最后一根稻草就可压死的骆驼。

　　国民党政府的"财政经济紧急处分令"不仅成不了救命稻草，反而加剧了混乱。蒋经国"打老虎"以失败告终，灰溜溜地撤出上海。老百姓说，一家哭成了家家哭。政府已不顾民众死活了，金圆券仅发行十个月，其币值的程度几乎每分每秒都在往下掉，比法币在十四年中还要超过一百倍！不要说在中国金融史，就是在世界金融史上都是罕见的。当局还一味推行限价政策，使企业蒙受巨大损失，产品不敷成本，原料无力补进。恶性循环使工厂机器一转，就意味着亏蚀，很快老本吃光，只好半开半停，或干脆关门。到后来，政府干脆赤膊上阵，横征暴敛，以武力强行收购各厂所存的纱、布、面粉，限价出售，使得工商业在抗战胜利后，好不容易恢复过来的一点元气又严重受到伤害。荣家的纺织厂，每月约亏蚀上百万元，面粉在限价七十天中，损失二百万元。民族工商业已危如累卵，而腐败、黑市、抢购、物资匮乏及物价暴涨之风潮，汹涌席卷国统区大中城市，就像飓风发飙，所到之处，无不成了一个个极其悲惨的人间地狱。

　　而人民解放军则以摧枯拉朽之势，攻陷一个个大中城市。蒋介石宣布下野，退居家乡奉化溪口，由李宗仁代总统，而军政大权则仍握在蒋介石手中。溪口替代南京，成了中枢，蒋家王朝企图作最后的挣扎。但明眼人都看出，国民党政府在政治上、经济上、军事上已彻底分崩离析，无可挽回。国民党政府败局已定，人心已绝望透顶，而其阵营中的人弃暗投明、风流云散的不计其数。民族独夫蒋介石在中国的统治已摇摇欲坠，走向末路。

由于国民党政府的裹胁引诱，也由于对中国共产党的政策缺乏了解，一部分有一定实力的民族资本家也跟随官僚资本家移资外迁，或移资南迁。荣家从未和中共有过正面接触，自然也怀有种种惶惑和本能的心理恐慌。荣鸿元、荣尔仁、荣伊仁乃至荣毅仁也不例外。荣家的一部分资金和设备向广州、香港、台湾进行转移，为日后留下一条后路。

荣鸿元除拆迁申一、申六、申七的机件运往香港外，还在上海大量抛售栈单，并把所得的款子兑换成美元或港币汇往香港。同时将鸿丰二厂的纱机及设备售给大安纱厂，在香港另辟大元纱厂。荣鸿元这样做，不完全是时局所致，还有很重要的原因，就是蒋经国把他抓捕的事，让他吓破了胆，在他眼里，上海已成了一座地地道道的危城。

宋子文时任广东省政府主席，他动员荣尔仁到广州建厂，说什么国家有倾覆之危，在广州立足，背靠香港，则进可发展，退亦可自存。荣尔仁拗不过他的面子，听信了宋子文的话，当然也想南迁工厂，力求保全。于是，移拆申新二、三的一部分设备到广州，在那里开办了"广州纺织第二厂"，虽然得到了宋子文特批的政府银行的贷款，但终因局势动荡，官商不谐，工厂三天打鱼，两天晒网，经营十分困难。

荣伊仁在飞机失事前，抽走很大一部分资金去了泰国，和泰国政府合作办纱厂。但在泰国图谋发展的荣研仁，因巨额债务被泰国政府软禁，荣伊仁不得不出售部分纱厂股份，替弟弟还债，使荣研仁得以脱身去了美国。后来，荣伊仁又奔走于广州、香港、台湾等地视察，并有意拆申三一部分机器到台湾去。为此他给父亲荣德生写了封信，详细介绍视察的情形，对迁移三地抱很乐观的态度，但荣德生没有同意，他还在观望和矛盾之中。对于国民党政府的统治，他早已不存任何幻想。

他和薛明剑、钱鸿义、杨怀远等老友在交谈中说："古圣孟子说过，'民为贵，社稷次之，君为轻。'可现在一切都颠倒了，最高层一味搜刮民脂民膏，无不大富大贵。而百姓在他们眼里，就像冬天的枯枝败叶那样轻微，压迫盘剥民众的政府必败无疑。"但他对共产党当时是不了解的，他自认平生不问政事，只是从商，不怕共产党来了会为难他。然而又思忖江山易主，共产党一旦执政，是否真像外界所传，即便不会拿他怎样，但工厂产业极有可能被"共产"掉。那么，他和哥哥一生的心血，岂不付之东流？这是极费斟酌的事，很难让他作出结论。虽然连受打击，但他的心愿又难以断灭。他对于凡尘的留恋，就是这些凝聚了国难家痛的工厂，这些工厂片片都好像是自己一手拉扯大的子孙，望穿汤汤逝水，不舍的也便是这些。

他好长时间都感到很苦闷，犹豫不定，徘徊苦思，在历史关头怎么办，实在委决不下。有一点是肯定的，他已打定主意，不会离开中国，离开家乡，到异国他乡去当一个漂泊者。他决心如一匹拉磨的驴，老死在自己的槽厩中。而使他最难办的事，就是这些工厂。在情绪最颓唐的时候，他曾经想过，让子侄们去处置这些身外之物吧，他们爱怎样就怎样。尤其是伊仁失事身亡以后，伊仁的灵柩从香港海运到上海，再转运无锡，这简直是哥哥当年病死在香港的情景重演。多么相似的一幕啊！永不知疲倦的总是发出爽朗大笑的三儿子入土为安了，就此阴阳永隔。逝者已往彼岸去了，他却还暂留此岸，但他觉得自己的一颗心也随着去了。回到梅园，那几天特别寒冷，蜡梅已绽放，但寒冷凝在半枯的枝头，不肯散去，水塘结着灰白的冰层，满园吹着冷峭的西风。

荣毅仁这段时间一直在思考自己的去留，荣家的去留。二哥曾召集他和七弟鸿仁郑重商量过家事。荣尔仁说："外界传说，中国可能会划江而治，但宋子文告诉我，这是一厢情愿，可能性不大。共产党气势如虹，岂肯把半壁江山拱手让给失败者？蒋介石也明知不可能，准备偏安台湾了。我的意思，最好全家外迁，人、资金、机器设备，能迁的东西都迁出去，像厂房、住宅无法迁的，只能留下来了。但父亲不愿走，他坚持要留下，我和他交谈过几次，但他固执己见，没有松动的余地。我真不知他老人家是怎么想的，抗战时，内迁工厂是那么坚决，现在却这么顾虑重重。"

"现在出去和抗战内迁是截然不同的两回事，那时迁的地方是内地，毕竟还是中国的土地，而且只是几爿厂。可现在外迁，不仅是一锅端，而且离开家国了。"荣毅仁说。

"台湾也是中国领土，只是隔了个海峡，香港是英国殖民地，但还是座中国人占大多数的城市，和上海、无锡没有多大不同。王禹卿也准备迁居香港，我们有工厂、房产在那里，我认为爹去香港是最合适最安全的。四弟，他听你的话，你劝劝他吧，共产党来了，会对他怎样？会有什么样的结果？我不知道，你们也不知道，谁都无法担保。"荣尔仁说，"到了香港，共产党表示能对他以礼相待，还可回去嘛！你们说是不是？"说到这里，荣尔仁目光灼灼地想了一下继续说，"四弟，你就对爹这么说，以防万一嘛！"

"你说的万一是指什么？难道要把爹杀掉？这是国民党吓唬人的，我碰到过几个从北平来的商人。解放军和平解放北平，明确宣布保护工商业，市面很正常，商人照样做生意，工厂也照样开工，连八大处都未动。我觉得，爹留下来不会碍事的。"荣毅仁用很沉着的声音说。

"是的，抗战时期任美国《时代》周刊驻重庆记者的白修德写文章说国民党错在领导阶层腐败，秘密政治残忍和无法兑现承诺，收干了中国人民的骨血眼泪。这是我听茂一的陆晓波和紫竹说的。"荣鸿仁插话说。

"七弟，这些话在外面不要随便瞎说，隔墙有耳，会替一家带来灭门之祸的。"尔仁警告鸿仁说，本能地向周围张望一下。

"多言贾祸，我当然知道。但民口滔滔，已挡不住了，我又何能不言？国民党已是泥菩萨过河，自身难保，他们哪里还管得住街头巷尾的议论？"荣毅仁说。

荣尔仁不响了，他想了想说："四弟、七弟，如果爹坚持留下来，可不能丢下他一个人，我们统统一走了之，总得有人陪他啊！"

"我早就想好了，爹不走，我陪他留下来。让鉴清先去香港，看看动静再说。"荣毅仁马上回答说。

"我也不走，和四哥一起照顾爹。"鸿仁说。

"也好，我出去先开一条后路，留下来的一摊子和爹妈就托付给你们了。如有危险，马上撤到香港来。国家危辱如此，天下事已不可为，迫着我们东跑西走，下辈子打死我也不开断命的厂了。人家只看到我们汽车洋房，哪里晓得我们过的是什么日子？吃了多少苦头？唉！"荣尔仁喟然长叹说，"这些年真可说天荆地棘，步步皆难啊！"

这次商谈后，荣尔仁忙他的去了，荣德生还在犹疑之中。这样过了一段时间，荣德生的情绪好多了，薛明剑和女儿薛禹谷天天来梅园陪他说话。薛禹谷是江南大学的教员，她1945年从浙江大学毕业后，本来想去延安，到了重庆被告知路途不通，到上海复旦大学任助教。她是中共地下党员，但连她的父亲薛明剑都不知道她的真实身份。薛明剑是荣德生视为可共腹心的智囊人物，对他极其器重也极其信任，曾出资赞助薛明剑参选成国大代表、"国民参政会"参政员，作为荣氏企业对外的发言人。

薛禹谷接到江南大学聘书很突然，因为薛明剑是校董会实际负责人之一，听说复旦大学因闹学潮而受到军警镇压，校园内笼罩着一片白色恐怖。薛明剑素知这个女儿思想比较激进，快人快语，恐受到牵累，在没有征得女儿意见情况下，便寄给她一张到江大任教的聘书，意在让她脱离危险的环境。薛禹谷向地下党组织汇报后，获准应聘到江南大学，并被任命为中共地下党无锡临时工委委员，开展活动，争取父亲领会民族大义，使其增进对共产党的了解，最终成为共产党的朋友，并通过薛明剑影响荣德生及其家族。现在，薛禹谷的任务是明确的，要争取荣德生在解放前夕留下来，并阻止无锡荣家的企业外迁，多留一台机器、一只纱锭，都等于战场上缴获一支枪、一门炮。

  这天，薛明剑和薛禹谷又来到梅园拜访荣德生，希望能让荣毅仁顶替伊仁校政委主任的职务，继续将江南大学办下去。走之前，还留给荣德生一个大信封。待薛明剑父女走后，荣德生从抽屉里取出薛明剑交给他的文件，打开一看，心里一惊。这竟然是共产党中央颁发的一个通告，要各部军队进入城市后，保护民族工商业，发展生产，繁荣经济，公私兼顾，劳资两利。并且有很具体的规定，荣德生几乎是一字一句反复阅读。这些话所透露出的共产党的政策打消了荣德生最大的顾虑，他的最大的顾虑就是担心他的那些厂不被允许开工，甚至会像面对日本军队那样，不是机器设备被毁，就是抢掠一空。但从这通告看来，那些耸人听闻的宣传是不实之词，甚至是蛊惑人心的妖言。他把荣鸿仁找来，把文件给七儿子看。鸿仁读后，很兴奋地说："这上面言之凿凿，爹还有什么可担心的？"

  过了几天，荣德生在江南大学主持了一个校董会，决定由荣毅仁、钱圣清、乐幻智三位校董，会同学校三院院长、三处处长组成校务委员会。荣毅仁任主任委员。这段时间，荣毅仁特别忙，荣尔仁、荣鸿元等离开上海后，荣毅仁将原总公司和总管理合起来处理各厂事务。这时荣家的产业因资金抽调，部分设备迁移，只有小部分开工。荣毅仁尽力调度，负起生产的全责。同时，他在上海康平路的新宅已落成，准备从高恩路荣宅搬迁过去。听荣鸿仁说，父亲情绪已好了不少，自己既然无法回无锡陪伴父亲，便要荣鸿仁陪父亲来上海新居住一阵。校务委员会的会议也移往上海高恩路荣宅召开，荣毅仁调拨了一笔资金，支撑江南大学继续开办下去。就在荣德生来上海时，薛明剑匆匆赶来，带来一个让荣德生很震怒的消息：有人以尔仁、唐熊源的名义，要拆走无锡申新三厂的设备，部分设备已装箱运至码头。

  荣德生对薛明剑说："这些人趁我不在，居然策动迁厂，他们胆子也太大了。我得赶回去阻截他们，没有我同意，申三一只螺丝都不能动。"

当天，荣德生由薛明剑陪着火急火燎地从上海赶回无锡，一路上心里七上八下，双手发抖，怕申新三厂的设备已装船出航，一时追不回来了。

自从看到薛明剑、薛禹谷给他的文件后，他心里踏实多了，此后薛禹谷又给了他更多的类似文件，如果说，最初他还有些将信将疑的话，那么到后来他就深信不疑。但他是个眼见为实的人，便把几十年相交的知己钱鸿义、杨怀远、薛明剑找来商量。

荣德生身着冬装，手握一卷古书，在房内踱来踱去。钱鸿义大踏步进来，后面跟着杨怀远、薛明剑。钱鸿义长髯飘拂，戴着黑框眼镜，一进门就喊起来："宗铨，你精神不错啊！我就说嘛，荣德生一向知命乐天，旷达得很，家国之难是击不倒你的。今日见你，比起前一阵子，你又恢复了元气，挺过来了。"钱鸿义的话里，是指伊仁遇难给他造成的悲观，也指局势恶化给荣德生带来的迷茫和游移。当时，真的有些担心他撑不过去了。

"真人面前不说假话，钱兄，钱会长，不瞒你们说，荣家只剩个空架子了。"荣德生向钱鸿义等拱拱手。

"穷归穷还有三担铜呢！当下，在中国，荣家这空架子还是首富嘛！当然，四大家族除外。"杨怀远开玩笑说。

"什么首富？虚名而已。请随便坐，我有重要的决断和各位商量。我们围着火炉坐吧！"荣德生指了指炭火盆旁的几张椅子，三人落座。荣德生也坐了下去，然后侍茶说，"眼下时局混乱，物是人非，斗转星移，我还总得把这副空架子维持下去，可怎么个维持法，我还得听听各位的意见。"

"蒋介石大势去矣，来日无多了。长江天堑，无异是一道竹篱笆，哪挡得住中共军队南下？外界对德公的去留十分关注，众说纷纭，有人甚至无中生有，红口白牙说德先生已到了香港。"钱鸿义说，"德先生刚才说斗转星移，确切地说，是共产党这颗赤星快升上来了，德公到底准备作出怎样的决断？"

"共产党的文牍我也读过几份，声称扶助工商业、发展经济、稳定市场、劳资两利。我当然相信他们这些许诺不会是欺人之言，可这毕竟是纸面上的东西，要是能亲眼目睹，我当毫无疑义了。"荣德生说，"我不是优柔寡断，我个人进退无关重要，所惜者数十万只小烟囱耳！若能言行一致，我决定从现在起，不迁厂，不离乡，不停工，任何人来逼我都不会改变这一大计。"

"德公这三不，依我看，是上策也。拆迁了机器，剩下一座空房子，骨架子就散掉了，工人的饭碗也就砸掉了。共产党的党基是工农群众，工厂维系工人之生聚，他们断然不会将它毁灭，毁弃工厂断绝劳工生计，岂不是自毁党基？再说，共产党治国了，也会像所有历史上的新朝一样，采取让步宽裕之策，鼓励工农商发展经济，以收揽人心，得人之助，巩固政权。解放区若不顾经济，说是一套，做是一套，何以能养活区内数亿计民众？又何以能支付和国军交战之巨额军费？"杨怀远环视着其余几人，像读书般地朗朗说道，"德公，共产党势如破竹，不消数月，必渡江南下，锡城必破，宜早自为计。要是你还存怀疑之心，我倒有一提议。"

"怀远兄请明示，德生听着。"

"你不妨派几人化作小商人到江北去见识见识，眼见为实，若能面遇长官，得聆训示，那就更好了。"

"我看怀远兄这一提议德公可以采纳，这办法好，百闻不如一见啊！"薛明剑说。

荣德生心动了，脸上露出些许喜色，但又踌躇着不答话。

"德公不定是在考虑派谁去比较合适，是不是？"钱鸿义问道。

"正是，此人既要可靠见机，在稠人广众中又不能太招摇，这样的人到哪里去找呢？"荣德生沉吟着说。

"这样吧，让圣清跑一趟，他本身就是商人，可靠当然不用说了。"钱鸿义推荐了自己的儿子，荣尔仁在重庆总公司时的秘书，现在是荣氏企业的高级职员。荣德生表示赞同，便对钱鸿义说，"那就麻烦令郎跑一趟了，是否要人作陪，还是单独行动，由明剑定。此行事关重大，要绝对保密，不能出任何意外，否则，画虎不成反成犬。"

事后，荣德生又同薛明剑赴上海，关起门来，和荣毅仁继续商议苏北之行的事。荣毅仁听后很直率地说，跑一趟是必要的，如能和相当级别的负责人作番会晤则更好，这样就能摸到底了。他还建议，除钱圣清外，在申新和茂一可选一两个可靠的职员陪同前往。申新的养成所教员杨紫竹和茂一的职员吴一帆是可考虑的人选。

薛明剑说："可让钱圣清单独行动，据钱鸿义说，圣清以前一个朋友在对面是个负责人，抗战期间有生意上的往来。不久前，这位朋友托人带了封信给圣清，要圣清为稳定工厂和商业出力，并相约在无锡重逢。所以圣清可以去找他，这应该没有问题。至于吴一帆和紫竹，可扮作夫妇去北面，以探亲的名义。厂里苏北籍甚多，杨炳奎父亲就是涟水人，后来到上海当了码头工人，杨炳奎学了外国铜匠。估计他们原籍还有亲戚，探亲是最正常不过的事，从他们亲戚那里可以多了解些实情。"

"好，就这么办。圣清本是商人，样子也像。吴一帆和紫竹一看就是书生，吴一帆装作江南大学教员，紫竹就扮江南大学的学生吧。给他们各备一枚校徽，教员的和学生的要分开，再备些课本之类的东西。"荣毅仁说，他对吴一帆和紫竹一直印象不错，考虑事情也很仔细。他还一再叮嘱，"要他们明白，道路不易，小步徐行，切忌招摇过市，更不要挟以自重，自以为从大地方到乡下了。"

提起紫竹，荣德生不免想起纪仁，这个儿子的结局最让他感到哀苦。出事后，医生告诉他，纪仁得的其实是一种病，一种心情郁抑的心病，可惜自己忽略了这一点，少年不识愁滋味，纪仁年纪轻轻的，怎么会有不可排解的心病？自己从未想到过会有这种病，也不太关心他的心情的变化。每每想起，一颗心便会往下一沉，也隐隐有点自责。他听完荣毅仁的安排后，点着头对薛明剑说："就按毅仁说的去安置吧，时不待人，快去快回。"又说，"那个和纪仁一同回来的陆晓波还在茂一吗？我听到一点消息，好像当年纪仁对紫竹小姐是有意的，这个缘分怎么没有续下去呢？那小姑娘我见过，捧了一大束向日葵在纪仁坟上哭得死去活来，人长得也很清秀、端庄。要是纪仁喜欢她，他为何不响呢？要是他们成了，纪仁或许不会走绝路了。太可惜了！"

"爹，这事早已过去了，据我所知，陆晓波从中撮合过，紫竹也是愿意的，但纪仁拒绝得死死的。鉴清见他总是落落寡欢，猜他是不是有点'少年情怀'，几次想给他介绍一个女友，他也回绝了，说要以事业为重，没有这份心思。"荣毅仁惋惜地说，"六弟人那么聪明，对人要求严格，又很自律，就是性子急了点。为了什么事，他和李时雨大吵了一架，气得李时雨掼了纱帽。"

"李时雨找我哭诉过。"荣德生说，"现在紫竹小姐婚配了吗？"

"她和陆晓波结婚了。他们是很相配的一对。"薛明剑说。

荣德生不响了，他心里又有些难受，不知不觉泪不可抑。"不谈这些了，你们去办大事吧，毅仁忙得不亦乐乎，他在料理残局。没想到，荣家的一统之局，在这样一个时候实现了。而王禹卿当年说的'伯理玺天德'，也就是总其成的名义，落到毅仁头上了。"荣德生拭一拭眼泪说，"这是非常时期，出去的人不容易，留下来的人更不容易。我跟尔仁写了封信，对他说，吾局宜安守，专心事业，出入在此。指数无常，开支可怕，忍耐之、明了之，如此则无碍。但尔仁、鸿元、鸿三都有自己的想法，由他们去吧！忍耐之、明了之的是毅仁。"

钱圣清去了扬州，陆晓波和紫竹去了涟水。三天以后，他们回来了。钱圣清带回一张由司令员管文蔚、政委陈丕显合署的苏北军区布告的抄件，布告写明："保护并奖励一切国计民生有益的私人工商业的发展。实现发展生产、繁荣经济、公私兼顾、劳资两利政策，引导工人、资本家，共同组织生产管理委员会，以尽一切努力，降低成本，增加生产，便利供销。"钱圣清还通过他以前的一个朋友，当地工商联合会的李主任，见到了管文蔚。管文蔚详细介绍了共产党对民族工商业者的政策，说在现阶段，共产党的任务就是要解放全中国，推翻压在人民头上的三座大山，团结一切可以团结的力量，当然包括民族资本家和一切爱国人士，建设一个和平繁荣的新中国，荡涤旧社会影响国计民生的污泥浊水，建设一个和平、民主、繁荣的社会。他要钱圣清带口信给荣德生，说："请你告诉荣老先生，共产党愿意和民族工商业者交朋友，也愿意和荣老先生交朋友。共产党欢迎他留下来，不要有任何顾虑，不要相信国民党反动派的宣传，那是反间计。迁厂走人都不是明智的选择，只要他留下，厂不迁，共产党会支持他、扶助他，保护他的企业和其他私产。厂还是他的，洋房汽车照住照乘。不过，如果抽大烟，我们是反对的。鸦片是毒品，害人害国。"

"德先生无此恶习，他的品行一向端正方正。"钱圣清插话说。

管文蔚笑了起来："我知道，我不是说的他。我对荣老先生的操守是有所闻的。他是一个有良心的商人。古代讲士农工商，商是地位最低的，士最高，士是什么？不仅仅是士大夫，为官清廉的那些人，其实是有些古道热肠的有社会声望的人，当然也有些钱，愿意做好事、做公益的事。荣老先生这样的商人，其实是做了许多士做的事。他是个士商，这个字用在荣德生身上是最合适的。当然，共产党不会把民众分那么些等级，我借古代的士的解释来称赞他。请他相信共产党，共产党历来顺乎民意，器重合法商人，尊敬愿和共产党合作的社会名流，和爱国的民主党派共同组成联合政府。我们要打倒的，是那些挑起内战的战犯，还有与人民为敌，对人民群众包括民族资本家心怀叵测，进行敲诈欺压的官僚买办阶级中的死硬分子。当然还有罪大恶极、为非作歹、民愤极大的反革命分子。谁是敌人，谁是朋友？共产党历来是分得很清的。我再说一遍，荣德生先生是共产党的朋友，我们会非常友好地对待他，希望他也把共产党视为朋友。"

"贵党政策如此仁厚，以救国安民为己任，让人钦仰。管首长的这些话，和贵党的相许，我一定跟荣德生先生转达，他听了，必当感激。"钱圣清回答说，"我不虚此行，亲睹了解放区商业繁华，社会井然有序，民心安定。贵军军纪严明，既不扬威，更无骚扰，更像孙子兵法所说的道。道者，即将领、士兵、百姓高度统一，荣辱与共，苦乐共享，长官绝无高人一等之威，这让我大开眼界啊！大有进入陶渊明所写的人人平等、牧歌升平的世外桃源境界之感。真是不看不知道啊！"

"令尊是商会会长，钱先生是荣德生先生的代表，我请你通过钱老先生和荣老先生，转达无锡商界诸位朋友，无锡是江南重镇，我们当然希望能不战而屈人之兵，希望防守的国民党军队能望旗而降，兵不血刃。"管文蔚很郑重地说，"但这仅是愿望，守无锡的国民党军队若要顽抗，我们不得不力攻。为防反动派破坏，工厂、商店、学校需要组织自保，安顿工厂，保卫地方，配合解放军进城。"

"好，解放军大军一旦渡江南下，势不可当，国民党守军若顽抗，实在是以卵击石，进退维谷。但自保不可不讲，这方面的事，我会禀报家父，联络各家有识之士，切实护厂、护校、护市。"钱圣清欣然答应，因为父亲钱鸿义已有此打算，必要时组织工商自卫团，守护工厂店铺。薛明剑也有成立人民公私社团联合会的计划，在无锡开战前，组织自卫，迎接解放。所以，管文蔚提出的要求，和无锡进步人士的想法不吻而合，对商界和学界及全城百姓来说，也是保障自身利益的必要举措。

在钱圣清会见管文蔚之际，吴一帆和紫竹也从扬州至高邮、涟水，一路走来，所见所闻，都很新鲜。苏北和苏南相比，要穷得多，百姓的日子虽然清苦，但军管会派出工作组，到农村进行减租减息，打开地主库存粮食，救济饥民。而几个城市，正在召集培训知识青年，准备解放苏南各城后，作为派遣南下的后备干部。他们一拨拨列着队，浩浩荡荡地在街上走过，唱着歌，唱得最多的是"解放区的天是明朗的天"，是发自内心的歌声，荡人心魄。很多女青年穿着黄色土布军装，看上去很精神，这让紫竹眼睛发直。还有人在街头演活报剧，有种昂扬的气氛，有向上的生机，使吴一帆和紫竹在不知不觉中也受到了感染，也显得意气高昂，心里很感动也很激动，真觉得苏北虽是贫瘠之地，但天空却是一蓝如洗，显得高远而明朗。

这些即将南下的青年中不乏来自苏南和其他地方的大学生、中学生和年轻的教师及从事其他职业的人，他们俩也被人们很容易误认为是其中的一分子，所以所到之处没有引起当地人的特别的注目。紫竹走访了几家亲戚，亲戚家还很穷困，但都说，日子比以前好多了。虽然衣服还是褴褛的，家徒四壁，但至少寻找回了一种从未有过的被人当作人看待的感觉。男女老幼脸上都带着笑容，和南边普遍的茫然、惶恐、沉重的脸色形成鲜明的对照。

紫竹给每个亲戚留下两个银元，解放区发行了自己的钱币，银元是不流通的，但可兑换，所以亲戚很高兴地收下了。他们特地问了本地地主、富商的情况。得知拥有土围子、有武装家丁的恶霸地主枪毙了几个，枪决前开了斗争会，游了街，账册地契当场烧掉了，仓库打开了，成担成担的稻米分给了穷人。但小地主只是减租减息，人还是好好的，并没有拿他们怎样。他们以前自己也是下田干活的，现在下田下得更勤了，见了人包括以前的长工都很卑恭，这让属于穷人家的亲戚有某种自尊。至于商人，开厂子的没有停过工，开铺子的从未打过烊，买卖很兴隆，政府有政策保护他们。亲戚也以为他们是参加南下工作团的，说，区上都招人，特需要念过书的人，南下会派他们大用场。

紫竹动心了，跃跃欲试的，想去报名，留下来。吴一帆说，不行，我们有我们的任务，迎解放还有很多事需要我们去做。再说，我不能丢下你，我答应陆晓波的，要毫发无损地带你回去。临走时，几个亲戚送的居然是葵花子，这里的向日葵是成片成片的。可以想象，望过去满目是开放着的金黄色的花盘，铺天盖地的，那是非常美丽壮观的。可惜现在是隆冬，不是向日葵盛开的季节。

荣德生听了管文蔚让钱圣清带的口信及所见所闻，又看了放在钱圣清鞋底下带回的布告抄件，心完全放下来了。他没有想到，素不相识的解放军的高级官员会了解自己，而且会作出这么高的评价，称他是"有良心的资本家"、"是做了好事，做了有利于公益的事的士商"，愿意和他交朋友，对自己期望甚深等等，这是他做梦也没有想到的。吴一帆和紫竹的苏北见闻也详细向薛明剑作了密陈，薛明剑又转告了荣德生。两条不同的线路，不同的人，所报完全一样，这让荣德生的心里完全有了底，疑虑尽释。他当即向薛明剑重申自己的决定：第一，不迁移荣家的工厂，一台机器、一个零配件都要尽量保全。已迁移的设备要尽量追回来。第二，他坚决不离开祖国，离开家乡，留下来等待解放。第三，保护好工厂，组织自保，能开工的厂尽量开足，解放军破城以后，亦不停产，以维持商市的稳定。

"德公，你这三条，要言不烦，是烽火危城的黑暗中，挂起的三盏明灯。荣家能如此定计，对上海、无锡的商界的人心也会起到安定的作用。羊群中往往有头羊带头，德公便是业界领头羊啊！德公，你这是建了不世之勋啊！"薛明剑夸赞说，

"毅仁乔迁，你就去住几天，无锡的事交给我吧！"

"好，天道循环，乾坤扭转，否极泰来。我也是犹豫了好久，才明白应顺乎天道之转折这一道理的。毅仁跟我讲过一句话，想想意味深长，他说，国民党已黑极烂透，故和中共打仗连战皆败，这是不奇怪的事。共产党我不了解，但有一条是明摆着的，就是共产党绝不会比国民党更差，否则，他们怎么会以少胜多、以弱胜强呢？还是那句话，得民心者得天下，共产党赢在得民心上。"荣德生说，"前一阵，我的心情太颓唐了，连活下去的勇气都没有了。现在可是憬然醒悟了。天道之意，不可辜负，你跟钱会长说，在商界多打打气，吹吹风。江南民性柔弱，而那些商界的老板业主，因为有点产业，更加惶惶不安，陡乱人心。让他们抛下忧烦，尽快振作起来，顺变保节。"

说这话的时候，荣德生意态闲豫，语声清朗，虽无喜色，亦无愁容。这种平常的神色和他的言谈是一致的，说明了他已打定了主意，稳定了情绪。这让薛明剑从他的淡定中，感受到一种让自己欣慰的决心。他太了解荣德生了，一旦下了决心，他就不再患得患失，而是果敢地付诸行动了，而神态就会变得很平常，内心已很平静，不再大起大落了。

荣德生在荣毅仁新宅住了几天。荣毅仁了解了钱圣清等人苏北之行的情况，父子俩的意向已完全趋于一致，那就是荣德生的三不之策。荣德生还对四儿子说："你有句话很有分量，说得很明白。你说，国民党已烂到底了，暴虐不仁，民怨沸腾，共产党不可能比国民党差，不然，他们怎么会连战连胜？我想也是的，没有公忠体国、爱人以德的德性，岂会得到天下？天下者天下人之天下，唯有德者居之。"荣毅仁点点头说："所以，德者居之的天下，对我们来说，说不定是时来运转。上海我来负责，无锡爹去坐镇吧。流言可怕，尔仁、熊源先入为主，无法消除，还是想走，他们会有自己的打算的。鉴清带了孩子到香港暂时住一阵，女人家心慌，她要去香港，让她去吧。我则陪爹留下来，坚决不走。"

荣德生和薛明剑到了无锡，薛禹谷已在车站迎候，一辆小汽车接薛禹谷通知后，已停在车站外。他们乘车直接赶到码头，果然见到有一批人正在搬运纱机，为首的竟是杨大龙。还好紫竹和紫菊提前到达，勇敢拦住机器搬运，否则，后果不堪设想。

天下起了毛毛雨，天空阴沉沉的。码头上，从河面上吹来的风冷得刺骨。荣德生在厂里是极受尊敬的人物，他的出现，使杂乱嘈吵的码头顿时寂静下来。荣德生的眼睛扫了下坐在船舱木箱上的以紫菊为首的女工，还有身边的职员和工人，平静地对组织搬运机器的吴襄理说："我不怪你，我知道你也是奉命办事。小辈要走，脚生在他们身上，我拦不住，人各有志嘛，但我是不会离国离乡的。机器设备也不许再动了，我已写信给尔仁等子侄，当然还有我的女婿，表明了我的态度。这批东西怎么拆下来的，我要怎么装回去，在哪里拆的，放回哪里。吴先生，你也是申新的老职员了，还是熊源的远亲，你今后去留，我不管，你知道自处。你听懂我意思了吗？"

"德公，我懂了。可两万纱锭是说好了的事，我回去不好交代啊！你再好好想想，留下来可是凶多吉少啊！"吴襄理鼓起勇气说。

荣德生往码头的木箱上一靠，对吴襄理也是对在场的职员和工人大声说："各位，这些机器，是我们申三的吃饭家伙啊。把它们搬掉，等于挖掉了一个人的心肺，一个人没有了心肺，就成了死人，申三少了两万纱锭，就成了死厂。我想，各位是决不会答应的！我作为老板，也决不答应！"说到这里，他加重了语气，"我和故去的哥哥荣宗敬先生办厂，不光是赚钱，更重要的是救国和为黎庶着想，也就是增强国力，给兄弟们捧上一个饭碗。从这两点计，我要是在这当口拆了机器，一跑了之，我怎么对得起各位，怎么对得起父老乡亲，怎么对得起我死去的哥哥和三个儿子？伟仁、伊仁、纪仁，你们都认识他们的，特别是伊仁，是在战争的废墟上着力重建申三的，他和各位和申三订下了生死不分的交情。我知道你们一直担心我会逃之夭夭，锡城也从此无申三。错了，你们想错了，申三非我荣家独有，申三属于大家的，在场的各位都有一份。我可明白地告诉各位，我荣德生决不离开家国，离开申三，我要和各位在一起同命运共甘苦！"

人群里响起一片暴雷似的喝彩。紫竹猛拍双手，她拭去脸上的泪滴，破涕而笑。她刚才听荣德生提到死了三个儿子，荣伟仁，她没见过，可伊仁和纪仁，她是太熟悉了。眼前马上闪出他们英俊的身影，一个壮实活泼，一个清秀寡欢，两人都有吐属俊雅的风范，都死于非命。望着白发苍苍的荣德生，她觉得这位老人可敬而又可怜，心里酸酸的，眼泪夺眶而出。

薛明剑指了指身边的紫菊紫竹，对荣德生说："多亏了她们，否则，这些机器至少要过双河尖，到高桥了。那个领班，就是杨炳奎的大女儿，装运设备的是杨炳奎的儿子。这位就是紫竹小姐，杨炳奎的二女儿，陆晓波的太太。"

紫竹向荣德生鞠一躬:"荣老先生好！我是杨紫竹，养成所的教员。"

"杨小姐，我们见过，也听毅仁和纪仁说起过你。今天，你和你姐姐能挺身而出，真有些巾帼之奇的气概。"荣德生慈祥地看着紫竹，表情很复杂。还想说什么，忽又咽住，以一声轻叹，寄托无限的无奈。

"荣老先生过奖了，这是我们应该做的事。荣老先生，你可要珍重。"紫竹轻声说，到后来，声音已有些哽咽了，眼圈红红的，是泫然欲涕的神情。

荣德生点点头，在杨紫竹的肩膀上爱怜地轻轻拍了一下，说了声"多谢，你也保重。"便转身在薛禹谷搀扶下跌跌撞撞向厂区走去，这是尽在不言中了！

申三个别人拆卸并装运纱锭设备去台湾的计划，就这样被荣德生坚决制止住了。不仅如此，在荣德生和荣毅仁主持下，还于1949年1月和2月先后作出决定，将合丰公司已经运到台湾去的二十七箱五十四只马达重新装运回上海，并密令各厂今后方针以维持原有局面为原则，凡是已经迁往香港、台湾、广州的物资原料应及早出售或搬回。虽然南京总统府的江处长，即抗战初期在汉口协助过荣德生、李国伟迁厂的行政院江秘书、国民党第一绥靖区无锡城防指挥部蔡司令和无锡县徐县长多次上门动员荣德生去台湾，说的不外乎是"共产党的党纲就是消灭资本"、"马克思有句名言，剥夺剥夺者。苏俄就是这样做了，中共来了，绝不会例外，否则就不是共产党了。在中共眼里，你们荣家是典型的剥夺者，就是剥夺劳工而发家的资本家，必剥夺无疑，而剥夺就是消灭。消灭就是古代的株连九族的灭门之刑"等陈词滥调，都给荣德生拒绝了，说："我早就被剥夺得差不多了，我七十多岁的人了，除了老命一条，也没有多少东西可剥夺了。"

## 七　面粉霉烂案缠身荣毅仁

在国民党政权即将告终前夕，中国的历史出现重大转折的关头，厄运再一次降临荣家，这次是落在荣毅仁身上。

这天，荣毅仁在福新公司的会议室召集福新系统各厂负责人开会。王禹卿、陆辅仁等已去香港，厂务的管理上出现了真空。荣毅仁接管了福新，各厂临时委派了负责人，但要维持正常生产，难度不小。面粉和原料堆得满坑满谷，王禹卿走得匆促，来不及将货销掉，只是把资金抽得所剩无几。各厂无流动资金，新的负责人搔首踯躅，竟无措手之处。荣毅仁一次次从中协调，设法卖掉面粉，取得用于周转的头寸，补发了工人的工资，使得各厂重新开工。这天开会，是研究在这基础上，如何扩大产量，提高粉质，并且由荣毅仁传达总公司不再迁厂、不拆设备、维持现状，以不变应万变的决议。

这时，突然传来一阵尖利的吼叫声，一辆当时上海人称之为"飞行堡垒"的抓人卡车停在福新公司门口，从上面跳下十来个宪兵和几个便衣，平端着枪，作出随时准备射击的姿态，气势汹汹地往里直冲。带头便衣挥着手枪问门房："荣毅仁在吗？"门房吓得直哆嗦，脸都发白了，支吾其词地说不清，不得不用手指了指楼上。一队兵凶巴巴地把他一推，往楼上冲去。

会议室的门被撞开了，便衣和宪兵持枪涌入。带头便衣大声问："谁是荣毅仁？"

"我就是，请问有什么事？"荣毅仁站起来回答，他很镇定，但心里有几分紧张，以为父亲派人到苏北去的事泄露出去了。但一想不太可能，如无锡出事，肯定马上会有人打长途电话通知他的。

便衣将几张公笺扔在会议桌上，说："你触犯了《危害民国紧急治罪法》，我们奉令通知你，不经许可，不得离开上海，随时听候上海地方法院传讯，否则后果自负。荣毅仁，你听清楚了吗？"

荣毅仁有点愕然，"危害民国"可是顶大帽子，上海地方法院凭什么把这顶帽子戴到自己头上，变相软禁自己？真是欲加之罪，何患无辞！心中存着极大疑团的他，忍不住问那个便衣："我是正派商人，到底犯了什么罪危害民国了？你们有没有搞错？"

"荣毅仁，你别装糊涂了。你卖给军队的面粉是劣质的霉烂粉，造成国军身体受损，战斗力严重折耗，国军东北战场失利，你荣毅仁罪责难逃！"便衣神情严肃地说，"法院会对你进行审理的，你可以请律师为你辩护，但你应该明白，法院是掌握了真凭实据才对你提出起诉的，没有事实，会碰你吗？好了，有话在法庭上说吧！"说完，便带着宪兵端着枪，大头皮鞋震动着地板，神气活现地离开了公司大楼。

宪兵一走，会场里的人便气愤地议论开了。他们都是面粉业的老人马了，心里都清楚，荣家的面粉厂，无论是茂新还是福新，向来特别注重面粉质量。从荣宗敬、荣德生开办面粉厂之初，就立下厂规，从麦料到磨制各道工序，都严格控制，不许有半点疏漏。一次，无锡发大水，麦料受潮，少量麦子霉变。荣德生毅然将这批麦料磨成的面粉禁止出厂，作为饲料供应养猪农户，价格还低于豆饼的价钱。荣家还在产麦区专辟麦庄，引入良种，派专人指导农民种植。

荣德生和荣宗敬在好多年里每天的早餐是一碗面疙瘩，是用自己厂里产的面粉做的，以检验每天面粉的粉质，通过亲自品尝，发现不足，马上通知改进。正是凭着优良的品质，荣家的兵船牌面粉当年击败了称雄一时的美国老车牌面粉，在全国成为名牌粉，亦因此成为"面粉大王"。

指责荣家卖给军队的面粉是霉烂面粉，这是绝对不可能的，而把东北战场打败仗归罪到吃了荣家的面粉，更是荒谬绝伦的指控。

荣毅仁开始也很愤愤不平，但继而就冷静下来，他分析事情比想象的要复杂得多。国民党政府天怒人怨，军事经济都一败涂地，来日无多了。而上层勾心斗角愈演愈烈，互相埋怨，推卸责任，分崩离析。其中宋子文在这场争斗中备受攻击，而荣家和宋子文关系较为密切，军粉的轧制和供给，也是宋子文下的单子。荣毅仁敏感地意识到，所谓"军粉霉烂案"，极有可能和国民党内狗咬狗有关。这么看来，荣家说不定是"城门失火，殃及池鱼"，要当一回替死鬼了。想到这里，他对与会者说："说茂新、福新的面粉发霉变质，完全是无中生有，曲意造谣。战场失利是士兵由于食用我们的面粉所造成的，更是天大的笑话。大家放心，虽然秦桧的莫须有现在见多不怪，但事实毕竟是事实，我会据理力争的。请各位管理好各厂厂务，坚持开工，勿要以此事动摇人心。"

会议结束后，荣毅仁找来荣家的法律顾问，在康平路新居细细研究了此案，并商量如何写辩护状。

荣家代国民党政府收购小麦，磨制成民用的二号粉和专供军用的统粉，主要是由茂新几家厂承担的，始于抗战胜利后的1946年。当时宋子文任行政院长，他与荣家的关系比较密切，和大房的荣鸿元兄弟，二房的荣尔仁、荣毅仁私交都不错。此年11月，荣毅仁遵照宋子文和粮食部长谷正伦委托，以"国家贮存"的名义，由茂新面粉公司接下代为购贮三十余万石小麦的订单。这项业务，茂新无利可图，除了经办过程中发生的劳务费实报实销外，荣毅仁没有得到任何利润。此后，宋子文、谷正伦又要荣毅仁将这批小麦每百斤加工磨制民食二号粉和军粮统粉。这笔加工业务利润并不厚，且标准很苛刻。磨成的二号粉和统粉，均由粮食部派人会同联勤总部、港口司令部、上海粮食总仓库抽取存样，交上海粮秣厂按核定的粉麦标准测验，检测合格后由上海粮食总仓库验收入库。整个程序，一个环节都不能少，而且有验单为凭。

事隔一年有余，共计五十余万袋统粉和二号粉，在辗转运输中，却变成了甲、乙、丙三种面粉，更奇怪的是有扫仓粉在内。后面发生的这些事，与荣毅仁风马牛不相及，他也不知情，但起诉书上却不分青红皂白，死死咬定加工厂家最初交付与上海粮食总库的面粉即系如此，对荣毅仁横加"侵占公有财物"、"盗卖公有财物损公肥私"、"危害民国"等罪名。国民党监察院甚至借此小题大做，污蔑荣毅仁故意将"霉烂军粉卖给政府，引起士兵腹泻患病，影响军力，从而导致东北战场上国军失利"等等。

荣毅仁越想越气，打电话要茂一找出验单，派专人送到上海。他想找宋子文，但宋子文和宋美龄正在美国寻求美国更多的援助，遭到了美国政府的拒绝后不死心，继续在美国政界四处活动。他又打电话到南京粮食部找谷正伦，谷正伦说这样做太过分了，上海地方法院是有人指使的，企图借所谓的"军粉霉烂案"，来攻击远在美国的宋子文。

荣毅仁的猜测得到了证实。荣毅仁抗议说，政府内部的纠葛与我无关，岂能用这样恶毒的手段算计我？这个误会太严重了。法院已给我套上"危害民国"的帽子，枪毙都够格了！送传票和起诉书时，"飞行堡垒"载了十几个荷枪实弹的宪兵直闯我的会议室，全上海的报纸都登出我荣毅仁卖给军队的面粉是霉的，害得国军在东北吃败仗。

荣毅仁说到这里时，谷正伦插话说，这是胡说八道，吃了你荣毅仁的面粉就会打败仗，那吃了别人家的面粉怎么没有打胜仗啊？荣毅仁说，是啊！我不能不对上海地方法院提出抗议，请谷部长主持正义，出面替我解释解释，以正视听。谷正伦在电话中迟疑了一下，答应了。他说，你别生气，这里面肯定有误会，一切看我的薄面，会还你一个公道的。

谷正伦事后给上海地方法院打了个电话，替荣毅仁不痛不痒地说了几句好话，法院要谷正伦作保。谷正伦说，我是粮食部长，不是司法部长，我管四万万张嘴的，不是管你们法槌的，这个保我担不了。从此谷正伦再无下文，不了了之。厚面也好，薄面也好，连电话都不接了。

荣毅仁知道宋子文靠不住，谷正伦靠不住，国民党的官吏都靠不住，这些人自私、贪婪、没有担当、过河拆桥、言而无信，连最起码的道德律都不讲。他对他们不抱任何希望了，也更进一步看清了国民党已是穷途末路，气数已尽，党将不党，国将不国。绝望之余，他决定自己来对付这场闹剧。

他亲笔写了一纸申辩书，附上收据、验单，自以为天衣无缝，雄辩有力。未料送到上海地方法院后，院长倒是接待他的，但对他的申辩书及所附的凭证看都不看一眼，扔至桌上明确告诉荣毅仁，5月25日正式开庭，如果不出钱保释，第一次庭审就会约束他的自由，收押到看守所了。

荣毅仁听明白了，这些法官明着向他打秋风了，他满以为法院还可以讲讲理，可实际上同样的不讲理，真所谓旧时人们形容衙门的那句话："衙门八字开，有理无钱莫进来。"荣毅仁满脸怒色地走出了法院，看着这幢原公共租界法院的柱高两层、恢弘大气的石头建筑，鄙薄地冷笑了一声，坐上汽车回到康平路家中。这幢小洋楼已冷冷清清，妻子杨鉴清和女儿智和、智平、儿子智健都去了香港，他和妻子每天都要通一次电话，通报两地的情况，相互问候鼓励。也告诉了妻子涉案的事，杨鉴清一听，惊慌地说："那怎么办呢？会不会吃冤枉官司？"

"鉴清，你不要急，我有证据，我能说清楚的。"荣毅仁安慰妻子。

"军粉霉烂案"这件事，荣毅仁一开始并没有打算和杨鉴清说，免得她着急。但他知道是瞒不住的，上海发生的大事，香港的报纸都会及时报道，波谲云诡的"军粉霉烂案"已轰动上海滩。风声那么紧，香港的报纸肯定不会漏而不报。荣毅仁决定告诉妻子和父亲。

荣德生对这件事已有耳闻，在上海和无锡之间来去的荣家企业的同仁、亲戚和朋友，每天都有，电报电话更是不断。荣德生为了便于护厂护城，又住到四郎君庙的李国伟那幢宅子里。得知四子毅仁缠上这荒诞不经的官司后，荣德生凭经验知道，这事不过是国民党政府某些"贪财乌龟"借个把柄敲诈些钱，也是有人蓄意栽赃。

他对薛明剑说："东北的几十万大军不是被共产党打垮的，倒是被我荣家的面粉打垮的！真是亘古未有的奇闻了。"

薛明剑说："德公，这个《危害民国紧急治罪法》就是个无法无天的法。看来毅仁免不了要委屈一个时期，让他暂且往狗嘴塞上几根肉骨头，等时局改观了，事情自然就过去了。"

"对，让毅仁苦撑待变。当年纣无道，天下人起而伐之，纣大势毕矣！剩下的日子很快屈指可数了！"荣德生激动地说，"说我荣家面粉发霉，是几十年来从未发生过，也从未有人这样怪罪我们的事。全中国没吃过荣家面粉的人极少数，兵船牌无人不知，无人不晓。我要告诉毅仁，他可问法官，如查实一户用家有此反映，并查出实据，我荣德生把脑袋给他们！"

"德公莫生气，这只能说明当局已黔驴技穷了，连这样拙劣的事都做出来了。"薛明剑说。

"我不生气，我的气早就生完了，我只感到滑稽，太滑稽了！太笑话了！"荣德生苦笑着说，"明剑，我去上海，我是'总其成''伯尔玺天德'（英语总管、总统的意思。）。开庭那天，我去，要紧急治罪，那就治我，这不关毅仁的事。"

薛明剑知道荣德生并不是完全说的气话，可能他内心真有去上海替荣毅仁顶罪的想法。他身边的儿子就剩下四子和七子了，毅仁再出什么事，被罗织入罪，他无论如何也接受不了，他再也经受不起这样的打击了。但这样做是无济于事的，不仅救不了毅仁，而且会将他自己赔进去。国民党在彻底失败之前，最后的挣扎会格外疯狂。问罪荣毅仁无非是敲竹杠，拔脚之前再捞一票。即使收押，解放在即，也关不上几天。

"我们的面粉导致几十万国军成了共产党的手下败将，让人一听就毛骨悚然。

这是断不可理喻的，我要上法庭说，如果这个说法是真的，老夫甘愿受罚，我是面粉大王啊！"荣德生自嘲说。

"德公，你万万不能去自投罗网，你以为你去顶罪，毅仁就可以开脱了吗？这是不可能的，他们可没有这样的善心。再说，无锡这里一摊子也少不了你啊！"薛明剑说，"他们不会拿毅仁怎样的，目的很明显，他们知道自己的时间不多了，抓住机会勒索点钱罢了。如果真要治罪，飞行堡垒已到门口了，看上去势头来得很急，肯定会对毅仁实施抓捕。但他们并没有抓人，只是限制行动，这是明显的虚张声势，其意何在，还用说吗？孔方兄里翻跟斗而已。"

荣德生听后，冷静思量，觉得薛明剑说得有理。只要四儿没有严重的危险，仅是黑心法官变着法贪钱，那就再破点财吧。就像薛明剑说的，狗嘴里再塞上几根骨头，反正对荣家来说，这是不足为奇的事了。只要毅仁躲过这一劫，迎来的就是光明了。荣德生这么想后，心里既痛恨国民党政府的暴虐，又感到有些宽慰。

因为怕电话里讲不清，又担心特务机构监听，荣德生派钱圣清到上海传达自己的意图，要毅仁花钱消灾，苦撑待变，再忍耐几天。种种迹象表明，新桃换旧符的时间不长了。钱圣清是荣家企业的高级职员，他去上海找毅仁，是正常不过的事，不会惹人注意。

薛禹谷得到一个绝密的消息，无锡城防指挥部司令蔡润祺正在和在无锡待过很长时间、破了荣德生被绑案的国民党情报部门头目毛森，密谋挟持荣德生去台湾。地下党通过薛明剑在申新三厂组织了工商自卫队，由吴一帆从茂一调过来当队长。薛明剑当时还兼任玉祁自卫实验乡乡长，乡里建有乡团，拥有三十几支步枪。这些步枪秘密输送到申三，供自卫队使用。吴一帆以前从未摸过枪，这次很快就学会了打枪。薛禹谷奉命和几个江南大学的学生党员跟随在荣德生身边，担任护卫的重任，他们的身上都带了短枪。社团联合会也派出巡逻队在荣德生寓所周围巡逻。由于护城护市护厂人多势众，国民党军队已溃不成军，而解放军随时可能横渡长江，国民党政权垮台已毫无悬念，其要员都纷纷向广州、香港、台湾及海外各国逃窜。毛森、蔡润祺见荣德生态度坚决，加上自己前途难卜，逃命都快来不及了，不得不放弃挟持荣德生去台湾的图谋，狼狈不堪地离开了无锡。1949年4月21日，解放军一举攻占南京，江阴要塞守军起义。无锡民众都暗自庆幸，知道无锡解放在即。但有些商人、士绅不免有些紧张，谣言四起，传说荣德生逃到台湾去了，申新三厂、茂新面粉厂关门了。还有人说，亲眼看见荣老板、杨老板、唐老板等大老板、大资本家在大洋桥乘上自己的小火轮走的。荣老板的小火轮后面拖了一只驳船，里面装的都是金银珠宝等等，说得活灵活现。

传言传到荣德生耳中，感到可笑之余，也引起他的警觉。任这些无稽之谈泛滥，会使一些头脑不太清醒的人在关键时刻产生怯意而迷失方向。谣言是很可怕的，它会像阴风那样，在无锡的每条街巷、每幢房子里刮来刮去，扰乱人心。申三和茂一居然有几个职员不到厂里上班，也不见人影，显然是听信了谣言而躲了起来。而传言中已乘小火轮逃离无锡的几个老板打电话到荣府，一听是荣德生接的电话，惊奇地说："德先生，你还在家里啊，外面都传你带着家藏逃走了啊！"荣德生笑着回答："外面不也传你一走了之了吗？我不会走的，我吃准了共产党不会拿我怎样，我们都没做亏心事，大可不必慌张。"对方听了，哈哈大笑："是啊是啊，我们彼此彼此。"

荣德生突然产生了一个念头，他要露露面，让谣言不攻自破，同时给民众带去抚慰。他找来薛明剑、钱鸿义、杨怀远说："你我都是无锡商界的老资格人物了，按国民党的说法，共产党来了，不是杀头，就是坐监牢。市面上有不少谣言，说我们落荒而逃了。一个个都变成丧家犬了。为了让大家看看，我们没有逃，也不需要逃，我有一念，请你们随我出去兜一圈，那些谣言不就不攻自破了吗？"

"兜一圈，如何兜？到哪里去兜？"薛明剑问。

"靠两只脚是兜不过来的，我想还是靠两只脚加两只轮子。"荣德生说。

"德公的意思，是坐黄包车兜上一大圈，这是个好主意。"钱鸿义说。

"不错，钱鸿义是商会会长，我是大资本家，开过近三十爿厂，被封为'面粉大王'、'棉纱大王'；怀远是前清遗留下来的耆老，可算得上是土豪劣绅，明剑是资本家的帮凶、国大代表，我们这些人不走，其他人还用得着走吗？我们不怕，还有什么人用得着怕呢？我们分乘四辆黄包车，在各个城门口兜它几圈，众目睽睽，这比一百张嘴满世界解释都来得有用场。"荣德生声音响亮地说，"诸位如何？有否这个雅兴与我周游无锡城？"

"当然可以，我在家里本来就闷得慌，除了在三万昌喝喝茶，无处可去。"杨怀远说。

"那我叫禹谷去喊黄包车，车子一到，我们就出发。"薛明剑说着，便起身到花园找薛禹谷，她和几个同学在看着书报，警惕地注意着门外的动静。薛明剑把荣德生的用意告诉他们，薛禹谷和几个同学听后都高兴得跳起来，认为此举对安定无锡人心极其有益。薛明剑要薛禹谷他们几人骑脚踏车跟随在后面。他说，虽然无锡军警已惊慌得六神无主，就像日本人得知无条件投降时那样，早乱成一团，已没有了平常的嚣张气焰，但要以防万一，要防潜伏特务暗算。他们说不定混在人群里，来个突然袭击。你们格外要留神，一定要保护好德公，他是国民党盯得最紧的人，他的一举一动说不定都受到监视。

薛禹谷对父亲说："德生老伯的分量是非常重的，他是可尊敬的长者，他起的作用、对社会的影响不可估量，我们会用生命保护好他的。爸，你也要小心，钱会长和杨老也不能大意，你们为无锡解放所做的好事，是顺乎历史潮流的。共产党会感激你们的。"薛禹谷说完，便出门喊黄包车了。很快，来了四辆黄包车，薛明剑预付了足够的车资，让荣德生等分别乘上车子，在无锡大街上跑起来。薛禹谷等几个江大学生骑着脚踏车紧跟其后。车夫知道今天拉的不是一般人，而且是无目的地环城跑，显然是别有用意。能接到这样一桩生意也是很难得的，足够他们自我夸耀好多年了，所以一路上，他们排成一列，迈着很有力的步伐，把车铃"丁零、丁零"打得特别响，嘴里还不断吆喝着。

荣德生端然静坐在第一辆车上，打量着他熟悉的街景。街上行人很多，步履杂沓，行色匆匆。由于护市的成效，店铺多数没有关闭，但顾客却很稀少。物价奇高，物资又很匮乏，贫穷的百姓已买不起或买不到什么东西了。茶馆、酒家、浴池、书场、戏馆等场所更无人进出，这让荣德生有些担忧。人心还是有些摇荡，毕竟共产党已过了长江，从江阴到无锡，几十里路而已，轰隆的炮声已隐隐能听到。一个新的政府就要替代旧的垂死的政府，人们有些莫名的茫然、顾虑、不安是在所难免的。自己虽铁着心留了下来，今后到底会出现怎样的情况，其实心里也是很乱的。他尽量往好的方面想，并坚信自己的判断和管文蔚等人的诺言，他知道自己作出的选择是一生中最大的也是最艰难的选择。他既然选定了，也就押上了他的一切，生命、庞大的家业、他本人和家族的荣誉，这当然会有风险，但他毫不后悔，哥哥活到现在，也会这样选择的。

行人中有人认出了他，不由自主地喊出了声："那不是荣老板吗？那不是商会钱会长吗？"于是，人们纷纷止步围观，夹道欢迎般地越涌越多。也有人奔走相告："刚才荣德生坐着黄包车过去了，我看得清清楚楚，荣老板没有走啊！""这么说，荣德生倒是很硬气的，他大老板都不怕共产党，我们小老百姓还怕什么？"

荣德生在车上听到了路人大声的喊话，也频频向大家点头示意。他是不喜欢表现的人，但这一次乘黄包车游城，无疑是一次特殊的表现，一生唯一一次要引人注目的表现。民众反应的热烈，出乎他的预料，数不清的目光投射到他身上，使他感到有些局促，但也让他深受感动。因为在这些目光中，他体会到自己的行动受到了赞许和钦慕，这使他内心中浮起如饮醇醪般的感觉，有些兴奋，也有些自得，甚至有些陶醉，神采飞扬中蕴含着无限的辛酸，顾盼自如中又感慨丛生。转眼间，五六十年过去了，人们只看到他头上的光环，他的奇迹般的成功，可他受到的那些严酷的遭遇，和无数生不如死的难挨的时日，以及和骨肉一次次的生死离别，有几人真正能理解？风烛残年了，还要承受着改天换地的巨大冲击，好端端的家也散掉了，但愿从此再无大的折腾了。如果再有，他实在是消受不起了，那只能听天由命了。

除荣德生外，薛明剑、钱鸿义、杨怀远也显得很高兴，从容地坐在车上，不断地和熟悉的、不熟悉的人打招呼。有时甚至叫车夫停步，俯下身去，和其中的一位熟人讲几句话。在胜利门外的北大街和三里桥粮店、布店集中的地方，那是无锡最热闹的地方，路很狭窄，行人把他们团团包围住，以致引起一阵小小的骚动，急得薛禹谷和几个同学把脚踏车停到一边，挤在黄包车前开道。就在这时，有些米商布商问荣德生："德先生，你们几位这么做，是什么意思？有什么来历？"

"我们出来兜风，决不是到街上来闲逛。此行的目的，是制止谣言，澄清事实。各位也许都听说了，说我荣德生已去了台湾，申三和茂新都搬空了。我可以告诉各位，我荣德生一度也像失去了方向的艄公，不知该靠上哪个码头。可我现在想明白了，我的码头就在无锡，在上海，我这艘老船就在这个码头上靠定了，我哪儿都不去，一把老骨头了，怎么经得起漂洋过海啊！你们不要听信市井流言。"

"那么，无锡一旦失守，你觉得你会太平无事吗？"有人问。

"生平未曾为非作恶，我当然会太平无事，笃定垫高枕头睡觉。而且，世道变化，十年河东，十年河西，风水轮流转，这是很正常的事。怎么变，衣食都是民之必需，我料面粉厂、纺纱厂会安然无恙的，它们又不是打仗的碉堡，你们这些布店、米店也不是沙包堆起的工事，会被一个个拔掉，他们也是人啊！都要吃饭穿衣的呀！把我们这些大商人、小商人消灭了，他们吃什么穿什么？老百姓都成了饿死鬼，饿殍遍野，百业不兴，对他们有什么好处？你们说是不是？"荣德生正一正神色，从黄包车上走下来说，大家都被他说得笑了起来。许多人脸上的抑郁亦一扫而空，场面一片雀跃。

薛明剑看到人群中有几双阴冷的眼睛，屋檐下也三三两两站着形迹可疑的人，便低声地对荣德生说："德公，我们走吧，别耽误了大家做生意。"又对薛禹谷使了个眼色，薛禹谷立即领会了，连忙把荣德生扶上黄包车，再和同学骑上脚踏车，卫护黄包车向吴桥方向走去。到了吴桥，便下黄包车，上了预先停泊在运河码头上的一艘茂一的小火轮。掉转船头向城里驰去，很快顺利到家。

晚上，荣德生和薛明剑又乘车去江南大学参加学生在礼堂举行的联欢晚会，台上的一个男学生在拉手风琴，另一个女学生在唱歌。他们一走进挂着彩灯、亮如白昼的礼堂，学生们便站了起来，响起一阵久久不息的掌声，对这位江大的创始人表示敬意。看着这一张张年轻而洋溢着活力的脸，荣德生心里感到很温暖。薛禹谷引导他和薛明剑在第一排正中位子上就座，这期间节目一直在进行，只是歌声琴声被掌声掩盖住了。荣德生刚坐下，这个节目就结束了。报幕员走出来，用国语报幕说："下一个节目，诗朗诵，《天亮了》，作者薛禹谷，朗诵者薛禹谷。"这时，穿着阴丹士林布旗袍的薛禹谷走上舞台，她站在麦克风前，大声地用国语朗诵起来：

> 严冬曾经笼罩大地，它带来了刀一般刺骨的寒风，
> 可现在春雷在我们的头顶震响，温暖的春天就要来临；
> 阴霾曾经布满天空，它遮住了我们所渴望的光明，
> 可现在阳光驱散着乌云，我们终于将看到期待的蓝天；
> 黑夜曾经紧紧包裹着周围，暮色重重，鬼魅横行，
> 我们在黑暗中徘徊，就像置身于狭小的牢笼；
> 我们苦斗、挣扎、呐喊，
> 一颗启明星在天际冉冉升起，
> 它告诉我们，淫雨终会停止，雨后便是晴天，
> 它告诉我们，黑夜终会过去，曙光就在眼前；
> 天要亮了，天就要亮了，我们迎来的，
> 将是一个灿烂的早晨！

谁都知道这首诗的含义，薛禹谷饱满热情的朗诵把晚会推向高潮。朗诵结束，全礼堂的师生又站了起来，又是鼓掌，又是欢呼。薛禹谷一次次鞠躬谢礼！荣德生和薛明剑也情不自禁站了起来，荣德生在薛明剑耳边说："明剑，你这个女儿，很有

才情啊！她同情共产党，她念到的'启明星'就是共产党之隐喻啊！"

"她读中学时就直言抨击现实，说话之中，常有过激的言论。她的性格就是这样，看不得人间的不平，但共产党到底怎样，她未必清楚。"薛明剑说。

"年轻人血气方刚，敢说敢为，连汪兆铭当年还冒死刺杀摄政王呢？可后来却当了大汉奸。据说，陈公博、周佛海都是资格很老的共产党呢。"

"这不稀奇，蒋经国蒋太子还是苏俄共产党的农场场长，工厂的厂长。"

"明剑，说实话，这共产党还真让人有些捉摸不透。"

"还是你说的话，共产党再怎么样，不可能比国民党更坏的了。"

"是啊，我们不怎么了解共产党，但国民党是什么货色，我们都领教过了。你看，快淹死了，还要揪住毅仁，这简直让人无话可说了。"想到荣毅仁的处境，荣德生又不免感到气愤和担心。

"荣老先生，共产党怎么样，你们很快会明朗的。不过四老板倒是要提醒他，要他尽量疏通法院的关节。我估计，这个案子最后是不了了之，但要防备有些人狗急跳墙。"薛禹谷不知什么时候，已坐到他们身边的位置上，她因为激动，光洁的额头布满了汗珠子，她边说边用手帕擦汗，"必要时，让他到无锡来避避，无锡要比上海先解放。"

"法院已公开勒索了，毅仁被迫送去金条十根，美金五千元，差不多一万美金。法官说在5月25日开庭，过过场，有个判决就过去了，我估摸还要给他们烧烧香。凭我的经验，这些人都是不见棺材不落泪的。"荣德生说，"上海那一摊子都是毅仁在料理，他离不开上海，反倒要我去上海，我跟他说，这个时候，我哪儿都不能去。我得留在无锡，就像你刚才念的，等天亮。"

"5月25日，说不定到那天，上海已不是他们的天下了，他们等不到开庭了。"薛禹谷冷笑着说，"汤恩伯扬言上海工事固若金汤，还要利用每幢高楼开展街垒战，但在强大的解放军攻势下，他们同样不堪一击，上海会完整地回到人民手里。"

薛禹谷的预言是对的。就在这一天午夜，在沉闷的稀疏的炮声中，4月23日，解放军兵临无锡城下，国民党守军几乎没有作像样的抵抗，就撤离了。无锡平静地解放了。申三这天晚上照样拉响了工人称之为"波罗"的汽笛，以唤醒夜班工人上班，这是沿袭了多年的传统了。那晚，荣德生还想和在上海的四子毅仁通电话，但电话没有打通。

第二天早晨，荣德生被震耳欲聋的鞭炮声、锣鼓声、秧歌声、欢呼声闹醒了，薛明剑乘着包车来了，兴冲冲地说："凌晨，解放军就到达北门外，部队是从江阴方向过来的。国民党守军闻风而逃，只打了几声冷枪，可说是不战而屈人之兵。为了不扰民，解放军天亮后才进城，消息传开后，人们就上街欢迎解放军了。其中有我们江大的不少师生。"

荣德生听后，惊喜交集，喜的是那个给他带来无数苦难的政权终于垮台了；惊的是，解放军来得太快了，防守无锡的国民党军队扬言哪怕全城化为焦土，也要抵抗到底，结果望旗而降，兵不血刃。解放军在人们的睡梦中，没有多大的动静就进了城，"江大的师生昨晚还在联欢，一早就上大街了，估计他们中有人早就获此消息，这里面少不了禹谷？"

"那是自然的。她一夜都没有回家，早晨怕我们着急，打来一个电话，说了几句话就挂掉了。"薛明剑说。

"走，我们上街去看看。"荣德生兴致来了，拉着薛明剑就出门。没走出多少步，就看到身穿黄军装，腿上扎绑带的一队又一队解放军步行走过，间或有拉着炮的军车和骑兵通过，井然有序，浩浩荡荡的。将士大都穿着单衣，且军服颜色深浅不一，款式也不尽然统一，装备也不怎么先进，可以说比较杂乱，看得出是在不同时期不同战役中缴获的，但士气旺盛，军容极壮。荣德生后来得知，在天亮前，部队在进城后，就地休息，夜风料峭，士兵又穿得单薄。但无一人砍树取薪，或擅拿城外农户门前的稻草堆点燃取暖，更没有人敲门入室借宿避寒，可说秋毫无犯。

几天下来，荣德生所见所闻，没有发现解放军有任何掠民或扰民的行为，这让荣德生心悦诚服了。部队进驻了原国民党军队的营地，征用了国民党县政府、县党部和其他机构的用房，民族资本家、士绅望族的宅邸私园则从不侵犯。

更让荣德生吃惊不小的是，身边许多熟悉的人是共产党的地下党员。他们解放后都一一浮出了水面，其实他们以前也不完全清楚相互之间的身份，公开后，不约而同地说："原来你也是地下党啊！一点都看不出啊！""你也是啊！什么时候下水的啊！"

申三、茂一等荣家企业里加起来有几十个地下党员，其中有吴一帆、陆晓波等，连那个长相清纯、见人害羞的紫竹都是。性格沉稳、待人谦逊有礼、做事认真的吴一帆竟是申三、茂新、天元地下党的负责人，这让荣德生做梦都想不到。荣德生感叹地说："一直在想象共产党是什么样的，以为他们必有天生异禀。没想到有那么多共产党就在我身边,我经常和他们打交道,共产党太厉害了,看来共产党得天下是不奇怪的。"

江大也有几十个地下党员,而薛禹谷竟是地下党无锡市工委委员,她在念大学时就入党了。连薛明剑都不相信女儿竟在自己的眼皮下,在自己的身边参加中共有那么多年了,他一直以为女儿仅仅是个愤世嫉俗的青年,充其量是共产党的同情者。荣德生问他:"禹谷是共产党你真的不知?"

薛明剑肯定地说:"和你一样,刚刚知道。我问她为何早点不说,她说这是党的纪律,上不告父母,下不告妻儿。"

"这太不可思议了。连国民党海军军官陆晓波都是地下党,他和纪仁走得那么近,他怎么没有争取纪仁入党呢?要是纪仁给发展了,说不定不会发生那样的事了。"荣德生说,"明剑,你家里出了一个,我们荣家和共产党看来没有缘分,没有人是中共的地下党,荣家的子弟的血脉里没有政治的传统。"荣德生在说这话的时候,是很肯定的口气。但他万万没有想到,他的四儿荣毅仁在几十年后成了中共正式党员,虽然因为党和国家的需要,没有对外宣布。当选国家副主席时,还介绍他是党外人士的身份,某种意义上也算是个"地下党"。其实,解放以后这些年里,荣家和共产党的缘分够深的了。荣毅仁和政治浑然一体,成了国内外响当当的红色资本家。

自解放军进无锡城后,上海和无锡的电话、电报就切断了。但铁路、公路还是通的,不过,多了几道卡口,从无锡来人的口信中,荣毅仁得知无锡解放后,一切如常。申新三厂和茂新一厂、二厂及天元麻纺厂、开源机器厂一天都没有停工,父亲也是好好的,情绪不错,逢人就称赞解放军是仁义之师。解放军的几位首长参加了商会召开的一次会议,说了许多勉励的话,对父亲在解放前夕的行为倍加赞许,说他是开明进步的受人所敬重的工商业人士,一生为国操劳、德高望重,久仰他的声名,在历史关头,毅然决然选择了光明,更是值得敬佩的义举。希望他把工厂办得更好,为安邦定国出力。解放军的首长可说礼数周至,一片至诚。父亲回家后非常高兴,还和薛明剑一起饮了酒。

听到这些消息,荣毅仁悬着的心放了下来,心里感到久未有过的踏实和兴奋。父亲受到的礼遇也是荣家受到的礼遇,从父亲身上他看到了自己今后的前程,心境里残存的一些顾虑不知不觉地消失了。不过,那强加于人的"霉变军粉案"的阴影还沉重地压着他的心头，一想起来就让他有种彻骨的寒意。他期盼共产党的军队早日对上海发起进攻，使得上海得以解放，他本人也能在庭审之前得以解放。

他与在香港的杨鉴清通了个电话，把无锡解放后的情况和父亲受到的礼遇告诉给了太太。杨鉴清也很高兴："这么说，共产党对爹十分客气的，无锡已有了样子，我们也不必担心什么了？"

"是的，看来更无足为虑了。我留下是对的，适当时候把你们接回来了。"

"你暂时留在上海，要照料企业，还要陪爹，是迫不得已，这可以理解，但我和孩子还是在香港待一阵再说吧，万一有什么，那我们都完了，岂不自取其辱？"杨鉴清在电话中说。

"这个万一可能性微乎其微，还是那句话，共产党只会比国民党好，不会比国民党差。父亲已眼见为实，说解放军是仁义之师。我告诉你，国民党用军粉案来害我，只有共产党才能救我。"荣毅仁坚定地说，"这是我的判断，我寄希望于共产党。"

"共产党影子都没看到，他们怎么救你？"杨鉴清不解地问。

"我的庭审是5月25日，如果在这之前共产党攻入上海，这个庭还开不开呢？那些法官和检察官虽答应不收押我，但国民党当官的话能相信吗？也许又在弄什么玄虚，换了共产党，那些法院的人不敢肆意妄为了，鉴清，相信我，只有共产党才能解救我。"荣毅仁说。

果然，人民解放军恰好在5月25日，攻占了上海。经过激烈的战斗，解放军在黎明进入上海，成片成片露宿街头。荣毅仁在战火硝烟中逃过了一劫。早晨，他怀着兴奋和好奇的心情来到法院门口，站岗的解放军战士告诉他，都逃了，里面空无一人。荣毅仁笑得合不拢嘴，说，天助我也，果然是共产党救了我荣毅仁，上海解放了，我也解放了！

## 八 上海成了红色城市

在1949年5月温暖明丽的春光里，国民党政府从中国最大的城市上海撤退，上海被共产党接管，令世界震惊。因为，上海将不可思议地成为一座红色城市。

这时候，这个城市的普通市民表现得很平静，他们目睹潮水般的人群逃离上海，就像1937年中日淞沪战争爆发时，许多外国人迫不及待地卖掉资产，争先恐后地从这块曾经的乐土登上回归的邮轮或飞机，因为他们不知道上海将来会发生什么。这次离开上海的人也是争先恐后，他们同样不知道上海以后会发生什么。但不管事态如何，市民们都若无其事，他们不想走，也没有地方可去。

上海长期是西方国家的殖民地。它有东方巴黎之称，也是名副其实的世界金融贸易中心。苏州河连接的是传统农耕文化在这座城市中的退守和近代工业的滥觞；黄浦江连接的则是面向大海的现代金融资本的浩大气象，从而构成了中国独一无二的十里洋场的天际线和陆离光影。

现在，这座巨大的城市落到了共产党手里。于是，有人断言，共产党虽诞生于这座城市，但后来是在农村壮大起来的。这个政党和它领导的军队的主体是"土包子"，他们能管理好上海吗？绝对不可能。他们缺乏这样的经验，也缺乏这样的人才。更有人断言，共产党不出一年，就会把上海搞得一团糟，会非常狼狈地被迫退出这座城市。

1949年4月21日，国共和谈破裂。次日人民解放军三路强渡长江，兵锋直逼南京。南京取下后，上海就暴露在解放军面前了。当时，第三野战军司令陈毅部是解放上海的主力之一。

现在，陈毅担任了上海市市长、上海军管委主任，他在党内的职务是中共中央华东局第三书记兼统战部部长。这个威名赫赫的儒将成了上海新的最高领导人。陈毅当然知道自己身上的分量，也深知上海这座城市的分量。其实，早在1949年3月党的七届二中全会讨论解放全中国，建立新中国这个重要问题时，毛泽东就已经考虑上海解放后的市长人选了。这个人必须文韬武略兼备，政治立场坚定，学养深厚，处事沉稳得体。毛泽东亲自点将，决定由陈毅担此大任。毛泽东说："这个上海市长，非陈毅莫属。"

"上海这个海太深噢，我的水性不怎么好，恐怕要呛几口水。不过，主席点了我的将，我恭敬不如从命！我陈毅命大，淹不死的！"陈毅坦然自陈。

"别怕，在游泳中学游泳嘛！我们共产党既能夺天下，还要学会治天下、坐天下，呛几口水是免不了的。不过，我湖南人、你四川人是非辣不吃饭的，上海人可是不碰辣的，你以后请上海人吃饭，辣椒可不能上啊，要因地制宜啊！"毛泽东以他惯有的风趣，意味深长地说，"人家不吃辣，你硬要他吃，你这顿饭请了客，人家还不说好。人家可是吃惯咖啡、牛排、罗宋汤的嘛，咱们就上这些菜，让他们吃得高兴些嘛！"

"主席，我懂你的意思了。看来我要入乡随俗，学点洋腔了。"陈毅说。

正如陈毅自己说的，"上海这个海太深。"现在，他更体会到这一点了。他非常清楚上海的庞大复杂，也同样清楚那些把上海视作乐园，从那里获取大量财富，过着穷奢极欲、作威作福生活的殖民者和掠夺者正注视着上海的动静。他的任何闪失、错误所造成的后果，都会让他们幸灾乐祸。

其实，在向上海发起军事进攻前，党中央对战争中如何保护上海免遭战火的毁损和解放后保持上海的稳定，都有明确的部署。陈毅自己也对此作过认真的考虑。陈毅曾这样说过，上海好比拥有无数珍品的瓷器店，可现在这些店里却盘踞着二十三万只老鼠，既要消灭这二十三万老鼠，又要使瓷器店里的瓷器不受损坏。老鼠是指国民党京沪杭警备总司令汤恩伯指挥的二十三万军队。瓷器自然是指高楼大厦、工厂商店和民宅。陈毅的譬喻不乏幽默意味，但要在军事上体现出来，这无疑是有难度的。为避免瓷器和老鼠极有可能的玉石俱焚，解放军在战略战术上费尽了心机。解放军几十万大军将汤恩伯的守军团团围住，形成大军压城的高压态势，由地下党组织力量保全电厂、水厂和其他重要所在。5月24日发起总攻，尽量在外围和国民党军队进行激战，随着雷霆般的炮声，无数炮弹摧枯拉朽般地把敌人花了数月修筑的碉堡群摧毁。解放军势如破竹，一天之内，便突破汤恩伯的外围防线，推进到沪西，只用十几天便消灭了十五万只"老鼠"，剩下的"老鼠"已毫无斗志，已组织不起有效的抵抗。只是隔着苏州河，设街头堡垒挣扎了一番，便败下阵去。又用一两天时间肃清残敌，完整地拿下了瓷器店。

蒋介石5月上旬从溪口乘竹筏至半公里处的一个码头，弃筏登上一艘汽艇，再驳运到吃水较深的太康号兵舰，到离吴淞口不远的复兴岛上督战。他见解放军将上海围得像铁桶一样，汤恩伯的二十三万军队成为瓮中之鳖，情势非常危急，便下岛乘上兵舰匆匆离去。据说，他上太康号后发出一声长长的扼腕之叹，便阴着脸不作声了。他在想什么，无人可知，但有一点他是明白的，上海一战，对他来说，生死攸关。失掉上海，他在东南乃至中国已几至无立锥之地。在解放军粉碎汤恩伯自诩为"中国最坚固的防线"的外围阵地，向市内挺进时，汤恩伯接到蒋介石电令，也不得不匆匆逃之夭夭了。如果他慢一步，很可能会被解放军活捉。汤恩伯人品很差，由于他的出卖，原准备仿效傅作义起义的浙江省主席陈仪，在蒋介石授意下遭特务逮捕。次年6月18日，在台湾以通共罪被杀。

几个月以后，荣毅仁听说了陈毅将军瓷器店捉老鼠的良苦用心，以及解放军在战上海过程中所表现出的大智大勇、强悍果决、迅雷不及掩耳的行动。荣毅仁为之发自内心地击节叫好，认为解放军作为仁义之师，由这件事可窥其全豹。

但对于陈毅来说，拿下瓷器店虽难，要管好瓷器店更难。他时常乘坐吉普车或步行，在上海各处视察。他了解到，由于对共产党的误解和对战争的恐惧，许多资本家离开了上海，资金的抽调和部分机器的搬迁，造成一些工厂停工。本来开工的一些厂，也因上海一战，工人职员不上班了，机器停了下来。许多商店则半开半掩，即使开，由于打仗对运输带来的影响，商品和货物供不上，店里出现了断货。上海是以实业和商业支撑的一个城市，工商业是这座城市的命脉。无商不市，以商立市。要采取善策把这座中国最大的城市治理好，经受住艰巨的考验，粉碎敌人的造谣和破坏，用事实来摧毁对共产党怀有成见的人的预言。陈毅决定，从稳定工商业人士的心着手，特别是要消除工商业代表人物的顾虑，真诚地和他们相交，取信于他们。陈毅了解到，上海是民族资本家集中的地方，他们中走了一些，也留下了一些。留下来的对国民党统治可恨可气，失望之至，但对共产党也存有种种怀疑，持观望态度。这在陈毅看来，是毫不奇怪的，指望他们对共产党一点疑义都没有是不现实的。经常和他们来往来往、接触接触，就会增进了解，感情也会深一些。

6月1日，荣毅仁忽然收到上海市军管会发来的请帖，请他于6月2日下午出席工商界人士座谈会，地点是外滩中国银行大楼四楼。请柬是有"红色小开"之称的盛康年送给荣毅仁的。他大荣毅仁两岁，三十五岁，荣毅仁三十三岁，都是风华正茂的年龄。他们以前都听说过对方，但没有来往过。盛康年家境殷实，父亲盛丕华，是上海美科药厂和闻名上海滩的红棉酒家的老板。盛丕华读书人出身，是个豪放义气、敢于直言的人，也遭遇过多次忧患，对国民党政权的腐败和社会现实的黑暗，早就看透。

盛康年继承了父亲正直率性的性格，在大学读书时就和中共地下党员接触，很钦佩共产党人的胆识和理想。这是一个放不下一张宁静的书桌的时代，他中途退学了，以极大的热情投身于抗日救亡运动，做了不少文化方面的事。但不知何故，虽有许多地下党员和他道相同，谋亦相与，但他始终没有入党。

抗战胜利后，盛康年以开美药厂副经理的身份在上海工商界显得很活跃，一些进步活动中少不了他的身影。1945年，中国民主建国会总部迁至上海后，盛康年被推选为民建中央委员和民建上海市委常委兼秘书长，公开抨击时弊，"红色小开"由此而来。由于他的关系，父亲盛丕华成了共产党的朋友。1946年，盛丕华和马叙伦、黄延芳、雷洁琼等十一位进步人士去南京和平请愿，要求停止内战，国共合作，推动和平。请愿团在南京下关车站，受到国民党军警的镇压，被打伤抓捕多人，酿成惨案。

1948年，他冒着被国民党特务机构监视和跟踪的风险，不顾辛劳，来往于沪港之间，协助潘汉年、许涤新、章汉夫等党的负责干部，安排逗留在香港的一批批民主人士秘密离港，轻车简从，转赴东北、华北解放区。其中有李济深、章乃器、彭泽民、萨空了、何香凝、沈钧儒、郭沫若、马叙伦、许广平等。他为建国前夕，众多有重要影响的人物能在北平从容参加新的政治协商会议，参与建国大业的筹备，出了大力。后来，他本人由香港进入华北，再随解放军主力部队南下到达中共中央华东局驻地丹阳。解放军攻占上海的同时，华东局随之进入上海，盛康年也跟着回到上海。盛康年的父亲盛丕华，在建国后不久，由毛泽东亲自签发任命书，被任命为上海市副市长。这在上海的工商界像严寒过后的第一声春雷，震天动地、撼人心魄。一个大资本家被委任为副市长，这对上海许多工商业者来说，是做梦都不敢想的事。虽然盛丕华在资本家中表现得有点特别，但毕竟是在上海滩声光显赫的大资本家啊!

盛康年来到康平路荣宅造访，恰好荣毅仁在花园里徘徊。已是暮春时节，园子里的花木开得芬芳馥郁，但荣毅仁无心赏花散心，而是有些心神不定，到宁静的环境里想事的。

盛康年是第一次见到荣毅仁，见他身材高大、仪表堂堂，马上产生了好感，仿佛是面对认识已久的朋友似的喊起来："毅仁先生，我是盛康年。初次见面，不请自到，打扰了。"

一听这位不速之客，荣毅仁暗暗吃惊。他久闻盛康年和他父亲盛丕华的大名，也知道他做的一些事，了解他和共产党走得很近，眼下是上海工商界的红人。荣毅仁敏锐地感觉到，他上门来，绝不是一般的拜访，肯定自有来意，便恭敬地说："原来是康年先生，红色小开啊，久仰久仰！"

荣毅仁说着，连忙把盛康年引到客厅，并把夫人杨鉴清介绍给他。杨鉴清大方地向盛康年问候说："你好！盛老板可是上海滩的名人啊，光临寒舍，不胜荣幸。"

盛康年坐下后，便从皮包里取出盖着上海军管会红章并由陈毅亲笔签名的请柬，交给荣毅仁说："陈毅市长要和上海工商界人士见见面，邀请荣先生参加。这是请帖，地点在中国银行四楼。你可无论如何要出席啊！"

"当然会出席。"荣毅仁说，翻来覆去看着手中的请柬。陈毅市长的名字签得很洒脱飘逸，那枚章是鲜红鲜红的，使他感到既陌生又新鲜。良久，又问，"盛先生，陈毅市长要和我们见面，是认认大家，还是有什么要事？"

"没有什么要事，主要是和大家认识认识，交交朋友。当然，陈毅市长还要向诸位交一下底，给大家吃颗定心丸。现在留在上海的民族资本家不算少，但或多或少还存有顾虑，陈市长就是要和大家言明共产党对工商业人士的政策。他对各位的情况了如指掌，有许多资本家人留下来了，但心未必留了下来，你说是不是？"盛康年说。

"不错，不错！"荣毅仁深以为然，"实不相瞒，我这几天心里还是没有个底，虽然通过几个渠道，已多少了解到共产党对我们这些人的态度是友好的，是不会为难我们的。家父还派人到苏北解放区考察过，但我不像康老板，从未和共产党打过交道，明明知道共产党不会对我们怎样，但还是有些担心，可能是我多虑了。"

"荣先生，我从十九岁就开始接触共产党了，共产党的大官我也见过不少，潘汉年副市长、许涤新副主任，我在香港就和他们一起办过事。我到过解放区，和大军一起南下，到了上海后，和家父更是多次见过陈毅市长。这不是要在你面前吹嘘，而是以我亲身的体验告诉你，共产党是值得敬重的，因为他们有情有义、对人恳切，绝无虚言，为国家为民众谋利。"盛康年毫不含糊地说，"以后你和陈毅市长、潘汉年副市长接触多了，就会知道，共产党的高官待人一片至诚，他们没有一点官威，也不装腔作势，他们都是人情味很重的人。"

"真的吗？共产党的目标不是要实现共产主义吗？而共产主义是容不得资本家的，是势不两立的。他们的革命的任务，就是要消灭剥削阶级，而我们这些人就是剥削阶级，就像苏俄一样，是革命的对象，如果是这样，共产党何以要将我们视为朋友呢？让我们继续办厂剥削工人呢？"荣毅仁把他心里久思而不得其解的疑问抖了出来，他希望能从身为资本家，又带着一层红色背景的盛康年那里得到答案。

"你这个问题问得好，国民党污蔑共产党，一句话，共产共妻。许多人在解放前夕要跑到海外去，也是担心会被共产掉。其实，这是很大的误解。"盛康年说，"陈毅市长对我父亲说过，共产党人从来不隐瞒自己的观点，那就是最终的理想是实现共产主义，但这是漫长的过程，要经过几十代人的努力、建设、奋斗才能实现。而现阶段实现的是新民主主义，在这个阶段里，不但不消灭资本主义，还要鼓励资本主义的发展。当然，工人要当家做主，他们的地位和以前是完全不一样了，这一点，你要有所准备，要处理好劳资关系，要把眼光放远些。"

类似的观点，管文蔚对钱鸿义也说过，父亲也曾转达给荣毅仁听过，但没有像盛康年这般解释得清楚。他心里一下亮堂了，很感激地说："康年兄，你的知识真渊博，听你这么一说，我真正明白了共产党对民族工商业人士是真心实行'招携以礼，怀柔以德'。这是春秋战国时期，齐国人管仲对齐桓公的提议。老实说，我对这个道理一直是糊涂的，今天听了你的解释，才茅塞顿开。"

"哪里，哪里，荣先生过奖了。"盛康年谦虚地说，"其实，这些道理是很浅显的，可以说是常识。毛泽东有本著作《新民主主义论》，里面把这个道理讲得深入浅出，值得一读。你不妨抽空读读，我那里有一本，可以借给你。这是探本穷源之论。"

"好啊，说来惭愧，共产党的书，我一本都未读过。毛泽东的诗词，倒读过一首。就是抗战胜利那年，国共在重庆谈判时，有人抄给我的，是首《沁园春》，写得很有气势。国民党说，从这首词里，可看出毛泽东有帝王思想。"

"不错，这首词我也读过，确实气势澎湃，'俱往矣，数风流人物，还看今朝。'毛泽东这里面的数风流人物，是指饱经苦难的中华民族从此会挺起脊梁，奋发图强，超过历史上有作为的唐宗汉祖成吉思汗，是真正的英才，而非指毛泽东本人。国民党完全曲解了他的意思，穿凿附会，无稽之谈，今朝当然是指解放了的新中国。"盛康年有些激动地说，"荣先生，我们正逢其时啊！"

两人一见如故，越谈越投机，大有相见恨晚之感。荣毅仁还留了饭，由杨鉴清亲自下厨指点，烧了一桌荣家接待上宾的无锡风味的私房菜，盛康年赞口不绝，说这几道菜和家父开的红棉酒家的招牌菜相比，一点不逊色。荣毅仁还开了瓶三十年的威士忌，把酒清谈。饭局结束后，两人又继续倾谈。荣毅仁很难得地把心里话都掏了出来，盛康年也是侃侃而谈，谈自己的经历，谈父亲的许多故事，在荣家待了整整大半天。盛康年走后，荣毅仁很高兴地对杨鉴清说："这个'红色小开'是个正人君子，为人很坦荡豁达，真是与君一席谈，胜读十年书啊！"

"嗯，我从未见你和谁谈得这么起劲。以前跟孔令侃、袁葆康也没有这么深谈过。"杨鉴清笑着说。

"是的。盛康年是豪迈之人，他很有见解，叫人不胜佩服。"

从此以后，荣毅仁和盛康年成了好朋友，感于知音，心意相投，来往得非常密切。

这天，要去外滩的中国银行大楼四楼参加座谈会了，会议时间是下午两点，荣毅仁却早早地醒了，他心里有股莫名的紧张，也感到有些兴奋。一个上午，坐在书房里翻阅盛康年让人送来的《新民主主义论》这本书。盛康年给他送来的书中，并不仅此一本，而是有好几本，其中有一个小册子，录有刘少奇在天津的一个讲话，讲了中国资本主义不是太多，而是太少，所以要补课，补中国产业革命不发达、资本主义不成熟之课，这和盛康年来家里送请帖时提到的观点是相似的，但出自中共领导人之口，当然比盛康年说的话要权威多了。这让荣毅仁确信，共产党对工商业者的怀柔之策是党之大计，且有理论根据，是不容置疑的了。

他还特地去买了套厚厚英文版的马克思的《资本论》。正如盛康年所说，《新民主主义论》比较好懂。《资本论》他却读不太懂，断断续续读了几十页，懂得了一个道理，就是工厂的盈余，主要是剥削工人的剩余价值来的。他结合自己办厂的经验，拿茂一为例，算了一笔账，扣掉所有成本，所赚的钱，确是工人劳动所余，当然这里面厂主和职员的管理也是产生剩余价值的因素。《新民主主义论》他已看过几遍，今天重读，是想在点名要他发言时，可以引上几段。好不容易挨到下午，他选了一套深色的西服、一条花色朴素的领带，像平时去庄重的场合一样，穿戴得整整齐齐，一点左右，就乘车出发了。

正是江南的梅雨季节，细雨蒙蒙的。和畸形繁荣、红尘滚滚的旧上海相比，街道上的车辆和行人明显少了，又不紧不慢地下着绵绵无尽的雨。路上显得很空旷，可随处看到列队走过的解放军巡逻队，浑身上下都给雨淋湿了，但军容丝毫不受影响。

到了中国银行，他整了整衣服，便乘电梯到四楼。这家银行他曾来过多次，原中国银行行长宋汉章的儿子宋美扬是他的三姐夫，他跟父亲到这里找过宋汉章多次，自己单独也来过。可没想到有一天要在这里见共产党的大官。

到了会场，一个女军人非常有礼貌地请他到签到处签名，军管会工商处长林文轲打量了他一番，说："你就是荣毅仁？没想到你这么年轻。"

"敝人就是荣毅仁，不年轻了，三十出头了。"荣毅仁把请柬交给签名桌上的军人，笑着回答。

"三十出头，正是一生中最好的年龄。荣老板年轻有为啊！"这时一个中年人走过来说，伸出手来和荣毅仁握手，"欢迎你来开会！"

林文轲马上介绍："这是市军政委员会财经接管委员会许涤新副主任。"

"许副主任，谢谢，谢谢！"荣毅仁连忙说。他虽然对共产党已有了一定的了解，但真的面对共产党的高官，他还是显得有些拘谨和局促不安。

"请入席就座吧，不要拘束，陈毅市长、潘副市长他们马上就会到。"许涤新举起手，做了个"请"的手势。那位女军人又领着荣毅仁走向会场。

会场用条桌排成长方形，除两头是单排外，左右两端都排了好几排，桌上都铺着桌布，摆着茶水和糖果、花生瓜子。女军人手里拿着张名单，将他领到右端第一排就座。坐定后，荣毅仁四周张望了一下，发现在会场前几排落座的有好多熟人，有不少是上海有名的资本家，其中有盛康年的父亲盛丕华，上海纺织业巨子、永安纱厂的老板郭棣活，著名的女企业家汤蒂因，还有胡厥文、刘靖基、侯德榜、吴觉农、刘念智、黄延芳等。看得出来，他们和荣毅仁一样，端然静坐着，都表现得有些拘束，相互并不搭话，只是点点头，或干脆使个眼神。只有盛康年很轻松地在会场里走动着。

很快地，会场里已坐得满满的，但安静得声音不闻，恍如无人。寂静的背后，让人感觉到不少人绷紧着心弦。外面雨停了，淡淡的阳光，透过高大的窗户，洒了进来。荣毅仁还是第一次在这样肃静郑重的场合参加会议，他听到自己的心跳声，似乎在"咚咚"作响。

这时，盛康年从会场旁一个房间里走出来，用上海话清楚地说："诸位，陈毅市长、潘汉年副市长、曾山副市长、刘晓副市长等首长来了。"他的话音还没落下，几个穿着黄布军装的中年人从房间里缓步走进会场。为首的就是陈毅，他满面笑容地走上前来，盛康年介绍说："这位是陈毅市长。"又将潘汉年、曾山、刘晓等介绍给大家。大家起身鼓掌，掌声很响。荣毅仁盯着这位鼎鼎大名、让国民党闻风丧胆的战将，他惊异了。陈毅将军中等身材，体魄魁伟，双目大而炯炯有神，略有谢顶，这使他的额头显得很饱满。眼角的笑纹中透着一种特有的诙谐，甚至可说是俏皮。他的服装鞋袜和见到的解放军普通战士没有什么异样，根本不像国民党军官一身呢料美式军装那样威风凛凛、趾高气扬。然而，军装虽然简朴，但掩饰不住轩昂的气度和浓重的书卷气。

而紧跟其后的潘汉年，是共产党里长期主管隐蔽战线的传奇人物。在未见到他时，荣毅仁对他深感神秘，想象他的样子神色一定很特殊。而眼前的潘汉年并无神奇之处，看上去像温文尔雅的书生，金丝眼镜背后的目光是温和的、淡定的。若把军装换成西装或长衫，他活脱就是一个大学教授或者是个办报纸的报人。荣毅仁的感觉没有错，后来他知道，二十年代后期，潘汉年曾经是一位很活跃的左翼作家，加入过郭沫若、成仿吾创建的"创造社"，主编过《A11》《洪水》《幻州》等进步刊物。第一次国共合作时期，担任过《革命军日报》总编辑等职务。盛康年陪同着陈毅，一一将与会的资本家介绍给他。

"好，大家好，让你们冒雨来开会，各位辛苦了。"陈毅一面和大家握手，一面说道。

当他们来到荣毅仁身边，盛康年对陈毅说："这位是荣毅仁先生，他的父亲是荣德生，伯父是荣宗敬。"

"我知道，我知道，我年轻时，在家里吃过荣家的兵船牌面粉，好牌子啊！"陈毅握着荣毅仁的手说，"令尊和伯父是'面粉大王'、'纺织大王'嘛，名气响得很哪！那么，你荣毅仁就是王子喽，或者是前清的贝勒爷了！"说完，爽朗地大笑起来，也引得全场哄堂大笑。气氛也变得轻快起来。

"不敢当，不敢当！"荣毅仁也笑着回答，他原来绷紧的心弦顿时松弛下来。

"荣先生，你为共产党立了大功了，我要谢谢你啊！"陈毅故作正经地说。

荣毅仁一愣，不知陈毅说的话是什么意思，一时不知怎么回答好。

陈毅接着说："辽沈战役，国民党军队打败了，责怪你供应的面粉是霉的，吃了泻肚子，都成病秧子了，造成全军覆没，你的面粉好厉害喽！难怪蒋介石要和你算账了。"

"这是国民党栽赃，根本没有这回事。"荣毅仁说。

"这太荒唐了，这是标准的欲加之罪，何患无辞。"潘汉年在旁边插话说。

当潘汉年和荣毅仁握手时又说："我是宜兴人，咱们也算得上是半个同乡，老乡见老乡，两眼泪汪汪啊！"

"潘副市长，今后请多多帮助。"荣毅仁的情绪已完全放松了，他认真地说。

"我们是朋友嘛，互相帮助，你有什么为难之处，尽管和我说。"潘汉年说，并指了指身后的许涤新，"也可找他，他可是经济专家，你们的顶头上司。"

陈毅一行一圈兜下来，和大家说说笑笑，会场严肃无哗的气氛一扫而光。共产党高官的随和幽默的谈吐，恢弘的气度，感染了大家，使人感受到一种如沐春风的温煦，刚入会场的紧张的心都开始变得轻松、从容了。

陈毅坐下后，解开了自己的领扣，卷起袖管，开始讲话："刚才，我们都认识了，我知道各位接到请帖时，心里还在犯疑，这是不是鸿门宴啊！刚进会场时，各位也免不了有些拘谨，甚至有点怕，据说，汤蒂因女士的手提包里还带着牙膏牙刷和香皂，等着蹲班房呢，这大可不必，也是多余的。今天请大家来，一是向你们表示致敬，表示慰问。各位为振兴民族实业，推动经济作出了贡献，上海滩、苏州河两岸遍布你们办的厂。我知道，你们这些产业是来之不易的。以四大家族为代表的官僚资本阶层、帝国主义、日本侵略者对你们一次次盘剥、敲诈、破坏，其中之苦，你们每人都有一笔账。我们都是清楚的，就拿荣家来说，荣宗敬先生在抗战时，为拒绝日本人和汉奸的威胁利诱，避居香港，结果在香港一病不起；荣德生先生被绑票，破案后，被国民党军警敲诈去六十多万美金，而赎金是五十万美元。这叫什么？这叫变本加厉，雪上加霜，趁火打劫。荣毅仁先生呢，遭遇更荒谬绝伦了，国民党在东北被解放军打得一败涂地，却迁怒于荣先生，制造了一个'军粉霉变案'。我看荣老板到现在还心有余悸，惊魂未定。在座的有过这样遭遇的，不是一个两个，但还是挺过来了。你们中间不少人，为富有仁，有达则兼济天下的思想，铺路造桥、兴办学校、救济难民，做了不少利国利民的好事。许多人在汪伪时期，拒绝和日本侵略者和汪伪政府合作，保持了应有的民族气节，是值得敬佩的。我再次向你们表示慰问、致敬！"说着，带头鼓起掌来，那双神采奕奕的眸子顾盼着大家。这番话，让荣毅仁特别激动，堂堂共产党的将军和市长，居然能如数家珍般说出他的家庭情况，这使他欣喜若狂，带头鼓起掌来。

陈毅喝了口茶，等掌声停歇，又继续讲下去："刚才我说的是第一点，现在说第二点，就是要向各位交一下底。我知道你们最关心的，就是共产党今后对你们、对你们的工厂商店会怎么样？能不能继续把企业办下去，继续做生意赚钱？我在这里可以负责任地明确地告诉你们，不仅可以，而且国家会帮助你们、支持你们。我们推翻的是三座大山，那就是帝国主义、国民党反动派和官僚资本，民族工商业是受保护的、受鼓励的。民族资产阶级同样受到三座大山的欺压和束缚，饱受国民党反动派的横征暴敛，外侮内患，迭相打击，在人民民主革命中自觉不自觉地采取参加或中立的立场。共产党夺取政权，实现了归政权于民的空前大志，但这是革命的第一步，下一步，我们要实现新民主主义，完成孙中山先生没有做完的大事，建设一个富强、和平、繁荣的新中国。"

会场里又复归于静寂，陈毅的每句话都深深地说到大家的心坎上，引起大家强烈的共鸣，也为陈毅的仁厚而慈祥的风仪所折服。

"国民党反动统治和帝国主义侵略中国的历史已结束，新的伟大的建设已经启动。上海是中国最大的城市，也是民族工商业最发达的城市，党中央和毛主席对上海的振兴寄予厚望。我这个市长的担子不轻喽，你们的担子也不轻喽！你们要知道，当前面临的局面是严峻的，我们的工业基础总的来说，是非常薄弱的。帝国主义、国民党反动派不甘心失败，还妄想卷土重来，明里暗里搞破坏活动。他们军事上失败了，企图在经济上捣乱，大家可不能高枕无忧啊！"陈毅说到这里，站了起来，加重语气，"共产党在新民主主义革命时期的经济政策是发展生产，繁荣经济，公私兼顾，劳资两利。民族资产阶级是一支重要的力量，在一个相当长的时间里，都应当允许存在和发展。共产党说话是算数的，你们的厂要开下去，开足马力生产，有困难，有苦衷，我们会竭尽全力帮你们解决。上海需要你们，人民需要你们。经济建设的任务是非常繁重的，只有共同奋斗，包括在座各位的努力，才能取得成功。俗话说，投之以桃，报之以李，只要互相信任，只要在座各位拿出诚意和信心，共产党和人民会感佩你们的，决不会亏待大家。"

荣毅仁听陈毅市长讲到这里，心里受到了很大的安抚，他觉得以前对共产党的疑虑完全是多余的。其实父亲让钱鸿义去苏北时，管文蔚捎回来的口信已把共产党的政策说得很清楚了。按理，他不该心里发慌了，但不知为什么，他还是老放不下心，诚惶诚恐的。

盛康年的一番话，终于使他定下了心。不过，在见到陈市长，听他讲话之前，他对共产党还是陌生的，有着一层隔膜，甚至有点怯生生的感觉。但此时此刻，这种陌生感和隔膜、怯意已完全消失了。那些穿黄军装的人，原来距离自己很远的人，和自己已没有什么不融洽的地方，和自己的距离一下拉得很近了。

陈毅那亲切的神态，扣人心弦、句句在理的讲话，不仅让他信服，而且感动得精神陡增，心胸间有股热流在涌动，眼睛里闪耀着欣慰的光芒。他从此刻起，一切的顾忌都基本上抛到九霄云外了。

接下来，陈毅市长结束了他的讲话，并坦诚地说："我要说的话讲完了，你们有什么想说的，可以直言不讳地提出来，有话则长，无话则短。我今天唱的不是独角戏，各位也要唱两句嘛！"

盛丕华、胡厥文、汤蒂因等工商界人士先后发言，赞许人民解放军的严明纪律和共产党对工商业政策的英明，表示拥护共产党的领导，为上海的经济复兴出力。随后，一个又一个资本家站出来提出各种问题，大部分集中在如何解决生产原料匮乏、供电不足、产品销售等问题上，也有人提到资本家的洋房、汽车会不会保留？存款、金银首饰和外汇会不会硬是要兑换成共产党的新货币，就像蒋经国打老虎时期，黄金、外钞私人不能拥有，要限期换成金圆券一样？还有些资本家有几房太太的，很尴尬地提出，共产党实现一夫一妻制，那原来有小老婆会如何处置，除保留一个妻子外，其余的要不要休掉等等。

荣毅仁也发了言，他说："我赞成共产党只举一只手，举两只手就是投降。"

举座愕然。

陈毅笑了起来："说得不错嘛，只要赞成就好，投票时，赞成的就是举一只手啊！淮海战役时，几十万国民党俘虏都是举着两只手的嘛，我亲眼看的啊！这是投降，不是赞成嘛！"

陈毅的话引来哄堂大笑。

潘汉年代表陈毅市长一一回答了大家提出的疑问。他说："目前因为战争在全国范围内还没有完全结束，有些地方还未解放。国民党的军舰封锁了海上交通，有些城市虽解放了，但还有后遗症。各位遇到的困难，我们已注意到了，正在研究对策。这些困难是暂时的，一定会妥善地解决。大家既不要为目前的困境而悲观失望，当然也不必一味盲目地乐观。情势很快会好转，原料会有的，电会有的，请大家耐心坚持几天。至于工人不上班，工会组织会挨家挨户动员，工人弟兄的地位和解放前不一样了，他们会很快复工的。至于你们的生活，原来是什么样，现在、将来还是什么样，汽车照乘，洋房照住，存款、黄金等私有财产受到保护，总之不会改变你们的生活，包括原有的妻妾在内。这是旧社会遗留下来的问题，对这样的事，我们不过问、不干涉。但从解放之日起，再纳妾就不行了。"说到这里，潘汉年笑了起来，"一句话，你们要安下心来，条件具备的，不要再等了。工厂马上开工，商店马上开门纳客，和人民政府积极配合，恢复生产，繁荣市场。这对国家，对劳资双方来说，都是当前燃眉之急的头等大事。有人说，共产党在军事上得一百分，政治上八十分，经济上零分。说这话的人错了，如果说经济建设对我们是场考试，我可以有把握地说，我们会得满分。至少会得九十分以上，各位是经营老手，以后要请你们当老师，给我们上上课，请各位不吝赐教。"

潘汉年的话又引起一阵笑声。大家忍不住议论起来，开起了小会。

潘汉年看着荣毅仁，和气地说："荣先生，听说你读了毛主席的《新民主主义论》，还买了《资本论》，是吗？"

陈毅插话说："荣先生不简单哪，我可以坦率地告诉大家，我都没读过马克思的《资本论》。戎马倥偬，静不下心来，但政治经济学的书读过一些，是对《资本论》的通俗解释。今后我要抽空把《资本论》读一遍，许涤新副主任对《资本论》深有研究的。荣先生，读了这些经典著作，有何体会啊！"

"是盛康年先生介绍我看这些书的。《新民主主义论》我读了几遍，《资本论》我看不太懂，只读了几十页，我觉得太深奥了，但明白了一个道理，资本家办的工厂的盈利，是有工人创造的剩余价值在里面。也就是说，资本家是靠工人发家致富的。"荣毅仁说。

"能明白这一点就不错了。虽然，现在是新民主主义阶段，我们不会照马克思的主义去做，也不提倡大家去研究马克思的著作，但像荣先生这样有兴趣去读一读，这也是好事。特别是毛主席的著作和一些文件，大家不妨有所了解，这样的话，对共产党的认识就会更深了。能知其所以然了。"陈毅说，"俗话说，知己知彼，百战百胜，这是打仗的兵法，也是人与人相处的一个原则。只有相识才能相知，只有相知才能相互信任，你们说对不对？"

座谈会整整开了三个多小时，大家越说越投机，知无不言，言无不尽，到后来，干脆围住陈毅、潘汉年等，讨论起具体事宜来。有些事，如涉及到工商管理部门的负责人经办人的姓名、联络方式最好能提供一个单子，以便有事可找他们联系。陈毅当场拍板，立即叫人去办，很快就送来了刻钢板油印的一个名录，每人一份。最后散会时，大家仍意犹未尽。在分别时，陈毅一再说，一回生，两回熟，今后可常来常往，有什么事，可以随时找我们商量，没事也可见见面，谈谈心。

散会后，荣毅仁开车回到公司，一进门，就兴奋地对焦急等候着的经理、厂长们大声说："蛮好，蛮好！马上做准备，迅速复工！"但是，开工面临的最大问题就是资金不足。栈房里的原料还算充足，棉花和麦子可用上半月一月的，但栈单基本抛掉了，也就是说，原料用完后，没有栈单可补充了，需重新进货。最大的问题是头寸调转不过来，机器一转，工资和各项开销就需要支付了。可目前账上不是空了，就是所剩无几，左支右挪，实在调度不过来。荣毅仁想到向政府借资金。会议结束后，他犹豫了一下，挂通了潘汉年的电话，听说是荣毅仁，他马上客气地说："是荣先生，你找我有什么事吗？"

"我们的工厂准备立即复工，申新九厂的机器先动起来。我打算举行一个简单的开工仪式，我有一个不情之请。"荣毅仁鼓起勇气说。

"说吧，只要我能办到。"

"可能我有点冒昧，我想请市人民政府和军管委的首长拨冗参加我们的开工仪式，为我们鼓鼓士气。"

"可以啊，荣先生闻风而动，我们前来道贺是应该的。你把时间确定后，通知我就可以了。陈毅市长过两天要上北平，可能来不了了，但我一定来。"潘汉年在电话中一口答应。

"我还有点困难，要仰仗潘副市长匡助。"

"别这么说，你们的困难就是人民政府的困难。"

"我们上海的十几家的设备拆迁了三分之一，有好几爿厂基本上是完整的，特别是九厂，一个锭子都未动。但头寸，也就是资金给抽掉了。现在开工，万事可备，独缺的就是头寸，我不知道人民政府的银行还能不能押款？开工以后，有了产品，就有了偿还能力了。"荣毅仁说。

"原来是这件事。你看这样好不好？你明天到我办公室来，我请许涤新副主任和你商量这件事。你别着急，肯定是会有办法的。"潘汉年在电话中安慰说。

荣毅仁听了这话，心里很感动，潘汉年的态度是那么诚恳、实在，即使借不到款子，他也非常地感激了。解放前，他和国民党政府的高官没少打交道，不是颐指气使，便是敷衍了事，像宋子文那样，能帮点忙的，也带有利用的目的。像陈毅、潘汉年这样温文尔雅、真心实意的，他还真的没碰到过。吴稚晖对荣家几次出面鼎力相助，是出于乡谊和父辈的私交，已经是很罕见的了。

第二天上午，荣毅仁便来到人民政府潘汉年办公室，潘汉年叫来了许涤新，还有一个穿便衣戴眼镜、形容瘦削而精神弥满、和自己年龄相仿的书生。经介绍，荣毅仁知道他叫顾准，职务是华东军政委员会财政部副部长、上海市人民政府财政经济委员会副主任，军管会工商处长林文轲也在场。

潘汉年把荣毅仁的来意说了一遍，许涤新马上对顾准说："顾副主任，荣先生提出的问题，在上海工商界很普遍。和尚跑掉了，庙留了下来，但少了香火，要化点缘。你是铁算盘，又是财神菩萨，你看怎么办比较恰当？"

"经济是国之根基。据最新统计，上海共有二百四十余万枚纱锭，接收官僚资本，改为国营工厂的纱统占上海纱锭总数的百分之三十七点六，也就是说，一半都不到。私营棉纺厂虽然是资本主义性质的经济体，但比重很大，其他行业也基本如此。从国计民生出发，在相当长的时期里我们要促进私营企业的发展，而不是遏止他们的发展。我看荣先生的要求是合理的，我以为我们刚刚建立起来的人民银行可以放款给他们。而且，既然是一个普遍现象。就应该作为一条金融政策来扶持民族资本家。"顾准很冷静地说，"我们国有重工业尚未建立起来，民族工业无疑在经济体系中占很重要的地位。我们不能苛求他们又要马儿好，又要马儿不吃草。"

"顾副主任说得对，昨天座谈会上，陈毅市长也向民族工商业人士交了这个底，大家听了很振奋。荣先生找上门来，就是当我们是朋友了，不再见外了。"潘汉年说，"荣先生，你做得对，你是第一个来找我们的资本家。有事放在肚子里，这不好，说明对人民政府还有隔阂。解放了，天下是人民的了，不找我们找谁呢？我们不帮你们又去帮谁呢？荣先生，你说对不对？"

"对，对！我原来对共产党也心存顾忌，昨天我听了陈毅市长、潘副市长讲话，深感共产党以诚待人，实在让人铭感不尽。如蒙银行匡助，头寸有了着落，我荣家的工厂在半月内就能全部开工，这可是及时雨啊！"荣毅仁欣然说道，"我荣家企业有十余万劳工，大烟囱冒烟，小烟囱也会冒烟。"

"我可以告诉你，陈毅市长昨天说的共产党对工商业的方针，是毛主席制定的。毛主席说，公私兼顾，劳资两利，是为了发展生产，繁荣经济，在苏联没有，在东欧新民主国家没有，是我们独有的。"

"家父在无锡解放前，曾派人到苏北去实地观察联络，他相信眼见为实。管文蔚主任给家父带的口信，就是这个意思。江南大学的地下党给家父看了一个文件，也是这么说的，家父把这个文件譬喻为丹书铁券。"

"令尊说得好，这个方针对民族工商业来说，确实是丹书铁券。令尊身体可好？无锡的工厂怎样？"潘汉年问。

"家父身体还可以，脑筋还是很灵，申三和茂新一天都未停工过。但受解放前物价暴涨的影响，伤了元气，至今没有缓过来。上海更艰难了，所以，我不得不有求于人民政府了。"荣毅仁说。

"没有问题，荣先生，你让贵厂的会计负责人打一个贷款申请，并附上工厂的资产表，送到市财政经济管理委员会来。不，我让林处长上荣先生的公司去取吧。"顾准毫不迟疑地回答，又对林文轲说，"林处长，你和荣先生约好时间，主动上门服务，你是工商处长，要经常到下面厂里去。"

"是，我知道了。"林文轲一边记录一边答应说。

一周后，申九得到了两百万元的银行贷款，陈品三和吴士槐又惊又喜。开工那天，荣毅仁带了其他各厂的经理、厂长和九厂的职员、工人代表，举行了一个简短的仪式，潘汉年、许涤新、顾准、林文轲等参加了仪式。潘汉年拉响了汽笛，亢亮的、有力的汽笛声长长地响彻云霄，一群群鸽子扑翅而起。

紧接着，纱机的声响在各车间有节奏地鸣放起来，这声音，荣毅仁从小就听惯了的，可说是听着这声音长大的，但今天听上去让他感到特别亲切，具有激发人的精神的力量。潘汉年等在荣毅仁陪同下，到纺织车间参观了一遍。紧接着，荣家的其他纺织厂、面粉厂也都先后开了工。

但荣家各厂面临的局面是严峻的，解放前夕被抽走的资金达一千万美元以上，造成各厂资金的枯竭，可说是釜底抽薪。荣毅仁接收的是一个烂摊子，虽然人民银行拨了款，使停工的工厂能得以启动，但解放初，财政收入不多，各项支出骤增，而粥少僧多，一时抽不出更多的资金来给民族工商业贷款，上海各厂在一段时期内未从窘境中摆脱出来。这使荣毅仁心情十分焦虑，日夜奔走，想尽了办法，拆东墙补西墙。已进入夏季，他的情绪就像炽热的天气一样，火急火燎的，忙得舌敝唇焦。到了9月间，总算稍有转机。

这段时期，荣毅仁和盛康年走得很近。不久，盛康年的父亲到北京参加了一次工商会议。说一部二十四史杀伐相寻，都是为了争大位、揽大权，目中无民，以一己为家国，只有共产党廓然大公，为国为民，并提了好几条见解精到的倡议。例如，要有容人的雅量，即使以前有罪恶，但做过好事，愿意追随共产党的，可以给予改过自新、将功赎罪的机会。又如，要听得进不同意见，连封建帝王都设谏官、清流，人民政府更要让人讲话，全民失言和万马齐喑绝非民主社会该有的局面。这些意见引起了毛主席的重视，亲自任命他为上海市副市长。这在全国工商界，尤其是上海的工商界鼓荡起一阵强风，个个抚掌称善，认为毛公此举有古圣尊贤的襟怀。这也提升了盛康年的地位，上海工商界把他看作是有特殊背景的人物，上海的资本家都愿意和他结交，有什么想法都愿和他谈，希望通过他上达。

荣毅仁和盛康年很谈得来，他们对陈毅、潘汉年、许涤新等领导人由衷地感到钦佩和敬重。荣毅仁说，真没想到，共产党的高官会这样通情达理，这样有人情味，又是那么胸襟坦荡。以前虽没有想象他们是青面獠牙、杀人放火之徒，但至少应该是铁板着脸、不苟言笑、让人敬畏的一些人，不说有官威，至少很冷漠、很严肃，看来我是错了。还有，我原来以为共产党没有鸿儒，有的是大字不识几个的白丁，看来我又错了。陈毅是诗人，出口成章，潘汉年是作家，知识渊博。还有许涤新、顾准，都是难得的人才啊，我真服了他们了。盛康年说，据家父说，毛主席、周恩来、朱德、刘少奇这些共产党的领袖，都是仁而有为、德行高尚、文武双全的有大智慧的人，共产党里可是人才济济啊！荣毅仁又说，顾准此人，好像和其他人有点不一样，很持重，很有见地，才干亦不错。

顾准已兼任了上海财政局长，许涤新兼任工商局长。这两个职务，在上海这个工商业城市来说，是很重要的要职，而他们两人是当之无愧的。

说到顾准，盛康年话就多了，他说："你知道吗？顾准并没有上过大学，甚至连高中也没有上过。他在中华职业学校旧制商科初中毕业以后，就进入上海立信会计师事务所任练习生，时年仅十二岁。但他很刻苦，很钻研，十九岁就写成了一部会计学专著《银行会计》，后来就参加了共产党。是共产党内的财政专家。"

"难怪许涤新说他是铁算盘，是的，他几次和我谈话，提到银行那一套，他说得一套一套的。宋子文当财政部长时，都说不出那么多名堂。"荣毅仁说。

"许局长对我说过，顾准在经济学、历史学和数学三方面造诣很深。但也有人说他骄傲、刚愎自用，这是林文钶有一次对我说的。"

"共产党内部也会有斗争吗？国民党可是明争暗斗，山头林立，派系很多，互相狗咬狗，你死我活的。连宋子文、孔祥熙和蒋介石之间，照理是连襟郎舅关系，还不是互相拆台，手条子辣得很。共产党不至于会这样吧！"

"共产党当然不会像国民党那样内讧。但共产党为保持纯洁性，会开展整肃和整风运动。红军时期，抓过'AB团'和'第三党'；在延安时，开展过整风，作家丁玲和王实味受到了批判，王实味被处决掉了。据说，他写了篇反革命的文章，叫《野百合花》，还说他是托派。"盛康年放低声音说，"我以为这是共产党的自我净化，共产党也有内奸、叛徒、思想不纯的人，这是与我们无关的，况且是过去的事情了。"

荣毅仁是第一次听说共产党内部斗争的事，他有点惊异，但细细一想，这并不奇怪。共产党那么庞大的队伍，人员上难免品质不一，渗入一些不良分子不足为奇。但既然是共产党内部的事，他作为资本家多议论，是大为不宜的，是对共产党的冒犯。于是，面露峻色说："康年，今后共产党内部的事，我们还是少说为好。说错了会中伤共产党，愧对陈毅市长、潘汉年副市长对我们的信任和关照。"

"共产党有民族大义的观念，也有烛照全局的智慧，即便我们对他们内部的事有所议论，他们是不会计较的，更不会认为我们对他们大不敬。我父亲公开在会上说，要有纳谏的度量，毛主席不是欣然接受了吗？毅仁，你太胆小了，以后有话尽管说。陈市长、潘副市长都是很有雅量很有修养的人，他们愿意听我们说真话。"盛康年说。

荣毅仁点了点头，说："我当然愿意说真话，真人面前岂能说假话？再说，有话不说，就像骨鲠在喉，有多难受啊！但有些事，以我们资本家的身份，还是不能乱谈的。"

盛康年在家里和父亲盛丕华聊天时，提到了和荣毅仁的这次谈话。盛丕华在一个偶然的场合，向潘汉年说了这件事。

潘汉年微笑着说："我们党内从建党之始，就有斗争的，而且很残酷。不要说荣先生这样刚刚对共产党有初步认识的资本家不能理解，就是像盛副市长、康年先生也未免会理解。共产党也会犯错误，共产党也是人嘛，但共产党人无私无畏，敢于自己纠正，自我更新。我们党内斗争的一些事，如列数出来，足以会让你们惊倒。

荣先生说得对，你们还是不参与为好，以后党内发生什么事，听到什么传言，你们也不要感到奇怪。"

"我知道，贵党内部的争端，我们是不便参与的，我们是局外人嘛。但我看上自毛公、周公、刘公等贵党领袖，下至一市一地区的负责干部，均肝胆如雪，公忠体国，决不会像国民党那样，各怀私愿，待人虚伪，顺我者昌，逆我者亡，昨日知交，今日仇敌！"盛丕华感慨地说。

"盛副市长说得对，毛主席和恩来、少奇等同志，都是久经考验的革命领袖，他们有海纳百川的胸怀，以国家的强盛和百姓的幸福而萦怀。不管党内有什么歧见，发生什么事，对民主人士的政策，对民族工商业人士的政策，以及组成广泛的统一战线的政策是不会改变的。这一点，盛老是亲耳聆听到毛主席教诲的，并亲身体验到我党的诚意的。"潘汉年说，"这不需我多说了。"

"对毛主席和贵党的诚意，我是心悦诚服的。春秋战国时，有句话'国士待之，国士报之'，共产党对宋庆龄、李济深、何香凝、沈钧儒、柳亚子、郭沫若等诸位先生，包括马叙伦、雷洁琼和我本人，都以国士之礼待之，我盛丕华何德何才？受如此厚爱，当以国士之忠义回报。"

"盛老的心迹早为天下人所明了，共产党不会忘记解放战争中帮助过我党，并在新民主主义革命和建设全力投入的民主党派人士和工商界人士的。"潘汉年本来还想提一下党内斗争，要他们身在局外，心在局中，也要适当予以关心。长期的政治经验使他颇有警悟，党内斗争不会停止的。现在的心都集中在解放全中国、建设新中国这上面，一旦大局已定，说不一定会开展什么运动，这需要给他们打打预防针。但又转念一想，说这样的话，为时还早。于是，到了嘴边的话，又咽了下去。

但潘汉年的预料是对的，此后一两年，"三反"、"五反"等运动便大张旗鼓地开展了，而且民族资本家不是局外人，而是完全的局内人了。接着是"土改"、"镇反"。1954年，党内发生了"高饶事件"，又隔了不久，潘汉年自己也中箭落马了。这是所有人，包括荣毅仁、盛丕华、盛康年父子，也许包括潘汉年自己都未预料到的。再以后，运动接踵而来，势如暴风骤雨。荣毅仁身历其境，脱不了干系，而他在一次次考验中得到成熟，他始终对共产党不离不弃，从党的同道者成为一个共产党人。

在潘汉年出事之前的相当一段时期里，潘汉年和上海工商界人士保持了融洽的关系。一天，潘汉年要盛康年出面请荣毅仁、刘靖基聚会一次，盛丕华也应邀参加。没有什么重要的事情，主要是在比较轻松自在的气氛中，聊聊天，谈谈心，用一种新的方式，也就是家庭式的聚会的方式，增进双方的了解和情谊。

盛康年把地点选在他岳父周纯卿家里，那是坐落在静安寺的一座豪华的花园洋房。花园很大，草木森森，一个波光粼粼的池塘，一片网球场。周家是上海有名的豪富，周纯卿的汽车牌照是上海第一号，在马路上开过，行人都会说，看那牌照，那是周家的汽车。

荣毅仁和刘靖基提前十多分钟到了，站在房前的廊檐下等候。盛丕华、盛康年到大门口迎接。潘汉年准时到了。在客厅里坐下后，潘汉年便对盛康年说："尊府环境很安静，可惜我不会打网球，否则，我要和荣先生打上几盘了。"

荣毅仁问："潘副市长怎么知道我会打网球？"

"你是圣约翰大学毕业的嘛，圣约翰的学生都爱好体育运动，划船、棒球、网球、足球、篮球都是你们的强项，我没说错吧？"潘汉年用小汤匙熟练地在咖啡杯里搅动说，"你们要抽烟的尽管抽，荣先生说，大烟囱冒了，小烟囱才能冒，你们可以冒了！"

大家笑了起来，潘汉年的一句笑话，使得客厅里的气氛顿时变得轻松起来。盛康年立即点燃起他爱抽的古巴雪茄。跟随潘汉年前来的市交际处副处长梅达君，市公安局副局长扬帆以及文艺界人士周而复、于伶也都抽起烟来。

"我在大学时，的确经常打棒球和网球，可毕业后到了厂里就难得打了。家父在无锡的梅园也有一个网球场，但这几年，大家都没有心思打，快变成野草场了。"荣毅仁告诉潘汉年说，"潘市长回家乡宜兴时，路过无锡，请到梅园、锦园一游。"

"那当然了，到了无锡，首先要拜访荣老先生，问候他老人家好。可惜没有这样的机会。"潘汉年端起咖啡杯，喝了口咖啡说，"我有二十多年没有回宜兴陆平村了，我除了1927年大革命失败后，两次回家逗留过数日外，再也没有回去了。唉，一晃二十多年了。"脸上随之露出怅惘的表情，轻轻吟诵起来，"少小离家老大回，乡音无改鬓毛衰。儿童相见不相识，笑问客从何处来。"

"潘副市长老家还有些什么人呢？"盛康年问。

"上有年逾花甲的老母，还有兄弟姐妹。我惭愧啊，时至今日，未能恪尽人子之责。我几次写信给母亲让她来上海，但她在乡下过惯了，又舍不得我几个还在务农的弟妹。忠孝难以两全啊！"潘汉年有些难过地说，眼眶都有点湿润了。

荣毅仁听了，心里被什么东西触动了一下，眼前的这个人不再是共产党高官了，而是一个有儿女情长、有哀怒喜乐的普通人。而且，他从潘汉年的话中听出，他的弟妹还在种田务农，过着贫困的日子，这简直让荣毅仁以为自己的耳朵听错了。一个地位那么高的人物，用不着费什么劲，就能使他的弟妹们改变处境。国民党的高官，裙带风盛行，正所谓一人得道，鸡犬升天。这让荣毅仁想起来就无法心平。

说是没有重要的事，潘汉年还是有心的，主要的是在漫谈中加深感情，听取工商界的意见，关注工商界的动静，就一些具体的事进行解释。这一切都是在不经意中进行的，没有一点故作姿态，没有一点僵化的教化。大家漫无边际地东扯西拉，当然少不了笑声和感叹，潘汉年的神色始终是那么温顺、体贴、谦和，充满含而不露的力量，荣毅仁以后总是用性情中人和谦谦君子评价潘汉年。荣毅仁这个评价是很恰当的，没有更好的词可以用来概括潘汉年的侠骨柔情和共产党人高度的修养。

在饭桌上，潘汉年很自然地回到了正题。他问了荣毅仁解放前几摊子的情况。荣毅仁毫不隐瞒地讲了实情。他表示，他们都走了，带走了大部分资金和部分机器，荣家的企业散了架，变得七零八落。"家父要我主持局面，我虽力不从心，但责无旁贷。蜀中无大将，廖化当先锋啊！"荣毅仁谦虚地说。

"不，荣先生，你是一员真正的大将，连陈毅市长都称赞你有大将风度，申九第一个开工，就等于第一个攻下一个很重要的阵地。这可是陈市长的原话。"潘汉年说，"我有一个建议供令尊和你参考，那就是将荣家的企业，不管原来谁管的，统统集中起来，成立一个总管理处，由荣先生任总经理，统筹全局。风正一帆悬，荣先生，你大胆干吧，好不好？"

"家父也有这个意思。既然潘副市长说了话，我就这么办。"

"这不是命令，而是你们家庭内部的事，我只是建议，最终由荣老先生和你定。当然，可能还要征求一下已出去的几位兄长的态度。"

"这倒不必，他们已全权委托我管理国内的企业了。"

"那就好办了，你做到这样，已不负他们重托了。方便的话，可带个口信，欢迎他们重返祖国定居，继续做他们的事业，金窝银窝不如家里的草窝好啊！也可以回来看看，我保证他们来去自由。"

"我一定转告他们。"

接着，潘汉年又建议上海工商界考虑有个统一组织，他说："旧中国工商界都有什么商会、同业公会，荣先生伯父就是上海纺织公会的主任委员嘛。有了一个组织，有事可集中商量，相互之间，也可互济互助，也方便与政府联络。"

荣毅仁和盛康年一致赞同，其实他们早有此念，就是觉得太唐突，怕引起不必要的误会，弄不好，惹出麻烦来。现在潘汉年提出来了，正中他们下怀。

这次聚会后，荣毅仁征得荣德生同意，组建了申新、茂新、福新总管理处，他就任总经理，到上海工商局正式注册登记。抗战胜利后，荣德生、荣尔仁孜孜以求，希望能将荣家的企业统一起来，都未成功。这次在时代的变动中，荣家才实现了真正的大一统。不久，上海市工商联筹委会正式成立，盛丕华为筹委会主任，荣毅仁等当选为筹委会副主任。

虽然工厂的盈利还不尽如人意，但荣毅仁的心胸中感到一种前所未有的充实和劲道。他不再为工厂的困境焦急烦忧，万般无奈，他觉得一切都是暂时的，一切会好起来的。就像一个人得了重病，虽有良药，也有慢慢康复的过程。他觉得能看到几年内、十几年内乃至更长时间的前程，那是一片光明。这个时期，他晚饭后，常和杨鉴清出去散步。树影婆娑的街道上，响着知了的叫声，仍飘散着埃及香烟、法国香水、新出炉面包和新出锅的生煎馒头混合的香味。

有时，潘汉年吃过晚饭，就逛到荣毅仁家，朋友式地聊起来，而杨鉴清和潘汉年夫人董慧也成了好朋友。温惠的董慧是香港道亨银行董事长的千金小姐，在锦衣玉食中长大，但却抛弃了舒适的生活，背叛了自己的家庭，早年就投身革命，赴延安接受过洗礼。她陪伴丈夫过着危险四伏的动荡生涯，身上有着东方式的秀美和淑静，和潘汉年可说是绝配。杨鉴清和董慧也有讲不完的话题，甚至是悄悄话。有时，盛康年的夫人周素琼也参加进来。大家坐在花园的草坪上，星光点点，蝉鸣如潮，董慧为她们说着在延安的趣事。她和潘汉年做地下工作时的经历，惊心动魄的事在她嘴里说出来显得如此淡然。杨鉴清和周素琼紧张得气都透不过来，她却说："没什么，干我们这一行的，早就把生死置之度外了。"杨鉴清说："我多常念道，'贤者不唯其身，而忧其国。'你们共产党就是贤者吧。"董慧一笑，说："大概是吧，可我算不了什么，只是帮着老潘做做跑腿的事。夫唱妇随嘛。"三人都笑了起来。

这个夏天和初秋，她们沉浸在解放初那种无拘无束的温和和清新的空气里，心情特别地好。

## 九　满园春色关不住

入夏以来，饱经沧桑的荣德生心情很舒畅，内心从未像现在这样放松过、安定过，他用"满园春色关不住"来譬喻自己的心情。

因为战乱和动荡终于结束了，就像经过长长的跋山涉水的艰难旅程以后，终于在一间宁静、温暖的小屋里歇下了脚。虽然一个家散掉了，儿女出走了不少，但他理解他们，他们不过是想多走一段路而已，看看前面一站是什么景色，所以他存有希望，他们很快会折回来的。他相信这是迟早的事。

梅园他很少去住了，大部分的时间都住在城中李国伟的宅内，由夫人程慧云照料他。他住在城中的原因，主要是社会活动多，要频频参加各种会议，而且来访的客人也多，住在梅园显然不方便。原来他在无锡有几辆小汽车，但以前就很少乘坐，反倒是儿子女婿回来乘得多，有一辆最新的福特车用来接送在江南大学任教的教授。解放后，他干脆将车子停在申三的车库里。他来去乘的是包车。李国伟这幢房子离申三、茂新近，他可以随时到厂里去看看；厂里有事，也可以很快找到他，不至于路途远而耽误了事情。

在荣家所有的工厂中，他对申三、茂一的感情最深，因为他本人及几个儿子在它们身上倾注的心血最多。荣伊仁在申三的办公室，荣纪仁在茂一的办公室，他都原封不动地保留着，桌椅、书架、橱柜都是原物。墙上的挂钟也没有再上发条，里面的时间还停留在解放前他们去世后的几天里。荣德生关照，不要去动它们了，让它们留在过去吧。

每次到厂里去，他总要在公务楼两间办公室的办公桌前的椅子上坐一会。桌上、沙发上、柜子上一尘不染，工友按他的吩咐，每天都要来打扫一遍。每次坐在那里，他的眼睛落在那不走的挂钟上，心里就会泛起一阵酸痛，眼睛就潮湿了，他仿佛在那停滞的指针上看见了两个儿子年轻的脸。离开办公室时，他会把门轻轻地拉上，抚摸一下门把手，再在门口停留一会，嘴里咕哝一句，我走了，再会。

这座城市的易手过程，顺利得出奇。由于工人自卫队和商界自卫队的保护，全市的工厂、店铺都完好无损地得到了保全，申三、茂新、天元、开源一天都未停工过。市民和上夜班的工人，仅过了一夜，就发现城市已改天换地了。这么平静，多少让人感到有些意外，也带来了一股雀跃的欣喜。荣德生第一眼看到解放军就感觉和国民党军队不一样，身上有一种特别的东西。他纳闷了，这些看上去有点土气的兵哪些地方特别呢？后来，他明白了，他们身上有股凛然的正气，而国民党军队有的是兵痞气。

这天上午，荣德生的兴致很高，执意要和薛明剑一起到申三、茂新去转一圈。他们是步行去的，老远就听到熟悉的纱机声，一听这声音，荣德生心里就发热。走到厂门口，见站着许多扛着老式步枪的工人，他们的臂膀上都套着"工人自卫团"的袖章。见到荣德生和薛明剑，都热情地围上来打招呼，荣德生连声向他们道谢。他热切地、久久地望着这些工人，仿佛是初次见到这些工人。他发自内心地感激他们。他看到了自己付出沉重代价创办的厂，在这些面貌黝黑、手脚粗壮的工友手里得到了妥善保护。他真正体会到工人除了做工之外所具备的其他力量。这力量是那么强大，让他不得不刮目相看。他曾亲耳听国民党城防指挥部蔡司令说过："准备守城三月，要全城出钱出力，患难与共；否则国军撤退时，将组织四个破坏队，将全城化为一片焦土。"而这些工友不惜用自己的性命保卫了工厂，没有让国民党的破坏得逞，他觉得这些工人实在是很了不起。

在去车间的路上，荣德生悄悄问薛明剑，他们手里的枪哪儿来的？薛明剑说："你忘了，我兼任玉祁自治实验乡的乡长，这枪是我乡里调来的。"荣德生点点头说："是的，听你说起过。你女儿是共产党，你说你一直蒙在鼓里。你跟我说实话，你薛明剑是不是共产党？"薛明剑说："我不瞒你，我不是，我还没有资格。但共产党地下党无锡负责人半年前就找到我了，向我说明了共产党对工商业的政策。至于禹谷是共产党，我也是刚刚才知道，她亲口告诉我的，当时，我还真吓了一跳。她还告诉我申三、茂新有哪些人是地下党，其中有吴一帆、杨紫竹、陆晓波等。这些人，她也是地下党党员开会迎解放才认识的。"荣德生指着工人自卫团的工人职员说："不知道这里面有多少是共产党，江南大学和其他几所学校里有多少人是共产党。"薛明剑说："我估计不会少，不久，我们都会知道了。解放了，他们不必再将身份隐蔽了。"

第二天，他就接到市军管通知，到公花园同庚厅开会。同庚厅旁边是一个人工开凿的小湖，碧绿碧绿的。湖畔有一座很大的类似苏州狮子林的假山，假山上有一座小小的砖砌的塔，是实心的，人爬不上去，但却是这座公园的标志性建筑。同庚厅旁有座小桥，军管会的主任管文蔚、副主任包厚昌等迎了上来，钱圣清对他们说："这位就是荣德生老先生。"然后又将管文蔚、包厚昌介绍给荣厚生，"德公，这位是解放军的首长管文蔚和包厚昌同志，我在苏北，就是管主任接待我，并让我传话给你的。"

"荣老先生，久闻大名，如雷贯耳啊，今天很高兴见到你。"管文蔚紧握着荣德生的手，笑着说，"你的爱国行动，对无锡的解放和平稳起了举足轻重的作用，我向你敬礼！"说着，举手向荣德生敬了个军礼。

"不敢当！不敢当！我不迁厂不离乡是理所当然的，我一生不抢不偷不诈，只是好办实业，何以要夹着尾巴离乡背井呢？何况，管主任已托言给我，我早已瞎子吃馄饨，心里有数目了。"荣德生拱手还礼，"解放军挥师南下，气势如虹，无锡得以解放，从此摆脱苦海。这是无锡人民大幸，也是工商业人士大幸。"

"荣老先生一生致力于实业声闻遐迩，又热衷公益，积极行善，精神可嘉，不愧为工商界的楷模。"管文蔚说，"我对钱圣清早就说过，共产党在进城后，对工商业采取大力支持的政策。厂不但要办下去，而且要更上一层楼，把厂办得更好，劳资两利，繁荣市场，这可是民本之所在啊！"说着，指着包厚昌继续说，"包副主任是你们无锡人，打游击出身，是位久经沙场的老将。可我们这些人打仗行，抓工商业就缺乏经验，还得从头学起，今后还要向荣老多请教。"

包厚昌用无锡话说："我是农民出身，一钉耙八个洞，种田不怕，后来打游击闹革命，冲冲杀杀，懂得了打仗的一点门道。可进了城，要重新学生意了。"

钱圣清说："办厂做生意，讲究公平交易。有人说，无商不奸，这不对，一篙子打翻一船人了。其实，真正的商人是戒欺的，戒欺的意思，就是老小无欺，诚实经商。德公说过，离社会而独自饱暖者，必行其千家之怨啊！共产党忧天下人之忧，凭这一条，领导工商业，必得真道！"

"奸商是有的，孔祥熙、宋子文、蒋介石就是最大的奸商，强迫老百姓用真金白银换什么金圆券这样的废纸。这样的生意，古今中外都找不到的，其奸无比了！"荣德生又想起了解放前夜的那些令他寒心而又气愤的事。

后来他们在同庚厅前面临湖的广场上座谈，管文蔚、包厚昌等讲了话，重申了对工商业的政策，赞扬了无锡爱国商人在迎接解放过程中护厂护市的举措，特别提到了荣德生坐黄包车在无锡城兜圈子的事。管文蔚说，虽然只是兜上那么一圈，但却产生了显而易见的安定人心的作用。这是非常了不得的，荣德生老先生，太感谢你了。你在众目睽睽下亮一亮相，谣言就不攻自破了，就像一艘摇晃得很厉害的船，你和钱鸿义先生、薛明剑先生是三块压舱石，船硬是给镇得平静下来。

无锡的工商界人士也都相继发表了热情的讲话。荣德生也讲了几句，刚才和管文蔚说的话他不再重复，而是说了一个体会，就是共产党坐了江山，世道从此太平了。作为商人，他太期待太平了，他体会到太长的乱世何等艰辛，战火、逃难、绑票、敲诈，他都经历过，那是不堪回首的。但他至少还不穷，普通的老百姓受的罪更多了，吃了上顿没下顿，一麻袋的纸币只能买一盒洋火，这日子想想都可怕。所以老话说，宁为太平犬，不为乱世人啊！

这次会议以后，隔了三四天，吴一帆、陆晓波、紫竹、薛禹谷等人到他家里来看望他。吴一帆和陆晓波换上了蓝卡其布的服装，紫竹和薛禹谷穿着列宁装，就像随部队南下的那些干部的打扮一样，这让荣德生感到很陌生。仅仅几天工夫，好像都换了一个人似的。不单衣服变了，而且人的精神状态整个变了。尤其是吴一帆，在荣德生印象中，他是外国铜匠杨炳奎的女婿，是个本分的文静的老实人，在人面前甚至有些怯生生的，从不对人粗声粗气，话也不多，只管默默地认真地做事，这么一个安分守己的人，居然是共产党地下党员，而且还是个头。陆晓波和那个害羞的、在公开场合一说话脸上就会绯红的小女孩紫竹，也居然都是地下党员。荣德生吃惊之余，一直为此而感到困惑。但有一点不能不让他信服，共产党太厉害了。现在他们就坐在自己的客厅里，吴一帆脸上的笑容是自信的，那种怯生生的样子没有了。荣德生发现他口才不错，他告诉荣德生，中共无锡市委派工作组不日内到申三、茂一驻扎。他任副组长，陆晓波是组员，这个工作组不干涉经理、厂长的日常管理，只协助恢复和发展生产。

"荣老先生，你是知道的，解放前一两年，物价暴涨，投机成风，棉纱和面粉也成为市场投机物资。申三和茂新也不得不抛出栈单预收货款来维持生产，还有一部分资金流出去了。空抛出的栈单数额是巨大的，我是会计科长，这笔账我最清楚。从目前的状况来看，申三、茂新是没有足够的能力来偿付的。"吴一帆心平气和地说，"工作组就是来想办法的，重点争取政府的扶助，包括申请银行贷款和国营公司的加工订单。总之，开工务求其足，三班倒转，不能停下来。荣老先生，工作组之责就是这些，厂里的大小事情还是经理、厂长说了算。请你老放心。"其实，工作组还有一项任务，就是建立工会，发展党团组织，但吴一帆觉得这一次还不宜谈这些事，所以他回避了。

吴一帆说的情况都是事实，荣德生心中一清二楚，经理、厂长也早已向他亮了底牌。解放前的几年中，市面和物价的狂乱给申新和茂新带来的压力已不堪承受，解放时，申三、茂新的机器设备给他强行留下来了，但资金还是转移了一部分，当然，比上海要好一些。上海的申二、申五、申九，资金几乎是席卷一空，伤了很大的元气，完全凭借四儿毅仁在勉力调度，苦苦地维持着，但局面的困厄，是相当严重的。不过，据四儿说，政府已伸出援手，助企业渡过难关，现已有所起色。荣德生听后，是很有感触的，他想说的是，四儿毅仁太不容易了，共产党新政权的举止实在是雪中送炭。

但无锡的几家厂正如吴一帆所说，情形很不妙，他心里也有些发愁，甚至还有些隐隐发慌。即使吴一帆不提这些事，他也要和钱鸿义、钱圣清一起找军管会管文蔚、包厚昌等求助。有了上海的例子，他相信无锡方面共产党也会拉他一把的。但他没有想到的是，在他还未找上门去，军管会已注意到他的难处，主动派人上门来了，而且要派人到厂里具体相帮。这对荣德生来说，是求之不得的好事。

"吴先生，你是厂里的老熟人了，厂里的处境，你所言极是。如没有切实的对策，确实已难以为继了。军管委能在这样的关头为我做主，并派专人到厂里坐镇指点，这对我说，好比大旱之天，盼来云雨一样，我欢迎之至。吴先生，你既是厂里的同仁，又有新的身份，我一切拜托了。有什么筹划，尽快按你们的意思去布置。"荣德生痛快地说。

"不，荣老先生，董事会的决议，经理厂长的管理，我们不会去干涉，更不会取而代之。要办什么事，也会和厂方商议，重要的，要征得你老同意。工作组里有银行的人，有军管会工商处的人，有财政局的人，他们都是受命于军管会帮助厂里跨过难关的。"吴一帆从容地说，"荣老有什么想法，什么昐咐，可打电话给我们，要面谈什么事，我和晓波也会马上来你这里。当然，你要上厂里亲自处理厂务，那更好了，我们有什么随时可和你商议了。"

"荣老伯，我对申新三厂，对茂一是很有感情的。因为，我正是在这里，达到了我人生中的新境界，我认识了紫竹，和她结为了夫妇。更重要的是，我在厂里参加了共产党组织，我很感激纪仁把我带来，也感激荣老伯给了我参与实业的机会。伊仁先生、毅仁先生和你老人家从没把我当外人看待，一直很器重我。尤其是纪仁，他可是我和紫竹的恩人，可惜纪仁他就这么去了。"

说到这里，陆晓波说不下去了。纪仁的死，是他最感痛苦的事，一提到他，他就不能自恃，要不是紫竹，他当时会离开茂一这块伤心地的。

紫竹抬起清澈的眼睛看了陆晓波一眼说："晓波，别说了，老先生会伤心的。"

她到荣宅后，一直温文贤静地坐着，宛如一片宁静的秋水。她很少说话，她只告诉荣德生，她要去江南大学读书，继续读纺织。其实，她去江大，是组织安排她去当团支书。与其说她是去读书的，还不如说她是去工作的。

快人快语的薛禹谷也很少说话，她知道和这位老人见面的时间不多了。她已接到通知，要调离无锡，到杭州从事自然科学研究工作。为何会去杭州，这当然是和她在浙江大学毕业有关。组织上对她说，新中国成立后，我们需要自己的科学家。对于离开无锡，离开江大，她有点依依不舍。看着荣德生苍老的面容，她除了怀有一向的敬重之情外，还有点怜悯他。那么轰轰烈烈的一番事业，那么一个子孙绕膝的大家族，现在变的冷清多了。儿子死了三个，他倚重的荣尔仁去了香港，六子研仁去了美国，女儿女婿也多半走了。四儿毅仁和七儿鸿仁虽然留了下来，但他们在上海太忙了，肩上的担子太繁重了，不可能长时间陪伴日益衰老的父亲和母亲。孤单是肯定的，但好在荣德生心情很好，甚至可说充满豪情，他完全没有了那种压得他窒息得透不过气来的沉重感了，经过内战时的混乱，经过解放前夕去与留的彷徨，好不容易在新鲜的红旗下心情舒展了，没有什么比和平更珍贵的了，已进入老境的荣德生对解放初的一切都抱着真切的好感。

分别时，荣德生突然提到，工作组进厂后，公务楼不够用，把伊仁和纪仁的写字间腾出来吧。"还有我的房间，也可腾出来。他们俩是用不着了，我也用得很少了，也许，过不了多时，也用不着了。"说这话的时候，他的口气里有点伤感。

"不，不需要。我们在一个库房里办公，地方够了。"吴一帆坚决地说。

"让它们留着吧，不能去动它们。"陆晓波说。

"对，荣老先生，这么大的厂，哪儿不能去，干吗要挤掉他们和你的写字间，这是绝对不行的。我反对。"紫竹声音很大，她很少用这样的声音讲话。

薛禹谷动情地看着厂里这几个人，她看清楚了，他们在这件事上表现出了一致的执拗，体现了对荣德生的体谅。她早就听父亲说，荣德生曾固执地保留纪仁和伊仁的写字间，连墙上的挂钟的时间都不允许动。睹物思人，这是一个老人对早逝的儿子的思念。荣德生为了工厂、为了配合工作组，却情愿让出他生命一部分的两间房，而吴一帆他们坚决不忍去伤害老人那又怜又爱的情。她心里陡觉难过，一代巨贾荣耀背后，有那么多伤心事，她心里一酸，眼泪快出来了，赶紧垂下头来。

工作组如期进厂了，紫竹成了江南大学的一名学生，薛禹谷去了杭州。薛明剑与国民党立法委员肖觉天、葛敬恩、孙翔风等五十三人联名发表宣言，与国民党反动派彻底断绝关系，诚心诚意接受中国共产党领导。此通电由薛明剑起草，通过邵力子转请周恩来过目后，发表于全国和海外的一些报刊，影响广泛。可笑的是，首脑机关和要员已退缩台湾，只剩下一些残余势力的国民党政权还装模作样宣布对薛明剑等人撤职和通缉。

申三和茂一很快得到了人民银行的贷款和原料的提供，国营的花纱布公司几乎包销了棉制品，面粉更是抢手。申新三厂和茂一、茂二及天元、开源等厂很快起死回生，步入了正常开工的轨道。厂里的大烟囱日夜冒着浓烟，家家户户的小烟囱的烟火气也越来越浓烈，汽笛一日三次响彻不大的无锡城，在城市上空久久回荡。

气候很快进入了初夏，不热不冷，阳光有点火辣了，但吹来的风是柔软温煦的。荣德生背部生了一个小疖，他开始不当回事，没去看医生。不料越长越大，凭他的医学知识，是民间俗称的"搭手"，实则是一种痈疽，不可忽视，这才进行中西医医治，又是外敷药膏，又是服煎药，经三月后结痂，体质明显下降了。但荣德生还每天略事过问几家厂的情况，经理厂长几乎每天和他打电话，吴一帆、陆晓波也常来。后来陆晓波不来了，他调到国营的望亭发电厂当副厂长去了。临走前和紫竹一起来荣宅辞行，拎来了一篓大浮山的杨梅。荣德生送了紫竹一支派克金笔，紫竹执意不肯收，说太贵重了。荣德生说，是纪仁生前用过的，是他最喜欢的一支笔，你留个纪念吧。紫竹听了后，不再推辞了，收了下来。

农历七月初四是荣德生的生日，阳历是8月里的大伏天，天气大热了，稍一动就大汗淋漓了。但梅园还算凉快，梅园满眼的绿色也挡住了一点夏日的强光。荣德生子女中未离大陆的荣毅仁和夫人杨鉴清带了五个孩子智和、智平、智健、智元、智婉，七子荣鸿仁夫妇和六女荣漱仁、婿杨通谊，八女荣毅珍、婿胡汝禧也都带了孩子为荣德生过七十六岁生日。这是荣德生在解放后的第一个生日，按荣毅仁的意思，略为办得隆重些，但荣德生不让，说工厂处境不怎么好，过分铺张不妥，吃碗寿面就可以了。所以生日仪式很简单，没有大事声张，亦没有邀请宾客。诵豳堂屏风中间挂着一个朱砂写的寿字，长条案前的八仙桌上点燃着红蜡烛，荣德生和夫人程慧云端坐在太师椅上，接受小辈跪拜行礼。

荣毅仁的儿子荣智健还不满十岁，在上海中西小学读四年级。中西小学是上海著名的女子学校中西女中的附属小学。中西女中前身为中西私塾，创办于1892年，由美国牧师林乐如发起，美国南方妇女监理会女传教士海淑德创办，并自任校长。宋氏三姐妹即宋霭龄、宋庆龄、宋美龄就曾就读过此校。中西女塾创办数十年后，在1930年将江苏路的分校改为中西女中，原校就成了附属小学，男女都招，学制十年，主要招收富家子女入学。1946年秋，在抗战胜利后一年，荣毅仁就将荣智健送进了中西小学读书。

杨鉴清还有些不太放心，说："孩子太小了，只有五岁，是不是再等一两年？"

"我四岁就发蒙读书了，五岁不小了，不能再等了。"荣毅仁说。

"你读书是在家里，老师是上门来教书的。可智健要到一个完全陌生的环境里读书，他适应得了吗？"杨鉴清说。

"在学校里比家里好，我知道，中西小学的校风不错，对他的成长有好处。"

"是的，孩子早点读书好，有利于开发智力。我上学很晚，开口说话也晚，家里人还以为我又笨又哑，叫我二木头。"当时和他们住在一起的荣德生说，又爱抚地摸着荣智健的头，"读书要吃得了苦，三更灯火五更鸡，非下苦功夫不可。你一定要记住爷爷的话，否则，你也成阿木林了。"

"爷爷，我会记住的。"荣智健点点头说。

一眨眼，三四年过去了，荣智健已经是四年级的小学生了。中西小学虽是附小，但学校管理、教书的方式全如中西女中，校歌、校旗和校色都与女中一样。校训为Love Live and Grown（信、望、爱）。中西小学有统一的校服，女生为墨绿色旗袍，平跟扎带皮鞋，男生是打领结的蓝黑色西服、黑色发亮的小皮鞋。学生虽都是富贵家庭子弟，但校规是严谨的，坚决杜绝纨绔气和时髦的东西，女生不准烫发化妆、佩戴首饰，男生不准抽烟、摆阔气。校园里洋溢着西方文明的气息，设置读书、体育、古典音乐和戏剧等课程。学校让这些孩子懂得尊重人，有良好的素养，女孩子是标准的小淑女，男孩子是标准的小绅士。荣智健就是在这样的氛围中接受熏陶，吸收养成纯净坚韧品质。

荣智健对爷爷拜完后，长久地看着挂在顶上的匾额，他不识诵豳堂的"豳"字，便问荣德生："爷爷，那是个什么字？中间的'豕'我是识的，是猪猡，那这个字是不是两只猪关在猪圈里的意思？"

荣德生听了哈哈大笑："这么说，智健，你把这里当作猪圈了？"

荣毅仁哭笑不得："你不识就问，不要瞎说八道。"

荣德生站起来，踅入正厅一侧的小厅。那里有几个书架，上面放了很多书，大都是线装书。他从上面取过一本《诗经》，走回正式坐下，喊过荣智健，把《诗经》翻到"豳风"八章，说："这个'豳'字读斌，它不是指两头猪，而是一个地方的古称，在现在陕西彬县、旬邑县一带，离你大姑父抗战时内迁的厂不远，是古代秦国的地盘。'豳风'是《诗经》里的八章诗，是描绘先秦古人劳动和风习的诗篇。"说到这里，便熟练地吟唱起来，"七月流火，八月萑苇。蚕月条桑，取彼斧斨。以伐远扬，猗彼女桑……"

"智健，这是写农业劳动的一首古诗。我们家祖上也是农民，在荣巷一带种植桑树，还种稻麦和蔬菜。爷爷不忘本，特别爱诵读'豳风'这些描写古人种田的诗，所以将这里取名为'诵豳堂'，还为自己取了'乐农'的号，就是另外一个名字，你懂了没有？"荣毅仁在一旁耐心地解释。

"我懂了，爷爷喜欢种田养蚕，就是书上说的农田。他还喜欢朗诵写古人劳动的诗歌，还把自己的名字叫'乐农'，自己的房子叫'乐农别墅'，我说得没错吧！"荣智健敏捷地回答说。

"说得没错，说得没错！"荣德生高兴地说："我们家办的面粉厂、棉纱厂，都少不了农业。农业不可不兴，乃是实业根基啊！"又转身对荣毅仁说，"你在荣巷家里和豁然洞读书时，四书五经早就读了，也念过'豳风'八章了。智健读的洋学堂不兴这套，开口闭口都是洋文。他是中国人，中国念了两千多年的这些书，也要让智健他们读一点。现在虽然通行白话文了，但古诗古文也应该有所懂啊，不然，不会把诵豳堂说成是养猪堂了。"说着，又仰头笑起来。

荣智健有些尴尬，说："我们学堂里没有学什么《诗经》啊！"

"是，爷爷不怪你。以后放了寒假、暑假，你到无锡来，爷爷来教你，好吗？"

"好，我一定来。爷爷说话要算数。"

"算数，肯定算数，爷爷一辈子凡答应的事，从来都是算数的。君子一言，驷马难追啊！做人做事就应该这样。另外，上学不是死读书，要关心时务，经世致用，今后不管做什么，要留意时务，即使像爷爷像你爹做商人，也要有经国纬世的思想。"

"爷爷，我会的。不过，我不要做商人，我要做科学家。"荣智健认真地说。

"好，好，做科学家好。古人说，将相无种，男儿自强，做什么都得靠自己上进。现在你得把书读好，后劲就有继了。"

后来，荣智健在假期里经常来无锡看望爷爷，听爷爷讲古诗古文，晚上和爷爷睡在一张床上。

一老一少就这么说着，整个诵幽堂欢声四起。他想起六十岁做寿的情景，那真是盛况空前，收到的贺仪极为可观。他用这笔钱造了座宝界桥，是无锡最长的桥，长三百七十五米，有六十个桥孔，所以无锡人都称它是长桥。荣德生和其兄荣宗敬曾成立过千桥会和百桥公司，集资建桥，往往由兄弟俩出大头，成立当年便造了蠡桥、鸿桥、大公桥等十余座，七八年间共建桥八十八座，其中这座长桥最为著名。1994年，离1949年这个荣德生生日过去四十多年了，荣智健已成为香港负有盛名的企业家和富豪。他以香港中信泰富集团主席的个人名义，当然也以荣德生孙子的名义，捐资三千万元，在老的宝界桥之侧，造了座新的宝界桥，新桥的桥面比老桥要宽出两倍多。荣毅仁特为新桥题字："宝界双虹"。新桥建成的时间和老桥建成之日正好相隔六十年，整整一个甲子。这一年，又是荣德生一百二十周年诞辰。荣智健没有忘记祖父当年的教诲和期望，他继承了达则兼济天下的家传，成大器以后，把经国纬世放在很重要的位置，唯其无求。"两小夹明镜，双桥落彩虹。"李白的诗句，正是这里绝妙的写照，也是荣德生、荣毅仁、荣智健三代人造福桑梓的写照，更是他们宽阔心境的写照。

正说得热闹，管文蔚、包厚昌、钱鸿义、钱圣清和薛明剑等一行人来了。他们拎来了一个很大的西式蛋糕和一筐水蜜桃。

"荣老先生，恭喜，恭喜，祝你健康长寿！"管文蔚把贺仪放到荣德生前面，和荣德生紧紧握手，满脸含笑地说。

荣德生也不推辞，只满心舒畅地说："多谢、多谢！已风烛残年，本来也不想过生日了。只是小辈非要闹闹，我拗不过他们的心意，就一起吃碗寿面，但诸位首长是万万不敢惊动的。"

"德公生日，我们来道一声贺，是应该的，再忙也要来的。德公长寿，是你们家族的幸事，也是国家的幸事啊！"

"不敢当，不敢当。管主任过奖了！"荣德生谦谢说，又将家人一一介绍给管文蔚、包厚昌他们。

管文蔚握着荣毅仁的手说："荣先生，你们特地从上海赶来为你们父亲祝寿，三代同堂，德公好福气啊！这是德公解放后第一个生日，应该好好庆祝。"

"托福，托福。"荣毅仁笑嘻嘻地答道，"管主任、包市长，我知道，无锡解放不久，百废待兴，你们那么忙，还要拨冗前来祝贺家父生日，真是太感谢了！圣清先生解放前夕曾受家父委托，前去苏北考察，是你管主任带的口信说清楚了党对工商业的政策，消除了家父的顾虑，才让他下决心留下来的，并且也带动我留了下来。说起来，这也是一段佳话。我们从心里庆幸自己的选择，庆幸自己没有头脑发热，亲手毁了自己的生活，也庆幸圣清先生的苏北之行。更感激管主任让圣清带回的丹书铁券。"

"丹书铁券？"管文蔚有点不明白。

"喔，这是家父对贵党有关工商业文件的说法，这些文件在他心里的分量很重。丹书是朱笔写的圣旨，铁券是免死牌。"荣毅仁解释说。

"原来是这样，丹书铁券，这么评价不无道理。因为这不是陈毅市长定的，也不是我管文蔚定的，而是毛主席、党中央制定的；这些政策也不是地区性、暂时性的，而是针对全国的，是持之以恒的。"

"我知道，陈毅市长和潘汉年副市长也是对我这么说的。他们还告诉我，这是中国共产党独创的，苏联没有、东欧民主国家也没有。这段时期，我真正体会到了共产党对工商业人士很高的礼遇和对民族工商业的扶持。我们荣家在上海的工厂受益匪浅，无锡也是这样，没有人民政府的扶助，下面的路真的不好走了。"荣毅仁说。

荣德生让管文蔚等落座，杨鉴清带了老小退去，只剩下荣德生、荣毅仁、荣鸿仁三人。凭她的经验，他们不仅仅是祝贺公公生日，还是有公事要谈论的。

果然，他们谈了上海、无锡工厂的情况，以及原料、供销等动向。荣德生的兴致特别好，他说了不少，对工厂了如指掌。提到吴一帆时，荣德生忽然问："管主任，我活到七十多岁，快奔八十了，我弄不懂，贵党怎么会有那么大的吸引力的？有些人怎么也不像是共产党的样子，要是解放前被国民党抓了，说他们是地下党，打死我都不相信。可他们就是，像吴一帆、陆晓波、紫竹都是，我到现在都感到匪夷所思。"

管文蔚立即回答说："一句话，得道多助，失道寡助。共产党是一个普惠于人民的政党，这也是它受到欢迎的原因。"

"是的，人间正道是沧桑。"荣毅仁赞同说。

接下来，包厚昌开口了，他说："管主任有重要的事宣布，当然是好事。"

管文蔚从警卫员手中接过公文包，打开皮包，取出一件公笺说："这也可说是一件丹书铁券。是这么回事，经省政府批准，委任德公为苏南行署副主任，另推选为中国政治协商会议第一届全国委员会委员，下个月要赴北京开会。这不仅是荣德生您个人，也是无锡工商界的荣耀啊！另外，圣清先生被委任为无锡市人民政府副市长。"

荣德生愣住了，不住地眨眼，竟忘了说话了。是的，他既感到意外，又感到有些惶惑，苏南行署管苏南好几个市，包括无锡、江阴、宜兴、丹阳等地。清末外交官薛福成曾任宁绍台道，职责是监察管辖宁波、绍兴、台州三府。让他任行署副主任，是不小的官了，可以和薛福成比肩了。但他这么大年纪了，对做官已无兴味，而且，他素来淡泊名利，更看重的是尊重。在公花园同庚厅那次开会后，他最大的安慰，就是受到了新政权的尊重。但让他做官，而且是这样一个很重要的官职，他是没有料到的。对一个资本家来说，是绝顶的异数，他本能地意识到这也许是一种非分的僭越，当然，也是了不起的殊荣。

管文蔚站起来，把公笺郑重地递给荣德生，说："德公，祝贺你，今后我们是同事了。"

"管主任，你们太抬举我荣德生了！"荣德生接过公笺，激动地说，"我寸功未立，何以受得起这么重的职位？"

"德公，你别谦逊了。你是发展民族实业的大功臣，又是顺乎乾坤扭转的功臣，你受此礼遇，一点都不过分。"薛明剑说。

"爹，恭敬不如从命，这是器重你，快感谢管主任、包市长诸位首长对你、对我们荣家的信任。"荣毅仁喜出望外地说，他为父亲的任命感到兴奋。这是荣德生绝对没有想到的。

荣德生定下神来，颤颤巍巍地站了起来。背上的疖子治愈后，他的腿又一下变得软弱无力，膝盖里酸痛不已，平时已离不开拐杖了。短短的瞬间，他内心伤逝感今、心潮汹涌，有点受宠若惊的感觉。平时讲话流畅的他，一时竟变得有点语无伦次了，他说："共产党这么看得起我，是的，太看得起我了。我有生之年，会尽我的绵薄之力，为发展工商业继续作出贡献，不负军管会和人民政府的厚望。"说完，不住道谢。

客人走后，梅园诵豳堂欢声四起，笑语喧哗。双喜临门，使这座一度冷寂萧条的园林不能不弥漫起愉快的气氛。待子女、孙辈休息后，他一个人在乐农别墅欣欣然地消磨了一个炎热的黄昏，小饮陶然，趁着薄醉，极恬适地入于梦乡。

第二天，报上发布了荣德生荣任苏南行署副主任和全国政协委员、钱圣清任无锡市人民政府副市长、钱鸿义任苏南行署参事的消息。这条消息足以让无锡的工商界欣喜若狂。这几个人都是无锡工商界的代表人物，也是晴雨表，他们处境的好坏，也决定着自己的处境。

## 十　陈毅夫妇做客荣宅

荣毅仁兴冲冲地回到上海后，为纪念上海解放后第一个"八一"建军节，上海各界热情高涨地筹备慰劳解放军。上海成立了各界劳军委员会，潘汉年负总责，陈叔通任主任委员，副主任委员有多人，荣毅仁是其中之一。荣毅仁在无锡为父亲过生日时，恰遇管文蔚向父亲作任职宣命，他从管文蔚身上看到了陈毅市长的影子，都是爽直明快、有情有义的人。自己也接触过不少国民党的官员，这样的人可说很难遇到。他突然冒出一个念头，既然共产党的首长当自己是朋友，自己也应当他们是朋友，熟不拘礼，彼此完全可以交往得放开些、自然些。那么，他能不能请陈毅市长到家里来吃顿饭呢？他有种直觉，陈毅市长是不会拒绝的。

荣毅仁征求他信得过的朋友盛康年的意见。盛康年吃不准，便通过潘汉年转请。几乎是同时，另一个上海滩的大资本家刘靖基也通过许涤新，向陈毅发出了同样的邀请。

事情来得有些突然，引起了许多人的议论，无非是两种意见，应该去和不应该去。陈毅召开会议，干脆让大家各抒所见。

以林文轲为代表的军管会工商处的几个人持激烈的反对意见。

"荣毅仁、刘靖基毕竟是资产阶级，目前我们争取他们、团结他们，是一种权宜之计。我们请他们是可以的，但上他们的门，吃吃喝喝是不合适的。尤其是陈毅市长这样的高级干部赴资本家的宴请，传出去影响很不好，这可是个原则问题。"

林文轲郑重地说，"我认为陈毅市长不能赴这个宴。这可不是闹着玩的！"

"我赞成林处长的意见。我们是共产党员，和资本家是对立的阶级，统战是为了国家建设，不等于阶级界线可以模糊了。如果到资本家家里吃饭，就意味着划不清阶级界限。毛主席说，进城以后，枪林弹雨没有了，但要防备糖衣炮弹。"工商处另一个干部说。

陈毅静静地听着，不插话，也不表态，脸上看不出有什么明显的表情。林文轲暗暗得意，他以为他的这番道理，陈毅肯定听进去了。他又示意工商处其他人发言，以支持自己的意见。

陈毅侧过身，对潘汉年、刘晓、顾准笑着说："工商处的同志向我下禁令了，怕我陈毅丧失共产党员立场，给糖衣炮弹打翻在地喽。看来问题很严重啊！你们说说看，我该不该去吃顿资本家的饭？"

潘汉年说："林文轲处长的话我不能苟同。不错，我们是共产党员，荣毅仁、刘靖基他们是资本家，但同时是爱国者。我们和他们交朋友，同他们接触，包括和他们一起吃饭，是统战工作的一种方式。我们对民族工商业人士要以诚相待，以理服人，以信任换取信任。所以，我认为陈毅市长这顿饭可以吃，这绝不是所谓的糖衣炮弹，而是送上门来的统战工作！"

顾准说："现在是新民主主义革命阶段，民族工商业是重要的经济力量，也是重要的政治力量，善待他们绝不是权宜之计，而是谋求长期的共存共荣关系。他们是联合政府中的一分子，共同执政的人，怎么吃顿饭都不可以呢？说实话，没有他们的合作，我们做不到从制度上把国家力量和市场力量结合起来发展，从而让人民分享经济繁荣的成果。"

许涤新说："吃顿饭就丧失立场了，这种观念是不对的，说明还没有真正理解党的工商业政策，乃至整个新民主主义的大政方针。中国民族资本家的经历是坎坷的，吃了不少苦。古时商人不为时所重，到了近现代，其实没有本质上的改变。他们在帝国主义和官僚资本主义的夹缝中生存。虽然解放了，但他们现在对共产党还处在磨合期，心里还是存有顾虑的，我们要言行一致地对待他们。你敬他一尺，他才会回敬你一丈。我主张陈毅市长这顿饭要去吃，要知道，荣毅仁要鼓起多大的勇气才发出邀请的啊！要是拒绝了，会让他很失望的。共产党怎么能拒人千里呢？怎么能怕我们口口声声称为朋友的民族资本家呢？"

刘晓一拍桌子，朗声说："是啊！怕什么？荣毅仁、刘靖基摆的是鸿门宴吗？"

陈毅到这时才露出他那豪爽的笑容，大声说："这就对了嘛！共产党是久经考验的党，天不怕地不怕。不怕帝国主义，不怕日本侵略者，不怕国民党反动派，却怕起我们的同盟军，民族资产阶级来了，这岂非咄咄怪事？难道吃顿饭就是失节了，就丧失共产党员的政治立场了吗？吃饭也是工作嘛，统战也好，交朋友也好，都肩负争取民族资产阶级的重任。我是三教九流的朋友都有的，潘汉年更不要说了，他和蒋介石、陈立夫、孔祥熙等这些人都有接触，不入虎穴，焉得虎子嘛。他和他们周旋，是党的工作嘛。当然，荣毅仁、刘靖基家不是虎穴，是朋友家，有啥子怕的喽！我才不怕呢。"

林文轲不响了，脸上的神色是失落的，一阵红一阵白。散会后，他对军管会工商处的几个人说："我看顾准的思想有问题，什么共存共荣，共同执政，什么从制度上把国家力量和市场力量结合，这都是谬论。马克思、列宁、斯大林从来没有这么说过。他们只说无产阶级专政。"

工商处刚才发言的人说："林处长，你别说了。陈毅市长已决定赴宴了，我听听，首长们说得也有道理。"

"那么，我问你，叫你去，你会去吗？"林文轲铁青着脸问。

"陈市长要我去，我当然去。你呢？"

"我可以明确告诉你，我，不去！"林文轲一字一句地回答，"我认为毛主席的政策是权宜之计，共产党人的理想是社会主义、共产主义。顾准的补资本主义课的理论是违反马克思主义的。"

两天后，盛康年告诉荣毅仁，陈毅答应到荣家吃饭，不过要他请的人不要多，范围小一些。还说，陈市长要带了夫人、孩子一起来，这样，气氛可以轻松些、随意些。

荣毅仁本来对请陈毅赴家宴不抱多大希望，他知道像陈毅这样身份的人会有诸多不便。如果他推拒，荣毅仁也是理解的。现在陈毅市长不仅答应自己来，还带了太太、孩子来，这对他是够赏光的了。他的内心因此而充满着无限的感激。

荣毅仁马上把这个好消息告诉杨鉴清，商量用什么菜肴来招待陈毅市长和太太。陈市长可是四川人，吃辣的。杨鉴清出点子说，我们还是请莫氏三兄弟来掌勺吧，他们烧得一手扬州菜。天气热，还是清淡些，可以增加一两道有辣味的菜。莫氏三兄弟叫莫有根、莫有财、莫有源，是上海滩有名的大厨，常为上海的达官富人烧菜。荣毅仁说，让莫氏三兄弟来掌勺好，陈市长长期在皖南苏北打仗，会习惯扬州菜的。

杨鉴清忽然恐慌起来："陈毅市长的太太来，我怎么称呼她呢？共产党不作兴称夫人、太太的，叫她同志，我觉得很别扭，有点叫不出口。"

陈毅想了想，问："你对潘副市长的太太董慧是怎么称呼的？"

"开始我称她潘太太，她对我说以后你就直呼我名吧，叫我董慧就是。后来，因她长我几岁，我就喊她慧姐，她叫我鉴清。"

"你等会打电话给董慧，问问她，该如何称呼陈毅市长的太太。这是礼节，我们可不能失礼！"

于是，杨鉴清打了个电话给董慧，问她这件事。

"陈毅夫人叫张茜，我们都直接喊她的名字，或称叫她小张。她只有二十多岁，三十都不到。她人很随和，还在学校读书呢。"董慧在电话中回答。

"啊！陈毅市长的太太这么年轻，真没想到。"杨鉴清大感意外，她在心里盘算着，陈毅市长至少要比张茜大二十岁左右。她和陈毅市长只有一面之交。

"张茜原来是新四军文工团团员，她可是新四军的一枝花，有名的美女，革命的爱情也充满浪漫主义。我听张茜说，陈毅当时追求她时，还写情诗送给她呢，我背给你听：春光照眼意如痴，愧我江南统锐师。豪倚廿载今何在，输与红芳不自知。"董慧在电话里兴致勃勃地说，"当时，他们是在皖南相爱的，张茜到师部看陈毅，深夜回去，他用军大衣裹住她，送她回驻地。他们是1940年2月，在溧阳县水西村结的婚。这都是张茜告诉我的，小张这个人特别好，特别单纯、朴实。"

董慧听后，对张茜产生了浓厚的兴趣。她想象在皖南辽阔而宁静的夜晚田野里，陈毅用自己的军大衣从头到脚裹住美丽的张茜，两人在暮色中，冒着寒冷，并肩走着。警卫员可能牵着马，远远地跟随着。那是战争的年代，生活是艰苦而危险的，但他们的心里是甜蜜的。在董慧的叙述中，像陈毅这样的从战火中过来的共产党高官，并不神秘，他也有实实在在的情，也会对喜爱的女人一往情深，难分难舍，与寻常人无异。经董慧这么一介绍，本来高不可攀的陈毅市长在她心目中亲近多了。

荣毅仁回来后，杨鉴清将董慧讲的有关陈毅和张茜的事告诉给荣毅仁。荣毅仁责怪她，首长的私人生活，你怎么能乱打听呢，这是对陈毅市长的不敬。杨鉴清委屈地说："我没有向董慧打听，是董慧主动告诉我的。我懂得她的意思，陈毅市长是有情义的人，他的太太也是个很好的人，要我们不必诚惶诚恐，他们就像普通人一样，好处得很。真的，她这么一说，我轻松多了，也很羡慕他们在那样的环境中，还写着情诗。骁勇的战将，自叹败在了红颜手下，自己还浑然不知，这是多么美好的情景啊！以前不了解共产党，真以为他们都是不食人间烟火、不讲人情世故的怪人，看来我们都错了。"杨鉴清很有感触地说。

"陈毅市长不愧是个伟丈夫！"荣毅仁脱口说道。

这一天傍晚，在金色的夕阳下，陈毅和夫人张茜走进了荣毅仁的花园。天气热不可耐，陈毅穿着白布衬衫，摇着随身带来的大蒲扇；张茜穿着布拉吉，显得年轻而苗条。杨鉴清一看，这位共产党市长的太太果真是个气质高雅的大美人。她秀美的脸上闪着腼腆的笑意，那样子完全像一个羞答答的女学生，绝对想象不出她已是两个孩子的母亲。

"荣太太，你好！我叫张茜，谢谢你和荣先生的邀请。我不会说上海话，我是武汉人，我的口音你听得懂吗？"张茜细声细气地说。

"听得懂，听得懂，陈太太，你比我想象的还要年轻漂亮。"杨鉴清说。

"叫我张茜就是了。"张茜的脸上泛起一层红晕，笑容显得更妩媚、甜美了。

"张茜，你和董慧、荣太太到客厅坐吧，我们在园子里坐。"陈毅大声说。

"你少抽点烟，别以为坐在园子里，就可以违反纪律了。"张茜好声叮嘱陈毅，和董慧、杨鉴清到客厅去了。

"陈市长，我们是不是也到客厅去，那里有风扇。"荣毅仁问陈毅。

"还是园子里好，凉快，空气新鲜，还没有人管头管脚。爱情诚可贵，自由价更高喽！坐，坐！荣先生是自己人嘛，我们不要客气。"陈毅在一张圆桌上坐了下来。陪陈毅来的潘汉年、许涤新，以及荣毅仁请的盛丕华、盛康年父子也坐了下来，女佣送上冰镇的正广和汽水和龙井绿茶。

陈毅喝了半杯汽水，便从身上掏出烟盒，烟盒里只剩几支香烟了。陈毅用火柴点燃了香烟，深深吸了一口。

"陈市长，你又超支了，把明天的饭都吃掉了，你明天只能饿肚子了。"潘汉年在一旁开玩笑说。

"是啊，潘副市长，你知道我陈毅的苦了吧。人在屋檐下，不得不低头啊！"陈毅装得愁眉苦脸的样子说，"张茜什么都好，就是管我抽烟，一天只能抽十支，一包烟规定抽两天，荣老板，我家有个林则徐喽，我有啥子办法呢？"他转身对荣毅仁说。

大家都快活地笑起来。陈毅接着说:"我对张茜说,毛主席一天要抽三包烟,凭什么我只能抽十支,共产党可是讲官兵一致的啊!张茜说,毛主席我管不着,你陈毅我就这么管定了。是咱们结婚时,你答应我的条件,你可要说话算数。"

"陈市长,你和张茜结婚时,你怎么答应她的?"

"她要我戒烟,否则不结婚。我说革命都是循序渐进的嘛,从井冈山一步步走过来的嘛,要我戒烟,可以,我答应改邪归正,可也得分步进行。经过讨价还价,我们达成了协议,两天一包,一天十支。这个不平等条约是我签的,我是李鸿章,不得不遵章守纪啊!她当然得理直气壮地管着我,可十支烟,哪够我这老烟枪抽啊!"陈毅风趣地诉说着,还不时往屋里看看,唯恐张茜听到。

"陈市长,你抽什么牌子的烟?"荣毅仁问。

"什么牌子的烟我都抽。打仗时,我用报纸卷了烟丝抽;到了上海后,我抽的是新生产的中华牌,外面没有买。张茜鬼精鬼精的,只配我供给的香烟,每天都检查,是不是其他牌子的烟,怕我偷偷买了放进去。"

"我这儿有外国牌子的烟,桌上放着的就是。陈市长需要,你带几条去,无米之炊的时候,可填填饥。"荣毅仁说。

"抽几支可以,这不算犯纪律,人家请的嘛,盛情难却啊!"陈毅摇着头说,"几条带回去,肯定通不过,这可是犯了大忌。"

花园里发出一阵又一阵笑声,天色开始暗下来,草木开始变得朦朦胧胧的,萤火虫一闪一闪的,浓密的树阴下,刮起一股股凉气。陈毅市长纡尊降贵答应来家做客,这使荣毅仁深感荣耀,但心里难免还有些许局促,但陈毅市长很快让他的拘束涣然冰释了。他的每句话,每个动作,每声笑声,都在荣毅仁心里激起不小的波澜。这是一个有血有肉的人,一个伟人,也是一个普通人,他的随和、诙谐,使他感到亲切,又一次次忍不住笑出了声。他凝视着陈毅,被他的人格魅力所深深地感动了。

外面热闹,屋内也不冷静。张茜送给杨鉴清一套新的列宁装,说:"有些场合可能用得着穿,你备备吧。"还告诉杨鉴清,自己在华东人民革命大学附设的上海俄文学校进修,以后还有去北京俄文专科学校学习的打算。

董慧说:"张茜的俄文学得很好了,她将来要翻译苏联的小说,做翻译家。"

张茜说:"什么家的不敢想,年纪轻轻总还要做些事。"

杨鉴清问:"你一定是大户人家出身,是哪个大学毕业的?"

张茜说:"我出生在一个普通家庭,只读到中等师范一年级就参加革命了,荣太太,你知道吗?我原来的名字叫张掌珠,参加革命后才改成现在的名字的。"

杨鉴清说:"你爹给你起这个名字,一定把你当掌上明珠了。"

张茜说:"是这个意思。"

董慧说:"你现在又成了陈毅市长的掌上明珠了,是吗?"

张茜满脸绯红地说:"慧姐,你快别这么说,我们已是老夫老妻了。"

杨鉴清说:"下次带孩子来玩,我有五个孩子,大女儿今年十一岁了。"

张茜说:"好,我大儿子昊苏今年八岁了,二儿子丹淮七岁,都在读小学。"

董慧有点失落,因为她没儿女,张茜觉察到了,体谅地说:"你还年轻,争取生几个孩子,当个光荣妈妈。"

董慧感激地"嗯"了一声,她也盼望有几个孩子。每次谈到这事,潘汉年总是说,顺其自然吧。可是,此后他们遇到的灾难,却无情地剥夺了董慧的向往。而这一个夏天的晚上,在幸福舒适的荣家漂亮的客厅里,在对漂亮的女主人和同样漂亮的陈毅夫人讲起孩子的事时,她怎么也不会想到几年以后会大难临头。这个晚上,在温暖的空气里,她们对未来充满着憧憬,笑容是生气勃勃的,眉眼间一丝一毫的阴影都没有,如果有的话,同样是甜美的。

张茜和董慧这两个共产党高官的夫人和大资本家荣毅仁的太太像平常女人一样,拉起了家常,谈得挺热络。双方并没有什么隔阂,她们的经历截然不同,但这并不妨碍她们像朋友、像姐妹那样敞开心扉。

开始在餐厅吃饭了。一桌子的扬州菜,单干丝就有好几道,煮干丝、拌干丝,还有有名的扬州狮子头,以及其他各道菜,丰盛而清淡可口。还上了几道有辣味的菜,红椒鲜艳而散发出特有的香味。陈毅一看,眼睛发亮说:"扬州菜里没有辣子菜的,荣先生为我这个四川佬准备的喽。"

荣毅仁说:"是的,二哥和大姐夫抗战时在四川待过一段时间,他们说,天府蜀国里不辣不成席。陈市长是四川人,所以就备了几个辣菜。"

"其实,我这个人什么风味的菜都能吃,甜酸苦辣,都行。我吃东西可是五湖四海啊!"陈毅说,确实,他在军队里素来以善吃、懂吃、能吃著称。

张茜插话说,"这倒是真的,在皖南时,狗肉、羊肉、蛇肉、乌龟肉、田鸡肉都吃,还到山里打野猪、抓野鸡吃,他还说,除大到死人,小到苍蝇之外,他什么都吃。"

餐厅里响起一阵欢快的笑声。酒是法国的葡萄酒，已贮存三十年了，有名的酒庄产的。还有绍兴黄酒。董慧、张茜不喝酒，喝西瓜汁，杨鉴清能喝一点，高脚酒杯里倒了小半杯酒。酒过三巡后，陈毅和潘汉年更健谈了，陈毅妙语连珠，快人快语，潘汉年娓娓而谈，盛丕华父子不断插话，桌面上个个兴致豪迈，有声有色。气氛和谐而欢乐。

陈毅忽然想起什么地问："荣先生，最近听说你回无锡为老先生过生日了，老先生今年高寿？"

"今年七十六了，精神还可以，只是行走有些不便了。"荣毅仁回答。

"人老先老脚，不久前，华东局开会，我遇到管文蔚，他告诉我，老先生荣任了苏南行署副主任和首届政协委员。"陈毅举起酒杯，说，"这杯酒我敬他老人家，请你转达我对他的祝贺，并恭祝老先生健康长寿！"

"我代家父谢谢陈市长，陈市长的贺词我一定转达。"荣毅仁举起酒杯，一饮而尽，"共产党对我们荣家真是太好了。不，对我们工商业界真是太好了，真如盛副市长所说的，为历朝历代以来所罕见。"

"刚才我说我吃东西是五湖四海，这是指我个人的习惯。我可以认真地告诉你们，共产党建设繁荣昌盛的新中国，那真正是要搞五湖四海，也就是团结各界各族爱国人士，包括工商业人士，组成最广泛的统一战线。大家肝胆相照，心心相印，共创大业。"陈毅又操起他那把蒲扇，边摇边说，"中华民族是一个伟大的民族，我们有过辉煌的历史，但也有不少耻辱。共产党没有私利，我们所做的一切，就是使国家强大，人民幸福，民族复兴。我们是朋友了，没有大的利害冲突，经济好转了，我们都有好处。一损俱损，一荣俱荣嘛！所以，大家要共同努力，让上海的经济尽快得到恢复、发展。你们有难处，政府决不会不管，你们不必顾及面子，该怎么就怎么，一点不用拘束。诸葛亮摇羽毛扇，我摇蒲扇，以前是指挥三军，现在是大振乾纲，兴建国家。你们要想通这个道理。"

这一席话，说得荣毅仁心里感到大大的安慰，他尽力按捺起伏的心潮，一迭连声地说："那当然，当然。以前常说，国家兴亡，匹夫有责。现在发展经济，建设国家，也是匹夫有责，我们工商业界责任更大。"

大家的谈兴越来越浓，这顿晚餐，从七点吃到快十一点才散场。最后一道菜，是扬州大包，一只蒸笼里放一只，热气腾腾，硕大无比。陈毅问张茜："这包子你可知道怎么吃法？"

张茜回答:"怎么吃法?用嘴吃呗!"

"你这就外行了。它要用麦秆吃,荣先生,让师傅将麦秆送上来吧。"陈毅说。

大厨莫有根拿了一把麦秆来到餐厅,放在桌子。荣毅仁介绍说:"这是扬州菜大师傅莫老大。"

"莫老大,你好手艺噢,我陈毅肚子都要快撑破了。"陈毅拍拍肚子说。

"谢谢陈市长夸奖,请多指教。"莫有根鞠了一躬,说:"各位首长慢用。"说完便退下。

陈毅取过一根经煮过的麦秆,插入包子,慢慢喝起来,鼓鼓的肉包子渐渐瘪下去。陈毅这才放下麦秆,用筷子夹起包子吃了一口,对张茜说:"这包子好吃的全靠里面的卤汁,先得用麦秆喝,再吃包子。盛康年,你是吃客,我没说错吧?"

"是的,是这样的。"盛康年说。

张茜用麦秆喝了几口后说:"真的很好吃,不过,我实在吃不下了。"

陈毅站了起来:"谢谢荣先生盛情款待,没有不散的宴席,饭饱酒足,今天就到这里。"

荣毅仁夫妇一直送到大门口,望着张茜俏伶伶的身影,杨鉴清大声喊道:"小张,今后有空来玩。"

"一定,一定。"张茜转身答应。

"陈太太又漂亮又有教养,大大方方的。"杨鉴清自言自语。

荣毅仁看着几辆汽车在夜色中绝尘而去,觉得和共产党之间的距离,从来没有像今天这样近过。回到房内,他一点睡意都没有,到书房给无锡的父亲写了封信,叙述了陈毅市长和潘汉年副市长及他们的太太来做客的经过,字里行间,掩饰不住喜悦的心情。写完后,又拿了一把折扇,到园子里坐了很久。他几次仰望夜空,繁星密布,深邃辽阔,他的精神从来没有这样松弛过,从而领略到了真正的没有任何精神负担的趣味。

陈毅夫妇和潘汉年夫妇到荣毅仁家赴宴的消息不胫而走,世人都深为惊喜。堂堂共产党的市长、副市长到大资本家去吃饭,亲热无间的,事情太不平常了!

行业内同仁都纷纷打电话向荣毅仁道贺,荣毅仁喜在心里,表面上却不能不保持平静。荣德生任苏南行署副主任及首届政协委员的消息,陈毅、潘汉年等到荣毅仁家吃饭的消息也传到了香港,荣尔仁、李国伟当然也听到了。他们人在外面,对内地亲人的处境却很关切很惦记。在这个狭小的半岛上,挤满了从内地过来的商人和失势或失望的政界旧人物。来自上海的人特别多，这些操上海口音、精通英语、在欧美留过学或在国内受过高等教育的精英人物，由于害怕或听信谣言，匆促地带着细软或资金来香港寻找着新的生活、新的出路。在四十年代末至五十年代初，香港和上海比起来，就像是一个荒僻的小城市。他们显然不适应这里的环境。有的便从这里转向美国和别的国家，香港成了一个中转站。许多人在香港和上海之间来来往往，游移不定的。有的重新回来了，因为他们看到他们留在上海的亲朋好友安然无恙，当然，也有的则一去而不复返了。原申新九厂厂长吴中一从香港返沪复职，调回一部分资金，有几位股东也从香港汇来资金和原棉。

也许受好消息的鼓舞，也念及年迈的父亲，五十年代初，荣尔仁回到了上海，携回棉一千七百多包。荣尔仁发现上海表面没有多大变化，但细细一看，变化还是大的，五星红旗替代了青天白日旗，城市安静多了，夜晚依然是灯火灿烂，但赌场、妓院没有了，抽鸦片的燕子窝也没有了，横行霸道的流氓、黑帮没有了。然而，富裕阶级还是开着新颖汽车，西装革履，出入舞厅、饭店，或在花园洋房的庭院里举行周末聚会。

荣尔仁看到，在上海的阳光下，他昔日的朋友和同事还露着矜持而愉快的微笑，而小姐们还是那么时髦和骄傲。只是大街上多了不少穿黄军装、人民装、列宁装的行人。让荣尔仁吃惊的是，连弟媳妇杨鉴清都有一套蓝布列宁装，而且是陈毅市长的夫人张茜赠送给她的。

四弟荣毅仁已全面主持荣家的全部企业，并按政府的意图，成立了新的总管理处，四弟担任了总经理。荣尔仁在抗战胜利后，梦寐以求的荣家大一统，居然在共产党来后得以实现，而且境况远比他想的要好得多。最让他印象深的，是上海的资本家和人民政府以及军管会的关系已到熟不拘礼的程度，他们出入工商局、财政局、税务局等机构已是家常便饭。

四弟几乎隔一两天就去工商局，他经常在那里的食堂排队吃简餐。许涤新虽是上海工商局局长，也在食堂吃饭，荣毅仁常在食堂和他碰头见面，边吃边谈天，一顿饭十几分钟，往往会解决不少事。工商局、财政局、银行、税务局等这些部门里上上下下都认识荣毅仁，见到后都会热情地招呼一声："荣先生，你来啦！"连在大门前站岗的解放军战士都会举手向他敬礼。

荣尔仁也去过几次总公司，看着四弟里里外外忙碌，各厂前来汇报厂务的人员络绎不绝。桌上的两架电话机更是响个不停，各界前来拜访的客人也很多。总公司散发着一种让他向往的繁忙而有序的气息。荣尔仁能感受到大家对他的尊敬，但他对公司事务已插不上手了。他有种不再是这里的主人，而是一个客人、一个局外人的感觉。甚至他感到连这座他生活了那么多年，留下深刻烙印的城市都明显生疏他了，这让荣尔仁十分感慨，也有些失落。

荣毅仁和二哥深谈了几次。荣毅仁很真诚地对二哥说："二哥，回来吧，我们荣家这面旗还得由你来扯，我当你的助手。"

"不，你干得很好，我亲眼看到了。上海的申新、福新、茂新各厂，我都去过，生产能恢复到这一步，是不容易的。而且，我和熊源是有愧的，我们把头寸都调走了，还拆迁了一部分设备。你接管的是个烂摊子啊！"荣尔仁有些内疚地说，"我即使回上海，也得从头做起，总公司已非你莫属了，这次回来，我看得很清楚。而且，我也明白了一个事实，共产党并不可怕，政治很清明的。"

"是的，共产党对民族资本家以礼相待，他们剥夺的是官僚资本，对民族工商业是支持的、保护的。你知道吗？国旗上五颗星中，最大的一颗是共产党，四颗小星中有一颗是民族资产阶级。"荣毅仁说，"二哥，我们都上国旗了，你还有什么多虑的？"

"我在香港已作了些安置，不是说回马上就能回的。让我在香港看看再说吧，看到上海的厂都保住了，我也放心了。我回趟无锡，望望老人家，就回香港。今后我会经常回来的。"

"爹腿脚不便，连第一届全国政协会议都请了假。他一直耿耿于怀，引以为憾。"

"我回香港后，去找一下陈存仁，让他给爹开个方子。快到米寿之年了，你我都要劝他善自珍重，作充分休息。王禹卿和陈存仁的诊所住得很近，他常去看病，我也去过几回。真奇怪，他在上海红极一时，到了香港还是红得很。"提到父亲，荣尔仁有点动情，说，"四弟，我在外面，爹拜托你多照应些。古人说，父母在，不远游，唉，我也是迫不得已啊！"

荣尔仁第二天就乘火车到无锡探视父亲，见一年不到时间，父亲衰老了不少，但精神还算矍铄。他陪老父在梅园睡了一夜，半夜起来替父亲掖了几次被子，第二天又陪荣德生回城内住所，又一起到崇安寺有名的王兴记馄饨店吃了碗馄饨和小笼馒头，下午便回上海。和父亲含泪分别时，荣德生又一次重复说："新中国歌舞升平，你何必还要在外流浪呢？上海、无锡的工厂一天比一天好，如今少的就是人手，你早作回来的计议吧，现在不回，更待何时？我希望你们兄弟一起共襄大业。"

"爹，我知道了。我会伺机行动的。国伟跟我说，他打算回来。"

"他去年年底回来过，对我也这么说的。还有研仁，泰国待不住，回来就是了。钱亏了就亏了，干吗要跑到美国去，隔着一个太平洋呢。香港和泰国都是穿香云纱和木拖鞋的广东人的市面，我们玩不过他们的。"荣德生说。

"爹，我会把你的意思写信告诉他的。"

荣尔仁回上海又待了两天，便回香港了。而李国伟到香港后，便觉得那里并非宜居之地，更不适宜办面粉厂和纺织厂，北望中原，常存思归之心，慕蕴更是思念内地的老父及弟妹。新中国成立后，中共中南局统战部派一位叫孟起的处长到香港，动员李国伟回归。要他可先回内地考察一番。李国伟在1949年底从香港乘船至大连，在东北、天津、唐山、北京等地观光考察。所到之处，见新生的共和国进入了和平建设的年代，尘埃已经落定，是一个没有战乱、没有动荡、没有绑票和敲诈，可一心做事、安然休闲的社会。虽然正是隆冬季节，一路过来，是一片寒凝大地，但给人的感觉却是风和日丽的。早晨是清朗的，午后是温暖的，黄昏是金色的。在北京，李国伟受到董必武和陈云的接见。董必武对他说，李先生主持的申四和福五我很早就知道，抗战时作了很大贡献。那年在重庆举办内迁工厂产品展览会，我和恩来同志代表八路军办事处还去参观过，还题了字呢。李国伟说，我在西北办厂，和贵党的边区政府有生意上的往来。我和贵党很有缘分的。陈云问，荣毅仁先生是你妻舅，对吗？李国伟说，是的，他是我内人的四弟，我内人居长，是大姐，我是毅仁的大姐夫。陈云用青浦口音的国语说，荣先生在上海干得不错。我马上要去上海，我会见他的，有事向他讨教。

离开北京后，李国伟又南下上海。荣毅仁和他整整谈了一天，到荣家各厂都看了一遍，李国伟为厂里的蓬勃景象深深打动了。

他对荣毅仁说："四弟，厂这样办下去，会大有前途的。香港不是办厂的地方，有人劝我去美国，说纽约港口的自由女神基座的铭文是这样的内容：送给我，你那些疲乏的贫困的挤在一起渴望自由呼吸的大众，你那些熙熙攘攘的岸上被遗弃的可怜的人群，你那些无家可归的饱经风波的人们。一齐送给我，我站在金门口，高举自由的灯火！"

荣毅仁被大姐夫用牧师布道那样的声调惹笑了，说："这算什么话？又是疲乏贫困的，又是遗弃的无家可归的，当我们是罗宋瘪三，叫花子？"

"是啊，在美国人看来，我们就是当年上海滩的白俄，太有失尊严了。所以，我不想去美国，哪怕那里真是满地黄金，我都不去。"李国伟说。

"大姐夫，你说得好，做人就是要有尊严，有骨气。"

李国伟又特地回无锡，看望岳父大人荣德生。李国伟一见面就对荣德生说，这次回来考察，让他感触很深。他决定偕慕蕴回归。荣德生听了，非常高兴，说："回来好，回来好，漂泊在外面没意思的，我有生之年，能看到你们，当然还有鸿元他们都回来，我死也瞑目了。"

李国伟说到做到，于1950年1月携眷返抵汉口。不久，他在香港驻册的公司撤回汉口，李国伟仍旧主持申四、福五等厂的事务。从1951年起，他先后任武汉市人民代表、湖北省工商联副主任委员、湖北省人民政府副主席等职务。

## 十一　上海的早晨不平静

上海解放后，蒋介石曾预言，共产党管不了，也管不好这座大城市。不出三个月，共产党在上海的处境会很狼狈。上海会像一个严重中风的病人那样，整个瘫痪下来，不能动弹；上海的工厂、商铺会关门或倒闭，逗留在上海的资本家乃至小商人会在绝望中大逃亡。上海将成为一座转不动的死城。然而三个月过去了，半年过去了，上海却好好的，表现出了令人难以置信的重生能力。

路边树木依然翠绿，高楼依然熠熠生辉，自来水汩汩而流，每晚夜幕低垂，满城灯火无尽无边。一批批工厂先后复苏，大小商店的商品琳琅满目，酒吧供应着一款又一款鸡尾酒。而解放前夕的恐慌和混乱的末世气氛，在弹指之间，便安定下来，城市变得干净利落。那些原来对共产党怀有恐惧心理的资本家很快就消除了顾虑，甘心情愿和共产党合作，并对共产党对他们的礼遇心存感恩。

蒋介石的预言破灭了，但在台湾的国民党当局嫉恨之余，便扬言，要进一步封锁上海。要用飞机轰炸，用炸弹把上海变成一个没有水、没有电的黑暗的瘫痪的城市。原来，上海解放后，国民党军队除退缩台湾外，还占领了金门、舟山等沿海岛屿。由于当时解放军还未建立海军和空军，加之缺乏海上作战的经验。1949年10月26日，三野二十八军金门登陆战失败。几天后，三野攻击舟山的部队在登步岛一战中再次失利，东南沿海的局面发生了变化。

一再败退的国民党军队转守为攻。舟山国民党守军从原来的局部的封锁，开始全面对大陆实施海上封锁和空袭。布放水雷，查缉前往大陆的各国商轮，抢劫没收运往大陆的货物，甚至对前往上海的外轮进行血腥杀戮。在蒋介石亲自督促下，扩建了舟山机场，调集大批飞机，准备对上海、杭州等城市进行轰炸。

当时上海的工业原料大部分依赖进口，如棉纺业所需原棉的百分之六十，毛纺业所需毛条的全部，面粉业所需小麦的大部，造纸业所需纸浆的全部，卷烟业所需烟纸、烟丝的半数以上，动力生产所用油料的百分之八十，煤炭百分之二十等都是依靠进口。国民党军队的封锁，使上海经济复苏的势头得到了严重的扼制。上海市军管会和人民政府进行坚决的反封锁斗争，从内地组织原料进入上海，大量进口产品改由香港转口；并鼓励民族资本家利用海外的关系，从印度等地进口原棉、麦料等原料；对自行派人或委托亲友携带入境的原料，用于工厂生产的，一律减免关税。政务院财经委员会又颁发了"私营厂商申请进口原棉准以国产棉纱、棉布出口交换"的决议。荣尔仁就是在这种背景下回了趟上海，携回了一千多包原棉。上海申新二、五、九厂曾从埃及、印度等国家进口原棉三千多包。一度，香港成了进口的主通道，上海许多资本家都设法从香港进口原料。这些优惠政策，一定程度上缓解了原料的不足，再加上军管会和政府想方设法从各地调运各种急需的物资，使上海的经济基本维持了稳定。

蒋介石眼看封锁对上海经济的打击虽有所奏效，但不能致使上海瘫痪。于是，加强了对上海的空袭。1950年1月25日中午，国民党空军从舟山机场出动B24轰炸机十二架，以江南造船厂为主要目标，沿黄浦江对十六铺、高昌店、杨树浦、杨家渡等处投掷重磅炸弹五十二枚，江南造船厂中弹二十枚，损失惨重。2月6日，国民党空军再次在上海狂轰滥炸，上海电力公司江边电站（今杨树浦发电厂）、南市华商电气公司、闸北水电公司等重要设施受到轮番轰炸，两千多间厂房、民房被炸毁，一千三百多人倒在血泊之中。在解放上海时，由工人自卫团保护下来的发电厂、自来水厂几近摧毁，上海就像1938年8月淞沪战争时期那样，随着惊天动地的爆炸声，燃起漫天的硝烟。这就是震惊上海乃至全国的"二六"大轰炸。

正是上海一年中最寒冷的季节，由于供不上电、供不上水，上海真的变成了一座黑暗的城市，街道上绚丽夺目的灯火消失了，街上少有车辆和行人。住宅区，无论是花园洋房，还是石库门弄堂，拥挤不堪的棚户区，都是一片漆黑。每家只准开一盏小支光的电灯，限时半小时。其余时间只能点蜡烛或油盏。上海在萧瑟的严寒中迎接即将到来的旧历新年，刚刚平静下来的人心又晃动起来，多灾多难的大上海，又进入了一个艰难的时世。

这天晚上，荣毅仁将自己关在书房里，他连蜡烛都没有点，而是在黑暗中在房内踱来踱去。孩子们都躺进了被窝，杨鉴清给他们每人灌了个橡胶的热水袋。她摸着黑，给丈夫送去一杯热咖啡。她知道，申新、福新诸厂因为轰炸，原来热气腾腾的厂，一下又骤然冷了下来，有发电间的工厂尚能半开半停，没有自发电能力的厂只能停下来。加上物价从去年10月份起又成倍地上涨，而且有点止不住的样子。这不得不让荣毅仁想起解放前物价失控的可怕情景，虽然现在的涨势和那时比，是小巫见大巫，但总是不祥之兆。他也看到军管会和市人民政府在努力控制物价，把涨势压住了。但最近涨风又起，许多人免不了担忧起来，忍不住将手里的纸币去换成煤球、肥皂、大米、火柴，甚至蜡烛、盐巴等生活用品。

荣毅仁对共产党控制物价是有信心的。军管会在成立后，仅用十天时间，就将市民手中持有的金圆券兑换成人民币。可人民银行早上兑换出去的钞票，往往到晚上又回潮般地返回银行。人们对国民党统治时期货币贬低一泻千里的情景记忆犹新，所以对纸币毫无信任感，而只相信黄金、银元、美元和棉纱之类的实物。这是那段令人恐惧的历史遗留下来的后遗症。奸商、投机分子利用人们的这种心理，兴风作浪，高价收购和出售所谓的"黄、白、绿"，黄即黄金，白即银元，绿即美元。一块银元猛涨到一千八百多元。马路上的银元贩子随处可见，叮叮当当的银元敲击声和黄浦江的汽笛声、有轨电车的叮叮咚咚声以及无处不在的小贩叫卖声混合成上海的市声，让人仿佛又回到了旧社会。

上海军管会和人民政府在颁布了外汇、黄金管理办法的同时，一举端掉了倒买倒卖黄金银元的大小黑窝点和炒美元的地下钱庄，逮捕了奸商、投机倒把分子二百多人。用陈毅的话来说，把害人不浅的"白蚂蚁窝"一锅端掉了。接着，人民银行开办折实单位储蓄，存款利息也按折实单位计算。折实单位是以白粳米一升、龙头细布一尺、油一两、煤球一斤为标准价格合并为一个折实单位，用人民币以当天牌价计算，折成多少折实单位存入银行，取款时以当天牌价折成人民币付款，这样大家就不必担心货币贬值了。人民币在人们心目中树立起了信心。

此后，因为国民党军队封锁，棉、煤、粮食等有关国计民生的物资变得紧缺。上海又刮起涨价风，投机商大量吃进粮食和纱布，囤积居奇，伺机抛出，从中渔利。毛泽东和周恩来对此早有预见和准备，派陈云到上海，不动声色地从华东地区和全国其他地方调集大批粮、棉。大米的存量足够全市人民食用三个月，煤炭更多，棉花加紧调运。与此同时，在全市所有粮店同一时间以平价敞开供粮，投机商囤积的粮食已无出路，只能低价抛售，这样，物价便迅速稳定下来。

去年8月，陈云再次来到上海，他上次来是稳定物价来的，这次是调查来的。上海要保持稳定，自身经济的复苏和发展是根本的支撑点。上次来，他没有和工商界任何人谋面，这次，他在锦江饭店刚住下，便找荣毅仁谈话，了解情况。荣毅仁是上海工商界第一个被陈云点名见面的资本家。荣毅仁见陈云平易近人，瘦瘦的，举手投足都很斯文，讲话委婉、简洁，一点官腔都没有，更谈不上摆什么"官威"了。而据荣毅仁了解，陈云在共产党内地位很高，主管全国的财经，大至全国农工商、国帑的支配，小至老百姓开门七件事，这是孔祥熙和宋子文加起来的那一大摊事。陈云思路清晰，几句话就把事情说清楚了。陈云对他说，我们是关起门来说话，你不用说好话、唱赞歌，只说问题，发牢骚都可以。总而言之，不要有顾虑，你有什么说什么，知无不言，言无不尽。荣毅仁把工厂的情况作了详细的介绍，他说，说到困难，主要有两点，资金不足和原料供不上，这是我们头上的紧箍咒。陈云说，我们不是唐僧，不会念紧箍咒，而是帮你们解掉这个咒。念紧箍咒的是蒋介石，但他也不是唐僧，唐僧善良，有惜人之心。蒋介石是恶煞，他念紧箍咒是要扼杀你们，扼杀老百姓，让我们不得安生。制空权和海上封锁是他的两个撒手锏，我估计你们有些担心，怕共产党没有空军、海军，长期会受到蒋介石的掣肘，对不对？荣毅仁回答说，是有这个担心。陈云说，我们正在建海军、空军，很快就会夺回制空权、制海权的，蒋介石的撒手锏用不了多少时间就会失效，紧箍咒也就念不出了。陈云问荣毅仁，上海工商界还有什么担心的？荣毅仁说，怕物价还会上涨，大家一提到解放前的通货膨胀，都心有余悸。但银元风波和后来的涨价风给共产党压下去了，上海工商界很佩服共产党的铁腕手段。陈云说，我估计物价会涨一点，现在有这个苗头了，像黄浦江的江水会潮起潮落，但像解放前那样的局面，像脱缰的野马收不住是不会出现的。就像你说的，我们有我们的办法。不仅用铁腕手段，还要用经济的规律。

陈云和荣毅仁足足谈了半天，让荣毅仁留下的印象，陈云是个低调务实的人，心细得很，是个经济专家。对上海的历史，解放前后的情况十分了解。后来，他才知道，陈云早年曾在上海从事过工人运动。

此刻，荣毅仁又想起陈云的话，他心里稍稍踏实了些。他相信陈云不是在说空话，解放军的空军、海军不久就会雄起。他听盛康年说，苏联要支援中国四百架飞机，大批飞行员正在东北训练，攻台总司令粟裕已将几十万大军集中在沿海一带，并在华中腹地和华南沿海修复了几十个机场。舟山、金门这些沿海岛屿到时首当其冲，蒋介石的紧箍咒和撒手锏都会成为废物。空袭只是垂死挣扎而已。

"毅仁，你别急，听说电厂和水厂正在连夜抢修，工厂开工不足是暂时的。"杨鉴清以为丈夫是在为厂里停工而居心不安。

"我知道，我今天到市里开会，陈毅市长在会上说得很清楚了。他说，蒋介石多行不义必自毙，他吓不倒上海人民的。他恶狗挡路，封掉我们进出的门，丧心病狂地炸掉水厂电厂，给我们的生产和生活造成了影响。蒋介石这个一号战犯犯下了新的战争罪行，会更激起上海人民同仇敌忾，团结起来，克服暂时的困难。苏东坡有首《定风波》词中有两句诗，'竹杖芒鞋轻胜马，谁怕？一蓑烟雨任平生。'苏东坡遇到倾盆大雨，很笃定喽，脚下一双草鞋，却觉得比骑一匹马还要自在呢。我们要学学苏东坡，笃定泰山，无所畏惧。我们要解决问题，但我们更需要信心和斗志。做大事的人不能老是心有戚戚。"荣毅仁说。

"那你还心有戚戚呢？陈毅市长都说笃定泰山了。"

"你知道吗？有两件事让我放心不下。一件是年关了，我们对工人还发不出工资，他们可要过年的哟，可头寸实在调不过来。另一件是年初我们承购的公债眼看就要付钱了，但这一段时期工厂很少盈利，我实在拿不出这么多钱。"荣毅仁有些苦恼地说。

"俗话说，虱多不痒，债多不愁，再和潘汉年副市长、许局长商量商量，争取银行再贷点款。"

"我们已贷了三百多万元了，有点不好意思开口了。再说，现在是非常时期，国家有国家的困难。你去休息吧，我再坐一会，再想想办法。"荣毅仁说。

杨鉴清离开后，荣毅仁站在窗口。外面是花园，草坪枯黄了，树木光秃秃的，在西风中摇曳着。一轮冷月，散发着如清水般的光芒，显得有些萧瑟。四周悄然无声，没有一点光亮，大上海的夜晚从来没有这样静谧过，这样昏黑过。只有几根明亮的探照灯的灯柱在空中划来划去，这是"二六"轰炸后才出现的，是预防国民党空军飞机夜袭。从那次轰炸以后，上海周围部署了高射炮。要是袁葆康还在空军，他会驾驶飞机轰炸上海吗？不会的，他是坚决反对内战才离开军界去了美国的，荣毅仁想道。

电话铃突然响了，荣毅仁拿出电话，是盛康年打来的。他在电话中说："毅仁，你在干什么呢？不会点着蜡烛做账吧？"

　　"虽然停电了，但这么早哪睡得着，我在书房里坐一会儿。"荣毅仁说。

　　"我也在书房坐着，想起了一件事，就是年初国家发行折实公债，你当着陈毅市长的面代表申新认购了六十余万份，听说要准备交钱了，你交得出吗？这可不是小数目啊！"盛康年是了解这件事的，他也了解申新、福新、茂新所面临的困境。白天，潘汉年和他议论到这事，上海棉纺业购买了二百十二份公债，超额完成了国家定的指标。潘汉年要盛康年方便时问一下荣毅仁，要他做好交钱的准备。

　　"康年，不瞒你说，我现在确有点囊中羞涩。不过，我正在想办法，既然认购了那个数，我岂能不兑现？"荣毅仁大声说，"大上海真静啊！一点声音都没有。"

　　"我家外面，有买甜粥、小馄饨的担子，点着风灯，吆喝着。我窗口看过去，灯光特别亮，叫卖声听得特别清楚。"

　　"真的？我们去吃碗甜粥，怎么样？我爹说过，小时候在钱庄学生意，晚上打算盘晚了，就到弄堂口吃碗小馄饨或一碗甜粥。"荣毅仁笑着说。

　　"好啊，反正睡不着，我们在没有灯光的夜上海散散步吧，这是很少有的机会啊！那你就朝我家走来吧。我在家门口等你。"盛康年的兴致也上来了。

　　盛康年家离荣宅不远，步行十几分钟便到。荣毅仁穿上呢大衣，围上羊毛围巾，戴上帽子、皮手套，浑身上下，裹得严严实实。他和杨鉴清打了个招呼，便走出门去，马路上空荡荡的，法国梧桐的树叶都掉光了，交叉的枝桠在月光里有力地伸着，枝上的悬铃在风中悠悠荡荡。车辆行人稀少，一阵阵凛冽的风，呼啸着迎面扑来，刮在脸上，剪刀般地刺痛。荣毅仁用手套捂住嘴巴，大步向前走着，走了一段路，又转弯拐入另一条马路。换了个方向，风势小多了，走了一会，果然老远就看见亮着一盏灯，顿时有种温馨的感觉。走近了，才看见盛康年站在馄饨担旁。

　　"四老板，你果然来了，西北风吃足了吧！"盛康年也是一身冬装，开玩笑说。

　　"来碗热粥吧，要烫一点。"荣毅仁对小贩说。

　　"老板，滚烫滚烫的，白糖桂花熬的。"小贩说，指了指铜锅下面的炭炉，便熟练地打了两碗甜粥递给他们。在风灯的亮光下，他认出了荣毅仁，便试探地问，"先生是申新的荣老板吗？"

　　荣毅仁喝着甜粥说："是啊！我们啥地方见过的？"

"我儿子媳妇都是申六的，儿子是机修工，媳妇是挡车工，有次我到厂门口等儿子媳妇，正看到你坐汽车进来，在门口下的车，门房喊你荣老板。"小贩唠唠叨叨地说，"我儿子叫石金虎，媳妇叫顾桃红，在申九做工做了十几年了。最近老听我媳妇说，工厂两个月没发工资了。要不，这么冷的天，我也不会出来了，一家子五六口人，要吃要喝哪！"

"师傅，对不住啊！这两个月，开工不足，厂里头寸一时调不过来。我正在想办法，会补给他们的，让他们再宽裕几天吧。"荣毅仁歉疚地说，从口袋里摸出一张相当于现在十元的钞票，给了馄饨担师傅，说了声，"不用找了。"便和盛康年朝自己家的方向走去。一碗热粥下肚，他们感到周身热了不少。

"毅仁，年关了，正是要用钱的时候。你说，你在想办法，你有什么办法可想啊！"盛康年说，"走，我送你回家。"

"陈毅市长不是念了苏东坡的诗了，竹杖芒鞋胜轻马，谁怕？虱多不痒，债多不愁，我想办法再借呗！或者再到无锡跟我爹商量商量，让他给我挪一点。"

"毅仁，如有难处，公债的事可与潘副市长商量，作一些调整，不必勉强。跟你说实话吧，今天潘副市长对我提起此事，也问到了你。他很关心你能不能支付这么一大笔钱。他可能已考虑到你的处境。"

"给我一点时间，我争取按购买数承兑。如果报多付少，这不是违约吗？况且，报纸上都登了这样的消息：申新一马当先。不了解情况的，还以为我故意在沽名钓誉，出尔反尔呢！"荣毅仁坚持说。

"好吧，你看着办吧。反正，你要量力而行。"

听了盛康年这句话，荣毅仁有点不高兴了。他觉得盛康年说这样的话不仅仅是出于关心，还有其他意思在里面，暗指他是为了面子，承购数超出了自己的能力。

"我决不是为了出风头，那天潘副市长到我家里来，要我带头多购买公债，在上海工商业界作个表率。我初步计算了一下，觉得申新几爿厂合起来，可以买这个数。我错了吗？"荣毅仁有点生气地说。

盛康年不吭声了，沉默了一会儿，他爆发似地笑起来，说："毅仁，你没有错，说实话，即使出风头，也是为了国家和人民。这是国家发行的人民胜利折实公债，你能如此踊跃，是好事啊！工商界有人说，上海资本家中有三个半是红色的，一个是盛康年，一个是荣毅仁，还有一个是我父亲盛丕华，半个是永安纱厂的郭棣活。"

这下轮到荣毅仁不说话了，他觉得把他和盛康年、盛丕华等同起来，不管怎样，是一种褒扬，也是对他的鼓励。因为盛康年在抗战时就投身于抗日救亡运动，多次帮助过共产党，早就有"红色小开"之称。盛丕华更不用说了，受到过毛主席的赏识，由毛主席亲自任命为上海市副市长。至于郭棣活，是永安纱厂的老板，蒋经国打老虎时打到了他，所以，他对国民党恨之入骨。解放前夕，他向国外订购了一批纺织机械和原料，包括瑞士制造的大功率汽轮发电机，一万锭纺纱机器的成套设备以及六千多包美国棉花，价值二百五十万美元。经过一段时间的阻挠，郭棣活不顾亲友的阻挠，毅然决然地将这批设备和物资运回了上海。这次认购公债，郭棣活的永安纱厂也报了三十五万五千份。

荣毅仁和盛康年走到荣宅家门口，见几个解放军战士在马路上来回巡逻。荣毅仁对盛康年说："这些解放军的士兵也很辛苦，这么晚了，还在马路上值勤。"盛康年说："因为停电，城市一片黑，潘汉年副市长特地关照驻上海的部队，在一批主要的工商界人士住所多加保卫，防止坏人乘机行窃捣鬼。"

荣毅仁听了，心里涌上一阵感动。共产党想得太周到了。他想起去年5月的一件事，那是解放军向上海发起进攻时，炮声像春天的雷声远远地传来。一队国民党溃兵突然窜到他的家，凶相毕露，声称要征用他的房子用于军事防御，在他家门口煞有其事地架起了机关枪。荣毅仁明白，这帮兵痞无非是敲竹杠，勒索钱财，不得已给了五百现洋，才把他们打发走。而共产党的军队，进驻上海后，秋毫无犯，从未发生过一起违法乱纪的事件。因为停电，城市变黑了，潘汉年副市长还特地派解放军战士来保护一个资本家。要不是盛康年知情，并提醒了他，他还蒙在鼓里呢。解放前后两次不同的遭遇，虽是细枝末节的事，但让荣毅仁在比较之中，见到新中国的闪光之点。父亲荣德生说，历来有兵匪一家一说，依我看，兵和匪的区别，简言之，在是否扰民掠民，扰之掠之，就是匪，护民爱民，就是兵。

"看来父亲说得还有点道理，父亲真是有熟谙世途的一双老眼啊！"荣毅仁自言自语说。

几天当中，尽管荣毅仁多方想法，银行没有拒绝他，但又一时不能马上拨付。财政本来就很紧张，目前正投入大量财力修复水厂、电厂，还有就是军事后勤上，需要上海财政提供一点帮助。原来，为击退国民党空军的空袭，中共中央请求苏联出动空军协助上海防空。苏联方面答应了中国的请求。2月25日起。苏联空军一百余架飞机抵达上海。同时，又紧急驰援了一批高射炮，加上我缴获的国民党军队的高射炮，在上海布设了多处防空阵地。赴上海的苏联空军由最精锐的莫斯科防空部队组成，莫斯科军区参谋长巴基斯基出任司令，华东军区、上海市长陈毅着重向苏军将领介绍了华东军区保卫上海的兵力和装备、上海这座城市的特点、最需要保护的重要工业区和运输枢纽的分布等情况。当然，这一切都是在极度秘密下进行的。和绝大多数上海人一样，荣毅仁不了解这些内情。

荣毅仁又向无锡父亲求援，父亲答应从申三、茂一调出一点头寸让他应急，但数目有限，对荣毅仁来说，是杯水车薪，急得荣毅仁不知怎么办才好。这天，荣毅仁在总公司召集财务部的人收各厂应收款，看看能不能挤点钱出来。突然，杨鉴清从家里打电话给他说，申六有几十个女工闯进家里讨工资，我让她们在花园里等了一会儿。后来等不着你，她们就到客厅里来了，扬言不拿到工资就不走了。还说，领头的女工叫顾桃红，嗓门很大，很泼辣。

对"顾桃红"这个名字，荣毅仁觉得有点耳熟，但一时想不起来了。工人闹事，在荣家的企业中虽不算多，解放前的几十年里也发生过多起。20世纪20年代改革工头制时，在工头煽动下，无锡申三发生过工潮。时任全国总工会主席的共产党人李立三从上海赶到无锡，进行调查，结果查明申三的工潮很复杂，其中有工人的合理要求，如推行新制以后，机器的效率提高了，劳动强度也增加了，可工资没有跟上去，工人们提出改善待遇的要求是正当的。但主要原因是革除了带封建主义色彩的工头制，那些个工头胁迫工人罢工，围殴技术人员，企图以此迫使厂主恢复旧制，所以，这不是真正的工人运动。后来，父亲在薛明剑协助下给工人加了工资，妥善处置了工头才使事态得到平息。

1947年，上海申九工人大罢工，这是地下党领导的反对国民党统治的工人运动，但被国民党军警镇压了。当时，荣家站在自身立场上，当然是不希望罢工的，不管怎样，罢工对厂方和工人都是两败俱伤的。所以，伯父荣宗敬和荣德生历来主张对工人采取安抚的做法，建立工人法庭、工人俱乐部、工人夜校、工人自治区，建造职工宿舍、职工医院和子弟学校，这些福利条件，一定程度上缓和了劳资矛盾。即使有矛盾，父亲和伯父也依凭中庸之道，从中折冲，尽量大事化小，小事化了。所以，荣家企业和别的工厂比起来，还是比较平稳的。可现在工人们破天荒地闯到自己家里去了，这可是荣家两代人中没有过的事。解放以后，他逐步懂得工人阶级是社会的主人了，在五星红旗中，是和民族资产阶级排在一起的，都是围绕着大星的四颗小星中一颗。因此，从解放前他对工人态度的随和变为了心怀诚心诚意的敬畏。

该怎么办呢？他怕工人再闹到总公司来，便乘车来到盛康年家。汽车到盛宅的门口，他猛然想起太太杨鉴清提到的那个带头的申六的女工顾桃红，就是停电那个晚上，他在盛康年家门口吃甜粥的馄饨担的小贩的儿媳，当时他提到儿媳嘀咕过厂里发不出工资的事，看来正是她了。

盛康年是忙人，他已担任了上海市人代会协商委员会副秘书长，忙于各种事务。经常很晚才回家，但今天倒在家里。一看到荣毅仁不太寻常的神色，知道他有事来的，便把他引到书房，关上门，说："毅仁，有什么事只管说好了。"

"厂里工资发不出，申六一部分工人闯进了我的家，都挤在客厅里，她们说，拿不到工资就不走了。你知道带头的女工是谁吗？"未等盛康年回答，接着说下去，"你还记得那晚在你家门口卖甜粥、小馄饨的那个老头吗？"

"当然记得，他怎么啦？"

"带头的女人就是他的儿媳，申六的挡车工，叫顾桃红。"

"你怎么知道的。"

"她跟鉴清自我介绍的，鉴清电话中告诉我的。你看我要不要回去？我还没吃晚饭呢。"荣毅仁问。

"你暂时不要回去，在我家里吃晚饭，我给你和潘副市长联系。你不要着急，市里会出面解决的。"盛康年安慰他说。

荣毅仁在盛康年家草草吃了点晚饭，就坐在那里发呆。盛康年打通了潘汉年的电话。潘汉年听后，一面安排荣毅仁到外白渡桥桥下的上海大厦（原百老汇大厦）暂住，一面将情况向陈毅市长报告。陈毅听后，发火说："怎么能跑到人家家里去胡闹呢？这样做是不行的。人家发不出工资，不是在耍赖嘛，是事出有因嘛！立即派人到荣毅仁家里，让申六的工人撤出荣宅，有事再坐下来商量。荣毅仁现在人在哪里？"

"他现在在盛康年家里，我已安排他到上海大厦避一避，免得回去发生冲突。"潘汉年说。

"好，就这么安排。把荣毅仁的家眷也接到上海大厦去。"陈毅很有力地说，"一定要妥善处理好这件事，从劳资两利的角度去采取措施。工人要过年，要求补发工钱并没错，荣毅仁也有他的难处。用上海人的话来说，这个'老娘舅'由我们来做了。但无论如何，包围荣毅仁的家是错误的，要严肃批评。"

"我马上来安排，召集有关部门来商量，估计类似情况在别的厂也有，要商量一个两全之计。这个'老娘舅'我来做喽！"潘汉年说。

在陈毅市长的指示下，潘汉年立即嘱咐劳动部门和工会组织向工人做了大量的工作，又邀集有关部门和棉纺同业公会负责人一起开会研究，从公私关系、劳资关系到原料供应、成品收购以及银行贷款等等，合理部署，很快平息了这场年关风波。工厂恢复了正常生产。

在上海大厦，荣毅仁一夜没有安寝。天一亮就起床了。杨鉴清劝他再睡一会，但荣毅仁怎么也睡不着了。他又站到窗口，早晨的上海都在眼底下，黄浦江、苏州河是安静的，外滩是安静的，海关钟楼的钟声很响、很洪亮。因为和上海大厦离得很近，那一长排石头建筑显得高低错落，栉比有致，一气呵成。这些建筑都是精美无双的，特别是原汇丰银行那幢大厦，现为上海市人民政府办公楼。解放前，他常去那里借钱，解放后，他在那里开过会、办过事。这幢被喻为"从苏伊士运河到白令海峡的一座最讲究的建筑"，见证了这座城市的变化。荣毅仁对外滩的这些建筑是百看不厌的。只要有机会，他都会欣赏一下这些美好建筑，想着它们的身世和所处的不同时代。上海大厦是眺望外滩轮廓线的最佳所在，但今天，荣毅仁没有了欣赏的心情。虽然那些石头的构筑坚固美丽如初，但荣毅仁忽然觉得它们像海市蜃楼一样完美而不真实，他的心变得无比焦虑。

管家不知他住在上海大厦，所以无法打电话告诉他家里的情况。那些工人走了没有？她们有饭吃吗？她们要待到什么时候呢？他几次想打个电话回去。但几次拿起话筒又放下了。工资怎么办呢？再拖欠下去，工人们揭不开锅，更不要说能过年了，还有公债兑现的钱也还没有着落。想到这些，他的心情愈发沉重起来，也有点无奈。

据说，从上海大厦看浦东日出是很壮观的。但这天是阴天，云层很厚，像要下雨或下雪的样子。没有太阳，当然看不到日出。到八点多钟的时候，潘汉年亲自打来电话，第一句话就是玩笑话："荣老板，让你受惊了！向你表示慰问啊！"

"哪里，哪里，是我的错，我对不住工人。"荣毅仁说，他陡觉精神一振。

"你马上到我办公室来，许涤新、顾准、人民银行的行长都在我这里。闯入你家的女工昨天晚上就动员走了，你太太、孩子可以回家了，你们不必在上海大厦避风头了。"潘汉年在电话中笑着说。

放下电话后，荣毅仁对杨鉴清说："女工们已在昨晚就离开我们家了，你带着孩子回去吧，我马上要到潘副市长那里去开会。"说完，就穿上大衣，拎着皮包下楼，乘车到上海市人民政府，走进这幢华丽的门口有一对铜狮子的大厦。

在潘汉年办公室，参加会议的负责人已决定向申新提供一笔贷款，用于补发拖欠的工人工资。在会上，潘汉年再次批评了昨晚林文轲在荣家讲的一些话。说："你这样说，是严重违背了党的现阶段对民族工商业的政策，你非但没有劝说工人离开荣毅仁先生的家，反而说她们是有勇气的，有革命觉悟，要撑她们的腰，这不是在火上浇油吗？当然，工人两个月没有发到工钱，她们的心情是可以理解的，但采取这种做法是错误的，此风不可长，必须坚决刹住。我们的各级工会和劳动部门要深入到工厂，宣传党和人民政府的方针政策，教育工人认清形势，顾全大局，共渡时艰。"

华东局不久前开各省市军管会和人民政府负责人会议时，管文蔚介绍到无锡申三、茂一、茂二等劳资关系比较融洽，即便有了矛盾也能消除在萌芽状态。潘汉年昨晚想起了这件事，为了防止申六的事向荣家其他厂蔓延，潘汉年向陈毅市长建议，荣家企业的厂方负责人大多是无锡人，工人中也有不少有着无锡、江阴背景，因此能否从申三、茂一抽调几个"无锡老乡"到上海的申新、茂新、福新来担当某方面之任。

陈毅市长当即表示同意，说，我们几个野战军的指挥员都调来调去的，无锡申新、茂新的干部有经验，完全可以调他们来上海的厂子做事。"公私兼顾、劳资两利"不是煮一碗汤那么简单，而是烧一桌菜，要有手艺的喽。像荣毅仁的扬州大厨那样，火候掌握得怎样，菜怎么配，作料怎么加，都有门道、有讲究的，否则，要煮成一锅糊了。工人和资本家是有利害冲突，但在国家利益面前是可以融合的嘛，利益就一致了嘛。毛主席说，小道理要服从大道理，小利益要服从大利益，眼前利益要服从长远利益。要做到这样，就要掌握一点门道。要做扬州大厨，不要做我们部队的伙头军，只会一锅煮，那是不行的。

这次会议以后，荣毅仁再一次从人民银行得到一笔贷款，补发了拖欠的工人工资。同时，经日以继夜地抢修，水厂和发电厂恢复正常供水供电，从内地调运和从香港转口进口的原料也逐步增加。工厂复工了，上海的夜晚又变得五光十色，商店的橱窗也变得光鲜起来。

已升任无锡总工会副主席的吴一帆突然得到调往上海的调令，他和妻子杨紫菊来到了上海。吴一帆任上海总工会宣传部副部长，具体负责荣家企业的工会事务，紫菊任申六工会女工干事。紫菊解放前夕为拦住申三机器外运，扇了哥哥杨大龙一巴掌，使她的悍妇之名传遍全厂。解放后，受到管文蔚的接见和表彰，后来，她又调到厂工会，经过一段时期的集训，成了新中国成立后第一批公开加入的共产党员。对于调上海，她是缺乏准备的。虽然她和哥哥大龙是出生在上海的，那时父亲杨炳奎在洋行做外国铜匠，但很小的时候，她和哥哥就跟着父亲来无锡了。父母亲都是涟水人，逃难逃到上海的。上海对紫菊来说，一点记忆都没有了，完全是一个生疏的城市。她从父亲平时的言谈中，得到的印象，上海是个花花世界，是个叫人头晕的地方，各种稀奇古怪的人都有，每天都会有稀奇古怪的事发生。所以，她不太想到上海去。她征求妹妹紫竹的意见。紫竹说，能到上海去，这是多好的事情啊，你放弃的话，太可惜了，也太傻了。紫菊说，上海真有那么好吗？紫竹说，你知道不知道，共产党就是在上海成立的，上海是全中国工厂最多的地方。申新在无锡只有一爿，在上海有八爿，面粉厂有十几爿。我还在跟陆晓波商量，江南大学毕业后，准备考上海的纺织大学，要是你们在上海，我在上海上学也就不冷清了。是紫竹一番话，让紫菊打定主意跟吴一帆来到上海履新。

荣毅仁从潘汉年那里知道了吴一帆一家调到上海来了，这个解放前让他赏识的会计科长，在解放后得知是地下党时，惊奇是不消说的了。茂一老工人杨炳奎的大女儿杨紫菊又成了他的妻子，如今，他们又和他一起共事了。当然，他们已不是昔日的他们了，一个是市里的工会干部，一个是刚刚闹过事的申六的工会干部。潘汉年表示，从无锡调些人来，是便于劳资疏通和融合，是特定的安排，更有利于荣毅仁在工厂实现"公私兼顾，劳资两利"，这显然是潘汉年的好意和苦心，虽然是人事上的安置，但足以使荣毅仁暖到心头了。他知道，是顾桃红带了女工闯到他家来这件事触发了潘汉年这样的想法。欣慰之余，想到和吴一帆和杨炳奎一家的结识，荣毅仁不免感慨，人生遇合之奇，世事变化之难料，实在叫人难信。

吴一帆和杨紫菊到总公司拜访了荣毅仁，一个着人民装，一个着列宁装，和政府的那些干部已没有不同之处了。两人的神态粗看上去变化不大，吴一帆讲话依然简明不繁，而杨紫菊一如以前那样爽朗，但细细观察他们的一举一动，尽礼不缺之外，已没有了以前的卑谦、谨慎，替而代之的是精神焕发和自信从容。他们谈了些无锡的情况后，便转入了正题。

"荣先生，今后我们一起工作了。工会是替工人说话的，也是代表工人处置和资方的关系的。劳资双方利益在根本上是一致的，所以'公私兼顾，劳资两利'这一方针有很深的含义，领会了这一点，就会知道劳资之间合则两利，斗则两伤。今后，你对工人有什么提醒，可以跟我说，工人有什么要求，我也会及时向你转达。我就算是一个连接双方的桥梁吧。"吴一帆很得体很婉转地说，"我们工会不是来拆台的，是来补台的。工厂的一切，我都关心，用荣老先生的话来说，大烟囱冒烟，小烟囱才能冒烟。"

"荣家对工人是不错的，我们一家都在荣家厂里做工，体会是最深的。厂里给了我们全家三套房子，人要有良心，爹经常对我们这样说。"紫菊说，"不过，资本家终究是剥削工人的，但工厂养活了工人。没有工厂，我们就没有饭碗了；当然，没有工人，工厂也就开不起来了，资本家也赚不到钱了。现在解放了，资本家办厂，工人做工，都是为了国家了。工厂有难，资本家和工人并肩来解决，不能相互斗气。斗气就是和国家斗气，我跟顾桃红说，你去为难荣老板，就是为难自己。荣先生，我没说错吧？"

荣毅仁忍不住点着头说："你们说得都很透彻，很有道理。不过，我很惭愧，是我拖欠了工人的工钱，把局面弄得糟不可言。虽然事出有因，但我实在于心不安得很。幸亏市军管会和人民政府又一次下井救人，大多数工人兄弟姐妹也很谅解我。要是在国民党统治时期，早就落井下石了。"

"民族资产阶级在解放前是在帝国主义经济侵略和官僚资本的双重压迫下，在夹缝中生存的，受尽了夹板气。荣家的经历我最清楚，几次差点被官僚资本和帝国主义吞吃掉，那真是不堪回首。三少爷荣一心（伊仁）和六少爷纪仁，多次跟我叹过苦经，说办厂太难了，太苦了。老话说，要让人不得安顿，就劝他造房子，或讨小老婆。实际上，最不让人安顿的，是开厂，那真是活受罪啊！"一向沉稳的吴一帆变得激动了，"从某种意义上说，民族资产阶级也是苦难者，这就是党为何尊重、团结民族资产阶级的原因。有苦难就会接受革命嘛！"

荣毅仁静静地听着，心里暗暗佩服赞叹，吴一帆竟有那么高的见识，连只读过工人夜校的女工出身的紫菊也能说出一番道理，可见时代真的会造就人。他脱口而出："客气话我就不说了，今后处在你们的位置上，该要我做什么。尽管说，工厂现在面临的困难不少，我很焦急，也不敢轻忽，更有责任把工厂恢复正常。请吴部长给我多提意见，为我调解斡旋。你们也常来我家玩，我们也算是世交了，老朋友了,多走动走动。鉴清是好客的人,最好天天有客人上门。还有,紫菊,你替我做一件事,不要再去批评顾桃红了,更不要对她施加压力。我是欠她的嘛,欠钱还债,天经地义嘛!有人说要除她的名,我坚决反对,这不是报复打击吗?"

这场风波是平息了,工厂也在恢复之中。但公债要交钱的事,让荣毅仁心里很烦恼。夜里醒来,想起这件事,便辗转反侧,不能安枕。他凑了一些钱,但离承购数还差一大截,能想办法的地方都想过了,还是筹集不到这个数。他几次想向潘汉年说清楚这个难处,但他缺乏勇气,几次拿起电话,喊通了转线台又放了下来。他甚至想到要卖掉自己的房子来付这笔款子。不久,潘汉年了解到荣毅仁的难处,便派刚从无锡调来的吴一帆进行摸底,摸清楚交款难是事实。他向陈毅汇报了这一情况,陈毅又报告了毛主席。毛主席表示,我们要荣毅仁带头,他却之不恭,自然要多购买,不过,也要实事求是,不能超过他的能力。不久,陈云再次来到上海,找工商界人士进行调查,发现像荣毅仁这样情况的不是个别。当初对企业的收益作了比较乐观的估计,轰炸、停电、原料紧缺以及停工等不利因素没有考虑进去,因而,出现了不能践诺的情况。陈云回京后,削减了上海的认购指标。

潘汉年与荣毅仁重新确认认购数字,并帮他同上海人民银行商议,用企业部分资产抵押借款。荣毅仁支付了认购公债的款项,同时,还得了一笔用于企业周转的资金。这件事让荣毅仁终身得益,在以后的半个多世纪里,包括后来改革开放,他创办中信公司,做起了大生意,按他的习惯,对每一项决策,无不三思而行,反复考虑有利条件和不利条件,密密计议,从不轻易表态。一旦决定了的事,全力以赴,心无旁骛,力求成功的结果。

公债的事解决了,工厂的人心也稳定下来,随着供电供水的正常,工厂基本都开足了。荣毅仁原来肩载沉重的感觉减轻了不少,他开始一家厂一家厂地跑,处理和解决各种具体事宜,荣毅仁忙得每晚都要到半夜才回家。到了家,有时还要在书房继续办公,或接打电话。但他的心情是轻松的、充实的。

荣毅仁不知道,上海的空中优势也正在悄然发生变化。3月23日,国民党空军的飞机再次入侵上海,苏军战机迅即起飞,将正在轰炸扫射的一架国民党飞机击落。4月2日,国民党空军又派两架战斗机袭扰上海市区,苏军歼击机在追击过程中将其中一架击落于杭州海湾中,又将另一架击成重伤。4月18日,国民党空军两架飞机从海上进入上海空中,长机未及投弹即被击落于横沙,飞行员毙命。僚机亦被击伤,机身冒烟，发动机起火，最后坠落于国民党岱山机场海边，飞行员跳伞落于岱山岛以西海面。国民党空军四架飞机被击落，这使蒋介石大吃一惊，共产党才刚刚组建空军部队，这么快就如此凶猛。于是，他下令改白天空袭为夜间偷袭。5月11日，四架国民党空军轰炸机，携带重磅炸弹在夜色掩护下，飞临上海，被地面雷达发现。刚靠近上海外围，防空部队的高射炮轰然射击，四架飞机掉头逃窜，被苏军探照灯照中和跟踪。苏军战机起飞迎战，击中一架，坠落于浦东塘桥，机组人员全部丧命。这个消息使上海军民备感振奋。

上海市军管会举行了记者招待会。大部分是中国媒体的记者，也有少量留存在上海的政治倾向不明显的外国媒体的记者。外国记者问，解放军是用什么武器击落国民党空军飞机的？陈毅回答说，是用高射炮打下来的。有的记者问，高射炮能打这么高吗？陈毅说，它能飞多高，我们就能打多高！还有记者问，许多人都看到了有飞机起飞拦截，那是解放军的飞机吗？陈毅笑着说，你这个问题提得好奇怪喽，当然是解放军的飞机喽，解放军已拥有自己的空军和海军。我们要痛打落水狗，解放沿海还被国民党军队盘踞的岛屿，解放海南岛，解放台湾，到时候，蒋介石就无处可遁逃了！

消息传到台湾，蒋介石和国民党军队将领百思不得其解，解放军怎么会在这么短的时间内具备防空和空中打击力量？于是，派一架带照相设备的侦察机到大陆进行高空侦察，返回后将照片冲印出来。蒋介石惊呆了，原来共产党的飞机竟是苏联最新式的喷气式战斗机，其性能远胜于国民党现有的飞机。与此同时，解放军四野部队登陆攻占了海南岛，有迹象表明，解放军在作解放台湾的准备，仅机场就建了十几个，飞机达数百架之多。而以舟山群岛为基地的上海制空权已被解放军争夺去，舟山已难以防守。

5月13日至20日，国民党舟山守军一万余人，在空军海军掩护下，借浓雾天和夜间，撤离舟山群岛，全部退到台湾。撤退前，将岱山机场两千米长的跑道炸毁。解放军三野部队随即登岛。从此，上海封锁宣告解除。几天后，来自舟山的渔船陆续到达上海黄浦江码头，上海百姓的饭桌又摆上了久违的舟山渔场的海鲜。

由盛丕华、盛康年父子做东，在国际饭店举行了庆祝舟山解放的工商界人士聚会。上海封锁的破除，对上海的经济有着特别重大的意义，是不言而喻的。到场的资本家个个眼中闪耀着欣慰的光芒。陈毅市长，潘汉年、刘晓等副市长应邀出席。陈毅在聚会上作了简单的讲话，他说："你们高兴，我也高兴，舟山的国民党军队是自己夹着尾巴逃到台湾去的，我们不费一枪一弹就拿下了舟山群岛。蒋介石原来很骄狂啊，以为在舟山有了个机场，有了几十架飞机就了不得了，又是封锁，又是轰炸，以为有了这个撒手锏就了不得了，以为解放军永远不会有空军、海军。现在他看到我们有了飞机，并且旗开得胜，六战六捷，击落了他们六架飞机。蒋介石想不通，解放军哪里来的飞机，而且比台湾的飞机要先进。他想不通也要想通，但他还算聪明，知道舟山待不下去了，赶紧脚底抹油，溜之大吉！我知道，你们最高兴的是这条恶狗走喽，头上的紧箍咒拿掉嘛，该进的可进，该出的可出了，条条大路可以通上海喽！"陈毅还风趣地说，"台湾对蒋介石来说，并不是保险箱。我说句大话喽，说不定明年这个时候，我可以带你们参观他在台湾的'总统府'呢！"

在场的工商界人士听后，顿时掌声雷动。荣毅仁也使劲地拍手，内心涌起无限的喜悦。他悄声对坐在他身旁的盛康年说："台湾只不过是蒋介石在波涛汹涌的大海上抓住的一根浮木！"

"不，一根稻草而已。"

这一晚，荣毅仁和盛康年喝了不少酒。荣毅仁晚年不喝酒了，但青壮年时是很能喝的。那晚，他畅怀痛饮，后来，便有了醺然之意。南京路永安百货公司的总经理郭林爽到台上唱起了京戏《山东响马》。永安公司是南洋归来的郭标郭杰兄弟开的，是上海最大的百货公司之一。郭标是孙中山的朋友，当过国民政府造币局局长。永安公司对面的先施公司是郭标太太的家族，马家的产业，先施公司的总经理也来了。他和金笔大王汤蒂因对唱了一段《霸王别姬》，马公子扮花旦虞姬，汤蒂因唱老生项羽，嗓音亢亮，有一点孟小冬的风采。上海的民族资本家这一晚在富丽的公园饭店即国际饭店的大厅里，兴奋得无法心平，无法保持在陈毅市长等共产党领导人面前应有的风度。美满的现实，锦绣般的前程，他们不再有什么怀疑。

有人甚至提出，台湾解放了，民族资本家拆迁过去的工厂会不会作为敌产处理？得到的答复是，不会，绝对不会。共产党在大陆的工商业政策同样适用台湾，像你们一样，他们照样有着自己喜爱的生活、他们的产业和他们的尊严。大家听后，发出毫无拘束的欢笑声。

那段时期，荣毅仁和大多数工商界人士一样，坚信台湾不久就会被解放，一个悬挂在海外的孤岛终究会回来的，而且是很快的。但世界上的事情往往不是那么简单。6月25日，正是上海不冷不热的温馨的初夏，朝鲜战争爆发了。朝鲜三千里江山陷入战火之中，进而十八个国家卷了进去，美国第七舰队进驻台湾海峡，中国人民志愿军跨过了鸭绿江。台湾的解放就这样搁置下来。原来近在眼前的事一下又变得遥遥无期。

朝鲜战争是蒋介石真正抓住的一根浮木。后来荣毅仁听说，蒋介石当时知道离最后的国脉断送不远了，常声泪俱下，怪手下无能，只晓得以权谋私；怪美国人无情，抛弃了他。他开始杀人。浙江省主席陈仪想仿效傅作义起义，被汤恩伯出卖，在台湾遭特务逮捕；1950年6月18日，在台湾以通共罪名被枪杀。被枪杀的还有被叛徒出卖的一批共产党地下情报人员以及有联系的国民党高级军官。他还大肆排斥异己，连自己的小舅子宋子文都被迫流亡美国。蒋介石那时可说草木皆兵，台湾岛笼罩着窒息般的沉闷。

这天，他在喝鸡汤，蒋经国进来，告诉他一个让他欣喜若狂的消息，朝鲜战争爆发了，美军准备出兵。蒋介石一激动，鸡汤泼了一地，他大声说，天助我也，台湾有救了。他令蒋经国马上致电联合国和美国，国民党军队已做好随时参与韩战的准备。美国人告诉他，你不用出兵，只要守住台湾就可以了，台湾是一艘不沉的航空母舰。

形势的突变使上海的经济形势发生了变化。美国对新生的共和国从一开始的观望转为敌视，上海的大门又变得云雾重重。美国企图堵上通往上海的商业通道，陈毅所说的条条大路通上海的局面没有出现。美棉不可能进来了，其他物资也明显减少了。

对纺织厂来说，最重要的原料是棉花。没有棉花，工厂一天都维持不了。申新厂多厂大，几百担棉花只够用上一天。而申新各厂棉纱的存量还比较充足。

## 十二　荣毅仁另辟蹊径

荣毅仁一直在思考如何在大环境下寻找可行的圆通的办法。他提出，以厂里存有的棉纱向花纱布公司换棉花，按市场价一件纱换四担棉花。这一办法被采纳，且一定程度上缓和棉花紧缺的燃眉之急。其他有棉纱存量的私营棉纺厂也照此行事。但后来纱价越来越低，纱贱棉贵，比价不合理，棉花越换越少。虽经花纱布公司对私营纱厂配供原棉，以抵冲纱棉交换中的差价，减轻私营厂的成本，但工厂还是亏损。虽然工厂日夜开工，但赚不到钱，这不是长久之计。急中生智，荣毅仁想到了一个对国家和私营纱厂都有利的双赢的办法。他经过深思熟虑以后，向市纺织工业局、华东军政委员会贸易部、花纱布公司提出：古代用兵之法，无非奇正相生。办企业也是这样。按常规做事走不通了，可另辟蹊径。

人们问他，你的另辟蹊径是怎么回事？荣毅仁说，干脆你们供应棉花，我负责加工成棉纱。工厂赚工缴费，我再也不用为原棉而奔波，政府也可按需要定点加工，这是对双方都有利的事。人们豁然开朗，说，这确是一着棋满盘活的好办法。于是，接受了荣毅仁的所谓另辟蹊径。先在申新厂试验，然后在全市推广。荣毅仁顿时一解愁颜。

中央也注意到了工商业和市场出现的变化和一些私营企业的疑难之处，问题重重，急需商决应变之策。毛泽东提出要调整工商业，所谓调整，不言可知，就是针对经济中出现的种种新情况，调整国家的工商业政策，使得民族工商业有更宽的出路。于是，中央财委在北京举行七大城市工商局长会议，上海工商界代表盛丕华、天津工商界代表周叔弢以及和工商界有广泛交往的知名民主人士黄炎培、陈叔通也应邀参加。让工商界人士和党外民主人士出席,是潘汉年的提议,得到了陈毅、刘晓的赞同。目的很明显,是因为他们更了解工商界的事情,更懂得资本家内心的想法。资本家虽然对共产党是好感的,对新中国是好感的,但在他们谦恭柔顺的神情背后,内心还是有苦水的。

陈云在开会之初,对工商局长也好,对特邀代表也好,都坦率地说:"我不要你们报喜不报忧,我也不要听好话,要听实话,要竹筒倒豆子。有什么困难,要统统讲出来,有苦水都要吐出来。有两句古诗说'谁谓荼苦,其甘如荠',苦中回甘,对我们是值得品味的。再说,夜色之下,所有的猫看上去都是一种颜色,黑的,其实不然,各种颜色都有的,有黑的、有灰的、有虎斑纹的,我就是要知道真情。总之,困难有多大,你们就讲多大,不要有什么保留,否则困难就解决不了,毛主席提出的调整,就会打折扣。"

陈云这一席坦率的话,让盛丕华、周叔弢、黄炎培、陈叔通觉得异常痛快,陈云连诗经《谷风》上两句话都念出来了,"谁谓荼苦,其甘如荠。"于是,把自己的所见所闻,资本家的内心的一些想法,所遇到的麻烦和难处一吐为快。

盛丕华当年在毛主席面前畅所欲言,受到毛主席赞许。这次,他更是无所顾忌,徐徐而说:"资本家都认为共产党的仁义,古所罕见,是很感念的。当前最大之难,是原材料无所保障,外棉外料一直进不来。舟山封锁虽解除,但由于朝鲜战事爆发,外贸依然不畅,却基本由政府掌控。国内采购也由政府调度,近乎专卖。因而造成私营棉纺织厂其道莫由,政府对国营工厂和私营工厂在原料上不完全一视同仁,前者充分提供,后者部分提供。据我所知,工商业人士亟须政府对资本家的政策能更放宽,公私兼顾,要两头兼而相等,以体现公平公正之旨。简言之,就是在税收、原料供应、产品定价等方面基本能一视同仁,善策大行,天下得幸,岂不甚善?"

周叔弢讲得更直接了:"国营厂是厂,私营厂亦是厂,都是国家经济一部分。政府不可视国营厂为亲儿子,私营厂为干儿子,亲生庶出,都是儿子嘛,不应有亲疏之分,我是直言不讳了。"

陈云认真听着,记着笔记,或沉思,或提出问题,或频频点头,态度敦厚诚笃,对大家犀利的讲话非常包容。会议闭幕时,他宣布,根据毛主席调整的指示,中央财委决定调整公私关系,扩大对私营企业加工订货和产品收购,调整公私商业的经营范围，调整私营工商业的税率，并对市场管理采取一些圆通的灵活措施。公私兼顾，不可能百分之百地绝对地相等，但要基本相等，这个要求是无可非议的。叔弢先生说得好，国营厂私营厂都是国家经济的有机部分，共产党不会厚此薄彼，没有亲儿子干儿子之分。

会上，高度肯定了荣毅仁的另辟蹊径，即实行加工订货的方式，认为这是一个有深远意义的创举，适应了国家调整经济政策之需，具有普遍推广的价值，能解决原料分配公私不均症结的有效办法。陈云对这个方式很重视，他说了八个字的评价，"高明之至，切实之至。"他解释说，所谓高明，这个方法充分体现了公私兼顾、劳资两利的原则。别人没想到，荣老板想到了，一下就让人海阔天空；所谓切实，这个方法不复杂，容易办到，立竿见影。会议以后，被广泛采纳，并在全国广而推之，成为一条重要的应变之策。荣毅仁一下在全国出了名。

陈毅在一次会上说："这个荣毅仁，很不简单，脑瓜子好使喽，连《孙子兵法》都用上了，奇正相生，他出了个奇兵喽。许涤新对我说，资本家过去总愁没有原料，没有头寸，产品卖不出去。这下可好了，国家给原料让他们加工，付他们钱，产品由国家包销。就是这话嘛，资本家这下省心多了，要谢谢荣毅仁这个奇兵喽。他要是带兵，是个帅才啊，我陈毅不如他呢。"

荣毅仁站起来说："岂敢，岂敢！我哪有这么大的本事，我不过是急中生智，提了这么个建议，哪谈得上是奇兵？"

"急中生智就好嘛，只怕急中生不了智。我们打仗，将在外，军令有所不受，这就要靠急中生智了嘛。"陈毅笑着说。

盛丕华也在会上发言说："在北京，我是实情相告，陈云副总理度量奇大，我吐苦水，他说'谁谓荼苦，其甘如荠'，荣老板说是建议，其实是上谏。共产党采纳了，有太宗之风。这下，我们是'股东'，共产党是'经理'。这个经理是可信的，他能保你赚钱，就像我在北京说的，善策大行，天下得幸。"

顾准和许涤新将荣毅仁这一另辟蹊径的倡议，上升到理论的高度来认识。他们一致认为，加工订货实质是国家资本主义的一种初级形式。许涤新总结其具有四大特点，一是加工订货能够把私营工业的生产，间接地纳入国家计划的轨道，从而能够逐步消除经济中的盲目性和无政府状态；二是加工订货的形式能够利用私人资本的生产能力，恢复和发展我国的国民经济；三是通过加工订货的形式，国营商业能够掌握私营工业企业的产品，就能够增强其调节市场、稳定物价的力量；四是加工订货这种形式能够为国家在今后对资本主义工商业实行社会主义改造准备好物质条件。

顾准尖锐地说，资本家在这个问题上走在我们共产党人前面了。资本家是资本主义的产物，他们在自由贸易中摔打过，他们懂得自由经济的规律，而我们本能地靠拢国营经济，在两种经济中把握得并不好。不知如何来平衡，说是公私兼顾，但如何兼顾，我们缺乏经验。于是，资本家不得不向国营经济靠拢了，这是他们不得已而为之，说得好听些，是另辟蹊径，歪打正着，要说奇，就奇在这里。否则，他们就没有生路了，在这一个问题上，荣毅仁比我们敏感，比我们有办法。

当然，荣毅仁提出这一建议，并没有像许涤新和顾准所说的那种理论上的自觉性。正如顾准分析的，他作为一个实业家，对市场的反应比较敏感，体会至深至微，有一种时刻都有的求存心理，经验又较丰富，因而这样的想法是勃然而生，也是逼出来的。然而，虽然没有那样的理论高度，但确实是体现了荣毅仁的智慧。然而，其后果是荣毅仁没有想到的，自己仅仅是为了工厂生存而提出的建议，竟会产生这么大的反响，并会作为一个范例推广到全国。还得到陈云、陈毅、潘汉年等领导人的鼓励，实在大出荣毅仁意外。

也是从这个时候起，荣毅仁再次读起政治经济学的理论书籍，包括他看了几十页而没读下去的《资本论》等著作。政治经济学的知识及受许涤新、顾准等经济学家的影响，他接受和认同了国家资本主义的思想。他觉得国家资本主义更适合当时的中国，它比旧社会的自由资本主义先进得多，那时所标榜的自由不仅造成市场的无序和混乱，更让官僚资本和外国资本利用竞争侵吞和盘剥民族资本有机可乘。如果说，他提出加工订货恰巧是国家资本主义的一种低级形式，那么，此后，他成了一个国家资本主义者，他会比较自觉地站在国家资本主义的立场上看待和处置问题。

这年年底，他和刘靖基等上海五名私营棉纺厂主去北京纺织工业部开会时，商业部副部长姚依林和全国工商联沙千里、吴雪之邀请荣毅仁在南河沿全国政协俱乐部吃饭。这个时候的荣毅仁已没有一点刚解放时的拘谨感了，他经历过的新时代生活渐渐丰富了他的思考和心智，除了不说满话、大话外，他能直率地发表和坚持自己真实的想法与感受了。他们谈兴颇健，荣毅仁谈了自己思考了一段时期的一个问题，那就是专业化分工的问题，他说，我想，办工厂、办工业就要专注于生产、贸易的事，例如纺织厂，集中精力提高产量和质量，研制新产品；生意上的事，销售的事，不要再去煞费周章，由商业部门担下来更好。由此，引起了四人的热议，最后形成了一个由国家统购棉纱的主张。其实，荣毅仁所思考的事明属于国家资本主义的范畴。

姚依林第二天就将这个主张汇报陈云，陈云听后，非常感兴趣，马上约上海荣毅仁、刘靖基等五名私营棉纺厂的代表进一步进行讨论。陈云说："荣毅仁先生这个想法不错，商业部和工商联都觉得国家统购棉纱更有利于对市场的调节，能更妥当地平衡生产和消费的关系，荣先生的专业化分工是很有见地的，于公于私都有好处。"刘靖基等都一致叫好。

很快，政务院财政经济委员会就颁布了《关于统购棉纱的决定》。决定明确规定，凡公私纱厂自纺部分的棉纱及自织的棉布，均由国营花纱布公司统购。中央人民政府商业部为此规定了棉纱的分配、销售、加工等具体办法。这样，私营棉纺厂的生产就纳入了国家计划的框架。私营棉纺厂把销售这一块剥离出来，交给了国家处置，成了单一的生产单元。

在这之前，荣毅仁还在北京参加了全国税务会议。荣毅仁是作为上海工商界的代表出席的。出发前，潘汉年把荣毅仁叫到办公室，坦诚地说："这次会议的议题是调整税收，税收是国家主要财政收入，也涉及到工商界的利益，你尽管放言高论，不必顾忌。"

"税收政策是国之大策，我们指手画脚合适吗？"荣毅仁问。

"让你们去，就是听你们的看法的。这不是指手画脚，而是广泛讨论，力求完善。税收虽取之于民，用之于民，但也要取得合理、适度，不能太苛，亦不能太少。这个尺度怎么把握，大家要议得细一些，深一些。"潘汉年温和地说，"我还是那句话，想说什么就说，你现在已敢于直言了，这很好嘛！"

荣毅仁一行到了北京，会议开始后，荣毅仁第一个发言，谈得很多。谈了税收工作的改进，税率的调整及核算方法，他是管厂的，这方面比较内行。他说："税收关系到国本，也关系到民本。盛世既启，合理公平的税收能为苍生为国家造福，但国家和企业还在恢复中，有史可鉴，一个新兴的政权的建立，宜轻徭薄赋，所以我不主张过高，应让企业一段时间休养生息。国民党不顾人民死活，苛捐杂税，压得企业和老百姓气都透不过来。老百姓讽刺国民党，打个哈欠都要交税，称国民党为刮民党，搜刮民脂民膏。共产党来后，税收明显低了，老百姓说，国民党税多，共产党会多。"大家哄笑起来，荣毅仁继续说，"税率是税收中的关键，低了国家国库不足，高了伤人，要取其中，千万不可太高太苛，杀鸡取蛋，涸泽而渔。苛政猛于虎是国民党失败的一个原因，前车之鉴，后车之师啊！"

有一个省的税务局长听不下去了，有点不客气地说："你这是在指桑骂槐，指责我们收税太高。你们一味要求税率低，无非是多赚钱，满足你们的私欲。这些话，我不要听，你也不必说下去了。"

荣毅仁一听就火了，他平时是很温文的，讲话有分寸、得体，一般不和别人争论。但有潘汉年临行前的交代，他有了底气，加上他这年三十四岁，不免还有些年少气盛，便神色郑重地说，"我来之前，市人民政府领导人要我放开来说，会议也明确我们不要有顾忌，知无不言，言无不尽，说错了也不要紧。既然你不要听，也不许我说，那我就不说了。而且，照你这种说法，我们何必来呢？来了是不是要我们只带耳朵不带嘴呢？"

主持会议的政务院财委副主任、财政部长薄一波有些生气地责怪那位税务局长说："你不要听，塞上你的耳朵就行了，可我要听的，他们就是特别邀请来发表意见的，不能让他讲话是不对的。还有，你有些话讲得是不妥当的，什么指桑骂槐，什么无非是多赚钱，简直是在胡言乱语！同志哥哎，你怎么能当场让我们的特邀代表难堪呢？不可这样！"说着笑着对荣毅仁很爽直地说，"荣老板，你消消气，继续说下去吧，就是你的南方话不好懂。"灼灼双眼，透着鼓励的眼神注视着他。

荣毅仁也觉得刚才自己有点沉不住气，便笑道："我说得不一定对，可能有偏颇之处，只供各位参考，并无别的意思。"说着，心平气和地把他的想法说完。

后来，会议在税收是以民主评议还是根据账册来征收引起分歧，甚至发生激辩。一派认为，私营工厂老板说了算，花样不少，账册可能有假，不足为凭，还是民主评议好。一派认好民主评议，各说各的，缺乏准数，还是要账册为佐证。荣毅仁坚持以账册为依据，他说："对私营企业应当信任，做假账的有没有呢？我不敢断言没有，但很少，至少我们荣家的企业从未有过这样的事。申新、茂新的会计科长吴一帆现在是上海总工会的宣传部副部长，你们可以问问他，我们掺过假没有？四十多年了，我们的账都在那里，买一根铅笔、买一只灯泡都有账，从来不敢有半点马虎的。以为资本家只会做假账，蒙骗政府，这不是偏见，就是外行。顾准局长也在这里，他是会计师出身，他是了解内情的。"

顾准站起来说："荣先生说得不错，上海原本具有优良的财会制度，税制可以用查账解决。这是唯一可信的依据，数字是最有发言权的。发现假账也是好办的，很容易查清的，查到了就重罚。但总体上资本家的账册是可信的，注册会计师也是可信的。税收是一种社会契约制度，要相互信任，按约定办事，不可随便更动，随心所欲。民主评议没有契约这样严谨，看似民主，实则弊端不少。"

实际上，1949年年底，上方指令，上海税制要以"民主评议"进行，即按口头协定各家企业的应缴税款，原因是资产阶级的账簿不足为信。身为上海财政局长的顾准并没有唯命是从，而是实行以账册为纳税依据，摒弃评议制。为避免稽查人员查账的不专业，他挑选过去立信会计师事务所的二十位会计师，聘为"特约查账员"。他指示税务局公告全市，按照当时人民币币值与物价，重新评估所有企业的财产实际价值，作为税收依据。实际账面资本出来后，企业利润的应交税率自然合理降低。他坚持认为，以账本为据，查账清账等方式是一种符合经济规律的税收方式。他指责民主评议的做法是"缺乏真凭实据，全靠个人好恶妄加评议"。他的主张赢得企业的欢迎，但有些人咬得牙齿咯咯响。

这天晚上，薄一波召开了党内讨论会，对荣毅仁的发言内容，进行了议论。觉得荣毅仁讲话是坦率真诚的，而且对共产党和新社会充满感情，是言之有理的，可择善从之。对无端怀疑资本家作假，账册一概不可靠，甚至粗暴打断荣毅仁发言，出言不逊的态度提出了严肃的批评。薄一波说："资本家能在这样的会议上讲内心话，是好事嘛。我们就是要听他们的真话，他们能畅所欲言，说明已没有戒备之心。可你们反过来对他们有戒备，今后，他们只会对我们打哈哈了。况且，荣毅仁是一个有思想的人，加工订货的方式就是他提出来的。他把工厂的很大一部分权限交给国家了，有人还左一个剥削，右一个剥削，门缝里看人，把人都看扁了。"

许涤新说："荣毅仁是个国家资本主义者，他的许多想法，和党的现阶段的经济政策相吻合，他是我党可贵的诤友。"

顾准接着许涤新的话头说："他的许多见解是无私的，在一些问题上荣毅仁已走在我们共产党前面了。他在读《资本论》，我要问，在座的有几个人读过或正在读这本马克思最重要的经典著作，你们能回答我吗？解放以后，上海又是轰炸，又是封锁，经济环境是艰难的，但包括荣毅仁在内的民族资本家就像多风的荒芜的原野上的垦殖者，在弯着腰耕作劳动，你们看到了吗？反正我是看到的。"

这一晚，参加这次党内会议的人有不少没有睡好觉，其中有对荣毅仁出言不逊的那个局长。第二天一早，在吃早餐时，他便向荣毅仁表示道歉。荣毅仁笑笑说："没什么，我也沉不住气。"

北京的6月正值初夏，气候宜人，白天没有暴烈的阳光，晚上凉飕飕的，但很干燥，刮起大风来，会扬起阵阵沙尘。和上海比较起来，它是一座风尚完全不同的城市，城里少见欧式建筑，触目所见的大多是恢宏的或显破败的古建筑，朱门的王府和土墙土院的民居挤在一起，到处是狭狭长长的胡同、彩绘的牌楼、长满青苔杂草的城墙。街上跑着骡子、马匹和骆驼，给人以一种厚实和沧桑之感。它曾经是元、明、清三朝的皇城，大量的遗迹显示了这段历史。但它又透着无处不在的年轻的气息，它是共和国的首都了。为开国大典匆促整修的天安门广场还在继续施工。人们的衣着是简陋的，但天光下脸上都洋溢着明朗的笑容，天安门粉刷一新，它成为新中国国徽中的一个重要标记。到处是欢笑声和锣鼓声，夹杂着富有韵味的抑扬顿挫的吆喝声，旧社会的痕迹还没有完全荡涤干净，但已显露出太平盛世的端倪。这一切，加上首善之区特有的气质和神秘感往往让荣毅仁肃然起敬。

到北京参加中央召开的会议，并作为工商界的代表发言，这已经让荣毅仁感到很荣耀很自豪的了。他已感受到共产党对他的信任和器重，可到中南海毛泽东那里做客，对他来说，无疑是遥不可及的事。但在上海解放仅一年出头，上海滩的几个大资本家，其中包括荣毅仁，居然成了共产党主席毛泽东家里的座上客。荣毅仁想都不敢想的最高礼遇突然来临，石破天惊的宣示，荣毅仁初听到这一消息，一开始发了愣，以为自己听错了，待确认无误，一颗心怦怦地剧跳，高兴得差点跳起来。

中南海碧波婉约，荷芰菰蒲，垂柳依依，萍草葱葱，一座座宫阙掩映在一片水木清华中。昔日的皇家花园显得清静而雅致。中共中央搬进中南海后，丰泽园便成了毛泽东居住和办公的地方。丰泽园里有颐年堂、菊香书屋、春藕斋等精巧的建筑。6月10日这天，荣毅仁和上海天厨味精厂董事长吴蕴初、永安纺织公司副总经理郭棣活、安达纺织公司总经理刘靖基等乘小轿车，缓缓驶进中南海，他们是作为全国政协一届二次会议的特邀人士当中的几位，和其他特邀人士一起赴毛泽东宴请。

这天，一辆接着一辆的小汽车到丰泽园，宾客云集，这座古老的庭院充满热闹而欢乐的气氛，绿树环抱，隐约飘着桂花的甜香。礼宾人员引导大家入内。毛泽东在颐年堂前迎接客人。潘汉年把荣毅仁、刘靖基、郭棣活、吴蕴初等上海工商业人士介绍给毛泽东。

介绍荣毅仁时，潘汉年说："荣毅仁，荣德生先生的四公子，现在是荣家产业的总负责人。"

毛泽东温暖的大手紧紧握住了荣毅仁的手,笑容满面,用浓重的湖南口音温和地说:"荣先生来了,欢迎光临!荣家我可是久闻大名啰,中国民族工商业的首户啊,老先生可好?"

荣毅仁尽力按捺自己起伏的心潮,定一定神回答说:"家父已是耄耋之年,腿脚有些不便了,不过,精神还可以,他还过问厂务。"

"好,请他善自保重,国家还需要他呢。他给我写了封信,所提尊计不错,我批转给陈云了。请问他老人家好!"毛泽东说。

"我代家父谢谢毛主席。"荣毅仁回答。他内心涌动着暖流,毛泽东毫无领袖的架子和威严,而是平易近人,和颜温语,他原有的紧张和拘谨不知不觉打消掉了。

在毛泽东这里做客的人不少,除工商界人士外,还有其他各界人士,都是来京参加政协会议的代表。济济一堂,个个拘于常礼而又轻松自在,但可看出无不显露着发自内心的兴奋。毛泽东还让朱德、刘少奇、周恩来、陈云、李济深、张澜、沈钧儒、郭沫若等相陪。这其中许多人是中共的元老和领导人,带有令人惊叹的传奇色彩,以前差不多都被国民党的报纸百般污蔑诋毁,被描绘成"妖魔",今日一见,个个态度蔼然可亲,气度不凡,和毛泽东一样,绝无官威,身居高位而不居高临下,就像慈祥的长者和倾心的朋友。当时,朝鲜战争尚未爆发,台湾的解放指日可待,政通人和,民心稳定,共和国的天空,又高又蓝,风和日丽的。从领袖到党和国家领导人,以及赴宴的各界人士,不管年龄、经历、身份有什么不同,但每个人的心情都是明快的,许多人都历经过风风雨雨,但都相信不管是苦难还是挫折,都过去了,眼前看到的是鲜花和彩虹。

荣毅仁和周恩来同桌,他有事晚到了一会,一进门就洒脱地和大家握手致意。荣毅仁也是第一次见到这位风度潇洒的著名共产党人,孔令侃曾对他说过,"三姨对周恩来最佩服,她不止一次说,国民党里可惜没有这样的人才,他身上有种难以言喻的魅力,再骄傲的人在他面前都傲不起来。"在上海,陈毅、潘汉年提到他时,口气都是无比敬重的。他的许多传说,都深深地打动了荣毅仁,让荣毅仁非常仰慕。今天亲眼目睹周恩来的风采,果真名不虚传。

潘汉年也在这一桌,他指着荣毅仁说:"总理,这是大名鼎鼎的荣氏家族的荣毅仁。"

"荣先生,没想到你这么年轻,少壮派啊!"周恩来伸出骑马受伤的手,握着荣毅仁的手摇动着，见荣毅仁站了起来，整整超过自己一个头，便诙谐地开起玩笑，"你这个江南人好高的个子啊，有句话说，天塌下来有高个子顶，荣家这片天难怪给你荣毅仁顶住了，高个子嘛！"举座大笑。

"总理过奖了，没有共产党帮助，靠我个人之力是顶不住的，个子再高都没用。"荣毅仁红着脸回答。

"你的话有道理，但你在历史关头起的作用，是有目共睹的嘛！"

"我没有做什么，只是留了下来。"荣毅仁说，"我只是不想离开自己的国家和家乡。"

"这就很了不起了。没有爱国的精神是做不到的嘛！"周恩来双目炯炯有神地看着荣毅仁，笑容中含有的机智幽默和从容不迫的气质，让荣毅仁大为感动。荣毅仁终身都记着和周恩来的这第一次谋面，记着他讲的那几句话，每想起这些，他就会从中感受到有一束明亮的光芒，在心中闪烁。

"少壮派"，周恩来对荣毅仁这一不经意的称呼，从此不胫而走，许多人，特别是陈毅、潘汉年、刘晓等领导人这样称呼他，工商界上了年纪的资本家，像盛丕华，就经常说，这种场面，让少壮派去，这里的少壮派，指的就是荣毅仁，有时也指盛康年。

毛泽东举起酒杯，说："欢迎诸位来北京共商国是，我先干为敬！"说着，仰头把一小盅酒喝完。全体人员起身，都喝完了酒盅里的酒。周恩来酒量过人，穿梭于各桌之间，一盅一盅地喝，爽快地笑着，他有极强的记忆力，有些人虽只见过一面，但马上能认出对方，并喊得出名字。即使未见过面的，他也能猜出大概。一经介绍，马上像久熟的朋友，从容作谈。

久经沙场、淳厚朴实的朱德，温良谦让而不乏睿智的刘少奇、陈云等领导人也都频频举杯，个个神采飞扬。颐年堂这个灯火辉煌、酒浆罗列的华堂里，气氛和谐而温馨，充满着民主团结的气息，个个意气扬扬，如沐春风。这是当时中国政治生活的一个缩影，也是让荣毅仁一辈子难忘的美好缩影。就是在这次毛泽东举办的宴会上，荣毅仁感到自己和共产党已没有什么隔阂，也就是从这时起，他开始把自己和产业的命运交给了共产党。

这天晚上，北京初夏的风还有些料峭，他和刘靖基等几人在天安门广场散步，那时的广场还有点像旷野，没有明亮的灯光，没有大的现代化的建筑，在夜色中，它是安稳的、平静的，他们几人的心灵和精神散发着信心和希望，当然还有欢愉。

"否极则泰，中共入主北京时期不长，但种种祥瑞已表露出来了，这是中共广施仁义的结果。今天，毛泽东在颐年堂的讲话，不得不更让我对中共另眼看待了，以前，只听朱毛朱毛，以为只是武装割据，和蒋介石政权分庭抗礼的一个党派而已。今日一听，毛泽东风流文采，不愧一代俊秀，那些话，蒋介石是讲不出来的。而宋子文、孔祥熙、陈诚等哪一个可以和朱德、周恩来、刘少奇这些具备文韬武略、吐属俊雅的大才相比呢？中共领导人都是非常之人啊！"刘靖基感慨地说。

"共产党建国一年都不到，上海解放仅一年，共产党处事的方正，为天下共见共闻，他们以国家复兴为重，公忠体国，从上到下，皆出于公心，绝无徇私舞弊，而国民党无官不贪，大官大贪，小官小贪。国民党统治的最后几年，世风日下，人心不古，连傻瓜都看得出，这样的政府，和晚清末年一样，必败无疑了。"荣毅仁望着夜幕中巍峨的天安门城楼说，"有共产党的盛德，中国总算转运了。我们因缘际会，一介商贾，居然也能出入庙堂，和国家领导人共商国是。"

"毅仁兄，说句老实话，我们幸亏没有出去，那个非常之时，我是犹豫再犹豫，想来想去，当一个无根的天涯荡子没意思，后来一咬牙，决定不走了。听说令尊有地下党带来的口信，吃了定心丸？"刘靖基问。

"有这事，他派人去了趟苏北，耳听为虚，眼见为实嘛！"

"听说为安定人心，令尊坐了黄包车在无锡全城兜了一圈，表明留乡不走之志，在黎庶百姓中，引起了轰动。有这事吗？"

"有的，家父基本未动过出走的念头，申三的机器已拆下装船，被他追了回来。我也动摇过，但听了父亲的话，决定留下，顺者为孝嘛！但心里还是内豁豁的，总理对我大加赞扬，我真的受之有愧。"

这是开会前令人意态闲逸的一个晚上，上海几个大资本家在京城的街头，心情开朗地走着、谈着。荣毅仁忽然想念起了父亲荣德生，春夏之交，江南正是细雨蒙蒙、落红狼藉的时节，以往这个时候，父亲欢喜住在梅园，但他来北京前，曾收到父亲一信，听口气今年未去梅园，仍住在城内寓所，信中父亲用一句话来形容当下的时局，那就是"武王伐纣，天下既定"。心情不错，只是提到两腿无力，步行艰难。毅仁到北京赴会，他也出席了苏南各界人民代表会议，又应邀出席了无锡市第三届各界人民代表会议，还在会上即席讲话。看来父亲的劲道不减当年，但他隐隐地担心着父亲的身体，他是争强好胜的人，不服老，不言老，不愿隐，世界若尚有实业公益的繁华，他总是繁华之人。然而，他毕竟老了，双腿走不动路，是身体衰朽的症状，年龄已不容他太过活跃，应要好好静养、多加调养，他一向自奉节俭，补品舍不得吃，只服廉价的草药。荣毅仁决定回去后和父亲好好谈一谈，同时，京城名医多，还有同仁堂等老药铺，他准备借会议的空隙，替父亲问诊，配些滋补药材带回去。

在这次政协二次会议上，荣毅仁听了政务院总理周恩来的政治报告，中央政府副主席刘少奇作的土改工作报告，政务院财经委员会主任陈云作的经济大势分析及调整工商业和调整税收等问题的报告，这些报告切实可行，所谋有望，集中了各界人士的意见，其中也有自己的一些意见。如税收的调整，不仅将税率定在一个合理的较低的水准，且在征收方式上，账册健全的均以账册为依据，只有账册不全的企业采取民主评议，即便是民主评议，未雨绸缪，参与评议的人员要摸底调查，先有个底子在腹中，再听业主申报，以避免信口定议。其他各项政策，都是已执行的工商业政策的系统化和深化，包含了对私营工厂企业的爱护和扶持，荣毅仁提出的统购棉纱和加工订货作为一条普遍适用的做法予以推广，整个国家的经济进一步强化了政府的干预和统筹。荣毅仁认为这些报告的主要精神都是朝他所理解的国家资本主义的方向迈进。

对荣毅仁来说，他原来沉重不胜的双肩轻松了不少，原料和销售是最耗神最费劲的，极其折腾人，他全面执掌荣氏企业以来，为了这两头的里外矛盾，不知有多少时候为此急得食不甘味、夜不成眠。现在好了，这些都由政府来担当了，他只要按花纱布公司和粮食局下达的单子生产棉纱、棉布和面粉，就可以了。但政府并非完全是包办和垄断，如外贸生意，工厂亦可自主进口原料和出口产品，但需向国家外贸部门报关批准。

父亲荣德生正如荣毅仁所料的，虽体力大不如以前，但他还是颇为活跃的。共产党给了他意想不到的礼遇和各种荣誉，他在各种会议和活动中频频露面，无锡及南京的报纸上经常出现他的名字。他不是那种张扬和好虚名的人，但他是讲究诚信相孚的，共产党看得起自己，自己也应尽力参与。否则，就有点失礼了。北京的首届政协会议，他是委员，但因身体欠佳，不合适长途劳顿而未能成行，为此他深以为憾，也不胜歉然。所以，当地的会议和活动，只要精神撑得住，他尽可能参加，以表寸心，否则，他心里会更加不安的。

况且，这段时期，他觉得越来越舒心，无锡申三、茂一、开源、天元等厂经过一段时间的徘徊，已开始现出欣欣向荣的气象。尤其是推行加工订货以来，他油然而兴足资倚靠的感觉。更让他感到欣慰的，这个办法居然是四儿毅仁倡议的。而上海那么一大摊子，正是在实行棉纱统购和加工订货以来，摆脱了艰窘，开始盈利，而且盈利看涨，申新、茂新、福新三系统各厂均已走上新路，四儿毅仁在非常时期显示出卓越的才干，替他分劳，并且还多次赴京参加重要会议，和国家领导人共商国是，最近一次参加政协二次会议，会上有相关领导人作了多份重要报告，对工商业的重视，一如往常，四儿的一些提议受到上海市中共领导和中央领导的激赏，这次会议上有些已采纳为国策，大受揄扬，四儿还出席了毛泽东的宴请，这是他从报纸上看到的。据他所知，荣毅仁已返回上海，详况自有他写信或打长途电话报来。

这天，他躺在客厅的藤榻上，忽然听到有人喊："四少爷回来了！"他矍然而起，颤颤巍巍地站了起来。荣毅仁走在前面，后面跟着儿媳杨鉴清，孙子荣智健，孙女智和、智平等，"爹爹！""爷爷！爷爷！"这幢平时安静的宅子，一时变得热闹起来。荣毅仁忙里抽空，带着全家回来探望父母。母亲程慧云五十多岁，平时悉心照顾荣德生的饮食起居，这些年荣德生体弱多病，她又按医嘱细心安排他就医服药，可说照料得无微不至，虽有管家和仆人，但也够她操劳的了。

父子俩坐了下来，荣毅仁细细打量着父亲，虽然精神还可以，但和上次见到，间隔并不长，又衰迈了不少，行动已颇迟慢，特别是双腿，跨一步都很吃力，背也有些佝偻了，荣毅仁心里忍不住有些酸楚，意气如云的父亲转眼间竟变得如此苍老。他把从北京同仁堂买的驴胶、虎骨酒等药品和滋补品送给父亲，嘱他好好服用。

"爹，腿脚不便，一些会议、活动尽量少参加，厂里的事有经理厂长，你能不管就尽量不管，年岁不饶人，爹，你可要保重啊，你需要调养得好，尤其要静养。"荣毅仁以认真的语气说，"你要争取多活几年，年景这么好，今后可有得你忙的。"

"唉！"荣德生叹息一声说，"你说的这些，我自然明白，我无大病，只是本源已亏，原放在三厂的汽车，调回来用了，以车代步，会议活动，无非是坐坐，动动嘴而已，费不了多大的精力，首届政协会议，千里之行，我力不从心，不得不缺席，我一直很懊恼，无锡身边的会议，我再告假，于心何安！静养静养，我怎么静得下来？"

荣毅仁不再多说了，他知道，再用些泛泛的话来安慰父亲，没有多大用处。便换了话题，讲起北京的会议，说："爹，你可知道，毛主席问起你呢？他握着我的手说，老先生可好？还要我转达他对你的问候。他还说，荣家是中国民族工商业的首户。"

"真的吗？毛主席问起了我？他对我们荣家的评价竟如此之高？"荣德生的脸上露出了喜色，表情一下变得明朗生动起来，"毅仁，这，你详细说给我听听。"

于是，荣毅仁把前后经过，毛泽东怎么说的，周恩来怎么说的，以及几个报告的要点，小组讨论的状况，包括他和刘靖基等在天安门广场、长安街上散步所说的话，都原原本本向父亲复述了一遍。荣德生听了激动不已，连连感叹！下午，荣毅仁去了申三、茂一，在哥哥荣伊仁、弟弟荣纪仁的写字间坐了一会，人去室空，物是人非，他内心隐隐作痛。

他见过了厂长经理，也见到了陆晓波。陆晓波又从发电厂调回申三，任厂里的总工程师，他告诉荣毅仁，紫竹已去上海纺织学院读书，要三年时间。谈话中，他脸有忧色，经荣毅仁追问，他才告诉荣毅仁，据说马上要部署开展镇压反革命运动，党内已找他谈过话，要他把在国民党海军的经历，以及为何脱离军队到茂新的目的交代清楚。其实经过很简单的，抗战胜利，以为在部队已无前途，便随荣纪仁转业办厂，为发展国家经济效力。但写了材料后，被认为有些环节还存有疑问，这使他很苦恼。荣毅仁安慰他说，我不甚明了你们党内的事，但有什么说什么，总归会说得清楚的。陆晓波说，道理是这样，但问题是，我有什么说什么，他们就是觉得你好像还隐瞒了什么。

荣毅仁不便说下去了，离开了申三、茂一，参观了开源机器厂，到车间看到了有许多人正忙于重型机床的最后安装，这台机床重二十六吨，看上去像庞然大物，厂长告诉他，这是华东工业部订的货，是除上海以外，江苏最大的一台机床，就在这两天就可交货了。荣毅仁欣然说，开源创造了历史，父亲一直盼开源能生产工作母机，你们如了他的愿，我要祝贺你们，也要谢谢你们。穿着工装的人群鼓起了掌，一片雀跃。人堆里有杨炳奎，他见了荣毅仁，一向寡言的他，依然只是向荣毅仁说了几句问候语，用一个纱团擦了擦手上的油污，领荣毅仁去看了已完成的立式车床和几台牛头刨床，然后说，大女儿大女婿在上海有做得不对的地方，请四老板多包涵。荣毅仁说，他们都是共产党的干部，对我挺帮忙的，我很感激他们。杨炳奎搓揉着双手说，我不管他们现在是什么，我对他们说了，做人一定要有良心。荣毅仁笑笑，杨师傅，共产党有共产党的规矩，他们是公家的人了，凡事得按规矩办，今后，在他们面前，你少说两句。

离开开源厂后，荣毅仁回到四郎君庙的父亲寓所，三辆小汽车，载了父母和全家先到荣巷转盘楼待了一会，再到梅园，然后单独乘车去后山湾，参加了江南大学的校务会，他在会上辞去了所兼的校务委员会主任一职，原因很简单，上海的事务太繁忙，江大的事已顾不上了。会上决定由副主任沈立人主持校务。政府已接手了江大，除经济上荣家还有责任资助一部分外，其余已纳入苏南行署文教处管理。在会上，荣毅仁得知有六十多位江大学生考入军事干校，穿着军装，戴着大红花上了火车。那场面的热闹，荣毅仁是可以想象的。

这一晚，他们住在梅园，父子俩坐在诵幽堂前的一片砖铺场地上，这里地处高坡，初夏的风拂面轻软，星空高远而幽蓝。荣德生惦记着荣尔仁和荣研仁，问荣毅仁："有他们的消息吗？"

"没有，好久未收到他们的信了，但听说尔仁全家去了美国，但不和研仁在一个城市。"

"他们有信来，你回信告诉他们，爹时间不会太长了，父子难道不再见面了？"

"我会这么说的，但你别胡思乱想。"

"我近八十了，已是高寿了，这不是胡思乱想，我想，充其量我还能活两三年吧，我现在什么都称心，就是尔仁、研仁让我不如意。他们不肯听我的话，自说自话，外面有什么好的，就忍心一撒手，抛下堂上二老不管了？"荣德生口气严厉地说。

"好端端地，何苦说这些话？他们早晚会回来的，他们不会抛下你们不管的，他们都是有孝心的人。"荣毅仁安慰父亲说。

"连信都没有一封，何孝之有？顺者为孝，可他们一点都不顺我。"荣德生口气中有点伤心了。

荣毅仁心里也不是滋味，他理解尔仁、研仁在外面也不容易，目前事业、生活都还不安定，写信回来说什么好呢？已是天涯飘零客，即便心中有愧，也由不得他们了。但他不能在父亲面前表露这一想法，让父亲徒添不快和伤感。他只是一个劲好言劝慰父亲，并多谈厂里的，大加赞赏白天见到的重型机床和立式机床，荣德生果然愁怀一宽，脸色和语气缓和下来了。

从1951年年底，荣毅仁感觉到，上海和全国的局势并没有他想象的那样尘埃落定，而开始出现了一些不寻常的事情。

先是朝鲜战争成了当时国家生活中的头等大事，中国已派出上百万志愿军入朝参战，战争在朝鲜土地上进行，事实上已成了局部的世界战争。朝鲜战争涉及到中国、苏联和以美国为首的西方世界的严重对立。上海失去了平静的气氛，抗美援朝的活动像燃烧的烈火，把整个大上海烤得火热火热的，上街抗议示威，荣毅仁走在前面，穿着米色的风雨衣，戴着贝雷帽，举着旗帜，挥拳喊着口号，对美帝国主义和李承晚匪帮的声讨是发自内心的，谁都不希望再发生战争了，而在朝鲜发动战争，发动者最终的罪恶目的是要在摇篮中扼杀年轻的共和国，战争意味着苦难，荣毅仁和上海的资本家是自觉地和全国人民站在一起的。开始捐款，为抗美援朝购置飞机，资本家都很踊跃，几乎都想多捐些，申新、福新、茂新诸厂计划捐二架飞机，结果捐了十二架，他们的想法是很朴素的，多捐一架，就多一份力量，多一份安全。另外就是加紧生产，这是支援前线、阻击敌人跨越鸭绿江最有效的努力，经过八年抗战的资本家本能地对战争有种恐惧感，也很自然地汇入这场充满英雄主义和民族大义的洪流中。荣毅仁、盛康年、刘靖基、盛丕华等代表走在了最前列。民族资本家在抵制外侮这一点上，从抗战以来，总体上都是能深明大义的。

## 十三　华懋饭店的风吹皱"一池春水"

　　但另一场风暴正在酝酿之中，它就是即将开展的"三反""五反"运动，它正大步逼近上海。

　　这天，已是上海纺织学院学生的紫竹突然来访，她已不再是那个羞答答的小姑娘了，她将自己的青春活力尽显无遗，清纯而又不失内涵。她的言谈举止明显成熟多了，她已是两个孩子的母亲，但一点都看不出，她和那些新中国第一代大学生没有什么不同。她告诉荣毅仁夫妇，孩子由无锡的母亲带着。母亲和哥哥杨大龙生活在一起，哥哥有三个孩子，都由母亲照管，陆晓波为减轻母亲的负担，请了个保姆。荣毅仁没有和她提到陆晓波接受审查的事，紫竹也没有提，她的脸上始终浮着清新的笑容。除了谈家常，紫竹提到了一件让荣毅仁深为注意的事。

　　紫竹告诉他，她抽调到市里参加"三反""五反"工作组了，和她同组的还有市工商局的处长潘燕，所谓"三反""五反"，就是反贪污、反浪费、反官僚主义及由这"三反"引发的"五反"，即反对行贿、反对偷税漏税、反对盗窃国家财产、反对偷工减料、反对盗窃国家经济情报。

　　这个运动即将开展的消息，荣毅仁已知道，这已不是什么秘密了，许多城市已开展得如火如荼了，但不知为什么，上海却迟了一步。盛康年已和他打过招呼，要他早做准备。但荣毅仁不以为然，依他的理解，这是共产党内的又一次整风，他已了解到，共产党已有过多次这样的整风和整肃运动，目的是保持党的纯洁性，至于涉及到民族资本家的"五反"，他觉得问心无愧，他没有这些不端的行为。别说解放后的几年，就是解放前，他都不屑于这样做，这不符合他的堂堂正正的品格及得之于家传的商业理念。

上海的"三反""五反"运动实际上在2月份就开始了，没有进行全市性的正式动员。但来势很猛，对资本家触及很大，首先是从全国各地波及到上海，上海是民族资本家最为集中的城市，和各地的工商界有着千丝万缕的关系，牵出的人和事往往和上海相关，于是到上海调查人证物证，录口供要材料的不计其数，有的甚至未经上海有关部门同意，擅自到上海抓捕株连到的资本家。此外，正如紫竹所说的，揭露出了一些骇人听闻的事实，在运往抗美援朝前线的军需物资里，竟然有变了质的罐头食品；解放舟山群岛时解放军用的白棕绳，不法厂商竟以旧麻绳外裹白棕绳冒充，致使解放军战士在登岸中绳索崩断，造成十一艘船舶沉没、八十多名战士死亡。有一家大康药房，店不大，但老板王康年的手段阴险无比。他以金钱、美色拉拢、腐蚀干部，狂言他的招待所是"干部思想改造所"，几间房间，花天酒地，自不待言，经不住诱惑的干部被"改造"过去的不在少数，王康年从而取得了巨额订单，但却用伪劣药品、带菌急救包输往朝鲜志愿军部队，从中获取不义之财。一些旧社会遗下的帮会人员和黑社会残余势力又沉渣泛起，干了不少坏事。有些国家机关的共产党干部被拉下了水，中了糖衣炮弹，不能自拔。

陈毅市长对此大为震怒，他在全市干部会议上拍着桌子，严正地说："这些个不法之徒，跟共产党玩这一套把戏，太猖狂了，这就是阶级斗争，这就是没有硝烟、没有枪声的战争，在这个战场上，我们可不能敌进我退，我们必须反击，对这些罪大恶极的反动资本家，要明正典刑，一正国法，否则不足以平民愤、军愤！"

不久，大逆不道的药商王康年被公审后押赴刑场枪决了，其他罪恶累累的不法奸商也受到了严惩。上海百姓无不拍手称快，可有些劣迹的资本家却心惊肉跳，他们以为这是敲山震虎，共产党可能要向资本家开刀了，心里一阵阵发紧，一副穷愁哀苦的容颜。

荣毅仁对这些揭露出来的"五毒"事实，是深恶痛绝的，他在各种场合，神色凛然地抨击这种行为，要求政府对这伙无法无天、为非作歹的奸商严加制裁，就像抗战时期铁血锄奸那样，将他们绳之以法，起到惩警作用，以纯洁社会，纯洁商界。

但运动也出现了扩大化、偏离了方向的倾向。党内有些人头脑有点发热了，其中还有些担任领导职务的，如林文钶，他的军管会工商处职务被免去后，到税务局当科长，开始他有些心灰意懒，但后来又开始振奋起来，他听到风声，中央有关部门对顾准的"骄傲"及"右倾思想及某些做法"提出批评，于是，他找到了靶子，他开始接二连三地向上写信，揭露和批判顾准的所谓"问题"。林文轲长期在顾准手下工作，对顾准的思想和行事作风比较了解，握有的"把柄"也不少，他的信件对党内反对顾准的部分力量及时提供了"炮弹"，在"三反"运动之始，顾准就中箭落马了，被免去华东军政委员会财政部副部长、上海市人民政府财政经济委员会副主任、财政局局长和税务局局长等所有职务。罪名是"严重的个人英雄主义，自以为是，目无组织等"。1952年3月4日的《解放日报》头版头条刊发了这条惊人的消息，荣毅仁感到惊愕，他和顾准来往甚密，这个不苟言笑的共产党高级干部，有深邃的思想，实在的作风，还有一颗火热的内心。普遍受到工商界人士看重、尊敬。从报上登出的内容可确认他并没有犯下"三反"中的任何一条罪状，个人英雄主义算什么错？自以为是、目无组织又算什么错？荣毅仁犯糊涂了，他觉得顾准有些冤，但他知道，这是共产党党内的事，他不便过问，也不好对任何人去说什么，几次和盛康年见面，平日无话不谈的他们，都矢口不提此事。倒是顾准，主动给工商界几个代表人物一一打了辞别的电话，他在给荣毅仁的电话中，很平静地说："荣先生，我要离开上海了，原因报上登了，后会有期，感谢荣先生过去对我工作的配合，再见了！"未等荣毅仁回话，顾准便把电话搁掉了。

林文轲当了上海市税务局副局长兼市"三反""五反"领导小组副组长，他颇为得意，工商界的一次会议上，情绪相当热烈，他的眼睛在每个大资本家的脸上扫过，看得大家心里发毛。他说："你们都要认清形势，'五毒'的出现绝非偶然，这是资本主义的必然产物，马克思说，资本的每一个毛孔里都淌着剥削的血腥臭味，要从根本上消除五毒，只有铲除产生五毒的土壤，那就是罪恶的资本主义。有人说，现在实现的是国家资本主义，我可以告诉各位，国家资本主义和自由资本主义是一对孪生兄弟，没有本质上的区别。刚刚被免去职务的那个人，他的错误就是百般美化所谓的国家资本主义，明明是毒草，他就是要把它说成有香味的鲜花。"

荣毅仁想反驳他，国家资本主义的形式，并不是顾准的独创，是党的现阶段的大政方针，而且，这个"国家"是共产党领导的国家，怎么能指责它是罪恶的，是产生五毒的土壤呢？但他还是克制住自己，把到了嘴边的话，硬是吞咽了下去。他和在座的人一样，面面相觑，任凭林文轲去大发议论。

但与林文轲持有同样观点的狂热的人，在共产党党内绝非个别，而有那么一批，思想激进，情绪亢奋而又浮躁，无视中国的国情，会背诵马克思学说的一些片段和字词，怀着对社会主义、共产主义的乌托邦式的憧憬，一门心思想趁机把资本家阶层，特别是还拥有庞大产业的大资本家一棒子打下去，即便是那些靠拢党的被赞誉为带有红色的资本家，包括荣毅仁、郭棣活、刘靖基、刘鸿生、经叔平、盛丕华、盛康年等也不可幸免，而统统要从政治上、思想上、经济上夺去他们的权益。

后来成为"四人帮"的军师人物、摇羽毛扇的、阴阳怪气的张春桥，时任上海市委机关报《解放日报》总编辑，他创造了一个词，叫做"资产阶级法权"，他就是这么主张的，他们的目的就是借此机会一举实行社会主义。

而一部分没有吃透运动精神的工人、店员，根本不是在反"五毒"，而是将事态提到阶级的层面上，反剥削、反压迫、反资本家的生活方式，甚至把解放前的陈年老账都翻出来了，大加声讨，义愤填膺，声泪俱下，场面很是激烈。有些资本家受不住，走上自尽之路。这一年四月，冠生园老板冼冠生被工人围困在办公室两天后，跳楼自杀。从一月到四月。上海有两百多个资本家和小业主经不起这场运动的冲击而自杀。这是一个肃杀的春天，在这个自杀风潮中，有人夫妇双双在七层楼公寓自杀。有人从国际饭店的屋顶花园跳下来，自己没有摔死，却砸在过路的黄包车上，将车夫压死了。还有人跳黄浦江自杀担心尸首冲进长江大海，会被怀疑出逃，连累家人，就选择跳楼，口袋里摆好遗书。

申六到荣宅索薪的那批女工，把荣毅仁喊到厂里，让他坐着，面对面地进行控诉，虽不像农村斗地主那样粗暴，但有些人还是声色俱厉咄咄逼人的。吴一帆和杨紫菊不好公开阻止，派人保护好荣毅仁，以防工人情绪失控，有过激行为。同时，及时把这些情况向工商局长许涤新和潘汉年汇报，潘汉年又及时向陈毅市长报告，最后传到毛泽东那里，毛泽东指示上海"五反"运动暂停，推迟到3月20日以后进行，并派薄一波到上海对运动作具体指导。

运动的突然刹车，使沸腾的上海一下静默下来，一种让资本家感到心悸的静寂，以为这是暂时的休整，更大的风暴可能在后面。

吴一帆、紫菊和紫竹很少和荣毅仁联络，他们都清楚地感到，事态似乎有些失控了，但他们不能对荣毅仁说什么，干部中因和资本家关系密切的，被指责"给资本家通风报信，泄露机密，出卖国家经济情报"而被揪出的已有好几个，被免职而离开上海的顾准成了反面教材，他的错误中，就有被资本家所俘虏这么一条，这些都不能不让吴一帆、紫菊姐妹有所警觉，何况，他们和荣家的关系不一般，瓜田李下，他们不能不有所顾忌。

但正如荣毅仁所估计的，薄一波和陈毅看到了上海的运动中的偏差，对运动的方式、重点、政策和策略都作出了调整，决定先在七十四户私营工商业中进行试点，取得经验后推至有代表性的三百零三户上海上层资本家进行，这一批对象几乎囊括了上海工商界的全部头面人物，其中就有荣毅仁。

与此同时，上海市委和市人民政府在天蟾舞台举行了声势浩大的"五反"动员大会，陈毅作动员报告。这个会开得有点特别。全市进行实况广播转播，沿街的商店和住户凡有收音机，全部打开，把音量放到最大，住户、店员及行人都凝神收听，陈毅铿锵有力的四川口音的讲话，在上海各个角落震荡。陈毅着重讲了"五反"的意义和政策。荣毅仁等当然不是在家里从收音机里收听的，而是坐在会场里听的，而且是坐在前排，眼睛一眨不眨地盯视着台上的陈毅、潘汉年、刘晓、陈丕显、盛丕华等人。台下的资本家个个正襟危坐。一句不漏地听着报告。陈毅着重讲了防止过火现象，讲到这些事时，他大概讲得热了，摘下帽子，敞开衣领，大声说："上海工商业户守法户、基本守法户、半守法户占大多数嘛，严重违法户和完全违法户，我估计不会超过百分之五，是少数嘛，王康年那样的巨奸恶棍不杀不足以平民愤、军愤的是极个别。即使罪恶昭彰但能彻底坦白、以实际行动真诚悔过，检举他人而立功者，仍可酌情减轻处罚，上海的资本家大多数是爱国的嘛，犯了法，犯了错，只要说清楚就好了，改邪归正，回头是岸，你们还是人民的一分子噢！人民不会抛弃你们的嘛，'五反'就是反'五毒'，凡不是'五毒'的一概不反，河水不犯井水，这个界线决不能搞混，搞成浑水了，就不行喽，这浑水我陈毅不趟，潘汉年也不趟，刘晓、陈丕显、许涤新也不趟，清者自清，浊者自浊，你是清的还是浊的，你们心里是明白得很呢，怎么办？由你们选择，'五反'就是个试金石、照妖镜，大家要经得起考验，踊跃参加'五反'，身上有污泥，在运动中洗一洗就干净了嘛！"

荣毅仁品味着陈毅市长的讲话，对这场运动有了一番新的领悟，正如他所分析的，陈毅一是重申"五反"的范围和政策，纠正前一阵出现的某些偏差，端正运动方向；二是向资本家喊话，要求真心投身运动，祛浊求清，切切自警，不可藏着掖着，也不可避重就轻，而应该无论过错大小，均要一吐干净，以求得政府和人民的宽恕。

会后不久，他们被集中在外滩那幢有个墨绿色红脊金字塔铜皮屋顶、体现着一种奇怪品位的华懋饭店，这时它已改为和平饭店。荣毅仁对这座大厦当然不陌生，它的西餐厅和一楼的马和猎犬酒吧是他常去的地方，那里很早就有上海人称之为"洋琴鬼"的爵士乐乐队在演奏。上海解放后，爵士乐队取消了。八十年代后，这支乐队又恢复了，当年的乐手都白发苍苍了，变成了老年爵士乐队。许多解放前在上海待过的外国人都喜欢住在这里，很重要的原因是出于怀旧，他们要在风味依旧的酒吧重温一下这支乐队的演出，老年爵士乐队一时成为和平饭店的一个标记。

他们集中在八楼，一楼的酒吧已没有"洋琴鬼"了，即使有，荣毅仁也没有心思在这里喝一杯咖啡，欣赏一段萨克斯管和长笛等乐器合成的华丽旋律了。

潘汉年副市长和许涤新直接负责这批资本家的"五反"，潘汉年侃侃而论，宣布对他们这批人采用互助互评的方式和保护过关的方针，一不登报，二不作面对面的斗争，三不超过"五毒"的范围，言下之意，剥削、压迫及生活方式不在这范围内。但如果问题严重而又刻意隐瞒不愿坦白的，就不适用这种方式了，那就要回各自的单位或所属区作检查了。潘汉年说："希望每个人能衣冠楚楚地从容过关，而不要衣冠不整地狼狈过关。可那一来，情况就真的有些复杂了。"

三百多人，绝大多数都不约而同地穿起簇新的人民装、列宁装，很少还是西装革履的，但手表、钢笔、公文包、眼镜都是名牌的，高档的。大家听了潘汉年的讲话，充满烦忧的心胸为之一宽，互相打量着有些滑稽的衣着，可说没有一个称得上是衣冠楚楚的模样，忍不住破颜一笑。然而，有一人穿着笔挺的西装，锃亮的皮鞋，头发涂着发蜡，纹丝不乱。他是仅有的少数仍保持原来装束中的一个。他就是荣毅仁，他很自信，反复考虑，细细检点，他的工厂决无那些毒行，下面是否会瞒天过海地做什么违法乱纪的事，这倒不可不防。但估计不会有十分严重的过错。

潘汉年看着身材高大、衣冠楚楚的荣毅仁，笑着说："看来荣老板心有定见啊！"接着又说，"对待这场运动的态度，不在于穿什么衣服，又不是过去搞地下工作，要根据身份的变化而换装。希望各位不要跟我们搞地下工作，'三反''五反'是在太阳底下开展的。不管你穿了人民装还是穿西装，这仅是外表，我指的衣冠楚楚是态度要端正，人非圣贤，孰能无过？把那些见不得人的东西痛快淋漓地倒出来晒晒太阳，就轻松了嘛。"

潘汉年是在以一种特有的方式和话语营造宽松的氛围，打消资本家不必要的顾虑，同时正视自己存在的过错。他的讲话和陈毅口径是一致的，不过辞令更少了冠冕堂皇的"官腔"，而更有幽默感。

紫竹和潘燕作为市"三反""五反"工作组成员，安排在这里当秘书，潘燕是秘书组组长。紫竹承担着记录潘汉年、许涤新等首长的讲话，分发学习材料，收取检查书等具体事务。和她一样年轻的工作人员有好几位，有从部队抽调的，有从大学抽调的，也有从工人中抽调的。多数工作人员态度都很严肃，除了潘燕，她在军管会担任过工商处长，其余有不少从未和这么多大资本家如此接近地打过交道，缺乏经验，也存有某种成见，所以很少和资本家主动说话，即使说，也是简短而呆板的词令。有时几个人在说笑，有资本家找他们中什么人了，便马上集体收敛笑容，换上了郑重的脸色。只有紫竹大大方方的，双眸沉静，纯美的脸上，带着得体的笑容。她的工作对象主要是为数不多的几个女资本家，当然也兼顾其他工作，她无论和谁讲话，总是从容婉转的。在这种时候，这种场合，身负压力的资本家即使对紫竹这样的一般工作人员都是恭谨的、小心的，甚至有些迟迟疑疑的。每当这时，紫竹总会轻声说："没事，没事，你尽管说，慢慢说。"所以，在和平饭店八楼学习的资本家都对她有好感。

　　荣毅仁很注意，不太随便找她，他觉得由于紫竹和荣家关系特殊，不管自己有没有问题，还是要避避嫌疑的。所以有什么事，和别人形成了一个反差，别人尽量找紫竹，他则尽量不找紫竹，而找潘燕，潘燕毕竟有经验，处事认真，政策水平较高。潘汉年看出来了，有次和荣毅仁谈事情，最后顺便提到了紫竹。

　　潘汉年说："小杨同志原来也是无锡申三的，是吴一帆的小姨子，我看你在有意躲避她，是不是在避嫌啊？"

　　荣毅仁在潘汉年面前从来都是很直率的，他笑笑说："是，她是申新的老职员，她丈夫也是，我正在交代不法行为，而她是工作组的干部，我要避避嫌，免得引起不必要的误会。"

　　"你这是多余的，我们早就知道小杨同志和你们荣家的关系，她一家都在荣家厂子里做事的嘛，吴一帆跟我说过，紫竹一家都受到老先生、你们兄弟很好的照顾。心里很感激的，她和吴一帆都是地下党员出身，我们信任她，也信任荣先生。"潘汉年习惯地伸出一个手指摇晃着说，"不必这样，不必这样，很正常的事，给你这么一做，反而显得不正常了。就像你们中间一些人，习惯穿西装的，到这里来学习，硬是换人民装，好像穿了西装，态度就不端正了。你就很好嘛，西装照穿，我觉得很自然嘛。"

　　"潘副市长，你说得有道理。也许我多虑了。"荣毅仁有些不好意思地说，

"可前一段时期，在批判顾准局长时，就有一条说他成了资产阶级俘虏，我明显觉得有些朋友和我们有点不一样了，怎么说呢？应该说是不太热络了。"

"顾准同志有他的错误，他的性格比较固执，我们党的原则是，少数服从多数，个人服从集体，可他认准了的事，不太肯回头的。"潘汉年说，"但俘虏一说，是个别人的意见，不足为凭。陈毅市长和我与你们工商界人士都来往密切，难道我们都成了你们的俘虏了？共产党主张搞五湖四海，广交朋友，反对关起门来称老大，有人还主张趁'三反''五反'消灭资产阶级，一步跨入社会主义，他们引经据典，自我标榜是马克思主义，毛主席批判了，这种人有病，得的是'左倾'幼稚病。我可以负责地说，这是没影儿的话，'五反'就是'五反'，不能搞扩大化，不能过火，扩大了会伤害人，过火了会把东西烧煳。"

一听这话，荣毅仁挺一挺胸，精神顿时振作了些，这是运动开展以来，市领导第一次当面明确地向他指出前一时期的某些偏激的做法和言辞是错误的，虽然他对这种现象和言论是抱怀疑态度的，和共产党领导人接触以来的经验加上学习，他的头脑变得冷静了，政治上也有自己的见解和分析能力了，因此，他没有像以前那样，或者像某些人那样，听风是风，听雨是雨，动不动就惊慌失措的，整天像做贼心虚似的，听到一点声响，就会加快心跳，以为自己的形迹已暴露了。不过，他免不了还感到困惑，尤其是顾准被免职以后，听了林文轲那一套训导后，他的困惑加深了。可潘汉年用平静的口气说了"没影儿"这几个字和说他不该对紫竹避嫌的话，对他有种折服的力量，也解除了他心中的疑虑。他"扑哧"一声笑起来，想忍也忍不住。

这三百余个大资本家采取的方式是互助互评，自己报，集体评，亦报亦议，议中有评，评中有议。荣毅仁是在棉纺业组，这一组有郭棣活、刘靖基、汤蒂因等。除汤蒂因外，都参加过毛泽东的颐年堂宴请。是上海资本家的头面人物，也是上海军管会、市委、市人民委员会的座上客。潘汉年指定这一组由荣毅仁当组长，荣毅仁竭力推辞，潘汉年说："少壮派嘛，该多负些责任，这可是总理说的噢！"这么一说，荣毅仁就不推了。

除了互助互评，各自所拥有的企业的职工，进行背靠背的揭发，申新、福新、茂新等近二十家厂声势浩大，炮火依然很猛烈。揭出了许多问题，虽然没有像王康年那样严重的危害性大的不法行为，但有些行为投机取巧，带有损公肥私的性质，有些自以为是合理避税，但显然是过头了，属于逃税漏税了。这是荣毅仁始料不及的。自以为没有大问题的荣毅仁坐不住了，他听着工作组的通报，额上冒出了汗，连手心都是汗。有好几天，他在会场外兜圈子，踱方步，或愣愣地坐着，脸板得一丝笑容都没有。

小组评议，对他一致的评价是，过于自信，大而化之。刘靖基说，荣毅仁我最了解，少壮派，有冲劲，六指头搔痒，态度是好的，但就像一个人站着看地上，看不到什么，要蹲下去，蚂蚁窝、田鼠洞都看清楚。荣先生，你要蹲下去。当然，我们都要蹲下去。荣毅仁觉得刘靖基这番评价中肯而确切。

于是，荣毅仁弯腰"蹲"了下去，认真地反省、自查，倒抽了一口冷气，几乎要瘫软下去。他开始毫不闪避地交代问题，对职工揭发的事统揽了下来。先是坦白违法得利二百八十亿元，随后增加三百多亿。郭棣活坦白了一千亿元以上，荣毅仁则拿出两千零九十六亿的天文数字。他一向充满自信的英气勃勃的脸上显得有些灰暗。

吴一帆带了申新的职工代表来旁听，荣毅仁一口气讲了一个多小时。讲完了，自己还觉意犹未尽。中间休息的时候，荣毅仁在走廊里碰到紫竹，紫竹喊住了他，说："荣先生，我给你说句话。"

"好，紫竹小姐，你说。"

"水满则溢，你是个光明磊落的人，对问题不避不躲，但过头了也不好，我查过了，有些事是夸大的，甚至是没有的，你也认了账，水桶里的水溢出来了。这也不对，有多少水就装多少水。"

荣毅仁一时倒愣住了："可是，我觉得还是自查得深刻些好。我还觉得不够呢。"

"不，要实事求是，不夸大也不缩小，过头未必是深刻。"

荣毅仁想想，紫竹的话不无道理，他又想起买公债的事，连忙点着头说："我知道了，以前有过教训的，我一定实事求是，紫竹，谢谢你的提醒，真是感谢之至！"

"不用谢，这是我的工作。汤蒂因更过头了，她害怕过不了关，一咬牙，就用'倒轧账'的办法，一下子将解放后三年间赚的利润共五亿元（旧人民币）作为不合法收入交代了，因她干脆利落，一下就通过了，还被视为积极分子，但我看出她思想上仍有疙瘩，她的桶里也多加水了，溢了一地。她的事我已向潘副市长汇报了。"紫竹说，"你是组长，关心关心她，让她说实话。"

吴一帆过来了，在一旁静静听着，等紫竹讲完，才接上去说："荣先生，紫竹说得对，我们都不是外人，我实话告诉你，揭发也不是绝对准确的，也会有水分，为了脱身，完全听别人摆布也是不对的，所以你要实话实说，我是会计科长出身，对申新、茂新的行事做派是清楚的。确实也有人把资本家逼得太急，拼命挤牙膏，有些五六个人的小商铺，店员要老板跪在长凳上，不让睡觉，逼他坦白，致使老板为脱人于厄，做出虚假自白。我们这里的有些小组，工作组人员和工人代表也有急躁的行为，这些都是错误的做法，必须彻底纠正。有些资本家以为'五反'是要把资本家挤垮，还有以为说共产党在'劫富济贫'，交代时就有意加大违法数额。这些想法都是对'五反'的误解，荣先生，你和共产党已是莫逆之交，难道你也信那些不着边际的胡思乱想？"

"我当然不信，不过，这样的运动我也是第一次经历，议论蜂起，怪事迭出，免不了会犯糊涂。说实话，我对共产党既敬畏又感恩，还很佩服，陈毅市长、潘副市长已把话说得很清楚了，我心里是有底的，可说无所顾忌。对照'五毒'，我心安理得，自信没有大错。这几天职工的揭发，让我震动很大，心里乱得很，觉得态度很重要，犯下的事，先应诺下来再说。即便有委屈，也得容忍，不能去冒犯工人啊！"荣毅仁说出了自己的心里话。经吴一帆、紫竹这么一说，他心情开朗多了，心中芥蒂尽去。

"荣先生，你的心情我懂，总而言之一句话，该是怎样就怎样，油菜花就是油菜花，向日葵就是向日葵，不能搞错啊！"紫竹沉静地说。

在互评会上，荣毅仁直率地指出汤蒂因所报的不法收入的数额虚高了，要她如实重报，同时承认自己在对待职工所揭发的问题上，一概认账的不实态度，他暴露和检讨自己的不太正常的心态，郑重地修正了自己的交代。并诚恳地要求大家打消种种顾忌，积极投身"五反"运动，隐瞒和回避、虚报和夸大都是对运动有害的，正确的做法是，是油菜花就是油菜花，是向日葵就是向日葵，虽然两者都是金黄色的，但有很大的差异，不能混为一谈。

汤蒂因缄默着，端正的圆脸冰凉阴沉，平时明亮的脸神有些茫然，待了很长时间，露出了一种奇怪的表情，她笑了，但笑得难看。她用软弱的声音说："我是虚报了，不过，是我自愿的，没有人逼我这样做……"她平时总是快人快语的，可这时她讲话显得有些艰难，欲言还休的样子，甚至有点顾左右而言他，她显然还有某种负担。

潘汉年找她谈了一次心，她才卸下了压在心上的负担。五亿元减去了六成，核定二亿多元。她自报半守法户，工人改评基本守法户，最后评为守法户。她快活地笑了，笑得很灿烂，很温良。在会上，她用很快的语速说了许多话，就像一颗严实的坚果，突然被敲开，散发出果肉的芬芳。

陈毅借汤蒂因的例子，毫不含糊地说，凡不属违法所得，哪怕多一个子儿，在计算时都应按政策规定剔除。许涤新说，共产党绝不会"劫富济贫"，我们不是绿林好汉，我们是有史以来最无私最大度的政党。有人说，'五反'是伍子胥过昭关，但这里是文昭关，不是武昭关，你们不会一夜急白头。

荣毅仁点头称是，脱口而出："是啊，依我看，是'武戏文唱'。这台戏唱得好，各个角色都要扮得到位。我们不是伍子胥，伍子胥有杀父之仇，我们和共产党无仇无冤，是我们犯了错，这是一场斗争，而共产党用文雅的方式、和平的方式来开展斗争，这是施仁政，就是'武戏文唱'。"荣毅仁这番话不胫而走。传到陈毅耳中，他很欣赏，在一次党内的会议上说："有的人说，现在不用武是权宜之计，将来肯定要用武，这错了，我们一直要文下去。荣毅仁说我们对资产阶级是'武戏文唱'，是施仁政，这话很有道理。我们有很多同志不要落后于荣毅仁先生。有些资产阶级代表人物，比我们有些党内的同志体会还要深啊！"

荣毅仁很自谦，坚持自评为基本守法户，薄一波和陈毅反复商量后，尊重荣毅仁的自我评价。周恩来知道后，转报毛泽东。毛泽东发话了，说："何必那么小气！再大方一点，划成完全守法户。"

上海最大的资本家荣毅仁定为完全守法户，荣毅仁本人不用说，自然大感鼓舞。而传之全国，更让各地的工商界非常兴奋，感念于共产党对资本家的优待的国策未变，一国领袖对一个资本家"五反"的评定亲自裁定，手下那么留情，足以说明共产党对工商业人士的宽大，在"五反"中受了冲击，心情消沉的，雄心复起，干事业的热情又高涨了起来。而荣毅仁"武戏文唱"这些话，经毛泽东引用，一时成了经典，也使得荣毅仁名声大扬。上海的"五反"仅用四个月时间，就宣告结束。党中央的评价是：上海"五反"，反而不乱。有了这番经历，荣毅仁对共产党多了份不可言喻的亲切感。另外，政治上也成熟了不少。

一场让资本家战战兢兢的风暴平息了，他们重新穿上西装，开着美国、英国牌子的小汽车到工厂或公司上班，颇有日光之下并无事端、太阳照常升起的感觉。荣毅仁的生活方式即使在气氛最紧张的时候都无大变，家里有仆人、厨师，荣毅仁乘坐别克、凯迪拉克出入，后来换了一辆奔驰车。

荣智健就读的中西女中和圣玛利亚女中由人民政府接办，1952年，两校合并为上海第三女子中学。荣智健仍在附小读书，他已读六年级了。他参加了两校合并和更名仪式。撮合这两大名校合并的是中西女中校长薛正，薛正也是无锡人，一个很有爱国心的知识分子。她早年就读圣玛利亚女中，后考入燕京大学，毕业后赴美国哥伦比亚攻读教育学，获硕士学位。回国后初任中西女中教务长，后任校长。抗战期间，日军欲"征用"中西女中校舍，她六次亲至日本陆军司令部交涉，严正之词和义烈之气使日本人不得不让步。汪伪期间，薛正拒绝汪伪教育咨询委员会的聘书，拒绝讲授日文课，拒绝日本女子垒球队来校比赛。

1948年，她赴美攻读博士学位，1950年春几经周折，返回中国，继续担任中西女中校长。并在学校推行热爱新中国的教育，积极组织学生参与新社会的活动，使荣智健很受教益，比别的同学更幸运的是，他不仅近距离接触到了陈毅、潘汉年等共产党高官，还觉得他们气度不凡和情义可感，同学们知道后，都很羡慕他，有些同学问他："陈毅样子凶不凶？腰眼里插不插枪？"他摇着头说："挺和气的，说说笑笑，穿的是军装，没带枪，对了，那次还带孩子来呢，和我们差不多大，和我在花园里踢皮球玩。"

正是在"五反"结束不久，荣智健拥有了一辆英国产的红色皮座敞篷辛格跑车，这一年荣智健十岁，他就学会了开汽车。当然，荣毅仁是绝不允许他上街的。他只是在院子里开开玩玩而已。

不久，荣毅仁接到通知，到北京出席全国工商联筹备会议，并将作为中国政府代表团成员访问他所陌生但很向往的社会主义国家苏联。这在当时来说，这是极荣耀的事。

临行前，荣毅仁请了吴一帆夫妇，和已经回归大学教室的紫竹以及前来探亲的陆晓波到家里来吃了顿饭。陆晓波的审查已过关，"特嫌"解除，心情特好。

荣毅仁的家坐落在一条安静的大弄堂里，因前一段时期荣毅仁无心打理，这座西式院落，有些荒芜了。这天，荣毅仁请来花匠，和吴一帆、紫竹姐妹、陆晓波吃饭前一起动手，将院子细细整理了一番，除去杂草，草坪的细草以及沿围墙的夹竹桃也都精心作了修剪，密密的白色的花朵更显灼目了。几棵大树也剪去了多余的枝叶，又重新种植了月季花和雏菊。院子就显得更加干净和安静了。

## 十四　一代巨贾荣德生远行

　　荣德生在1952年5月下旬，突患紫癜症，皮下经常出血，中西医治疗后，不见好转。这其实是罕见的血液病，对于当时的医疗水平来说，方法和药物并不多，是一种很难治的顽症。荣毅仁正在为"三反""五反"运动而烦心，虽然他觉得自己是基本清白的，他也没有刻意换上人民装，仍过着原来那样富裕阶级的生活，但整个上海都失去了平和，开始动荡起来。荣毅仁并没有仓皇失措，但也不再那么理直气壮。到后来，当工厂的揭发材料一叠又一叠地送到和平饭店时，他觉得自己的自信心就像阳光下的雪人，正在迅速地融化成水。

　　他知道父亲得了病，便请假匆匆回无锡看望父亲，在父亲身边待上一两个小时，便返回上海。他觉得内疚，但实在是没有办法，他不可能不参与运动而请更多的假。很快，荣德生卧床不起了，荣毅仁让七弟荣鸿仁、姐姐荣漱仁、妹妹荣毅珍到无锡照料父亲。荣智健很挂念爷爷的病情，因为要上课，他只能写信向爷爷问候。

　　7月，漫漫的夏天即将开始，上海的运动也落下了帷幕。荣德生病势日重一日，鸿仁给四哥拍了封电报，荣毅仁立即从上海赶回无锡，侍奉老父于病榻之前。鸿仁告诉四哥，经几个医生的会诊，一致的结论是，父亲的病已入膏肓，只是拖延时日而已。在世之日的多寡，难以预测，反正是不会长久了。荣毅仁一听，面色凝重地说："好辰光到了，爹偏偏病倒了。"他眼睛里泪光莹莹，声音哽咽着，说不下去了。

　　荣德生形容略显枯槁，但头脑还十分清楚。他告诉儿子，管文蔚、包厚昌等领导数次来看过他，申三、茂新、开源、天元等厂在"五反"中均评为完全守法户。还说，开源机器厂制造的立式车床、重型车床、麻纺机三种产品，在印度孟买举行的国际机械展览会上，获得了褒奖。奖书挂在开源的小会堂里。一个需要绝对静养的病人，念念不忘的还是他毕生为之奋斗的实业。

第二天，荣德生精神更差了，他用颤抖的声音交代了荣毅仁一件事。首先是死以后，要薄葬，另外把申三保留的伊仁原办公室，茂一保留的纪仁原办公室撤掉，个人的东西搬回家来，办公器具等物另腾出使用，久搁置亦是浪费。此外，江南大学、大公图书馆、其他各校均已由政府接办，但今后还是要予以资助。转盘楼、梅园等处如空置，若政府需要，可考虑捐出，只保留乐农别墅足矣。荣毅仁沉重地点点头。荣德生又交代荣毅仁记住这次教训，不该赚的钱不要赚，评你为完全守法户是放你一码，领袖仁慈，古所罕见。若再有过失，有负上望，那就不可轻恕了！

又过了两天，荣德生自知不久于人世，在7月25日口授遗嘱，言不及私，爱国深恩，尽最后的言责，喘不成声地说完他心中最后一句话。七儿鸿仁一边掉着眼泪，一边记录。遗嘱说道：

  余从事于纺织、面粉、机器等工业垂六十年，历经帝国主义、封建主义、官僚资本主义及反动统治的压迫，艰苦奋斗。幸中国共产党领导全国人民革命胜利，欣获解放，目睹民族工业从恢复走向发展；再由于今年"三反""五反"的胜利，工商界树立新道德，国家繁荣昌盛，指日可待。余已年老，此次病症恐将不起，不能目睹即将到来的工业大建设及世界和平，深以为憾。

  毅仁、鸿仁要积极生产，为祖国出力，尔仁、研仁再不可滞留海外，应迅速归来，共同参加祖国建设。毋违余志，是所至嘱。

四天以后，即7月29日上午七时，一个初夏的早晨，红日已上高墙，四郎君庙巷李家花园里飘着凉爽的轻风，经过了辉煌和艰难时世的一代巨贾荣德生与世长辞了，享年七十八岁。他走得很安详，神情中也略带遗憾。这座位于城中心的花园洋房里，传出了涕泗滂沱的悲号。

因预先发出荣德生病危的通知，李国伟、荣慕蕴夫妇和其他在内地的荣氏亲属，立即马不停蹄赶回无锡，杨鉴清带着儿子智健、女儿智和、智平连夜到无锡。有的见上了最后一面，有的赶到时，老人已入殓，看到的是一口黑漆的棺木和遗像。灵堂如雪，烛火缭绕，遗像之侧挂满了挽联，寄托了各界人士和老人生前好友沉郁至挚的哀悼之情以及对荣德生的崇敬和高度评价。人固有一死，况且父亲也算高寿了，但荣毅仁对于父亲的离去还是极其悲痛，日夜守灵，接待吊客，想到父亲一生的成功和曲折，感慨万千，心里酸楚异常，眼泪几乎没有止过。大姐慕蕴哭得最伤心，她很歉疚，居长而多年在外，几乎很少陪伴过堂上双老。这次父亲病重，也未尽孝侍候，越想越难过，双眼哭得肿如核桃，漱仁、毅珍、墨珍同声哭泣，智和、智平、智健等第三代小辈，虽未哭出声来，却不断用衣袖拭泪。

　　荣毅仁母亲看上去很坚强，她很沉着，眼中闪闪有光，但并不号啕。她瘪了的嘴，紧紧闭着，看得出在使劲忍着哀痛。只有一次，她把孙子智健拥在怀里，久久抚摸着他的头，泣不成声。

　　荣德生是近代实业的代表人物之一，他和哥哥一生为圆实业救国之梦而努力，把经商惠工、衣食为首作为社会理想和精神支撑，为此付出了沉重的代价，也收获了不小的成功。如果说城市有血脉的话，无锡和上海的血管深处，永远流淌着荣氏兄弟的血。正是荣氏兄弟创造的实业王国在中国近现代经济史上占有重要地位，加之荣德生在解放前后的爱国表现，他获得了很高的声誉。他的去世，引起巨大的震动与哀悼。7月30日，中央人民政府政务院发来唁电，表示"殊甚哀悼，特此电唁"。华东军政委员会也发来了唁电。苏南人民行政公署管文蔚主任、钱圣清副主任、无锡市长包厚昌等到荣宅吊唁。钱鸿义、薛明剑、冯晓钟等老友在荣德生灵堂前顿足哀呼，痛惜不已。郑翔德、陈品三、萧宗汉、荣棣辉等荣氏企业负责人也前来吊唁守灵。部分职工自发前来吊唁。新华社向全国发了通稿，《人民日报》、《解放日报》等都刊发了荣德生逝世的消息。《苏南日报》除在一版头条发表荣德生逝世的消息外，还刊登了荣德生遗嘱原文和荣德生传略，并刊登了苏南行署的讣文。

　　饰终之典，相当隆重，苏南公署除发讣告外，还组成以管文蔚为首的治丧委员会，再拨发治丧费三千万元（旧人民币）。8月11日，苏南及无锡各界近两千人，在新落成的无锡市人民大会堂举行公祭。

　　公祭的第二天，无锡荣宅举行家奠，并将荣德生灵柩暂厝梅园诵幽堂。这个厅堂是荣德生生前经常接待客人和家人聚会的地方，厅堂依然挂着他生前奉为座右铭的楹联。现在，他静静地躺在这里了。1953年1月，天色阴沉，寒风似剪，荣德生灵柩落葬在开原乡孔山里。

棺木下降墓室，荣毅仁、荣鸿仁及慕蕴、漱仁、毅珍、墨珍及女婿李国伟、胡汝禧等啜泣不止，青山肃然，鞭炮轰鸣，烛光摇曳，草木呜咽，荣德生长眠在这里了。墓碑上写着"中华实业家爱国老人荣宗铨先生之墓"，这是画家刘海粟的亲书。

在荣德生去世后，荣毅仁的先母程慧云悲伤成疾。在荣德生安葬后没几天，一天半夜，程夫人突然心脏病复发，溘然逝世。

经过工商业调整和"三反""五反"运动，劳资关系得到改善，私营企业普遍纳入国家计划的总盘子。荣毅仁加工订货、统购棉纱的建议功不可没，经济结构发生了积极变化，工人的劳动热情和资本家的办厂热情都很高涨，劳资两利有很好的进展，惠及各方。新中国的战后重建和经济恢复取得了切实的成果。朝鲜战场，志愿军使拥有现代化装备的以美军为首的联军连连受挫，被迫退到三八线外。这支在战场上绝对拥有制空权，且在后勤供应上还拥有淋浴房和小酒吧的部队被装备简陋的中国人打败了。

这让包括民族工商业界在内的中国人民士气大振。资本家已不再担心前途叵测了，虽然绝大多数资本家已懂得资本主义的实质，那就是资本家的财富来源于对工人的剥削。新民主主义的政策保护民族工商业，允许资本主义企业继续经营，不过阶级矛盾是客观存在的，所以务必重视劳资两利政策，为此多多少少都夹起尾巴做人。原料和销路由政府包了，利润不算丰厚，但风险也小了，用不着辛劳奔波和煞费苦心了。

新中国在这个时期对资本家显现出来的面貌是光明的、稳定的、平和的，甚至还使他们感到有点温情脉脉。

荣毅仁所经营的各厂已完全摆脱了解放前夕的艰难境况和解放初一度出现的窘困局面，显示出从未有过的生机，日子好过多了。由于政府的扶持和劳资矛盾的缓冲，仅申新各厂的纱锭的平均生产效率就提高了百分之四十以上，盈利逐步稳步增加，势头喜人。而研仁在泰国办的厂，开开停停，不得不歇业了。在倒闭之前，研仁已失去了信心，去了美国。歇业是他意料中的，他一点不奇怪。而荣毅仁却踌躇满志，他的厂发展得蓬蓬勃勃的。

从1954年起，荣毅仁就当选为全国人大代表，从第一届到第八届，他届届都当选。从1954年起，一个词、一种方式闯进了荣毅仁的思想当中，那就是公私合营，即国家和私营企业主联合经营，这是国家资本主义经济形式的很大的跨越。

荣毅仁意识到，这就是和平改造的一种方式。他马上接受了这种方式，并采取实际行动响应。

有一天，在上海资本家的聚餐会上，议论到这件事，他和盛康年经参悟后得到了新的认识。他们的态度是一致的，认为公私合营是中国共产党很有智慧的创举，国有经济和私有经济融合，公方和私方共同经营，国家赎买，资本家拿利息，皆大欢喜。剥削、压迫消灭了，而资本家幸而存在，虽为资本家，但我们变得有道德了。达而兼济天下，这是老一辈商人有良心的追求，现在我们就是这么做的。这有什么不好呢？

但有人忧心如焚，有一个资本家说："所谓公私合营，就是蚕食政策，不是一口吞掉，而是慢慢吃掉，那么一点定息，抵得了你的资产总值吗？"

荣毅仁回答说："现在的国家制度，是谋求全体民众的平等幸福。你拥有一桶水，工人只有一滴水的时代过去了，达而兼济天下，每个人的杯子都是满的，这很好啊，况且我们有几杯水，应该知足了。"

"青山不老，绿水长流，资本家在中国有长期的立足余地。许涤新讲课时，说要重视劳资两利政策，还说这是给我们吃点辣椒，刘靖基听了，说这个辣椒不算辣。公私合营，就是铲除阶级矛盾，工人和资本家一起做老板，这个辣椒我看也不算辣！"盛康年说，正好刘靖基在座，盛康年便大声问，"刘先生，你觉得这辣椒辣吗？"

"有什么辣的？不辣，这好比是内人煮的生鱼粥，加上虾饺、叉烧，够我吃的了。上海解放时，我做好了只要有口饭吃的准备，有这样一个结局，我很满意了。"刘靖基笑着回答。

"康年说得对，公私合营是工人和资本家一起做老板，赎买期到了，工厂就是国家的了，这就走上社会主义之道了。"荣毅仁说。

"一起当老板，你们想得美？公方代表来了，他们是共产党派来的，凡事当然是他们说了算。我们名义是一半老板，其实是伙计了，甚至连伙计都不及。"又有资本家插话说。

"说到底，你们绕来绕去，还是绕不开钱的问题。还有就是不懂得在中国发展资本主义是行不通的，接受工人阶级的领导很有必要。"荣毅仁一本正经地说，"你们还是嫌辣椒太辣，辣得睡不着觉，咽不下饭，我们要学毛主席、陈毅市长，无辣不食。他们那个吃辣，才是真辣啊！刘少奇也是吃辣的。我听潘副市长说，苏联革命元老米高扬解放前秘密访问西柏坡,米高扬酒量大得吓人,五大书记中,除周总理有点酒量外,都不胜酒力。毛主席便出了个主意,要刘少奇和米高扬比吃辣椒,米高扬辣得喉咙像着了火似的,呛得半天说不出话来。"

大家笑了起来,那几个心里想不太通的资本家无词以答,也跟着笑,不过笑得有点苦涩。这样的议论不止一两次。上海资本家的思想情况和心态传到了毛泽东那里。

毛泽东对改造资本主义工商业非常心切,党内有不同意见,认为条件还不够成熟,要让资本主义再发育得成熟些,经济基础扎实些再向社会主义过渡也不迟,但步入社会主义的声音压倒一切。毛泽东在颐年堂约见黄炎培、陈叔通等人谈公私合营后,再次于1955年在中南海怀仁堂约见工商界人士,人数较多,荣毅仁和盛丕华参加了谈话。荣毅仁和盛丕华及许涤新都是以全国工商联执委会副主任委员的身份参加的。刘少奇、周恩来、朱德、陈云、彭真、张闻天、彭德怀、邓小平、贺龙、陈毅和中央各部门负责人均在座,阵势之大,可见毛泽东对此的重视。

毛泽东讲话的要点就是工商界人士对公私合营困惑之处甚多,无非是不了解社会发展的规律,否认公私合营是实现社会主义的第一步。新民主主义的出路不是维护资本主义,而必然要走向社会主义,生产关系决定上层建筑,现有的生产关系不符合无产阶级的执政体制,所以要改。说是革命,其实是很温和的,很客气的,是中国式的,是请客吃饭嘛。工商界要把握时机,以国家利益和人民利益为重,审时度势,走社会主义道路。

毛泽东说,只要把个人的前途和国家的前途联结在一起,个人的命运和前途是可以掌握的,是大有希望的。因为我们的国家是社会主义国家,中国有不少革命志士不断探索,前赴后继,为之奋斗,为之流血牺牲。孙中山领导的辛亥革命,推翻了封建专制制度,但孙中山的联俄联共、扶助农工的方针没有贯彻下去,给蒋介石篡改了。国民党政府没有改变中国半封建半殖民地的局面,而继续把中国引入水深火热之中。事实说明,只有共产党和社会主义才能救中国。社会主义事业是最符合广大人民利益,使中国繁荣昌盛的事业。这个制度不简单啊,中国古代陶渊明有篇《桃花源记》文章,里面描写的那个社会好不好?好!基督教讲究平等、博爱、自由,四海之内皆兄弟,好不好?好!好是好,可那只是空想,一厢情愿,只有社会主义才能做到这些,才是最美好的,因为它不是空的,是实的,是科学的。我劝资本家把心安下来,不要十五个吊桶七上八下,要减少吊桶,增加抽水机,如果能全部改用抽水机就更好，这样才好睡觉。

说着说着，毛泽东打起了比喻，他说起了京剧《打渔杀家》的故事，渔夫萧恩立志插翅飞过江去，斩除恶霸头子吕子秋，报仇雪恨。他的女儿萧桂英，又想要随父去杀家造反，又放心不下那么一点儿"私有财产"，她的宝贝疙瘩。船行到半江中，她还念念不忘，"门还没有上锁呢？""屋里还有不少东西呢！"左右为难，欲进还退。毛泽东讲到这里忍不住笑了起来："闹革命么，还舍不得丢掉坛坛罐罐？对旧东西，一定要舍得丢，不要舍不得！"

毛泽东风趣的讲话，痛快，有力，言简而意赅，引得一片如雷的掌声。

荣毅仁眉飞色舞地鼓掌之余，被深深折服了，然而又悄然沉思。不错，毛主席说得对，许多资本家感到犹豫，感到苦闷，无非是舍不得那些"坛坛罐罐"，自己虽想通了，也有一部分合营了，但内心深处还不是在盘算自己到底能得"几杯水"吗？嘴上不说，对公私合营后，自己在荣氏企业中身居何位，会不会徒有虚名等，还是很有想法的，甚至可说七上八下的，有好几个吊桶呢。

会后，陈毅对荣毅仁说："我们不贪图你那么一点财产，看到你那些就眼红了？就想拿过来。错了，共产党气魄大得很，共产党要解放全人类，看到你们一批人还是有点本事，所以要争取你们、团结你们，让你们有一个大好的前途。与其把你们驱逐出去，还不如吸收到阵营中来变成真正的人才！听说，你说过，资本家拥有一桶水，工人拥有一滴水的时代过去了，社会主义就是达则兼济天下，每人都有一杯水，你说得好啊！虽然达则兼济天下并不是社会主义，社会主义也不是大同社会，但能大同，能济天下也不错嘛！"

"根据《资本论》，资本家的'达'是剥削工人剩余价值得来的，还之社会，兼济天下是理所当然的，取之于民，用之于民啊！"荣毅仁说。

"那就是了。荣先生，我早就说过，你四少爷的脑瓜子灵得很呐，是个帅才。这次社会主义改造，你可举了帅旗冲在前面了！你干得好啊！"陈毅提高了声音，用赞许的目光看着他。

"陈市长，我知道了。我不做萧桂英，也要劝别人不做萧桂英，我会把那些坛坛罐罐彻底丢得干干净净，一点都不留。"荣毅仁毅然决然地说。

从此，他抛弃了国家资本主义思想，接受了社会主义思想。其实，在这之前，正如陈毅说的，他已举着帅旗带头投身到公私合营的洪流中去了。

跑在最前头的要数申新所属的广州第二纺织厂了。早在1953年12月，厂长荣均泰在征得荣毅仁同意后，首先向广州市人民政府递交了公私合营申请书。第二年6月被正式批准公私合营，并宣告退出上海荣氏企业总管理处。1954年8月18日，荣毅仁代表总管理处向无锡市人民政府提出申新三厂合营申请。申新三厂被批准合营后，退出了总管理处。同年4月2日，上海申新系统举行劳资座谈会，荣毅仁在会上提出，申新要争取向国家资本主义的高级形式发展。4月14日，申新八十六户股东开会，决定由总经理荣毅仁去申办公私合营手续。8月11日，上海市人民政府召开棉纺、面粉、五金、百货等八个行业的同业公会负责人会议，会上宣布批准申新数厂等一百六十八家私营工厂实行公私合营。

过了一个多月，即9月28日，上海申新系统举行庆祝大会，正式宣布公私合营。作为大会执行主席的荣毅仁报告了合营的筹备经过。公私合营后，荣毅仁任上海市纺织公司经理和申新纺织厂总管理处总经理。

这天，公方代表要来了，荣毅仁在总管理处等着。市委统战部部长刘述周和华东纺织局局长张承宗陪着几个人来了，荣毅仁在人群里看到了一个熟人，瘦瘦的文质彬彬的模样，他是吴一帆。荣毅仁心里一动，说不定是吴一帆来当公方代表，如果是吴一帆，这倒是一个很理想的人物。

刘述周和张承宗和荣毅仁很熟，由张承宗对其他来人一一引见。张承宗说："他们都是你荣老板的副手，副总经理，配合你做事。"

介绍到吴一帆，他果然是公方代表，四个副总经理中的一个，未等张承宗说完，吴一帆便抢着和荣毅仁握起手来说："荣老板，没想到吧，我又做你的手下了。"说着，转身对刘述周和张承宗说，"你们应该知道，我和荣家的关系非同一般，解放前，我就是无锡申三的会计科长。现在我到上海申新干老本行了。"

张承宗说："我差点忘了，你的情况我当然知道，是潘副市长一手把你从无锡挖到上海来的嘛！"

荣毅仁谦虚地说："哪里哪里，此一时彼一时，今后还要请吴副总经理多指教。你政治觉悟高，一把厉害的铁算盘，对申新情况的熟悉程度，不亚于我。"

除吴一帆是副总经理，还有一位公方代表兼副总经理是鲍方，他还是申新集团的党委书记。荣毅仁知道鲍方也是地下党出身，当过工人，当过兵，为人豪爽，和荣毅仁一见如故。

由鲍方、吴一帆任公方代表，荣毅仁是满意的，感到很宽慰。他一直暗暗担心来个趾高气扬、不懂装懂的外行，对自己不尊重还是小事，误了工厂的生产，闹得鸡犬不宁是大事。荣毅仁听说有一家企业的公方代表到任后第一件事，就要原来的老板交出账册、钥匙说，今后你没事就不要来厂里了，在家喝喝茶吧，这里有我挡着。结果没几天厂里就搞得一团糟，工人意见很大，向上反映说，这样的公方代表我们不要，我们宁可老板回来。最后还是把老板请了回来，至于公方代表和原老板反目，搞阶级斗争，闹得不可开交的事也绝非个别。如遇到这样的公方代表，将会有一番大大的头痛。

公方代表入驻的那天，由盛丕华请潘汉年在红棉酒家吃饭，由荣毅仁和盛康年作陪。潘汉年情绪不高，似乎有心事，话也不多，筷子也动得不多。他对荣毅仁讲了几句令荣毅仁终生难忘的话。

他说："荣先生，你是个要求进步的人，又能通权达变。跟着共产党，你前途无量，是能成大事的。陈毅市长对我说，毛主席很欣赏你，说无锡出了两个革命的少爷，一个是三少爷严朴，毁家闹革命；一个是四少爷荣毅仁，献厂闹革命。这次你带头公私合营，很聪明，识时务者为俊杰，有些资本家患得患失，这大可不必。世界上的事，充满着变数，有得必有失，有失也必有得，这不是不可知论，而是辩证法。"说完，把杯中酒一口干掉，他是个处事泰然的人，喝酒慢悠悠的，像这样喝酒还是第一次见到。

荣毅仁和盛康年对视了一下，都觉得潘汉年的神态有些异样，但又不好追问。

"毛主席和潘副市长过奖了，我荣毅仁哪能跟严朴比呢？他可是老革命，老共产党员，瑞金的国家银行行长，是陆定一的岳父大人。"荣毅仁说。

"不，你拿出那么多厂公私合营，是不容易的，这可是你们荣家两代人花了多少心血，付出沉重代价得来的，能拿出来，是要有些勇气的。有些资本家感到痛心，是可以理解的。"潘汉年慢慢地说，"无动于衷，大不以为然不是真实的。是人，总会有心病的，特别是到了高层，不管是钱财的高度，还是地位的高度，就会有普通人遇不到的麻烦，高处不胜寒嘛！"

荣毅仁和盛康年傻了，这最后几句话分明流露了他内心的某种失落，他肯定遇到了不如意的事，是什么事呢？他当然不好说，有难言的苦衷。像潘汉年这样历练丰富、内心力量强大的人能不自禁地袒露出烦闷，所受的困扰不会小的。

大概发现自己有些失态，潘汉年笑了起来，笑得很勉强，他举起酒杯，自嘲说："参加革命这么多年了，还脱不了文人的弱点，多愁善感。来，敬敬你们这两位红色资本家，原来你们是一只脚跨进社会主义，现在另一只脚也跨进来了，这可是毛主席说的，祝贺你们的进步！"说完，和荣毅仁、盛康年碰了下杯，又是一饮而尽。

风起于青蘋之末。

荣毅仁和盛康年的感觉是对的，潘汉年确实是受高处的"寒流"所袭。1954年，中共党内发生了"高饶事件"。华东局书记饶漱石被指控追随高岗，并与高结成反党联盟进行篡夺领导权的阴谋活动。饶漱石被接受全面审查。其中任用原国民党特务投诚人员胡均鹤参加公安肃反是其一大罪状。由饶漱石而株连到上海公安局长扬帆，他的主要罪名是受饶漱石指使，"重用、包庇和掩护"特务分子和反革命分子"三千三百多人"。

其实，所谓"三千三"这个数字是夸大的，它出自一句戏言。有人将他利用国民党一批投诚的旧特工人员来肃反，比之春秋战国时代孟尝君门下有食客三千，并胡诌出两句打油诗："扬公门下三千三，尽是鸡鸣狗盗徒。"这就是"三千三百人"的出典。

扬帆和胡均鹤被逮捕后，潘汉年就意识到自己脱不了干系了，虽然当年他在新四军和陈毅受到过饶漱石的排挤和打击，但事实上他和饶、扬的问题是有所牵连的，特别是在做地下工作时，和胡均鹤有过接触。这些事成了潘汉年心中不可言说的块垒，他的心情当然不会好了。

这是荣毅仁最后一次和潘汉年吃饭，也是最后一次见面。潘汉年是荣毅仁结识最早的共产党高级干部，正是潘汉年的平和、坦诚和谆谆善诱让荣毅仁感受到共产党的气度。领导人的个人魅力是一种磁场，它会在无形之中吸引和聚拢人们对共产党的亲近，荣毅仁就是其中一个。说潘汉年是荣毅仁最初的领路人也不为过。没有潘汉年、陈毅、陈云、周恩来等这些共产党领导人的恪守原则而又富有人情的引导，荣毅仁不太可能成为一个追随共产党的红色资本家的。

荣毅仁晚年说过，他忘不了潘汉年、陈毅的知遇之恩，没有他们，就没有自己后来的一切。

就在和潘汉年在红棉酒家吃饭后的第二年，即1955年7月16日，荣毅仁参加了全国人大在怀仁堂第二次会议。正是在这次会议上，荣毅仁没有见到潘汉年一向很活跃的身影。他在上海已消失好几个月了，谁都不知道他去了哪里？做什么去了？其实潘汉年已在4月份被捕，知情者守口如瓶，不知情者胡乱猜测传说纷纭。有说执行一项重要机密任务的，有说他身患重症，到苏联治疗去了。荣毅仁是倾向于相信前一种猜测的。他不希望好人潘汉年有不测。

可就在这次会议上荣毅仁得到了他绝对意想不到的一个答案。在大会的一项报告中，突然提到："潘汉年、胡风两代表，因为已经发现他们有进行反革命活动的证据，常务委员会在第九次会议上和第十六次会议上根据最高人民检察院张鼎承检察长的请求，依照宪法第三十七条的规定，已先后批准将他们逮捕审判。"

对胡风的批判和揭露早已沸沸扬扬，从文艺争论演化为政治抨击，说他是反革命，大家不觉得奇怪。可潘汉年，这个长期在隐蔽战线出生入死，立下汗马功劳的革命家居然是反革命，可说晴天霹雳一声，全场顿时惊呆了，鸦雀无声，然而内心震动极大。荣毅仁蓦地心里一个颤动，还有一种愣怔，一种恍惚，一种惊骇，他简直不敢相信自己的耳朵，但报告中这么说是确确实实的。他满腹狐疑，迷惑不解，说实话，他对此是不相信的。然而，他不能不相信，因为这不是街头巷尾的传言，而是庄重的人民代表大会上所颁布的结论，其可靠性是不容置疑的。会上并没有提供潘汉年的具体罪行，荣毅仁也不好多打听。大家也不作议论，也实在不好多议论的，但看得出来，与会者的心态和荣毅仁差不多，抱有怀疑又不得不信，有点难以理解。

荣毅仁回到上海后，和盛康年谈起此事，还是盛康年消息灵通，他说，潘汉年是4月份在一次共产党的会议上被逮捕的。当时陈毅市长在代表团内简单地宣布了这件事，说清楚潘汉年是因为"内奸"问题被捕的。这个问题发生在1943年，他并没有叛党的嫌疑。后来得知，潘汉年在1943年为汉奸李士群所挟持去南京见了汪精卫一面；另外，扬帆利用原中统投诚特务胡均鹤等人参与肃反，是饶漱石和潘汉年同意的。而有证据说明，胡均鹤是潜伏特务，投诚是假的，饶漱石、潘汉年和扬帆是敌我不分，认敌为友，掩护、包庇了特务分子。

经盛康年这么一说，荣毅仁不响了，除了为潘汉年感到可惜外，依他当时对党内斗争复杂程度几乎处于一无所知的情况下，他是无法对此说什么的。有的只是同情和挂念，而这份情在他心里深藏了几十年。

他始终记着最后一次和潘汉年在红棉酒家吃饭的情景，记得潘汉年略有忧郁的神情和说的每句话。一想起来，就觉得是恍如昨日的事，也有种世事如棋、变幻莫测之感。后来，随着他政治上的成熟，和政治经验的丰富，他总觉得潘汉年一案，事存蹊跷，很可能有冤情在内。笃于和潘汉年的情谊，他暗暗关切着潘汉年夫妇的动静。正如潘汉年所说的"原来是一只脚踏进社会主义，现在另一只脚也踏进社主义了"。

荣毅仁暂且放下了潘汉年等令自己震惊不已的事，热情不减地投身于企业的公私合营，一发而不可收。继申新以后，荣家所有的工厂，包括上海的福新、茂新，无锡的茂新、天元、开源等厂都实现了公私合营。荣毅仁只感到痛快淋漓，慷慨江河，每天处在鼓乐喧闹中。

1955年至1956年的中国，城乡处处鼓荡着满天的时代风云。

## 十五 戴上"红色资本家"之冠

1956年1月20日正午，料峭的风势隐没在震天的锣鼓声和遍地的红旗中，严寒也被火热的场面减弱了不少。上海市资本主义工商业公私合营大会在上海中苏友好大厦召开。全市私营工商业人士和各界代表四千余人参加了大会。上海市工商联主任委员盛丕华、副主任委员荣毅仁代表全市私营工商业者向曹荻秋副市长递交了公私合营申请书。刘靖基、刘念义、经叔平、陈铭珊、韩志明等人，分别抬着四只扎彩的红漆藤条箱，里面放着用红布包裹的各行各业要求申请的申请书，内容千篇一律。更扎眼的是由四十名资方人员组成的军乐队齐奏小号、圆号、萨克斯管、大号、大小鼓，音节高亢明亮，踏着有节奏的脚步，在一名指挥手中灵活而富有变化的飘着流苏的银色指挥棒引导下，排列在队伍前列徐徐进行。乐曲是根据《解放区的天是明朗的天》《东方红》等歌曲的旋律改编的，资本家中不乏这方面的人才。

曹荻秋接过申请书，代表已调中央任副总理兼外交部长但仍兼任上海市市长的陈毅签名盖章，接受了申请。顿时，欢呼声、鞭炮声、鼓乐声、口号声惊天动地，繁华绮丽的上海滩难得这么欢乐过。上海不少热闹，但今天的热闹是一个盛典，它是一种社会变革的合奏曲，是历史性的一幕。它意味着，私有制在这座城市已基本消除。接着是游行，上海百姓，倾巷来观。大街两旁的观众层层叠叠，沿街楼房的阳台、窗户口也都挤满了人，整个上海就像一锅水沸了似的，冬天的萧条清气一扫而光。

荣毅仁这一刻异常兴奋，他平时是一个冷静的人，但他今天冷静不下来。不否定在人群中有不少资本家是随大流的，是迫于形势，将自己经营多年的工厂或商店交出去的。他们有点痛心，有的不甘心，有的无可奈何花落去，他们一边喊着口号，装得兴高采烈，但内心是悲凉的。他们失去了很多，所有的荣华富贵即将随风而逝。有的回到家就哭了，痛心疾首。但荣毅仁没有考虑那么多，他是真心高兴的，真心激动的，一路上呼喊着口号，把嗓子都喊哑了。

他们游行到外滩，在市委、市人委所在地，原汇丰银行前停了下来，市委书记陈丕显、副市长曹荻秋站在两侧有铜狮子的台阶上迎接他们，这幢殖民地时期的精美建筑见证了时代变迁的重要一刻。晚上是联欢会，永安百货公司的老板郭琳爽是个有名的票友，擅长京剧和粤剧。他是广东中山县人，他的父亲郭标在澳大利亚靠水果生意发家，成为华人富商。后来，应孙中山之邀，回上海南京路建了永安百货大楼。今晚，他身穿黑缎衣，头戴武生帽，手执钢刀，登台演出了一段粤剧。荣毅仁被人一再点名，上台破天荒地清唱了一段《草桥关》，获得了满堂彩。

荣毅仁和上海纺织工业局的公私合营协议书是在他原来的襄阳路私宅的花园的一个亭子的石圆桌签下的，亭子现在还完好地矗立在那里，里面的石桌石凳见证着历史的那一刻。荣毅仁后来把这幢房子捐给了上海纺工局用作办公。2012年8月，我写的《红色资本家荣毅仁》一书的首发式在这幢虽有些陈旧但依然考究精致的英式风格的花园洋房里举行，底楼的一个铺着拼花地板房间里，摆着几件老式家具，桌上有年轻英俊的荣毅仁和俏丽清雅的杨鉴清的合影。我楼上楼下的走了几遍，感受着荣毅仁一家在这里居住过的历史气息。是的，我能从老房子的特有的气味里，从油亮的打蜡地板的松动中，在那张转角楼梯的光滑的扶手的闪光里，感触到这种气息，荣毅仁的气息。荣毅仁的新宅在康平路，是1949年落成的，式样朴实无华，两层楼，大窗户，大阳台，室内光线明亮、柔和，通风很好，花园宽敞，花木葱茏。荣毅仁就是在这里度过1949年5月，解放军向上海发起总攻那个夜晚的。

对于公私合营，毛泽东是十分兴奋的，在1957年之前，他对理想社会的实验是迫切的而又不乏温情。公私合营，消灭私有制，建立公有制，是实现他所设想的社会主义社会迈出的坚实一步。正如荣毅仁所理解的，毛泽东和中国共产党人没有采取激烈的灭绝式的方式消灭资产阶级，而是采取相对温和的和平改造的方式来实现工商业的国有化，赎买政策就是一种带有儒家中庸之道的做法，也有点以仁得仁。作为民族资本家中的先进分子，荣毅仁对合营以后的待遇并不计较，有些定息就算了。他在第一次全国人代会小组讨论时坦率地说："自己被选为人大代表，又当上了政协委员，和同志们一起讨论国家大事，在上海还给我安排了很好的工作岗位，一家团聚，生活安定，有时三朋四友小叙畅谈，处身在生产发展、国家兴旺、'我们一天天好起来'的境地，还有什么可不满足的呢？"

荣毅仁说的是心里话，但资本家阶层是复杂的，虽然自知不可逆潮流而动，但还是猜疑纷至，提了一大堆的想法。党内也有人对这种温和政策，对赎买政策有看法，认为对资本家过于宽容，拿定息，依然是一种变相的剥削。在工人中间，不尊重资本家、抵制资本家的事时有发生。事实说明，社会主义，绝不是一个"合"字可了得的。

1956年12月，全国工商联在京举行第二届会员代表大会。毛泽东召集部分工商界人士交换意见。针对来自资本家和党内的截然不同的看法，毛泽东坚定而认真地说："定息一定七年不变，到时候还可延长，拖到三个五年计划，带个尾巴进工会。赎买就是真正的赎买，不是欺骗的，对有抵触情绪的同志要说服，要赎买就赎买到底，不要半赎买，半没收，要虎头虎尾，不要虎头蛇尾。"

"资本家现在还给安排工作，有人担心，再过几年会不会被一脚踢开？"陈叔通说。他本来想说"弓藏狗烹"之类的话，但觉得太刻薄了，话到嘴边，没有说出来。

毛泽东笑了，摇着头说："有这种想法的人是杞人忧天了，多虑了啊。资产阶级作为一个阶级要消灭的，但人都包下来。工商业者不是国家的负担，而是一笔财富，过去和现在都起了作用，让他们要发挥老经验，还要能够发展新经验。譬如荣毅仁年纪轻轻的，精力充沛，来日方长喽，还可以学习新经验啊！"

大家的眼光都投向荣毅仁，荣毅仁没想到毛主席会提到自己，慌忙站起回答说："是的，来日方长，我要学习的东西很多，学无止境啊！"

"说得对，学无止境，建设社会主义，不独河山再造，我们碰到不少新课题新问题呢，这就需要学习，锲而不舍，金石可镂啊！"毛泽东说。

"还有一种说法，说团结资产阶级应以中小资本家为主要对象，因为他们人多势众。"陈叔通又提出了一个听说的观点。

"此言错矣！大资本家人少，但他们的资本大，比中小资本家的作用大。"毛泽东伸出大拇指，又伸出食指和小指，最后张开手掌说，"五个指头，少掉一个都不行。所以，中小路线是不对的，应当是大中小路线，一个巴掌才能抓得住东西。

荣毅仁，荣老板，中国最大资本家的四少爷心情舒畅，得之礼遇，跟共产党走了。国际上说共产党得人心啊，社会主义容得下人啊，我毛泽东有雅量啊，你们听不到，我可听到了。"

大家都笑了起来，毛泽东也笑了。荣毅仁当然也笑了。毛泽东一再提到他，由此可见领袖对自己印象之深。而毛泽东说的那些话，句句说到自己心坎上，使荣毅仁觉得，不要说有定息，就是没有定息，日子苦一点，锦衣玉食变成粗茶淡饭，也会使人甘之如饴。

毛泽东不仅对荣毅仁印象深，其实，毛泽东在这年年初，也是一个很肃杀的冬日，亲临申新九厂视察。在1955年10月的一次会议上，荣毅仁见到毛泽东时，曾说过："毛主席，希望你能抽出时间到上海去，更希望到我们厂看看。"这样的话，荣毅仁说过后，也没放在心上，未料毛泽东记住了。

这天，荣毅仁正在总管理处上班，忽然接到市委书记陈丕显亲自打来的电话，说有要事跟他谈，要他立即回康平路荣宅。荣毅仁急急赶回家，陈丕显已在家中客厅坐着等候他，看样子很急。未等荣毅仁开口，陈丕显就迫不及待地说："毛主席来上海了，今天马上就要去视察申新九厂，我们一起去厂里迎接毛主席。"

那个时候，对领袖虽然没有像"文革"中那样视之神秘地狂热崇拜，但毛主席的来临绝对是莫大的荣幸，荣毅仁听了自然喜出望外。毛主席来自己的工厂了，他问，这是真的吗？那神情好像觉得不能信其为真实似的。

陈丕显没有多说什么，拉着荣毅仁就走出屋子上车，直奔申新九厂。刚到不久，约下午四点四十分，毛泽东的车队就来了。毛泽东在陈毅、罗瑞卿、汪东兴等陪同下跨出汽车，走向等候在那里的荣毅仁，便伸手和荣毅仁握手说："荣先生，你不是要我到厂里来看看吗？今天我来了。"

"欢迎毛主席光临申新九厂！"荣毅仁说，他见过毛泽东几次了，但还是有些许紧张和拘谨。

"荣老板，你好大的面子喽，你请毛主席来，毛主席就赏你的光，真的来申新九厂了。"陈毅在一旁笑着说。一句笑话，就让荣毅仁的心情变得放松了，毛泽东和站在那里的吴一帆、鲍方等申新总管理处的公方代表握手。接着，荣毅仁和吴一帆领着毛主席向车间走去。

车间里很温暖，一台台纱机排列成矩阵状，发出轰轰隆隆的机声。纱锭旋转着，飞纱走线，挡车女工们戴着白布无檐帽、白围裙，在纱机间巡纺着，以极敏捷的动作接断了的纱线。这样的打扮让每个女工的样子看起来都非常相似，每个女工要照看五六台机器，得不停地走动。

毛泽东和荣毅仁边走边说话，毛泽东好像很好奇，他对荣毅仁和陈毅说："你们不知道吧，我也纺过纱呢。"

陈毅马上领会了，笑着没吭声，只是狡黠地看着荣毅仁。荣毅仁糊涂了，问："毛主席什么时候在纺纱厂做过工？"

"是延安的窑洞工厂，不过不是这些现代化的纺织机，而是手摇的纺车。没法子啊，蒋介石封锁我们，我们只能自己动手，丰衣足食了。我和朱老总、恩来同志还比赛过呢，谁摇得快摇得好，结果我输了。"毛泽东比画着说，"要是你荣老板那个时候送我这么一台机器，我就当上劳模喽！"

大家都笑了起来。荣毅仁更是笑得很畅快。他从毛泽东脸上看到了欣赏和鼓励的神情。

"公私合营后生产怎么样？"毛泽东问。

"比以前好多了。"

"跟国营企业比怎么样？"

"那还差一点。"

"大概什么时候能赶上？"

"估计要两三年吧。"

工人们事先只听说有贵宾要来，可怎么也没有想到这个贵宾竟是毛主席，他们情不自禁鼓起掌来，并发出一阵阵欢呼，毛泽东不断向人群挥手致意。要不是事先有叮嘱，再加上放不下手中的活，否则，准会把毛泽东里三层外三层地围住。在一台纺机旁，毛泽东停住了脚步，看挡车女工在操作。虽然戴着同样的帽子、穿着同样的围裙，但荣毅仁还是认出了这个长得丰腴的清秀的女工是杨紫菊。他有点不解，紫菊可是在申新六厂工会当干事的啊，怎么会出现在申新九厂当挡车工呢？

吴一帆悄悄把荣毅仁拉到一边说："为了安全起见，是我安排的，临时把她调过来的。来不及跟你说了。"

荣毅仁会意地点点头，说："没关系，这样安排挺好的。"

吴一帆对紫菊说："你向毛主席介绍介绍，不要拘束，平时怎么干的活就怎么说。"

"这是最粗的粗纱，我们叫它条子，条子下来纺粗纱，粗纱再纺细纱，细纱就可以织布了。"紫菊介绍说，她还是止不住有些紧张，脸涨得红红的，平时的大嗓门也变得细声细气了。

"怪不得呢，纺纱还这么复杂呢，一道道的，要过五关斩六将呢。"毛泽东指着粗纱对陈毅说，"看来我们在延安纺的是条子喽，难怪织成的布疙里疙瘩的，这么说，我们的军装是条子军装啊！"

陈毅说："是啊，我当时在皖南领到的军装觉得布料特别粗，原来是用主席纺的条子布缝的。"

"可张茜同志还穿着条子军装跳舞呢？到哪座山砍什么柴啊，那个时候是条子，现在可是要细布了。荣先生那个时候没机会给我们这些机器啊！"毛泽东说。

看着毛泽东和陈毅也像普通人一样开着玩笑，荣毅仁感到很亲切，不知不觉中从容自如多了。他说："杨紫菊，你陪毛主席到捻线间去考察考察，那儿正在纺60支双股线。"

吴一帆便吩咐另一位挡车女工顶杨紫菊。杨紫菊便领着毛主席一行来到捻线间。

这里排列着筒子车和经纱车在飞快地运转着，毛泽东看着纺出的60支双股线，有些惊叹地说："能纺这么细啊！"

杨紫菊回答说："还纺过84支的高支纱呢。这种高支纱织成的布平滑挺括。"

荣毅仁补充说："前一段时期，我们给部队纺的就是高支纱，用来做军装的。"

"好啊，我们在延安穿条子军装，现在荣先生给我们做高支军装了。"陈毅插话说。

"荣先生，我问你件事。"毛泽东忽然想起什么问荣毅仁。荣毅仁立即俯身向前说，"什么事情请毛主席吩咐。"

"辽沈战役的时候，你卖给蒋介石军队的面粉真是霉烂的吗？"

"当然不是的。面粉是来料加工的，也验收过的。这是国民党上层狗咬狗的事，他们要搞宋子文，而这批面粉是宋子文交办的，就鸡蛋里挑骨头了。"荣毅仁如实地说。

"真是莫须有啊！国民党打了败仗，怪罪起荣毅仁，荣先生未免太冤枉了。"

"是啊，我解放后第一次见到荣先生就说，荣毅仁你不得了啊，把蒋介石军队在东北打得落水流水，共产党要谢谢你呢！"陈毅说。

"上海解放那天，正是'军粉霉烂案'开庭之日，要不是解放军攻占上海，我可能要有牢狱之灾。我要谢谢共产党！"荣毅仁恳切地说。

"荣老板，你可捡到便宜了啊！"毛主席话锋一转说，"荣先生，这种事再也不会发生了。雨过天晴了，你用不着不下雨总带着伞了，你放开来干吧，没有人给你迎头泼脏水了，共产党和你没梁子。"

毛泽东继续参观，所到之处，都受到工人的热诚欢迎，掌声、欢呼声久久不息。申新九厂共十七个车间，毛泽东这次视察了七个。毛泽东来申九的消息不胫而走，闻讯赶到厂的人越来越多，毛泽东的汽车是在欢腾的人群中离开申九的。毛泽东到上海不下几十次，但视察原资本家开办的，后成为公私合营的工厂，就只有申九唯一一家。这在全上海乃至全国传为美谈，工商界的声誉，申九的声誉，公私合营制度的声誉和荣毅仁个人的声誉都得到了提高。

这对荣毅仁当然是个不小的鼓舞。毛泽东的视察，也无疑对荣毅仁的才干加深了好感。所以当荣毅仁得到晋升并迅速蹿红后，有人说，毛泽东视察申九和1956年年底全国工商联第二届代表大会上被毛泽东数次提及，都是兆头。

上海工商界办了个政治学校，许多已失去或部分失去对原有企业的控制权的资本家分批到这里洗脑。荣毅仁去讲了几次课，谈自己对共产党、对社会主义的认识，他已懂得了空想社会主义和科学社会主义的区分，也懂得了社会主义和共产主义的区分。这所学校的校长就是荣毅仁的老相识，原上海军管会工商处长林文轲，因为错误观点受到过严厉的批评并被一度免职的他现在收敛多了，但他依然坚持他的一个非常马克思主义的观点。那就是中国在跨入社会主义革命时期，工人阶级和资产阶级之间的阶级矛盾将是对抗性矛盾，而且是贯穿于这一阶段的主要矛盾。他在会上反复这样说，要求资方充分认识到这一点，自觉接受工人阶级监督，持之以恒地进行自我改造。

这一番话，说得在座的资方悚然动容，吓得汗出如浆。似乎毛主席、陈毅都没有这样说过，公私合营时不是说对资本家是怀柔以待的宽厚吗？那时许多温暖人的话还在耳边响着呢？怎么说变就变了呢？许多人鼓起勇气把疑义提了出来，既然是对抗性的矛盾，那是否是敌我矛盾呢？如果是敌我矛盾，资方岂不是成了反革命了吗？那要不要像苏联那样整肃掉呢？那和平改造又是怎么回事？也有人说，我们把厂都交出去了，资本已经不存在了，剥削也不存在了，和工人阶级无矛盾可言了，何以能谈得上是对抗性矛盾？

林文轲面对这些高深的理论问题和复杂的现实问题是这样说的："工人阶级和资

产阶级就像水与火那样不相容，公私合营，工厂交出来了，但你们还是资方，不过是火势小了一半。水与火的对抗还存在，除非这个火全部熄掉。和平改造，就是不用一大面盆水一下子泼上去，把火扑灭，而是用扇子刮出一阵阵风，将火慢慢小下去，至少不再蔓延开来。当然，这要看你们的态度，如果是野火烧不尽，那无产阶级不能不作断然处置，那这个扇子就是铁扇公主那样的扇子了，这就是马克思说的无产阶级专政。"

荣毅仁来讲课，听到资方的疑义，也听了林文轲的高论。这是个很敏感的问题，他不能简单地作出谁是谁否的表态，但他对此想了很久，自有他的想法。他说："毛主席说过，资产阶级作为阶级是要消灭的，但人要包下来，一方面发挥老经验，学习新经验；另一方面自觉改造，如果真的是朽木不可雕，却是自甘堕落，作弃材处理，并不足为惜。我想在座的各位都是不愿做朽木的，而是要做有用之材的，是不是？"

"那当然了，我们不是朽木，也不愿做朽木。"有人回答。

"这就对了，经过社会主义改造，大家都成了人民的一分子。资产阶级不存在了，林校长说的野火只剩下些火星或火花了。阶级关系发生了变化，水成汪洋一片了，火却渐渐熄灭了，是否由于中国的历史条件，这个对抗性矛盾可以发展成为非对抗性矛盾呢？"荣毅仁一面想一面说，"海纳百川，资本家汇入到人民之中，再说对抗，就不可理喻了，难道人民与人民对抗？人民对人民实行专政？几颗火星，自生自灭，哪里要用得着火焰山的那妖精的铁扇子？"

大家一听，都觉得荣毅仁言之有理，难怪毛主席会赏识他。他对林文轲的那套咄咄逼人的说法巧妙地进行了驳斥，也承认需要发挥老经验，学习新经验，适应新的形势，注重自觉改造，争取融入人民的队伍。而且引用了毛主席的讲话，这无疑是很有力的。

林文轲默然，他并不完全同意荣毅仁的理论，但他也承认，荣毅仁说得并不是一点道理都没有。况且，荣毅仁已经不是一般的人物了，毛主席刚到申九视察过，这明摆着是对荣毅仁的支持。鉴于过去的教训，他含有深意地朝荣毅仁笑笑，也就不多说什么了。

那时候的荣毅仁是热忱的、果敢的、血气方刚的，他的境地使得他不像别的资本家那样焦虑不安。一切自由皆来源于经济自由，失去了大部分经济自由的资本家表面上不得不表现出拥护和轻松，但心底里却是沉重的。除了还能一起郊游、聚餐、钓鱼外，他们还能做些什么呢？连西装大衣都收起来了，汽车锁进了车库改乘黄包车了，很大一部分资本家已紧紧关上自己的心和自己的嘴，他们像鸵鸟一样将头掩埋在沙子里。

荣毅仁不做鸵鸟，他的心和嘴都是敞开的，他还有相当的经济自由，他认为自己的生活并不黯淡，而是玫瑰色的，领袖对他的另眼看待使他无所顾忌。关于并非对抗性矛盾，别人不敢说，他敢说，在1956年6月30日全国人大的一次小型会议上，他冒着"犯上"的风险，以更加肯定的口气当着毛泽东的面说了自己的这一观点。他说，如果是对抗性矛盾，我出现在这里是不可思议的。我原来是举起一只手拥护共产党，因为举起两只手是投降，现在我心甘情愿举起两只手对共产党三呼"万岁"。我只举一只手是错了，我应当毫无保留地举起双手才对。说我是"投降"也不错，资产阶级向工人阶级投降嘛，用古人的话来说叫归顺，或者叫臣服。这不是个人，而是资本的归顺。这不是丢脸的事，不是自取其辱，而是自取其荣。既然归顺了，拥护了，还强调对抗就不宜了，可以将我们改编成工人阶级。改造就是改编，公私合营就是改编。战场上不杀俘虏，这是国际公律，经济上不杀俘虏，是共产党的英明和善策。所以，这个矛盾是不对抗矛盾，事实上也是不对抗了。

毛泽东吸着烟，认真地听着荣毅仁说的每句话，时不时瞅荣毅仁一眼，别人为荣毅仁捏了把汗，荣毅仁啊，你也太直率了，在主席面前都敢这样放肆，真不知道天高地厚了！

荣毅仁一口气讲完了自己想法，然后怔怔地看着毛泽东的反应。毛泽东把烟头掐灭在烟缸里，抬起头问荣毅仁："完啦？再说啊，有屁就放，有话就说嘛，统统说出来，不要说一半留一半。"

"我说完了。"

"你这个人倒蛮会用脑子、提问题的啊。你这个问题提得好啊！"毛泽东和颜悦色地说，"不过，投降不妥，归顺也不妥，民族资产阶级不是共产党的俘虏，而是朋友。我对你荣毅仁说过了的，雨过天晴了嘛，不要不下雨总带了把伞，有备无患的，共产党和民族资产阶级没梁子嘛。至于对抗性还是非对抗性，可以议嘛，要像荣毅仁这样畅所欲言，不要有话放在肚子里，那要得小肠气的。"

一件在大家心里搁着的大事，片言而解，大家松了口气，亦感欣然。于是，你一言我一言议论起来，有赞成荣毅仁看法的，也有反对的，更多的认为折中至当，介于对抗与非对抗之间，如何界定，也引起争论，没有一个定论。毛泽东仔细听着，在烟雾缭绕中，陷入深深的思索。后来，报刊上就这个议题，也展开了讨论，显然是毛泽东授意的，但也是各有所云，荣毅仁自然很注意报上的文章，这文字的风波是由他引起的，他想起了冯延巳的词句："风乍起，吹皱一池春水。"自觉心湖中的波澜，犹过于眼中所见的苏州河、黄浦江的粼粼波光。

1957年2月27日，毛泽东在最高国务会议第十一次扩大会议上，作了正确处理人民内部矛盾的重要报告，对此作出了明确的回答，荣毅仁的立论也就成立了，他心里的波荡也就平息了。

1957年在新中国历史上是重要的又是很吊诡的一年，年初毛泽东的报告带来了温和的空气，然而很快，就有巨大的阴影逼近。仿佛是气候多变的一天，早晨是艳阳高照，暖风阵阵，到下午风云突变，寒流就来了。

对荣毅仁而言，也是这样。年初，意想不到的荣耀很突然地降临到他身上，在1957年1月9日的上海二届一次人代会上，已调北京的陈毅连任上海市长，从重庆调来的曹荻秋续任为常务副市长，而荣毅仁被选为副市长。这一年他四十一岁，英气勃勃，西装笔挺，高大的身影出现在主席台上，显得十分干练豪迈。

荣毅仁的当选，是陈毅亲自替他拉的票。陈毅从北京来到上海，在人代会召开前的一次党员大会上，陈毅说："这次匆匆赶回来，毛主席给了我一个特殊任务，要我和上海的同志们商量一下，请投荣毅仁一票，把他选上副市长。"陈毅接着传达毛泽东的话说，毛主席说，荣家是我国民族资本家的首户，在国际上称得起财团的，我国恐怕也没有几家子。荣家就是其中一家，最大的一家。荣家现在把全部企业都拿出来和国家合营了，在国内外影响很好。怎样把合营企业搞好，上海要创造经验，从荣家推选出代表人物参与市政府的领导，现在就十分必要了。

接下来，陈毅又详细介绍了荣毅仁的简历、学识、人品，很坦率地说："大家可能知道了，荣毅仁是我的好朋友了。我要以老共产党员的身份为这位红色资本家竞选。因为他确实爱国又有本领，堪当重任；而且凭着他的特殊身份，在国内外资产阶级中还能够发挥出我陈毅起不到的作用呢！"

类似这样的话，许多共产党领导人此后不止一次和他说过，特别是三十年后，邓小平在中国开展改革开放，突破奉行的长期束缚人们思想和手脚的阶级斗争桎梏时，点名荣毅仁出山时，也是这么说的。

荣毅仁还是一个资本家，他能起到连陈毅所起不到的什么作用呢？这是当时的人们还不能完全理解的。陈毅不得不举例说明。法兰西共和国总统戴高乐有点特立独行，他不附和美国的反华仇华的政策，在西方国家中，首先承认新中国，并鼓励民间人士和中国来往。有一次，一个法国大资本家访问中国，指名要和荣毅仁单独用英语谈话。荣毅仁奉命和这个法国人交谈，荣毅仁像平时一样衣冠整洁，头发纹丝不乱。他在法国人面前神态自然，谈笑风生。法国人也很随意，仿佛是朋友之间的闲白，而没有外交场合的那种正经和正式。事后，法国人对陈毅说，他和荣毅仁谈得很愉快，他从荣毅仁身上看到了中国资本家的日子并不像外国传媒所说的那么难受，而是很乐观，也很自在。陈毅便问荣毅仁："那个法国客人和你谈得很高兴，说中国资本家日子过得很好，你们谈了啥子东西呀？"

荣毅仁回答说："我们不过是拉家常。那位法国人问我在共产党政权下过得怎么样。我对他说，我们生活仍很优裕，不用担心敲诈绑票，有工作、有机会学习，都感到有奔头，所以更想为国家为民族做点事。钞票再多，对荣家来说，也不过再加上几个圈圈，没啥意思，我宁愿把定息拿出来每年替国家新开一爿工厂。"

讲到这里，陈毅问大家："把荣毅仁选上副市长，你们说，应该不应该呀？"

回答陈毅的是一阵哗哗的掌声。

荣毅仁的副市长，盛丕华的副市长，是"钦定"的。但荣毅仁的"钦定"比盛丕华影响更大，方式上也不尽相同。盛丕华的荣任上海副市长是毛泽东亲自签发的委任状，时间是解放初，盛丕华、盛康年父子解放前夕配合共产党接管中国做了许多有益的事而得到荣誉。而荣毅仁被提携为上海副市长所处的时期，是资本家处在十字路口、处在资本主义工商业改造的敏感时期，这就让更多的为未来担忧的资本家感到了一丝慰藉。上海最大的资本家受到共产党的金钱所买不到的信任，若再担心权力的剥夺无疑是杞人忧天了。

荣毅仁当选为上海副市长的消息在原资本家阶层中反应热烈，许多人比荣毅仁本人还要兴奋，他们从这件事例中寻找到了信心和希望。

荣毅仁当然是思绪万千，他在年轻时是远离政治，排斥政治的。虽然他和宋子文等国民党政治人物有接触，有交往，但这是为了自己家族的企业不得不寻找的一种依靠和支撑。他从来没有走仕途的奢望。

可解放后，他意识到，他要改变不问政治的态度了。他开始参与共产党的各种活动，甚至读起共产党的红色经典书籍，他懂得了不少原来根本一无所知的道理，使他成了资本家这一阶层中的先进分子。而担任上海市副市长，是荣毅仁一生中重要的里程碑意义的转折，因为，他从一个资本家转变为国家公务员，他的红色资本家之称也是在这个时候确立的。这个称呼伴随着他一生。且具有唯一性。除荣毅仁之外，再也没有一个民族资本家获得过这样的殊荣。

荣毅仁在市政府领导成员中，分管工商联、民建及工业，主管轻纺工业。原国民党上海代理市长、建筑学家赵祖康这次和荣毅仁同时新当选副市长，他分管市政建设，这是他的专长。常务副市长曹荻秋对党外副市长十分尊重，不仅让他们有职有权，而且将朝南的办公室安排给他们，每个人都配生活秘书，还配政治秘书班子，归办公厅领导。于是成立了曹荻秋、荣毅仁秘书组，金仲华和赵祖康也都有秘书组，金仲华是民主人士，他分管商业。

曹荻秋关照，不光行政方面的文件要送给他们看，国务院和部委办的文件也要送，甚至党内一些文件也要送，要求秘书组人员遇事多向党外副市长请示汇报。

荣毅仁的办公室在四楼，是这一层最敞亮的一间，是个套间，有单独的会客室，面对宽阔的黄浦江。

这幢楼荣毅仁是非常熟悉的，英国人开的亚洲最大的汇丰银行的主人在中国人面前威风凛凛，一如门口的那对铜狮子。父亲和伯父刚来上海钱庄学生意时，中国人进这家银行只能走侧门，不能走正门。后来虽改过来了，但荣家这样的大实业家也少不了要看银行英国大班乃至洋职员的眼色。

可现在荣毅仁成了这幢大楼里的领导人之一，荣毅仁的感受是一言难尽的。在办公室负责纺织的一个秘书也是荣毅仁的熟人，她就是从纺织大学毕业的紫竹。那个十年前在茂一厂区的墙栽金黄色的向日葵的清纯少女。

站在办公室窗户前，荣毅仁可看到他所熟悉的黄浦江繁忙的江面发生了沧海桑田的变化，这让荣毅仁心中充满某种激情。

江面上已没有了解放前昂着炮筒的外国军舰，但有外国商船，大部分是苏联和东欧国家的，美国、英国、法国商船也销声匿迹了。透过窗户，还可以看到沿江排列的那一溜巨大而坚固的石砌建筑：旧中国银行大厦、旧华懋饭店、旧怡和洋行大厦、旧招商局大厦、旧格林轮船公司、旧沙逊洋行、旧汇中饭店、旧海关钟楼，这是著名的外滩万国建筑博览天际线，十里洋场的标志，殖民主义的标志。而至今，它们的屋顶上迎风飘扬着清一色的五星红旗。这使得这条宏阔的天际线在传承中有了撼动人心的变化，抵达了一个全新的更深邃的时代层面。

从这条天际线的演变中，在许多人看来，隐喻了荣毅仁个人命运和国家命运有着某种绵密的榫合。在民族资本家这个阶层整体被消灭的时候，他却被冠之为"红色资本家"。

　　这个曾说过"我赞成共产党只举一只手，举两只手就是投降"的人创造了这个阶层的神话。

# 后记

今年冬天多雪、寒冷。连续几天的暴雪，雪积数尺，这在江南是难得一遇的。也许是少见，孩子们和年轻人有种掩饰不住的雀跃，到了我这个年纪，已没有兴奋感了，不过看到世界变得简洁干净，心里也另有一番仿佛换了人间的感受。

没有黄泥小炉煮茶，没有浊酒一壶，亦没有三朋四友聊天。我觉得，在那种特别清新润朗的氛围里，加上大雪封门，无人打扰，正是阅读写作的好时光。那几天，我重新找出几大本采访簿，翻阅起两部书稿，一部就是本书——纪实文学《荣毅仁的前半生》，由江苏文艺出版社待出。另一部是电视文学剧本《红色资本家荣毅仁》，也在待拍中。这两部作品是我继非虚构小说《红色资本家荣毅仁》出版后的续作。

荣毅仁历任全国政协副主席、全国人大副委员长，国家副主席，是国家领导人——按照规定，有关他的任何形式的作品均为重大题材。虽然自感在事实与叙述的分寸上还是拿捏得不错的，但心里还是感到些许忐忑不安。

凝望窗外雪片纷飞，天地浑沌一片，在柳暗花明又一村的感慨之余，心中难免五味杂陈。写重大题材的艰难、焦虑和变数，外人是不会知道的。

但我从来没有后悔也从来没有抱怨写荣毅仁和荣氏家族的题材，纵然难，纵然这种写作几乎没有现实的功利，纵然如此费时费力，我觉得这是非常值得的。重大题材自有其独特的分量和价值，具有深厚的历史感和深刻的现实意义。正是这种魅力，促使我尝试涉猎去写荣毅仁，写荣氏家族。在《荣毅仁的前半生》出版之际，本来只想简要地做一些说明，但因为感慨良多，回顾到了多年来书写荣家这个题材的心迹和经历，借这个机会，在这里多絮叨几句。

上世纪八十年代中后期，我进入媒体工作，这为我采访、研究荣家创造了条件。在写过多篇散文和报告文学以后，1987年我准备撰写电视剧《荣氏兄弟》和长篇纪实文学《红兵船绿兵船》，为此经预约在国贸巧克力大厦访谈了时任中信公司董事长荣毅仁先生。他一声"无锡小老乡"，让我这个出道不久的无名记者一下就打消了拘谨和紧张。他用略带上海口音的无锡方言回答我提出的问题，没有一丝一毫的官腔，完全是聊天式的，拉家常式的，谈得很广泛，历时一个半小时左右，比原定的时间延长了一小时。这是我唯一一次与荣老面对面地较长时间的访谈，荣老的和蔼可亲和雍容大度给我留下了深刻印象。

此后，电视剧本《荣氏兄弟》很快就完成，并投入了拍摄，荣毅仁嘱咐他居住在上海的妹妹荣毅珍代他看一遍剧本，并强调，在什么范围拍就在什么范围审，他不再过问了，态度很宽容豪爽。后期制作期间，我完成了报告文学《红兵船绿兵船》。审片通过后，出版社的美术师也找到了荣家兵船牌面粉的商标图标，以此为蓝本完成了封面设计，当一切即将抵达期待值的时候，发生了一件意外的令荣毅仁非常生气的事，引起了一场风波。城门失火，殃及池鱼，导致电视剧取消在央视及其他台的播放，几百万元(相当于现在的数千万元)的投资打了水漂——无锡市委市政府、无锡电视台、上海电影制片厂、南京话剧团几年的辛劳付之东流，亦导致我二十余万字的报告文学出版搁浅。

至于这是一件什么样的事，会引起以温文尔雅著称的荣毅仁怒不可遏，我就不便在这里说了。平心而论，作为电视剧编剧和报告文学的作者，我受到的影响是惨重的，埋首苦干了四五年取得的成果戛然而上。这当然让我感到不甘，心里有种难以诉说的悲凉。这种心情，如同一个农民，面对即将丰收的田野，突然遭遇一场猝不及防的天灾而颗粒无收，一时的喜悦变成欲哭无泪。

有人曾劝我给荣老写封信，诉说我的无辜，恳求他对我这个小老乡的作品网开一面。我婉拒了，我理解荣老的心情，他决不是意气用事。也有人劝我以后别碰荣家的题材，别去冒这种风险了。毋庸讳言，由于那件事的发生，荣氏的题材变得敏感起来，以至于我十年前写长篇小说《望族》及改编电视剧时候，有关部门多次问到，这个故事是否是荣家的原型，我自然是竭力否认。但我心中有数，我在小说和剧本中对上世纪三四十年代民族资本家创业的表达，即使不是以荣家为原型，也是不可避免地隐含着荣家故事对我的影响、暗示和驱动。

那些故事始终在我心里蠕动着，赶都赶不走。

停顿了一段时间后，我又重新开始了对荣氏企业文化的研究。这种启动是不由自主的。而且据我所知，至少在上海，武汉和江苏，尤其是无锡，官方及民间对荣氏的研究和探讨一直在持续，在深化。改革开放的现实需要历史的参照，而荣氏企业作为中国近现代最大的经济实体，它的奇迹般的崛起，它的管理特色，它的穷则独善其身达到兼济天下的财富精神，在新时代赋予了人们新的考量和理解。这个家族所创办和建造的工厂、学校、图书馆、公园、桥梁，以及他们的信仰、气节和所创造的企业文化，不仅成为经济界、理论界热议的话题，也鞭策着人们的现实担当。

尤其是荣毅仁在改革开放中起到的先锋作用和荣智健在香港复制着前辈的成功，使得荣氏家族展现出新的质素、新的格局、新的气度。荣家的历史版和现实版的高度契合，使得荣氏企业的历史文化遗存有了新的升华，承载起大时代宏阔的气量和苍莽深厚的生命力。

中国人一直有句俗话，好不过三代或富不过三代，这似乎是一个周期率，或者是一个魔咒。但荣家突破了这个周期率和魔咒。荣家发迹前是农户出身，植桑养蚕，做点小生意，摇过摆渡船。到荣毅仁的祖父荣熙泰开始，荣家发轫了。荣熙泰到乌镇当过账房，后到广东厘金局当过税务管理员。荣毅仁的父亲荣德生，伯父荣宗敬都是上海滩钱庄学徒，荣德生也随父在广东历练过一阵。对他们父子来说，这一步很重要。走出了荣巷封闭的空间，扩充了视野，看到了世界的繁复性及中国积贫积弱的现实，荣家树立了"实业救国""实业报国"的思想，以及从此时之实地伸向未来的绝不虚妄的目光。在稍有积累以后，兄弟俩便办起自己的钱庄，紧接着从衣食民生入手，办起了面粉厂和纺织厂，呕心沥血十多年后，荣氏兄弟一跃而成为中国的"面粉大王"和"纺织大王"。这是第一代，开疆拓土的一代。

第二代是荣毅仁一代，这一代人数众多，荣毅仁有兄弟七人，荣毅仁居四，另有姐妹九人。荣宗敬有三个儿子，四个女儿。荣毅仁兄弟(包括堂兄弟)个个都是名牌大学毕业，有的还出国留过洋。薪火相承，这代人凭借着家传和良好的教育底质，成为荣氏企业的栋梁，合力支撑起荣家这座庞大的实业大厦，而女婿中也不乏才干出色的企业家，为荣氏企业的发展做出了积极贡献。从整体上来说，这一代的努力和成功是显而易见的，他们继承了第一代的理念、操守、德行，能做到不忘本来，吸收外来，面向未来。荣毅仁是这一代中的佼佼者。荣毅仁这一代中，尚健在的有荣宗敬的三儿子荣鸿庆，常住台湾、香港。还有荣毅仁的妹妹荣毅珍，已98岁，现居美国。

荣氏第三代更是叶繁枝茂，在职业上出现了分化，但从事商贸的还是主体。这一代中的杰出代表就是荣智健。荣智健是荣毅仁唯一的儿子，他还有四个女儿。以荣智健为代表的这一代续写着或继续着荣氏家族在新时代的惊人传奇，大有直挂云帆济沧海之势。

与《红色资本家荣毅仁》全景式地表现荣毅仁一生的沉浮枯荣不同，《荣毅仁的前半生》在叙述的角度和内容上只是截取了荣毅仁生平最重要的一个转折点，那就是，荣毅仁大学毕业进入荣氏企业负责一方工作刚三个月，抗日战争便爆发了。荣家庞大的企业被无情的战火摧残得七零八落，也让荣毅仁在空前的波折中走向成熟。其实，荣氏企业在战前刚刚从一场差不多要崩溃的危机中喘过气来。战争再次使它面临绝境。但荣家顽强地挺立着，以各种方式图存救亡，上演了一个个精彩的劫后余生的好戏。抗战胜利后，荣家以一腔热血，满怀希望地投入了战后重建。这个时期，荣毅仁被推到了创业的前沿，然而，一连串的打击，使饱受沧桑的荣家和年轻的荣毅仁陷入绝望。

当面临重要的历史拐点，荣毅仁做出了留下来迎接解放的抉择。在解放初的经济恢复和对私改造中，荣毅仁顺乎潮流，经历了思想的转变和内心情感的挣扎，在公私合营中率先交出了荣家几十家企业，从而被赞誉为"红色资本家"。在民族资本家里，荣毅仁是个罕见的政治上的清醒者。因此，我坚持认为，他能成为国家领导人，决非偶然。

这本书重点聚焦了荣毅仁在这段时期波澜壮阔的经历。尤其在最后时刻，荣家几乎散了架，在大厦即将倾倒之际打过来的余光里，荣毅仁以他的内敛、豁达、沉着、大拙若巧的品格，陪同年迈的父亲荣德生，苦苦支撑着荣氏企业，大厦不仅没有倒，而且在新时代给扶直了。在家国天下、民族大义与私利的较量中，荣毅仁站在了前者一头，他因此成为一代伟人。

不止一次有人问我，既然写了《荣毅仁的前半生》此书，那么有没有写《荣毅仁的后半生》的计划？从逻辑和内容的延续性和完整性来说，我理应有这个计划。而且荣老的后半生历经"反右""文革"的磨难，最后在改革开放中以他的特殊身份和广泛的人脉，在国内外经济舞台上如鱼得水，成绩斐然。他所创办的中信公司成为一扇春风激荡的国家窗口。在改革开放之初，对于冲破旧体制的约束，以市场规律来发展经济，采取国际上通用而在我们国家当时是长期禁忌的做法，如发行债券等方面，中信公司的做法起到了引擎作用。那时有些问题还是很敏感的，还在争论之中，一向处事谨慎的荣毅仁却迸发出了超常的敏锐和勇气，吃起了螃蟹。后来他又"秘密"入党，成为国家副主席。无疑，后半生不仅丰富多彩，也是他一生中最富荣光的时期。他的后半生与前半生是密切不可分的。所以在人们看来，有了"前半生"，再出版"后半生"，是顺理成章的事。

需要说明的是，这本书原来的书名叫《荣毅仁1949》，也许是理解上的原因，有关部门建议另起书名。是江苏文艺出版社的责编张黎女士与相关人士商议后改成了现在这个书名。也就是说，我本人的初衷，并无这个计划。当然，如果读者确实有这种呼声，我可以考虑写《荣毅仁的后半生》，以完成一个新版的荣毅仁一生传记。

2017年下半年，无锡成立了荣氏企业文化研究会，我有幸成为其中一员。这个研究会云集了无锡绝大多研究荣氏家族创业史包括企业文化、家族传承的专家学者，还有在荣智健先生身边工作的几位企业家、研究会闻声起舞，组织了一系列非常专业的研究活动，我受益匪浅，汲取了不少养分。尤其是几次对荣智健先生的专题介绍，使我对荣智健先生赴港从商以来的多项经营活动有了详尽的了解，亦厘清了一些疑问。作为亲历者和参与者，他们所提供的情况是第一手的，也是真实的，权威的。荣智健先生作为荣氏家族第三代中的重要人物，作为荣毅仁的儿子，作为一个成功的具有现代商业思维方式和经营手段的实业家，是十分引人关注的。然而，由于荣智健先生一贯的低调，远离媒体，不喜宣扬，所以相对于荣氏前两代，人们对他比较陌生。可是，有关他的出版物并不少，大多根据香港报纸的新闻，加以扩充拼凑而成，甚至是以讹传讹，捕风捉影，互相抄袭。所以，这些东西从来没有真正进入过人们的视线。为此，荣氏企业文化研究会希望利用自己特有的条件和资源，经过充分的访谈，写出一本真实的具有经典意义的有关荣智健先生的传记文本，以正视听。当然，也是作为研究荣氏第三代的一个成果。这个任务交给了我，我欣然从命，责无旁贷。我已做好准备，在集体发力的基础上，以工匠精神，精心打造一部呈现荣智健先生赴香港后从零开始，异军突起，在香港回归前后的作为，以及在内地创业经过的作品，合作一部经得起读、经得起时间验证的作品。作为一个有荣氏情结的写作之人，我的愿望是把荣家三代都写过来，从纵向和横向以及以足够的层面、角度展示荣氏三代人生生不息的追求和创造，这样不仅仅能把这个家族的故事叙述得有始有终，而且，也许还能够在一定程度上揭晓荣氏家族三代一脉相承立于不败之地的谜底。如果能做到这一点，我觉得自己可以告慰在另一个世界的荣老了。

好了，借《荣毅仁的前半生》的闻世，扯远了，但都与荣氏有关，大概算不上跑题。借此机会，我要谢谢荣智健先生对我的信任，我感激他授权同意我写荣毅仁生平事迹的电视剧。我要谢谢长期与荣先生共事的蔡星海、蒯建平先生，他们对我的创作提供了真诚的支持和帮助，促使我能够在荣氏这个领域里有所作为，我要感谢荣氏研究会喻国荣、汤可可等领导及诸位专家学者，他们无私地让我分享了多年来的研究成果，扩充了我的视野，提升了我的认知高度。

最后，我要谢谢江苏文艺出版社的责编张黎女士，我从未和她谋面，但微信、电话、邮件来往不少。如果把一部完成的书稿比作一棵初长成的树木，那么它要再长成一个让人眼睛一亮的好样子，就需要一个园丁来浇灌、修剪、培植，一句话，使粗糙变得精致，最后还要能让它传播出种子，枝蔓漫卷而缀着果实，这个譬喻合适的话，那么张黎女士是个敬业的好园丁。

在梅园的诵豳堂，荣家挂看一副对练：发上等愿、结中等缘、享下等福；择高处立，寻平处住，向宽处行。这是荣家的座右铭，意味深长，充满哲理。

我以此作为结束语，与荣氏家族研究者和读者共勉。

写于2018年元宵节

图书在版编目（CIP）数据

荣毅仁的前半生 / 高仲泰著. —— 南京：江苏凤凰文艺出版社，2018.9（2023.2重印）
ISBN 978-7-5594-1298-0

Ⅰ.①荣… Ⅱ.①高… Ⅲ.①纪实小说－中国－当代 Ⅳ.①I247.5

中国版本图书馆CIP数据核字（2017）第261404号

# 荣毅仁的前半生

高仲泰 著

| 出 版 人 | 张在健 |
|---|---|
| 责任编辑 | 张 黎 |
| 出版发行 | 江苏凤凰文艺出版社 |
| 出版社地址 | 南京市中央路165号，邮编：210009 |
| 出版社网址 | http://www.jswenyi.com |
| 印　　刷 | 苏州市越洋印刷有限公司 |
| 开　　本 | 718毫米×1000毫米　1/16 |
| 印　　张 | 16.75 |
| 字　　数 | 300千字 |
| 版　　次 | 2018年9月第1版 |
| 印　　次 | 2023年2月第2次印刷 |
| 标准书号 | ISBN 978-7-5594-1298-0 |
| 定　　价 | 45.00元 |

江苏凤凰文艺版图书凡印刷、装订错误，可向出版社调换，联系电话025-83280257